박안경기

拍案驚奇

이 책은 (재)한국연구재단의 지원으로 학고방출판사에서 출간, 유통합니다.

한국연구재단
학술명저번역총서

동양편
625

박안경기
拍案驚奇

능몽초 저 | 문성재 역

③

學古房

《박안경기》 초판본 ('닛코본') 표지

"즉공관주인이 평론하며 읽은 삽화가 있는 소설即空觀主人評閱出像小說"이라는 광고 문구(우)와 함께 소주의 서상 안소운安少雲이 쓴 발간사(좌)를 소개해 놓았다.

《박안경기》 중판본 ('히로시마본') 표지

제목 위의 '초각初刻' 두 글자로 《이각 박안경기》 출판 이후의 중판
본임을 알 수 있다. "즉공관주인이 직접 선정한卽空觀主人手定"이
라는 문구(우)와 "본 관아 소장 목판을 베낀 해적판은 반드시 책임
을 따질 것本衙藏板翻刻必究"이라는 경고문(좌)이 보인다.

목차

제 **15** 권

위 조봉은 모진 마음으로 값진 재산을 노리고
진 수재는 기막힌 꾀로 원래의 집을 되찾다

衛朝奉狠心盤貴産 陳秀才巧計賺原房

卷之十五

衛朝奉狠心盤貴産 陳秀才巧計賺原房 해제

　이 작품은 고리대를 받아 남의 부동산을 가로채는 고리대업자의 사기 행각에 관한 이야기이다. 이야기꾼은 풍몽룡의 《지낭智囊》 및 《고금담개古今譚概》에 소개된 항주부杭州府 수재 가실賈實의 이야기를 앞 이야기로 들려주고, 이어서 역시 《지낭》에 소개된 진陳 수재의 이야기를 몸 이야기로 들려준다.

　명대에 금릉金陵의 부잣집 자제 진형陳珩은 집안이 부유한 것을 믿고 현숙한 아내 마馬 씨의 충고에도 불구하고 칠팔 년 동안 아침저녁으로 방탕한 생활을 하느라 어느새 가산이 바닥나고 만다. 돈줄이 마른 진형은 삼산가三山街에서 전당포를 운영하는 휘주 출신의 위衛 조봉에게서 삼할 이자로 삼백 냥을 빌린다.

　그로부터 삼 년 후, 진형의 집에 들이닥친 위 조봉이 원금과 이자를 합쳐 육백 냥을 갚을 것을 요구하자 진형은 하는 수 없이 천금 가치의 부동산을 잡히고 차액을 추가로 융통해줄 것을 부탁한다. 애초부터 노른자 땅인 진회하秦淮河 어귀 진형의 별장을 탐내던 위 조봉은 때가 되면 별장을 가로챌 속셈으로 집요하게 빚 독촉을 하고 진형은 하는 수 없이 육백 냥에 별장을 처분한다는 계약서를 쓰고 빚을 청산한다. 남편이 별장을 빼앗긴 일을 내내 후회하자 마 씨는 그동안 저축해둔 돈을 진형에게 주고 별장을 되찾게 한다. 그러나 위 조봉이 별장 보수에 큰돈을 들였다는 핑계로 천 냥을 요구하자 진 수재는 위 조봉의 탐욕에 분노한다.

그러던 시월 달 밝은 밤, 진회하에 신원 불명의 시신이 떠 있는 것을 발견한 진형은 심복 진록陳祿과 의논하고, 이튿날 진록은 거짓으로 위 조봉에게 몸을 의탁해 잔일을 봐주면서 위 조봉의 별채 집에 기거한다. 얼마 후 위 조봉이 진록에게 땔감을 부탁하려고 그 집에 들렀지만 사람이 보이지 않자 그 행방을 찾는데 진형네 집 하인들이 들이닥쳐 '도망친 종인 진록을 내놓지 않으면 관아에 고소하겠다'고 으름장을 놓는다. 하인들은 위 조봉이 그래도 모른다고 대답하자 그 집을 뒤지던 중 땅에서 죽은 사람의 다리를 찾아낸다. 하인들의 보고로 현장에 나타난 진형은 자기 집 종을 죽인 혐의로 위 조봉을 고발하려 하고, 깜짝 놀란 위 조봉은 진형에게 한바탕 훈계를 당하고 거기다 삼백 냥과 별장까지 돌려준 후 당초의 삼산가 전당포로 이사를 나간다. 사실 위 조봉의 집에서 발견된 사람 다리는 진회하에 떠 있던 시신의 것으로, 진형의 지시에 따라 진록이 위 조봉의 집 뜰에 묻어놓은 것이었다. 기지를 발휘해 자신의 별장을 되찾은 진 수재는 이 일을 계기로 개과천선하고 재산을 잘 관리해서 마침내 집안을 다시 일으키는 데에 성공한다.

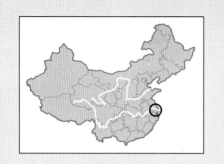

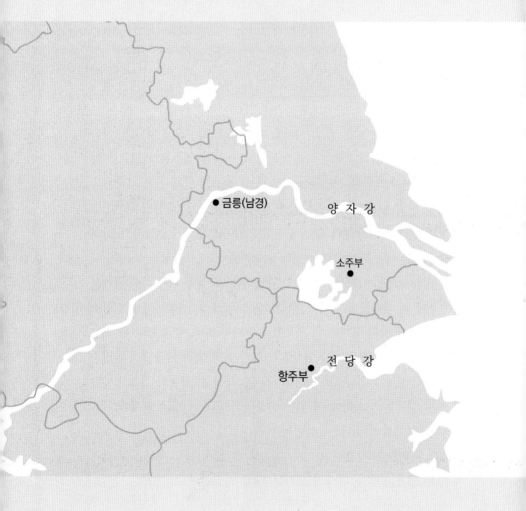

금릉(남경)

양 자 강

소주부

전 당 강

항주부

이런 시가 있습니다.

인생살이 퍽퍽할 때는 탐천[1] 물을 마시면,	人生碌碌飮貪泉,
관아도 두렵지 않고 하늘도 아랑곳하지 않지.	不畏官司不顧天。
불사 많이 벌이고 참회 많이 할 것 뭐 있나,	何必廣齋多懺悔,
남에게 한 수 양보하는 것이 최선이란다!	讓人一着最爲先。

이 시는 세상 사람에게 욕심이 발동하면 금강金剛[2]이 십만이나 달려들어도 제압하기 어려우며, 눈앞에 온갖 형구들을 보란 듯이 펼쳐

---

1) 탐천貪泉: 중국 고대의 샘 이름. 광동성廣東省 광주廣州의 석문石門에 있는 샘으로, 전설에 따르면 이 샘의 물을 마시면 청렴한 사람조차 탐욕스럽게 변했다고 한다.《진서晉書》〈오은지전吳隱之傳〉에 따르면, 동진東晉의 청백리 오은지(?~414)는 광주자사廣州刺史를 지낼 때 이 샘의 물을 마시고 "옛사람들은 이 물을 한번 마시면 천금을 얻는다고 하더라마는 백이·숙제에게 마시게 하더라도 마지막 순간에는 그 마음 바꾸어서는 안 될 것이다.古人云此水, 一歃懷千金. 恃使夷齊飮, 終當不易心" 하고 시를 읊으며 더더욱 청렴하게 살겠다는 각오를 다졌다고 한다.
2) 금강金剛: 불교 용어. 불교 수호신인 금강역사金剛力士를 말한다. 불교 사찰의 탑 또는 산문山門 양쪽을 지키는 수문신장守門神將을 뜻하며, '인왕역사仁王力士'로 부르기도 한다. 일반적으로 산문 왼쪽에는 금강저金剛杵라는 무기를 들고 부처를 호위하는 야차신夜叉神인 밀적금강密迹金剛이, 오른쪽에는 코끼리의 100만 배나 되는 힘을 가졌다는 천상의 역사인 나라연금강那羅延金剛이 각각 배치된다.

놓아도 아랑곳하지 않는다는 것을 일러주고 있습니다. 현자인 열자3)
는 이런 말을 했지요.

"사람은 보이지 않고,　　　　　　　　　　　不見人,
오로지 황금만 보이는구나!4)"　　　　　　　徒見金。

금강역사　　　　　　　　　　　　　열자

---

3) 현자인 열자[子列子]: 중국 고대의 도가 사상가인 열어구列禦寇(BC450?~
BC375)를 말한다. 성이 열, 이름이 어구로, 전국시대 정鄭나라 사람이다.
'-자子'는 고대 중국어에서의 명사의 일종으로, '노자·공자·맹자·장자'의
경우처럼, 성씨 다음에 사용되어 '~ 선생님'이라는 뜻을 나타냈다. 여기서
'열자'는 '열 선생님'이므로, "자열자"는 '스승이신 열 선생님' 정도의 의미
이다. "자열자子列子" 세 글자를 통하여 《열자》를 그 제자가 엮었음을 짐작
할 수 있다. 편의상 '현자인 열자'로 번역했다.

4) 사람은 보이지 않고~[不見人, 徒見金]: 중국 고대의 격언. 재물에 마음을
빼앗겨 판단력을 상실하고 어리석은 일을 저지르는 것을 두고 하는 말이다.
《열자列子》〈설부편說符篇〉에 따르면, 제齊나라 사람이 금을 구하려고 새벽
같이 시장으로 갔다가 누가 금을 파는 것을 보고 그 금을 낚아채자마자 도
망을 쳤다. 포졸이 사람들이 있는데 어째서 그렇게 대담한 짓을 저질렀느냐
고 묻자 그 사람은 '금을 낚아챌 때 사람은 보이지 않고 오로지 금만 보였
습니다'라고 대답했다고 한다.

아마도 그런 생각이 발동하면 온 신경과 촉각이 죄다 그 일에만 쏠리는 것을 두고 하는 말이겠지요. 그러니 당신이 해내든 해내지 못하든 그것이 무슨 상관이겠습니까.

그러면 이야기를 들려드리겠습니다.[5] 항주부杭州府에 가賈씨 성을 가진 수재秀才가 한 사람 살았습니다. 이름이 실實로, 가산이 만금이 넘고 총명하고 재치가 있었습니다. 거기다가 의리도 있어서 뜻을 품은 벗들과 인연 맺는 것을 좋아했지요. 혹시 벗들 중에 아직 아내를 맞아들이지 못한 사람이라도 있으면 형편이 가난해 예물이 부족할까 싶어서 혼사를 치를 수 있게끔 경비를 쾌척하기도 하고, 빚을 지고 갚지 못하는 사람이 있으면 대신 갚아주기도 했지요. 또, 억울한 일을 당한 사람을 보면 양심을 저버린 그 원인 제공자와 의연하게 맞서기도 하고, 누가 자기 힘을 믿고 마구 행동하면 그가 기발한 계책을 내서 상대를 이기기도 했습니다. 그런 통쾌한 일들은 일일이 사례를 들기도 어려울 정도였지요. 이번에는 일단 그가 벗을 도와 재산을 찾아준 이야기부터 들려드리도록 하겠습니다.

전당錢塘에 이 씨 성을 가진 사람이 하나 살았습니다. 유학을 익히기는 했지만 아직 학당은 다니지 않았지요. 형편이 매우 가난하지만 부모를 극진한 효성으로 섬겼는데, 가 수재와도 알고 지내는 사이여서 가 수재가 늘 그를 도와주었지요. 그러던 어느 날이었습니다. 가 수재가 이 선비를 술자리에 초대했는데 찾아온 이 선비가 몹시 우울해 보이지 뭡니까. 이상하게 여긴 수재는 술이 몇 순배 돌고 나자 더

---

5) * 본권의 앞 이야기는 풍몽룡의 《지낭智囊》 권28의 〈잡지부雜智部 · 석자石子〉 또는 풍몽룡 《고금담개古今譚概》 권22의 〈현농부儇弄部 · 석달자石闥子〉에서 소재를 취했다.

이상 참지 못하고 입을 열었습니다.

"이 형, 무슨 근심이 있길래 술자리에서 그렇게 우울해 하십니까? (…) 소생에게 들려주시면 혹시라도 그 시름을 만의 하나라도 나눌 수 있지 않겠습니까?"

그러자 이 선비는 한숨을 쉬더니 말했습니다.

"소생에게 근심거리가 좀 있습니다. 다른 분들 면전에서 말씀드리기 곤란합니다만 가 형께서 물으시니 사실대로 말씀드려야겠군요. (…) 소생이 예전에 작은 집을 한 채 가지고 있었지요. 서호西湖 어귀의 소경사昭慶寺6) 왼편에 있고 얼추 삼백 냥 정도 되었습니다. 한데,

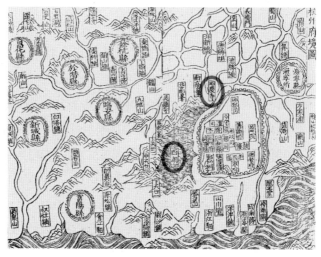

〈항주부경도〉 속의 서호(아래)와 소경산(위). 《삼재도회》

---

6) 소경사昭慶寺: 중국의 절 이름. 항주시 서호 어귀의 천축산天竺山에 자리 잡고 있다.

… 절의 중인 혜공慧空에게 은자 쉰 냥의 빚을 지게 되었지요. 삼 년 동안 따져보더라도 원금과 이자를 다 합쳐 백 냥 정도 될까요? 그런데 그 중은 '이득을 챙기는 데는 선봉장 같고 세태를 따르는 데는 원수 급'이어서[7] 날마다 빚 독촉을 해댔습니다. (…) 소생은 어쩔 도리가 없어서 그 집을 그자한테 양도하고 삼백 냥은 되는 집값에서 거슬러 달라고 하는 수밖에 없었습니다. (…) 그 중은 소생에게 뾰족한 수가 없다는 것을 눈치 채고 일부러 집은 요구하지 않고 한사코 은자만 내놓으라고 닦달을 하지 뭡니까. 소생은 헐값에 집을 넘기기로 하고 사람들의 처분에 따라 은자 서른 냥을 융통해서 갚았다 싶었습니다. 그런데 그 중이 득달같이 이사를 들어가 버리는 것이 아닙니까! 소생은 그때부터 노모를 모시고 성내로 이사해서 남의 집에 세를 들어 살게 되었지요. (…) 지금 주인집에서는 집세 계산이 해마다 밀린다면서 요 며칠사이에는 소생더러 집을 비우라고 닦달을 해대는군요. 그 성화에 노모는 시름이 겹쳐 병까지 다 나셨답니다. 해서 걱정을 하던 참입니다!"

그래서 가 수재가 물었지요.

"이제 보니 그런 일이 있었군요! 이 형, 진작 말씀하지 그러셨습니까! (…) 내지 못한 집세가 얼마나 되는지요?"

"해마다 네 냥이니까 … 지금까지 전부 삼년치가 밀렸군요."

"그 일은 해결이 어렵지 않겠습니다. 오늘밤은 일단 마음 놓고 즐기

---

7) 【즉공관 미비】是和尙皆然, 不止慧空。 중들이 다 그렇지, 혜공만의 문제가 아니라네.

시지요. 내일아침 알아서 해결해드리겠습니다."

이날은 술자리가 끝나자 서로 작별
했습니다.

이튿날, 가 수재는 새벽같이 일어
나 곳간에서 천평을 꺼냈습니다. 그
러고는 백마흔두 냥 어치를 달더니[8]
하인 하나를 데리고 바로 이 선비 집
으로 갔습니다. 이 선비는 방금 잠자
리에서 일어난지라 세수도 미처 마치
지 못한 채 서둘러 노모에게 차를 끓

명대에 은의 무게를 다는 데에 사용하던
천평. 《삼재도회》

이게 하는 것이었지요. 그러나 땔감
도 불씨도 없다 보니 아침나절 내내 허둥대기만 할 뿐 차 한 잔도
끓이지 못하는 것이었습니다. 가 수재는 그들의 심정을 이해하고 서
둘러 하인에게 이 선비를 모셔 나오게 해서 한마디만 하고 가기로
했습니다. 이선비가 나와서

"가 형, 무슨 일로 이렇게 저희 집까지 왕림하셨습니까!"

하고 묻자 가 수재는 하인에게 웬 작은 상자를 가져오게 해서 은자
두 뭉치를 꺼내더니 이 선비를 보고 말했습니다.

"이 속의 은자 열두 냥이면 이 집 주인에게 갚을 수 있을 것입니다.
(…) 이쪽의 은자 백서른 냥은 형께서 가져다 혜공 장로에게 주고 당

---

8) 【즉공관 미비】誰肯。누가 그렇게 하려고 들겠나?

초 소유했던 집을 돌려받아 살도록 하십시오. (…) 집주인의 등쌀도 피하고 자당 어른의 시름도 벗을 수 있고, 거기다가 이 형도 안주할 처소가 생기게 되니 그것이야말로 소생의 바람이올시다."

"가 형께서는 무슨 그런 말씀을 하십니까! (…) 소생이 재주가 없어서 한 분 계신 노모조차 제대로 모시지 못하고 있습니다만 가난은 스스로 감당해야 옳지요. 매번 도와주신 것만 해도 분에 넘치는 일입니다. 그런 마당에 소생까지 갈 곳이 없다고 해서 가 형께서 이렇게 큰돈을 쓰시게 하고 당초 소유했던 집까지 되돌려 받다니요! 그래서야 소생이 그 집에 산다고 한들 마음이 편할 리가 없습니다. (…) 가 형의 은혜를 입었으니 외람되어도 집세 열두 냥은 받겠습니다. 그러나 당초의 집을 돌려받을 돈은 절대로 받을 수가 없습니다[9]!"

이 선비가 이렇게 말하자 가 수재는

"이 형, 그건 아니지요. 우리 두 사람은 교분을 나누면서 오로지 의리만 중요하게 여겨 왔습니다. 어디 재물이나 이득을 마음에 둔 적이 있었겠습니까? (…) 이형께서는 이 돈으로 옛 집을 되찾으시고 더 이상 사양하지 마십시오!"

하더니 은자를 탁자에 놓고 바로 대문을 나서는 것이었습니다. 그래서 이선비가 서둘러 나와서

---

9) 【즉공관 미비】 領則可以俱領, 否則一毫不可, 不在多少也。 가지려면 전부 다 가지든가 아니면 터럭 하나도 안 되든가. 단순히 많고 적고의 문제가 아니지.

"가 형, 잠깐만요. 소생이 고맙다고 인사라도 드리고 싶습니다!"

하고 외쳤지만 가 수재는 뒤도 돌아보지 않고 바로 그곳을 떠나지 뭡니까.

'세상에서 이런 의로운 벗은 좀처럼 얻기 어렵다. 내가 그의 돈을 받지 않는다면 속으로 무척 서운해하실 테지. (…) 일단 이 돈을 가지고 가서 집부터 되찾자. 언젠가 뜻을 얻는 날이 온다면 기필코 후하게 보답하리라!'

이 선비는 속으로 이렇게 생각하면서 그 은자를 가지고 노모와 상의한 끝에 집을 되찾기로 했지요. 소경사 왼편의 옛 집 앞에 이르자 그가 대문 안으로 들어가서 말했습니다.

"혜공 장로님 계십니까?"

그 소리를 들은 장로長老는 '웬 시주施主[10]께서 행차하셨나' 싶어서 허둥지둥 마중을 나오는 것이었습니다. 그러다가 이 선비를 발견하자마자 방금까지 그렇게 공손하던 태도가 차가운 목소리로 변했습니다. 그는 마지못해 인사를 하면서 자리를 권하는데 차조차 내오지 않지 뭡니까. 게다가 이 선비가 집을 되찾는 일을 거론하자 혜공은

---

10) 시주施主: 불교 용어. 산스크리트어 '다나 빠띠daana padi'를 의미대로 한자로 표기한 것. 산스크리트어에서 '다나'는 '베풀다·주다'라는 의미를 나타내는 동사이며 '빠띠'는 '주인·물주'라는 의미를 가진 명사이다. '다나 빠띠'는 '베푸는 주인' 즉 자선가를 뜻하며, 이를 의미대로 한자로 옮긴 것이 '시주施主'이다.

바로 표정이 바뀌더니 이렇게 말하는 것이었지요.

"당초 집을 파실 때 나중에 되사겠다는 말씀은 안 하셨지 않습니까? (…) 정 그렇게 되돌려 받으시겠다면 원가는 백서른 냥밖에 되지 않았지만 … 지금은 우리가 곁채를 많이 증축했고 자재도 많이 들어 갔으니 더 값이 비싸진 셈입니다. (…) 지금 나리께서 그 추가된 비용까지 주시겠다면 얼마든지 그렇게 하십시오."

물론 이것은 이 선비가 그 돈을 다 내지 못할 것을 눈치 채고 혜공이 일부러 억지를 부린 것이었습니다. 실제로야 언제 집을 증축한 일이 있었겠습니까. 그런데 '사람이 가난하다 보면 의기가 소침해진다'고 했던가요? 이 선비는 그 말을 듣고 정말 그런 줄로만 알았지 뭡니까.

'그러면 또 가 형에게 집을 되돌려 받을 돈을 넉넉히 부탁해야 하지 않나. (…) 나는 애초에 그의 돈으로 집을 되돌려 받을 생각이 없었다. 한데, 이제 이 상황이 되었으니 그냥 '중이 돈을 너무 많이 요구하면서 되사는 것을 허락하지 않았다'고 하면서 가 형에게 돈을 돌려주는 것이 더 속이 편하겠다.[11]"

속으로 이렇게 생각한 그는 혜공과 작별하고 가 수재 집으로 가서 중의 말을 자세히 들려주었습니다. 그러자 가 수재는 크게 성을 내면서 말하는 것이었지요.

---

11) 【즉공관 미비】其人可交。賈生所以厚施也。이 사람은 사귈 만하구나. 그래서 가 수재도 후하게 베푼 거겠지만.

"그 중놈이 그렇게 고약할 수가! (…) 불가에서는 '세상 만물[12]'이 다 부질없다'고 가르칩니다. 한데, 거꾸로 양심을 저버리고 남의 재물을 탐내다니요! 애초에 그 값에 팔았으면 지금도 그 값에 돌려받아야 옳지 어째서 터무니없이 더 많은 액수를 요구한단 말입니까! 돈 문제는 사소한 일인지 몰라도 도의적으로는 용납할 수가 없습니다. (…) 소생에게 맡겨놓으십시오. 꾀를 내어 놈을 좀 손보도록 하겠습니다. 어디, 파는지 안 파는지 두고 보십시오!"

가 수재는 이날 이 선비를 붙잡아놓고 식사를 대접한 뒤에 귀가시켰습니다.

가 수재는 가동家童 둘을 데리고 그길로 소경사 왼편으로 갔습니다. 그는 혜공이 사는 집의 문이 열려 있는 것을 보고 천천히 걸어 들어가서 젊은 중에게 물었더니 말하는 것이었습니다.

"사부님께서는 손님을 모시고 이른 술을 몇 잔 드시고 윗층에서 졸고 계십니다."

가 수재는 두 가동에게는 아래층에서 기다리라고 하고 발길 가는 대로 사다리 옆으로 갔습니다. 그리고 살금살금 올라갔지요. 그런데 가만 보니 코 고는 소리가 들리며 혜공이 옷과 모자를 다 벗어 던진 채 단잠을 자고 있는 것이었습니다. 위층은 사방으로 창문이 났지만 전부 닫혀 있었지요. 가 수재는 뒤쪽 창문으로 가서 틈새로 바깥쪽을

---

12) 세상 만물[四大]: 불교 용어. 불가에서는 땅·물·불·바람, 네 가지 물질[四大]이 세계를 이루는 기본적인 요소이며, 사람의 몸 역시 이 네 가지로 이루어져 있다고 여긴다. 여기서는 '사대四大'를 "세상 만물"로 번역했다.

보았습니다. 그러자 건너편 누각에 웬 젊은 여인이 앉아서 바느질을 하고 있는데 보아하니 대갓집 같았습니다. 가 수재는 고개를 숙이고 생각했지요.

"이렇게 꾀를 쓰면 되겠군!"

그는 그길로 앞으로 걸어가 혜공이 벗어던진 승복과 승모를 걸쳤습니다. 그러고는 가만히 뒤쪽 창문을 열더니 시시덕거리면서 맞은편 누각의 여인을 온갖 방법을 다 동원해 희롱했습니다. 급기야 그 여인은 불안한 나머지 아래층으로 뛰어 내려가고 말았지요. 가 수재는 그제야 옷과 모자를 벗어 원래의 자리에 내려놓고 살금살금 아래로 내려와서 집으로 돌아갔답니다.

帽蓉芙

帽僧

명대의 승모
《삼재도회》

계속 이야기를 들려드리지요. 혜공이 한참 단잠을 자고 있는데 가만 들어보니 아래층에서 쿵쿵쿵 하는 소리가 계속 들렸습니다. 그러더니 열 명 정도 되는 사내가 다 같이 소리 높여 욕을 퍼붓는 것이었습니다.

"이 땡중아! 겁도 없이 그런 경우 없는 짓을 벌이다니! (…) 너희 누각 창문이 우리 집 안채 누각을 마주보고 있는 것은 그렇다 치자. 내외 하는 예의를 몰라도 우리는 내내 참고 있었느니라. 한데, 오늘은 대담하게도 우리 댁 주인마님까지 농락을 해? (…) 네놈을 관아로 끌고 가서 뻗을 때까지 매우 쳐야겠다! 우리는 네놈이 여기서 사는 꼴을 절대로 두고 볼 수가 없어!"

혜공이 당황해서 어쩔 줄을 모르는데 순식간에 사람들이 위층까지 몰려들더니 가구며 집기를 가루가 될 정도로 박살을 내고, 혜공의 옷까지 죄다 발기발기 찢어버리는 것이 아닙니까!

"소승이 언제 감히 댁에 눈길을 두었다고 이러십니까?"

혜공이야 이렇게 말했지만 사람들은 변명할 틈도 주지 않고 입을 당겼다 얼굴을 잡았다 하면서 마구 때리기에 여념이 없었습니다.

"이 땡중아! 당장 이사를 가지 못할까! 그러지 않으면 보일 때마다 매질을 할 테다! 이쪽에는 발을 들여놓을 생각일랑 아예 얼씬도 하지 마라!"

사람들은 이렇게 욕을 퍼부으면서 혜공을 마구 밀어붙여 문 밖으로 쫓아냈습니다. 혜공은 그 집이 학郝 상호13) 댁이라는 것을 알고 있었지요. 그래서 변명조차 제대로 하지 못하고 한달음에 절로 내뺐답니다.

그 소식을 전해 들은 가 수재는 혜공이 자신의 꾀에 넘어간 것을 알고 남몰래 회심의 미소를 지었습니다. 이틀이 지나 이 선비 집에 간 김에 그에게 그 일을 일러주자 이 선비도 웃음을 그치지 않는 것이었습니다. 가 수재는 그길로 백서른 냥의 은자를 가지고 이 선비를 대동해 혜공을 찾아가서 '그 집을 되사겠다'고 말했습니다. 혜공은 당초 이 선비가 혼자 왔을 때는 언변도 그저 그렇고 외모도 그저 그렇다는 이유로 반발을 했었지요. 그런데 이번에는 가 수재가 부자인 데다가 가동까지 거느리고 왔지 뭡니까. 거기다 학 씨 댁 사람들에게 혼쭐

---

13) 상호上戶: 명대에 상류층이나 부자를 부르던 별칭.

겁이 난지라 얼이 다 나가서 생각했지요.

 '이 집에 머물렀다가는 편히 살 수가 없겠다. 하필이면 학씨 댁 안채 누각과 마주보고 있을 게 뭐람? (…) 분명히 시도 때도 없이 들이닥쳐서 내 트집을 잡으려 들 테지. 이자 뜻대로 팔아 넘겨서 시비라도 좀 줄여야 겠다!'

 그는 냉큼 승낙하고 당초 액수인 백서른 냥으로 쳐서 계약서를 돌려주고 집은 이 선비가 알아서 관리하도록 떠맡기는 것이었습니다. 혜공은 남에게서 이득을 챙기려다가 거꾸로 남의 꾀에 넘어가고 만 셈입니다. 이것은 바로 욕심이 너무 지나친 탓에 받은 응보이지요. 나중에 가 선비는 과거에 급제하고 내각 학사14)까지 승진했습니다. 이 선비는 이 선비대로 과거에 급제해서 벼슬을 살았답니다. 두 사람은 의기가 투합하여 그 우정이 죽을 때까지 변치 않았지요. 그야말로

아량이 크면 행복도 크고,	量大福也大,
욕심이 지나치면 불행도 깊어지는 법.	機深禍亦深。
혜공은 공연히 양심을 저버렸지만,	慧空空昧己,
가실은 참으로 마음이 어질었도다!	賈實實仁心。

여기까지는 오늘의 이야기가 아니었습니다.
 이제부터 또 이야기를 하나 들려드리지요.15) 바로 도읍을 세웠던

---

14) 내각학사內閣學士: 명대의 벼슬 이름. 진사 출신의 관리가 내각內閣에 들어가 국가 기무에 참여하는 경우로, '각신閣臣'으로 일컫기도 했다. 명대에 내각은 황제에 직속된 중앙 정무 기구였다.
15) *본권의 몸 이야기는 풍몽룡《지낭》권27의 〈잡지부雜智部·문과文科〉에서

땅이자 물고기가 용이 된다는 땅인 금릉16)에서 있었던 일입니다. 금릉의 성은 석산에 기대어 지어졌기 때문에 '석두성石頭城'이라고 부릅니다. 이 성은 수문을 통해 들어가면 십 리에 걸쳐 누각들이 펼쳐지는 번화한 진회秦淮17)가 나오지요. 그곳 호수는 옛날 진秦 시황始皇이 만들어서 '진회호秦淮湖'라고 하는데, 그 물이 양자강18)으로 통하며 아침저녁으로 두 번 물이 불어납니다. 그 큰 강 유역에 떠다니는 온갖 물건들이 물이 불 때마다 흘러 들어오곤 하지요. 호수에는 화려한 유람선에 유명한 기생들이 넘쳐나고 음악과 노랫소리가 맴돌며 궁녀들도 북적거렸답니다. 호수 양쪽으로는 버드나무 그늘이 길 양편으로 펼쳐지고 호수를 사이에 두고 화려한 누각들이 번쩍이지요. 꽃이 핀 난간과 대나무 선반에는 늘 시인들이 시 짓기 놀이를 하고, 수놓인 문과 주렴 너머에서는 때때로 아리따운 미녀가 낯을 살짝 드러내곤 합니다. 술집이 열서너 군데요, 찻집이 예닐곱, 아니 일고여덟 집19) 정도 되려나?

소재를 취했다.

16) 금릉金陵: 중국 고대의 지명. 전국시대에 초楚나라가 지금의 강소성 남경시 南京市 석두산石頭山에 금릉읍金陵邑을 건설했으며, 그 후로는 남경의 별칭으로 굳어졌다.

17) 진회秦淮: 남경을 거쳐 흐르는 강의 이름. 전설에 따르면, 진나라 시황[秦始皇]이 남부를 순방하다가 용장포龍藏浦에 이르러 제왕의 기운이 있는 것을 보고 방산方山을 만들어 지맥을 끊어 제왕의 기운이 강으로 빠져나가게 하면서 '진회'라고 부르기 시작했다고 한다. 그 후로 진회는 '십리진회十里秦淮'라 하여 예로부터 기방과 상가가 즐비했으며, 언제나 등롱을 단 등선燈船이 용처럼 이어져 "진회의 등선은 천하에서 으뜸秦淮燈船, 天下第一"이라는 찬사가 나올 정도로 사치와 풍류가 넘치는 명소로 알려졌다.

18) 양자강揚子江: 장강長江의 별칭. 일반적으로 남경에서 황해 어귀에 이르는 장강 하류 구간을 가리킨다.

19) 찻집이 예닐곱, 아니 일고여덟 집[茶坊六七八家]: 이 부분이 천진고적판(제

아무튼 정말 번화한 도회지요. 부와 권세가 넘치는 명승지랍니다!

남경 진회의 아름다운 풍경

"이야기꾼 양반! 진회 풍경만 잔뜩 늘어놓고 있다니 참 뜬금이 없구려?"

손님들께서 잘 몰라서 그러시는 겁니다. 소생이 이제부터 근래의 한 유명한 부잣집 도련님 진陳 수재 이야기를 들려드릴 참입니다. 이 수재는 이름이 형珩으로, 진회호 어귀에 살았답니다. 아내 마馬 씨는 무척 총명하고 어질어서 집안 살림을 부지런하고 알뜰하게 하는 사람

144쪽)에는 "다방십육팔가茶坊十六八家"로 나오지만 상우당본 원문제596 쪽에는 "다방육칠팔가茶坊六七八家"로 되어 있다. 또 시오노야와 카라시마의 일역본(제2책 제147쪽)에서는 이 부분을 "다방은 열일곱, 열여덟 집茶坊は十七八"으로 번역해놓았다. 여기서는 원문의 어감을 살려 "찻집이 예닐곱, 아니 일고여덟 집"으로 번역했다.

이었지요. 진 수재에게는 집이 두 채 있었습니다. 한 채는 별장이고 한 채는 거처였지요. 두 채 모두 진회호 어귀에 있는데, 별장은 호수를 마주보고 서 있었습니다. 진 수재는 손님들과 사귀는 것을 어지간히도 좋아했답니다. 거기다 풍류까지 즐기다 보니 매일같이 짝패들을 불러 홍등가로 가서 기생을 끼고 놀기도 하고 유람선을 타고 술을 마시기도 했지요. 그러다 보니 기분을 맞춰주는 아부꾼들이 그 주위를 떠나지 않았고 잔치 자리에는 어김없이 치마 두른 여인들이 끼어 있었지요. 소리꾼들은 수시로 새로 나온 노래를 들려주고 안마사들은 온갖 방법을 다 써서 주물러주었습니다. 또 꽃장수들은 날마다 새 꽃을 추천하고 요리사들은 별의별 신기한 요리를 선보였답니다. 그야말로

이득이 있는 곳이라면,	利之所在,
달려가지 않는 데가 없다.[20]	無所不趨。

라고나 할까요? 진 수재가 하도 무절제한 도총관[21] 같은 양반이다 보니 그런 사람들은 하나같이 한몫 단단히 챙기려고 잔뜩 몰려들어 그에게 아부를 하곤 했습니다. 만일 진 수재가 돈도 없고 인색한 사람

---

20) 이득이 있는 곳이라면~[利之所在, 無所不趨]: 명대의 격언. 이익이 생기는 곳이라면 사람들이 온갖 방법을 다 써서 끼어들려고 하는 것을 두고 하는 말이다.

21) 도총관都摠管: 중국 고대의 벼슬 이름. 중앙 정부와 지방 정부에서 군정을 관장했다. 처음에는 전자를 도부서都部署, 후자를 지역별로 마보군부서馬步軍部署로 부르다가 영종英宗 조서趙曙(1032~1067)에 이르러 황제의 이름자를 피하기 위하여 각각 도총관都摠管과 총관摠管으로 개칭했다. 지금의 총사령관과 사령관 정도에 해당한다. '모두 총摠'을 '거느릴 총總'으로 쓰는 경우도 있는데 착오이다. 여기서의 "도총관"은 비유적으로 사용된 것이므로 단순히 '우두머리·수장' 정도의 뜻으로 이해하면 되겠다.

이었다면 그 사람들은 그림자 하나 얼씬하지 않았을 테지요. 그러다 보니 당시 남경 성내에서는 진 수재를 모르는 사람이 없을 정도였습니다. 진 수재는 시도 읊고 노래도 지을 줄 아는 데다가 사람까지 다 정하고 붙임성이 있었지요. 그러다 보니 홍등가의 기생치고 진 수재를 좋아하지 않는 이가 하나도 없을 정도였지 뭡니까. 그렇게 흡족할 수가 없고 그렇게 즐거울 수가 없었거든요. 그야말로

아침이면 아침마다 한식이요,　　　　　　　　朝朝寒食,
밤이면 밤마다 원소로구나!22)　　　　　　　　夜夜元宵。

세월은 물 흐르듯이 흘렀습니다. 진 수재가 그렇게 방탕한 생활을 즐긴 지가 칠팔 년이나 되다 보니 가산은 깨끗하게 거덜이 나고 말았습니다. 아내 마 씨가 매번 간곡하게 설득을 했지만 왕년의 나쁜 버릇이 고쳐질 리가 없었지요. '오늘은 세 군데, 내일은 네 군데' 하는 식으로, 예전처럼 그렇게 통쾌하고 수월하지는 못했습니다마는 그래도 수중에 돈이 좀 모였답시고23) 반년 정도를 또 그런 식으로 흥청망청 써댔답니다. 그러다 보니 지금은 좀 쪼들리는 참이었습니다. 마 씨도

---

22) 아침이면 아침마다~: 명대의 속담. 명절을 쇠듯이 아침저녁 매일 사치와 향락에 빠져 지내는 것을 두고 하는 말이다. 한식寒食은 동지冬至로부터 105일째 되는 날로, 명대에는 이날 복사꽃을 넣어 끓인 죽을 먹었다고 한다. 원소元宵는 정월 대보름으로, 등불을 내걸고 음식을 먹으면서 등불을 감상해서 '등절燈節'로 불리기도 했다.

23) 【교정】 모였답시고[挊湊]: 상우당본 원문(제598쪽)에는 앞 글자가 '화살통 뚜껑 붕挊'으로 나와 있으나 원래는 '붙일 병拼'을 써야 다음 글자 '모일 주湊'와 함께 '모으다·모이다'라는 의미의 복합어 '병주拼湊'가 되면서 뜻이 통한다. 화본대계판제244쪽에서는 '붕挊'을 '병拼'의 오자로 보았다.

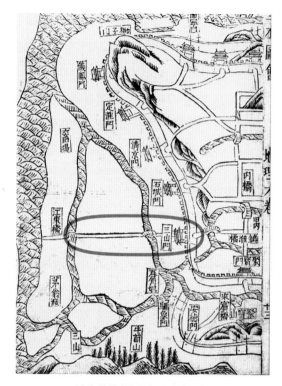

남경 삼산가의 모습.《삼재도회》

그 낌새를 눈치 채고

"아예 다 거덜 내세요. 그래도 살 집은 있잖아요?"

하면서 다시는 남편을 설득하려 들지 않았지요.[24] 진 수재야 돈으로 인심이나 쓸 줄 알던 사람이었습니다. 그러니 단번에 어디 가서 돈을 융통한단 말입니까? 쓸 돈조차 없자 주위 사람들은 그를 부추겨

---

24) 【즉공관 미비】是大見。若不識機而强爭, 徒多鬧吵耳。대단한 식견이군! 만일 시기를 제대로 알지 못하고 무리하게 싸웠다가는 공연히 소란만 생길 뿐이거든.

계약서를 써서 삼산가三山街[25)]에서 전당포를 하는 휘주徽州 사람 위衛 조봉한테 가서 돈을 삼백 냥 꾸게 했습니다. 그 조봉은 조봉대로 돈이라면 아주 환장을 하는 돈귀신이었습니다. 그렇기는 해도 역시 진 수재의 명성이 더 크다 보니 위 조봉도 설마 그가 갚지 못할 거라고는 여기지 않았지요. 그래서 선뜻 은자 삼백 냥을 빌려 주고 삼할을 이자로 받기로 했습니다. 그러나 진 수재가 그 돈으로 변함없이 펑펑 써 젖힌 것은 말 할 필요도 없습니다.

다시 이야기를 들려드리지요. 위 조봉은 평소 인정머리라곤 없는 인간이었습니다. 그가 처음 남경에 왔을 때만 해도 그의 가게는 아주 작은 전당포에 불과했습니다. 그러나 양심은 내팽개치고 갖은 방법을 다 동원해서 돈을 끌어모았지요. 예컨대 누가 물건을 잡히러 오면 그는 질이 떨어지는 그런 은자를 문은紋銀으로 속이는가 하면,

명대의 문은 한 냥
'홍치연간' 글자가 보인다.

아주 작은 천칭으로 달고 거기다가 몇 푼씩 속이기까지 했답니다. 나중에 그 사람이 물건을 찾으러 오면 이번에는 큰 천칭으로 다는 것은 물론이고, 돈을 더 내놓으라는 등 값을 더 잘 쳐줘야 한다는 등 하면서 액수가 조금이라도 적으면 아예 물건을 돌려주지 않기가 일쑤였지

---

25) 삼산가三山街: 남경의 거리 이름. 남경 남서쪽 양자강 남안의 삼산三山을 따라 거리가 조성되어 그렇게 불렸다고 한다. 당대 시인 이백李白도 〈등금릉봉황대登金陵鳳凰臺〉에서 "삼산의 반은 푸른 하늘 너머로 떨어지고, 두 물은 중간에 백로주에서 나뉘네三山半落靑天外, 二水中分白鷺洲"라고 삼산의 경치를 노래한 바 있다. 위 지도에서 동그라미로 표시된 거리가 삼산가이다.

요. 또 어쩌다가 금·은·진주·보석으로 된 패물이라도 잡히러 온다고 칩시다. 그 금이 꽤 물건이 될 것 같으면 똑같은 것을 두 개 만드는 식으로, 몰래 복제해 바꿔치기까지 했답니다. 그런 식으로 굵은 진주는 작은 진주로 바꿔치고 고급 보석은 싸구려 돌로 바꿔쳤습니다. 이런 속임수가 이루 헤아릴 수도 없을 정도였지요.

진 수재의 삼백 냥의 채무로 말할 것 같으면, 위 조봉은 그의 별장을 양도받을 속셈이었습니다. 그래서 평소에는 빚을 받으러 사람을 보내지 않았지요. 그렇게 삼 년 동안 눈독만 들이고 있다가 이자가 딱 원금만큼 불어나자마자[26] 당장 사람을 진 수재 집으로 보내 빚을 갚을 것을 요구했습니다. 진 수재도 그때는 이미 돈이 바닥나서 마음을 접고 집에서 글공부만 하던 참이었지요. 그런데 위 씨네 하인이 와서 위 조봉이 채무 이행을 요구한다는 말을 전하러 온 것을 보고도 속으로 도무지 어찌할 방법이 없지 뭡니까. 그저 몇 번이나

"집에 안 계시니 귀가하셨을 때 다시 오시지요."

하고 둘러대게 하는 수밖에 없었지요. 이런 말이 있지요.

"마주치기 무서운 것은 요괴요,   怕見的是怪,
피하기 어려운 것은 빚이로다.[27]"   難躲的是債。

그런 식으로 몇 번 대응하니 상대 쪽에서도 당연히 더 이상 그 말을

---

26) 【즉공관 미비】放債者心術如此。빚을 놓는 자들 속셈이 늘 이런 식이지.
27) 마주치기 무서운 것은 요괴요~[怕見的是怪, 難躲的是債]: 명대의 속담. 가난한 사람은 빚을 독촉하는 빚쟁이를 요괴만큼이나 무섭게 여긴다는 뜻으로 한 말이다.

믿지 않을 수밖에요. 위 조봉은 날마다 사람을 보내 빚을 독촉했습니다. 진 수재는 그때마다 꼭꼭 숨어만 있을 뿐이었지요. 위 조봉은 심부름 간 사람에게 집에 들어가서 죽치고 앉아 기다리거나 심지어 험한 말을 하라고 할 수밖에 없었습니다. 진 수재는 진 수재대로 그때마다 울분을 억누르면서 나오는 소리조차 도로 삼킬 수밖에 없었지요.

그야말로 돈이 있을 때는 신조차 안 무섭더니,	正是有錢神也怕,
돈이 바닥나자 귀신조차 사람을 능멸하누나.	到得無錢鬼亦欺。
오늘 이런 수모 당할 줄 진작 알았더라면,	早知今日來忍辱,
당초에 그렇게 방탕하게 살지는 않았을 것을.	却悔當初大燥脾。

진 수재는 그 같은 소란을 감당하기가 어려웠지요. 그래서 어쩔 수 없이 안에서 나와 당초 거간을 섰던 사람에게 이렇게 털어놓았습니다.

"위 가네 주인한테 진 빚은 원금과 이자를 합치면 육백 냥일 거요. 지금으로서는 나도 당분간은 정말이지 해결할 방법이 없구려. (…) 호수 건너편의 이 별장은 값이 얼추 천 냥 남짓 되지. 내 이 집을 위 가에게 잡힐까 싶소. 위 조봉이 내게 천 냥을 채워주기만 하면 말이오. (…) 다들 나를 위해서 이 일을 성사시켜준다면 사례하리다."

사람들은 진 수재에게 갚을 돈이 없다는 것을 눈치 채고 그의 말대로 따를 수밖에 없었습니다. 사람들이 위 조봉에게 가서 이 사실을 알리자 위 조봉이 말하는 것이었습니다.

"내가 지난번에 그의 집을 둘러본 적 있소. 그런 별장이 어떻게 천 냥이나 된단 말이요? 그 양반 참 허풍도 어지간하구먼! (…) 지난번 육백 냥만 해도 나로서는 많이 쳐준 것 같은데 여러분은 어떻게 그런 소리를 다 하시오!"

그래서 당초 거간을 섰던 사람이 말했지요.

"조봉님, 그 별장은 육백 냥으로는 어림도 없습니다. 그 양반이 지금 쪼들리는 틈을 타서 되는 대로 백 냥 정도 은자를 쳐주고 그의 별장을 챙기면 아주 남는 장사올시다. 혹시라도 또 다른 물주가 나타나서 그걸 사들이기라도 해봐요. (…) 그런 좋은 별장은 많지 않습니다요."

위 조봉은 그 말을 듣고 얼굴에 핏대를 세우면서 말했습니다.

"애초에 당신들은 기를 쓰고 '아주 훌륭한 고객이니까 돈을 꿔주라'고 바람을 잡았었지. 그러더니만 원금과 이자는 한푼도 안 갖다주고 외려 또 나한테서 은자를 받아 챙기려고 드는구려! (…) 난 그 집에 들어가 살 생각도 없어요. 그런 허름한 집 있으면 뭐 할 건데[28]? 그 육백 냥이라도 받겠다면 좀 밑지더라도 그 집을 받겠소이다. 하지만 그럴 생각이 없다면 그냥 내

청대의 저당 증명서

---

28) 【즉공관 미비】 放債者口談如此。 빚을 놓는 사람들 입담이 다 이런 식이지.

돈 돌려달라고 해요!"

그는 하인들을 부르더니 거간꾼들을 따라가서 자신의 말을 전하게 했습니다. 사람들은 다 같이 진 수재 집으로 가서 자초지종을 일러주었지요. 그랬더니 진 수재는 하도 기가 막혀서 눈이 휘둥그레지고 입이 딱 벌어지는 것이 아닙니까. 뭐라고 한마디 퍼붓고 싶었지요. 그러나 따지고 보면 자신이 일을 잘못한 탓인 데다가 돈 문제를 해결할 방법도 없으니 어떻게 그와 싸움을 벌이겠습니까? 그저 웃는 얼굴로 이렇게 말하는 수밖에 없었지요.

"천금 가치가 없다고 하시니 그럼 팔백 냥으로 쳐주어도 됩니다. 그 집을 처음 지을 때에는 천이삼백 금이나 들었소이다마는 지금도 그렇게 쳐달라고 할 수는 없겠지. (…) 수고스럽겠지만 여러분이 다시 가서 소생의 뜻을 좀 전해주십시오."

그러나 사람들은 고개를 가로젓는 것이었습니다.

"곤란합니다, 곤란해요! 아까 우리가 백 냥 정도만 더 쳐드리라고 해봤는걸요. 그랬는데도 위 조봉은 안색을 바꾸더니 '내가 살 생각도 없어요. 더 달라고 하실 거라면 아예 내 돈 돌려주시오!' 하더군요. 그렇게 난리를 치는 판국인데 나리께서 팔백 냥을 요구하시면 만년이 가도 성사되기 어렵습니다요!"

그러자 진 수재가 다시 말했습니다.

"재산 문제는 중대한 일입니다. 어떻게 말 한마디로 결정할 수 있겠습니까. (…) 위 조봉 입장에서야 내가 처음에 요구한 액수가 너무 많아서 일부러 난색을 표하는 척한 게지. (…) 지금 다시 이백 냥을 더 줄여서 달라고 하면 … 마다할 리가 있나요."

사람들은 자신들 말이 먹혀들지 않자 다시 위 조봉을 찾아가서 그 말을 전했지요. 위 조봉은 그래도 수락은커녕 핏대만 올리다가 들어가버리는 것이었습니다.[29] 이윽고 하인 너덧 명이 나오더니 사람들에게 말했습니다.

"조봉님이 저희더러 '진 수재 댁에 가서 돈을 받아 오되 별장 이야기는 아예 꺼내지도 말라'고 하십니다."

사람들은 글렀다 싶었는지 진 씨네로 그 하인들을 데리고 갈 수밖에 없었지요. 도착한 후에도 사람들은 아무 소리도 못 하고 위 씨네 하인 몇 명만 언성을 높이는 것이었습니다.

"조봉님께서 우리더러 여기 죽치고 있으라십니다. 빌려 간 돈 다 갚으실 때까지 말입니다!"

진 수재는 그 말을 듣고 무안해져서 성을 내면서도 차마 입을 뗄 수가 없었습니다. 그래서

"저 대신 위 씨네 하인들을 잘 달래서 돌려보내십시오. 제가 다시 궁리해보겠습니다."

---

29) 【즉공관 미비】放債者身分如此。빚을 놓는 자들 수준이란 것이 다 이런 식이지.

위 조봉이 모진 마음으로 값진 재산을 노리다.

사람들은 사과를 하기도 하고 덕담을 하기도 하면서 그들을 달래 돌려보내고 자신들도 각자 집으로 돌아갔습니다. 그러나 진 수재는 속에서 치솟는 울분을 풀 길이 없어서 집 안으로 들어와서 책상을 쳤다[30] 걸상을 두드렸다 하면서 한탄과 한숨을 번갈아 터뜨렸지요. 마 씨는 그런 그의 모습을 보더니 상황을 눈치 채고 일부러 놀려대는 것이었습니다.

"서방님, 화류계나 홍등가라도 가서 술도 실컷 마시고 노래도 신나게 부르면서 밤새도록 즐기지 그러세요? 여기서 한숨만 쉬면서 우울해하시니 풍류를 몰라도 너무 모르시는군요[31]?"

그러자 진 수재가 말했습니다.

"부인, 그렇게까지 사람을 놀려야 속이 후련하시오? 당초 당신 말을 듣지 않고 돈과 재물을 너무 쉽게 생각하는 바람에 오늘날 그 휘주 놈한테 이 같은 수모를 당하는구려! (…) 진회호 건너편 별장을 넘기고 이백 냥을 달라고 할 참이었소. 한데, 그 놈이 끝까지 받아들이지 않고 한사코 돈을 갚으라고 하는구려. 거기다가 하인까지 몇이나 우리 집에 죽치고 앉아 지키게 하다니! (…) 지인들 덕분에 간신히 달래

---

30) 【교정】 쳤다[垂]: 상우당본 원문(제605쪽)에는 '드리울 수垂'로 나와 있으나 원래는 바로 뒤에 이어지는 '두드릴 박拍'과 의미상으로 통하는 '채찍질할 추捶'를 써야 옳다. '주捶'는 원래 의미가 '재찍'(명사) 또는 여기서 파생된 '채찍질하다(동사)'이지만 근세 이후로는 '때리다·치다'로까지 그 의미가 확장되었다.

31) 【즉공관 미비】 此時可勸矣, 眞知機婦人也。 이때쯤이면 설득이 가능해지지. 적절한 시기|timing를 정말 잘 아는 여인이로고!

서 보내기는 했는데 내일 아침에 분명히 또 올 게요. 아무리 그래도 그렇지 우리 이 별장이 겨우 육백 냥 값밖에 되지 않을 리가 있소? 그러나 이제는 어찌할 방법이 없구려!"

"서방님은 당초 방탕하게 지낼 때 우리 집이 밑 없는 곳간이나 마르지 않는 물이라도 되는 줄 알고 천 냥이 넘는 돈을 펑펑 쓰셨지요. 그러다가 지금 와서 남한테 고작 일이백 냥을 꾸려 해도 이처럼 힘들 줄은 모르셨지요? 더 주기 싫다고 하니 그냥 그 집을 넘기고 말지 고민은 또 왜 하십니까? 삼 년 전만 해도 몇 개나 되는 별장까지 다 잡힐 기세더니 … 고작 이 한 채에 연연하시다니요?"

진 수재는 마 씨에게 한바탕 핀잔을 당하자 실소만 할 뿐 아무 대꾸도 못한 채 그날 밤은 속이 좀 언짢았던지 저녁밥을 좀 먹고 손발을 씻자마자 바로 잠자리에 드는 것이었습니다. 이런 말이 있지요.

"즐겁게 놀 적에는 밤이 그토록 짧더니만,　　　歡娛嫌夜短,
　외톨이 되고 나니 밤 긴 것이 야속하구나![32]"　　寂寞恨更長。

진 수재는 그 일이 마음에 걸렸던지 이리 뒤척, 저리 뒤척거리느라 동이 틀 때까지 잠을 설치고 말았습니다. 그렇게 오경이 되고 새벽닭이 울고 나니 몸이 피곤하고 정신이 몽롱해서 잠 생각이 간절한데, 가만히 들어보니 가동이 몇 번이나 들락거리면서 말하는 것이었지요.

---

32) 즐겁게 놀 적에는~[歡娛嫌夜短, 寂寞恨更長]: 명대의 속담. 때로는 '즐겁게 놀 적에는 밤이 짧더니만, 외톨이 되고 나니 밤이 길기도 하다歡娛夜短, 寂寞更長' 식으로 사용되기도 했다.

"위 씨네에서 와서 돈을 갚으랍니다. 새벽같이 들이닥쳐서 말입니다!"

진 수재는 더는 견디지 못하고 마지못해 몸을 일으키더니 지난번에 거간을 섰던 사람들을 불러들여

"아무개의 별장을 아무개에게 은 육백 냥에 매도한다"

라는 내용의 땅 문서를 작성해서 그들에게 넘겨버렸습니다. 사람들은 어제와는 달리 기꺼이 그 문서를 받아 가서 위 조봉에게 전달하는 것이었습니다. 진 수재로서야 분하기는 했지만 집안이 낭패를 보지 않으려면 집을 포기하는 수밖에 없었지요. 위 조봉은 위 조봉대로 원래 별장에 마음이 없었던 것도 아니고, 정말 꾸어주었던 돈을 돌려받을 작정도 아니었습니다. 진 수재가 몹시 쪼들리는 것을 보고 무조건 빚 독촉을 해대면 그 별장도 당연히 자기 수중에 들어올 거라고 믿고 있었습니다. 그랬더니 지금 진 수재가 정말 그 등쌀에 견디다 못해 어쩔 수 없이 별장을 넘기고 말았지 뭡니까. 위 조봉이 아주 만족스러워한 것은 더 말할 필요도 없었지요.

다시 이야기를 들려드리도록 하겠습니다. 진 수재는 별장을 넘긴 뒤로 마음이 몹시 상했던지 내내 울상이 된 채 끼니도 거르고 잠까지 설치면서 이렇게 이를 갈았습니다.

"내가 뜻을 얻으면 반드시 놈에게 복수를 하고 말 데다!"

마 씨는 그의 그런 모습을 볼 때마다 이렇게 말하는 것이었지요.

"자기 탓은 하지 않고 외려 남을 원망하다니요? 남들은 돈이 생기면 당연히 온갖 수단과 방법을 다 동원해서 이득을 챙기려고 듭니다. 누가 서방님처럼 남의 돈으로 흥청망청 쓰고 그 꼴이 난답니까! (…) 과거에 무슨 제대로 된 일을 하나라도 하신 적이 있어요? 공연히 그런 좋은 집을 헐값에 날려버렸잖아요. 제발 그렇게 해달라고 누가 서방님한테 애걸이라도 합디까?"

"이 지경이 되었으니 나도 후회를 하지 않는 건 아니오. 허나, … 잘못을 저지른 것은 과거지사이니 이제는 후회해도 늦었지 않소!"

"말씀은 참 잘하십니다. 그러나 입과 마음이 따로 노는 것 같으니 후회한다는 말씀도 어울리지 않는 것 같군요. '탕아가 정신을 차린다는 것은 귀신이 사람으로 변하는 것과 같은 격이다[33]'라는 말도 있지 않습니까? (…) 이제 수중에 아무것도 없으니 그저 목을 움츠리고 방 구석에 틀어박혀 속상해하시는 거지요. 백 냥, 이백 냥이라도 돈이 생기면 보나마나 또 풍류나 즐기고 허랑방탕하게 놀려고 들 것 아니에요?"

그러자 진 수재는 한숨을 쉬더니 말했습니다.

"부인, 내 속을 그렇게도 모른단 말이요? 사람이 무슨 풀이나 나무도 아니고 어떻게 그렇게 생각이 없을 리가 있겠소! (…) 내가 당초 농사

---

33) 탕아가 정신을 차린다는 것은~[敗子若收心, 猶如鬼變人]: 명대의 속담. 탕아를 개과천선하게 만드는 것은 귀신을 사람으로 만드는 것만큼 어려운 일이라는 뜻이다.

따위는 모르고 살아서 남들이 바람을 넣으면 주야로 음풍농월이나 하면서 마시고 즐기다가 가산을 탕진한 건 사실이요. 허나, … 지금은 이미 처량한 신세를 겪을 만치 겪었고 남들의 냉대도 받을 만큼은 받았소이다. 그런데도 '풍류' 두 글자에 솔깃하다면 그게 어디 사람이겠소!"

"그러시다니 그나마 희망이 좀 보이네요. 저는 서방님이 오강烏江34)까지 몰리지 않으면 절대로 포기하지 않을 줄 알았지요. 이제 오강까지 몰린 이상 그런 허튼 생각도 버리는 것이 옳습니다. 서방님, … 만일 은자가 생기면 어떻게 하실 작정이세요?"

"만일 은자만 생기면 기필코 먼저 그 별장부터 되찾아 그 휘주 놈에게 한바탕 무안을 주고 분을 풀 작정이요. 그 밖에도 … 가게라도 하나 차리거나 땅 마지기라도 좀 산다면 분수 지키고 살면서 입신출세하는 것이 내 소원이요. 만일 천 냥 정도의 자산이 생기면 그걸로도 충분하기는 하겠지. 허나, … 어디서 그런 돈을 구하겠소? 그저 매실을 떠올리면서 갈증을 풀고 그림의 떡이나 보면서 허기를 달랠 수밖에 …."

말을 마친 진 수재는 탁자를 내려치면서 한숨을 쉬는 것이었습니다. 마 씨는 그제야 잔잔히 미소를 지으면서 말했습니다.

---

34) 오강烏江: 중국 안휘성 화현和縣 동북쪽에 있는 하천. 진秦나라 말기에 중원의 패권을 놓고 한왕漢王 유방劉邦과 각축을 벌이다가 해하垓下에서 참패한 초楚 패왕霸王 항우項羽(BC232~BC202)가 자결한 곳으로 유명하다. 여기서 "오강까지 몰리지 않으면 절대로 포기하지 않는다"는 패가망신을 해야 제정신을 차릴 거라는 뜻으로 한 말이다.

"정말 그 말씀대로만 하신다면야 … 천 냥인들 뭐 그리 어려운 일이 겠습니까?"

진 수재는 '아내가 그런 말을 하는 데에는 다 이유가 있다' 싶어서 그 말이 끝나기가 무섭게 물었습니다.

"은자가 … 어디 있길래? (…) 남들한테 가서 빌린다는 게요, 아니면 친구들을 찾아가서 계35)라도 들 작정이요? 그게 아니라면 은자가 어디서 나겠어!"

그러자 마 씨가 또 웃으면서 말했습니다.

"꼭 빌려야36) 한다면 이번에도 위 조봉한테 빌려야지요. '세상인심은 상황 따라 차가워졌다 따뜻해졌다 하는 법이요, 사람 표정도 상대지위가 높으냐 낮으냐에 따라 달라지는 법'37)이라지 않습니까.38) (…)

---

35) 계[結會]: '결회結會'는 명대에 소주蘇州 등 강남 지역에 유행한 상부상조 제도로, '청회請會·탑회搭會·주회做會'로 불리기도 했다. 누구든지 여유롭든 가난하든 간에 형편이 어려워지면 친지들을 초대하여 돈을 융통해 자신이 먼저 쓰고 그 다음부터 차례로 원금을 갚아 나가는 방식으로 운영되었다고 한다. 그 융통방식이 우리나라의 계契와 흡사하므로 여기서는 편의상 '계'로 번역했다.

36) 【교정】 빌려야[那借]: 상우당본 원문(제610쪽)에는 첫 글자가 '어찌 나那'로 나와 있으나 전후 맥락을 고려할 때 '옮길 나挪'를 써야 옳다.

37) 세상인심은~[世情看冷煖, 人面逐高低]: 송대의 승려 숭악崇嶽(1132~1202)이 지은 시 〈송고頌古〉 25수 중의 1수에서 인용한 구절로, 세상의 인심은 상황이나 상대에 따라 다르게 나타나거나 수시로 변하기 마련이라는 뜻이다. 원문은 "물살이 빠르면 고기가 다니기 힘들고 봉우리가 높으면 새가 깃들지 않는 것처럼, 세상 인심이란 [상대의 형편에 따라] 차갑기도 하고 따뜻하기

서방님의 이런 처지를 보고 어느 친구가 은자를 내서 서방님하고 계를 하려고 들겠습니까. 차라리 자기 집안에서 찾는 쪽이 어쩌면 활로가 좀 있을지도 모르지요."

"자기 집안에서 찾다니 … 대체 누구한테 말이요? 혹시 … 당신한테 나를 도울 묘책이라도 있는 게요? 제발 나한테 그 길을 하나 알려주시구려. 그러면 정말 그보다 큰 은혜는 없을 게요!"

"평소에 함께 환락을 즐기고 유람을 다니던 서방님의 그 지음知音들은 어째서 서방님을 한번 거들떠보지도[39] 않는 걸까요? 이제 보니 이 지경이 되고 나니 결국은 저만 바라보고 알려달라 말라 비는 길밖에 없지요? (…) 저는 일개 아녀자일 뿐인지라 서방님에게 알려드릴 것이 없습니다. 그저 서방님 잘못이나 따질 뿐이지요."

"부인, 무슨 이야기이든 다 해보시구려. 다 따르리다!"

"서방님 이제 정말 마음을 접고 열심히 사시겠습니까?"

"부인, 왜 또 그런 소리를 하시오! (…) 이 진형이가 만일 또 홍등가에 발을 들여놓는다면 영원히 장래가 불행해져서 비명에 횡사하고

도 한 법이요, 사람 표정이란 [상대의 지위가] 높으냐 낮으냐에 따라 달라지는 법이라네水急鱼行涩, 峰高鸟不棲. 世情看冷暖, 人面逐高低."이다.

38) 【즉공관 미비】透盡人情。사람 마음을 다 꿰뚫고 있군!

39) 【교정】거들떠보지도[聰保]: 상우당본 원문(제610쪽)에는 앞 글자가 부수가 '귀 이耳'인 '수聰'로 나와 있으나 전후 맥락을 고려할 때 원래는 부수가 '눈 목目'인 '노려볼 추瞧'를 써야 옳다. '추'는 원래 의미가 '노려보다'이지만 근세 이후로는 '보다'로 그 의미가 확장되었다.

말 게요!"

진 수재가 이렇게 맹세하니 마 씨는 그제야 말하는 것이었습니다.

"그렇게 말씀하시니 저도 지금 당장 별장을 서방님한테 되찾아드리겠습니다."

상방(곁채)의 위치

말을 마친 마 씨는 열쇠를 가지고 바로 문을 열고 곁채 방[40] 컴컴한 구석으로 갔습니다. 웬 가죽 상자를 가리키면서 진 수재를 보고 말하

---

40) 곁채 방[廂房]: 중국에서는 전통적으로 문을 들어서서 정면에 보이는 가옥을 '정당正堂'이라고 하고 그 방을 '정방正房'이라고 한다. 그리고 정당을 축으로 좌우로 각각 '상방廂房'이 배치되는 것이 보통이다. 중국 원대의 극작가 왕실보王實甫(?~?)가 지은 러브스토리의 제목 《서상기西廂記》는 글자대로 하면 '서쪽 상방의 사랑 이야기' 정도로 번역된다. 중국과 우리나라는 가옥 구조와 명칭이 서로 달라서 딱 떨어지게 대입해서 번역하기 어렵지만 여기서는 편의상 '상방'을 '곁채 방'으로 번역했다.

는 것이었지요.

"이것들을 가지고 가시면 별장을 되찾을 수 있을 겁니다. 남은 것은 제게 돌려주시고요."

생각지도 않은 희소식을 들은 진 수재는 도무지 믿기지가 않았습니다. 그래서 그 뚜껑을 걷어내고 보는데 가만 보니 새하얀 은자들이 놓여 있는 것이 아닙니까. 얼추 천 냥은 됨직해 보였지요. 진 수재는 별안간 눈물을 왈칵 쏟았습니다.[41]

"서방님, 왜 슬퍼하십니까?"

"나는 못나서 가산을 다 날렸는데 … 우리 어진 부인께서 알뜰살뜰 살림을 한 덕분에 이렇게 많은 재물을 모아 옛 집을 되찾을 수 있게 되었구려! (…) 사내 구실도 제대로 못 하고 … 몸 둘 바를 모르겠소!"

"서방님이 개과천선하신다면 가문에 경사가 생기는 격입니다. 내일 당장 별장을 되찾으십시오. 어물거릴 시간이 없습니다!"

진 수재는 몹시 기뻐하면서 그날 밤을 보냈습니다. 그리고 이튿날, 사람을 시켜 당초 계약에 입회했던 거간꾼 몇 사람에게 '위 조봉한테 가서 육백 냥의 은자를 갚고 별장을 돌려받겠다는 뜻을 전해줄 것'을 부탁했지요. 그러나 위 조봉이 그런 이득을 본 마당에 어디 호락호락 집을 돌려줄 리가 있겠습니까? 대뜸 이렇게 둘러대는 것이었지요.

---

41) 【즉공관 미비】此淚出, 悔心之極也。 이렇게 눈물이 나올 때가 뉘우치는 마음이 절정에 이르렀을 때지.

"애초에 저한테 넘기실 때는 온통 집이 주저앉고 땅도 황폐해진 상태였소이다. 그랬던 것을 제가 이번에 건물도 새로 짓고 삐까번쩍하게 수리도 하고 꽃과 나무까지 여기저기 심고 가지런하게 잘 가꾸어 놓았단 말입니다. 한데, … 고작 육백 냥 은자로 찾아가겠다고요? (…) 사람이 염치가 있어야지! 정 되찾아가고 싶다면 지금은 은자 천 냥은 내놓고 찾아가든가 하십시오!"

사람들이 그 말을 진 수재에게 전하자 진 수재가 말했습니다.

"그렇다면 내가 직접 살펴봐야겠구려. 정말 증축하거나 수리를 했는지, 그 비용은 얼마나 될지 말이요. 그런 다음에 거기에 맞추어서 찾아가면 되겠지."

하더니 사람들과 함께 별장으로 가서 물었지요.

"조봉은 어디 계시오?"

그러면서 가만 보니 웬 어멈[42]이 말하는 것이었습니다.

"조봉님은 방금 전에 전당포에 가셨습니다. (…) 집에는 여자들만 있으니 나리들께서는 급한 일이 아니라면 들어가지 마십시오!"

"잠시 바깥에서 좀 둘러보는 건 괜찮겠지."

---

42) 어멈[養娘]: '양낭養娘'은 송대에 하녀를 부르던 호칭이다. 인신의 자유가 없는 노비의 경우와는 달리, 금전을 매개로 고용-피고용의 계약을 맺어 주종관계가 결정되었다. 일반적으로 침모, 식모 등과 같이 나이가 좀 있는 하녀를 부름이기 때문에 여기서는 편의상 "어멈"으로 번역한다.

사람들이 이렇게 말하자 그 어멈도 사람들을 들여보내 구경을 시키는 수밖에 없었지요. 그런데 알고 보니 그 별장은 낡은 건물들만 있고, 마루의 널판 몇 개 갈고 비가 새는 곳 몇 군데 고치고 난간의 부러진 나무 서너 개 손 본 정도에 불과했습니다. 모두 답이 나오고 그 차이도 딱 보이는데 무슨 증축을 했다는 말입니까? 그래서 진 수재는 돌아와서 사람들을 보고 말했습니다.

　　"별장에는 하나도 증축한 것이 없습니다. 그런데 어째서 나더러 돈을 더 내놓으라는 걸까요? (…) 애초에 내가 이 별장을 잡히고 은자 이백 냥을 꾸어달라고 했을 때 그자는 내 형편이 궁색한 것을 알고 우리 별장을 노리고 갖은 방법을 다해서 자기 수중에 넣었지. 그래놓고 이번에는 또 돈을 더 내놓으라고? (…) 고양이 먹이를 고양이 밥이라고 섞어43) 내놓는 격44)이니 … 정말 이래도 되는 겁니까? 이 진가가 그때는 속수무책으로 당했지만 이번에는 절대로 그자 농간에 놀아나지 않겠습니다! 여러분, 이 육백 냥을 그자한테 주고 집을 내놓

명대의 전당포. 창문도 없이 단단히 막혀 있는 구조가
인상적이다. 구영, 〈소주 청명상하도〉(부분)

으라고 하십시오. 그렇게만 해도 그자는 이자로 삼백 냥이나 챙기는 셈이니까."

사람들은 처음에는 위 조봉에게 가서 그 말을 전할 엄두를 못 냈습니다. 그러나 진 수재가 꽤 많은 은자를 운반해 나오는 것을 보더니 금세 마음이 누그러지는 것이었지요. 그래서 왕년의 그 아부하던 버릇을 또 발휘해서 너도나도 대답하는 것이었습니다.

"나리 말씀이 지당하십니다. 소인들이 가서 전하지요!"

사람들은 은자를 가지고 가서 위 조봉에게 주었습니다. 그러나 위 조봉은 액수가 적다며 받으려 들지 않았지요. 그러다가 도무지 사람들을 설득하기 어려워지자 일단 받는 수밖에 없었습니다만 별장을 양도할 날짜는 악착같이 밝히지 않는 것이었습니다. 사람들은 그가 은자를 받은 이상 대세는 정해졌다고 여겼습니다. 그래서 영수증을 받아 와 진 수재에게 보고하고 나서 각자 집으로 돌아갔답니다.

며칠이 지났을 때였습니다. 진 수재는 다시 사람을 보내 별장을 내

---

43) 【교정】섞어[伴]: 상우당본 원본(제614쪽)에는 '짝할 반伴'으로 되어 있으나 전후 맥락이나 제32권 〈음행에 빠진 호 선비는 아내를 바꾸고 좌선하던 선사는 응보의 이치를 드러내다喬兒換胡子宣淫, 顯報施臥師入定〉에 소개된 동일한 속담 "고양이 꼬리를 잘라다 고양이 밥으로 섞어 준다割猫兒尾拌猫兒飯"를 감안할 때 '섞을 반拌'의 오자로 보는 것이 옳다.

44) 고양이 먹이를 고양이 밥이라고 섞어 내놓는 격將猫兒食猫兒拌飯: 명대의 속담. 고양이가 먹던 먹이를 빼앗아서 도로 밥으로 준다는 뜻으로, 눈속임으로 사람을 우롱하거나 남의 재물로 생색을 내면서 전혀 아까워하지 않는 것을 두고 한 말이다. 때로는 제32권에서와 같이 "고양이 꼬리를 잘라다 고양이 밥으로 섞어 준다割猫兒尾拌猫兒飯" 식으로 사용되기도 한다.

놓을 것을 독촉했습니다. 그러나 위 조봉은 난데없이 이러는 것이 아닙니까.

"수리하고 개조한 돈을 넉넉하게 갚으셔야 집을 비워드리지요. 그러지 않으면 절대로 이사 못 나갑니다!"

몇 번이나 독촉을 해도 똑같이 둘러대는 것이었지요. 그러자 진 수재는 버럭 성을 내면서 말했습니다.

"그놈이 이렇게까지 버티다니! 만일 놈과 송사를 벌인다면 이치상으로는 나를 이기기 어렵지만 시원하게 처리하기는 어려울 텐데 …. 놈을 손봐줄 묘책을 차근차근 찾아보자. (…) 네가 나가지 않으면 겁낼 줄 아느냐? 지난번에 놈이 돋운 분이 아직 풀리지도 않았는데 이번에 또 사람을 우롱하다니! 이 울분을 어떻게 삭힌담?"

이때는 바야흐로 시월 중순이어서 달이 대낮처럼 밝았습니다. 그래서 진 수재는 우연히 호숫가 별장으로 나와 달구경을 하면서 한동안 산책을 했지요. 그런데 이런 말이 있지요.

'볼거리가 없으면   無巧
이야깃거리가 되지 않는다.[45]'   不成話。

---

45) 볼거리가 없으면~無巧不成話: 명대의 속담. 사람들의 이목을 끌 만한 관심
   거리나 줄거리가 없으면 이야깃거리가 되지 못한다는 뜻이다. 여기서의 '화
   話'는 '말word'이 아니라 '이야기story'로 이해해야 옳다. 때로는 '볼거리가
   없으면 책이 되지 않는다無巧不成書', '볼거리가 없으면 연극이 되지 않는
   다無巧不成戲' 등으로 쓰기도 한다.

가만 보니 진회호 상류 쪽 컴컴한 곳에서 웬 거무스레한 물체가 하나 떠내려오는 것 아닙니까. 진 수재는 시선을 집중해서 살펴보다가 깜짝 놀라고 말았습니다. 알고 보니 웬 시체가 양자강 쪽에서 흘러들어온 것이지 뭡니까. 그 시체는 딱 호숫가 별장 옆까지 떠내려와 있는 것이었지요. 마침 위 조봉 일 때문에 쩔쩔매고 있던 진 수재는 혼잣말로

"됐다, 됐어!"

하더니 즉시 가동 진록陳祿을 불렀습니다. 진록은 진 수재가 아끼는 측근으로, 사람이 충성스럽고 강직해서 진 수재가 일이 있을 때마다 어김없이 그와 의논을 하곤 했지요. 그래서 이번에도 그를 보고 말했습니다.

"내가 그 개 같은 위 가놈한테 모욕을 당하고도 분을 풀 길이 없구나. 놈이 내게 집을 돌려줄 생각조차 하지 않고 있으니 … 무슨 묘책으로 손을 보아야 좋을까!"

그러자 진록이 말하는 것이었습니다.

"마님도 따지고 보면 부유하고 고귀한 가문 출신입니다. 하찮은 집안 출신도 아닌데 그런 수모를 어떻게 견디실 수 있겠습니까! 쇤네들은 도저히 그 꼴은 두고 볼 수가 없습니다. 그렇지 않아도 놈과 목숨을 걸고라도 맞붙어서 마님의 분을 풀어드리려던 참이었습니다요."

"내게 지금 묘책이 하나 있는데 … 네가 내 뜻에 따라주어야겠다.

(…) 이러이러하게 해다오. 그러면 내 큰 상을 내리마."

진 수재가 이렇게 말하자 진록은 몹시 기뻐했습니다.

"묘책입니다, 묘책이에요!"

진록은 명령을 받들어 계책에 따라 일을 진행하기로 하고, 그날 밤은 각자 헤어졌지요.

이튿날, 진록은 품이 넉넉한 옷을 입고 평소 주인댁과 좋은 관계를 유지하고 있던 육삼관陸三官에게 부탁해 소개인 자격으로 자신을 앞세워 호수 맞은편으로 가서 위 조봉에게 몸을 의탁했습니다. 위 조봉은 그가 인물도 반듯하고 말솜씨도 있는 것을 보고 그를 받아들이고 집 한 칸을 머물도록 내주었습니다. 그러고는 그가 자유롭게 드나들면서 집을 쓰게 해주었는데 아주 부지런하고 쓸 만한 것이었습니다.

그런데 달포쯤 지난 어느 날이었습니다. 위 조봉이 아침 일찍 진록을 찾아가 땔감을 사오게 시키려고 가만 보니 집 문은 열렸는데 안에 사람이 보이지 않았습니다. 이곳저곳을 한참 찾아도 그의 모습이 보이지 않기에 다시 사람들을 시켜 사방을 찾아보게 했지요. 그런데도 다들 보이지 않는다고 고하는 것이었습니다. 위 조봉은 어차피 그에게 밑천을 들인 것도 아니었기에 그 일을 대수롭지 않게 여겼습니다. 그러면서도 진록의 행방을 수소문하려고 당초 그를 소개해준 육삼관을 부르려는데, 가만 보니 진 수재 집 하인 너덧이 위 씨네 집으로 몰려 와서 말하는 것이었습니다.

"우리 댁에서 한 달 전에 '진록'이라는 놈이 도망을 쳤소. 육삼관이 데려와 당신 집에 의탁하게 했다고 하던데 … 당장 놈을 불러서 우리를 따라가게 해주시오. 감추려고 들지 말고! 우리 댁 주인마님께서 고소를 하실 참이니까!"

"마침 한 달 전에 웬 사람이 내게 의탁하러 오긴 왔소이다마는 … 당신들 주인댁 사람인 줄은 몰랐구려. 한데, … 무슨 까닭인지 어젯밤 갑자기 도망을 쳤어요. 우리 집에는 정말 그 사람이 없소이다."

위 조봉이 이렇게 말하자 사람들이 말했습니다.

"또 도망을 칠 리가 있나! (…) 분명히 당신이 숨겨놓고 우리를 속이려 드는 게지! 없다면 어디 우리가 집안을 좀 뒤져봅시다 그려!"

"어디 당신들 마음대로 뒤져보시지? 뒤져도 안 나오면 나한테 따귀 좀 얻어맞을 준비들이나 하시오!"

위 조봉이 자신 있다는 투로 큰소리를 치자 사람들은 떼를 지어 집 안으로 들어가더니 쥐구멍까지 샅샅이 다 뒤질 기세이지 뭡니까. 참다못한 위 조봉이 성을 내려는 찰나였습니다. 가만 보니 사람들이 일제히 고함을 지르는 것이었습니다.

"여기 있었구나!"

위 조봉이 무슨 일인가 싶어서 다가가서 보는데 알고 보니 땅을 팠다가 덮은 곳에서 죽은 사람의 다리가 하나 나왔지 뭡니까, 글쎄! 위 조봉이 놀란 나머지 눈을 부릅뜨고 입까지 딱 벌리고 있을 때였지요. 사람들이 한 목소리로 외쳤습니다.

진 수재가 기막힌 꾀로 원래의 집을 되찾다.

"위 조봉이 우리 댁의 이놈을 죽이고 다리를 여기에 묻어놓았던 것이 분명하다! (…) 우리 댁 나리를 모셔 와서 관가에 출두할 일을 의논해야 겠구나!"

그러더니 그중 한 사람이 허둥지둥 집으로 가서 진 수재를 데리고 오는 것이었습니다. 진 수재는 노발대발해서 소리를 질렀습니다.

"사람 목숨은 하늘에 달린 것이거늘 어쩌자고 우리 집 하인을 죽였단 말인가! (…) 냉큼 부府 관아로 출두할 생각 하지 않고 무엇들 하는 게냐!"

그러고는 사람들에게 다리를 들려서 그 자리를 떠나려 하는 것이 아닙니까. 위 조봉은 벌벌 떨면서 그를 붙잡고 말했습니다.

"아이고 나리님 … 저는 정말로 사람을 죽인 적이 없습니다요!"

"허튼 수작 하지 마라! 그럼 이 다리는 어디서 난 게냐! 변명을 하려거든 관가에 가서 해라!"

부자 양반들이 가장 무서워하는 것이 관아에 끌려가는 일입니다. 하물며 사람 목숨이 달아나 버렸으니 오죽하겠습니까. 위 조봉은 싹싹 비는 수밖에 없었지요.

"일단 차근차근 의논 좀 하시지요.46) (…) 지금 진 나리께서 어떻게 처분을 내리시든 간에 무조건 따르겠습니다. 제발 … 관아에 가는 것

---

46) 【즉공관 미비】平日心術口談身分安在。평소의 그 심보, 입담, 수준 다 어디 갔나.

만큼은 좀 봐주십시오! 단서 하나 없는 이런 변사사건을 저더러 어떻게 감당하라고 그러십니까!"

"애초에 내 재산을 탐내고 돈을 돌려주지 않으려 들었던 것은 네놈이 아니었더냐? 지금 집을 차지하고 앉아 내게서 돈을 뜯어내려는 것 역시 네놈이지! 그렇게 온갖 횡포를 다 부리더니 이번에는 또 우리집 하인을 숨겨주는 척하고 죽이기까지 해? (…) 사사로운 원한을 이제 국법으로 갚게 되었구나! 내 절대로 용서하지 않겠다!"

"아이고 나리, 제가 잘못했습니다요! 집을 … 집을 … 나리께 돌려드리겠습니다요!"

그러자 진 수재가 말했습니다.

"네놈은 어째서 집을 증축했다고 거짓말을 했더냐? 네놈이 내가 이자로 준 돈 삼백 냥을 돌려주고 별장을 수리한 뒤 네 죄를 밝힌 진술서를 쓴다면 우리도 입을 닫겠다. (…) 이 다리만 태워 없애면 이 사건도 흔적 없이 감추어지겠지. (…) 그렇게 하지 않으면 오늘 대명천지에 네놈의 집안에서 사람 다리를 찾아낸 것을 모두들 두 눈으로 똑똑히 보았으니 … 이 소문이 퍼지기라도 하면 관아에서 네놈을 호락호락 놓아주지 않을 게다!"

위 조봉은 억울했지만 하소연할 데가 없었습니다. 그래도 없던 일로 돌리려면 별 수 없이 각서를 써서 진 수재에게 건넬 수밖에 없었지요. 진 수재는 이번에는 그에게 삼백 냥을 토해내라고 으름장을 놓고 집도 내놓으라고 닦달했습니다. 이리하여 위 조봉은 그날 밤에 당장 삼산가 전당포로 이사를 갈 수밖에 없었지요. 그러자 이쪽에서도 알아서 그 다리를 숨겼습니다. 진 수재는 진 수재대로 지난번의 울분을 그제야 풀 수 있었답니다.

위 씨네 집에서 발견된 사람 다리는 어디서 난 것일까요? 알고 보니 진 수재는 시월 중순 달 밝은 밤에 산책하다가 강물에 떠밀려온 시체를 발견하고 가동 진록에게 그 다리 하나를 보관하게 했던 것입니다. 진록은 이튿날 위 씨네 집에 가서 의탁하는 척하고 그 다리를 몰래 가지고 들어가 그 집 사람들이 보지 않는 틈을 타서 땅에 잘 묻고 도망쳤던 것입니다. 그러자 이쪽에서는 진록을 찾아 나선 척하고 그 사람 다리를 찾아내서 관아에 고발하겠다고 으름장을 놓았던 것입니다. 위 조봉은 당황한 나머지 미처 제대로 따져보지도 못한 채 꼼짝없이 집을 내놓고, 거기다가 당초의 이자 삼백 냥까지 고스란히 토해낼 수밖에 없었던 것이지요. 그야말로 진 수재의 기막힌 계책이었지 뭡니까!

진 수재는 이 일을 계기로 별장을 되찾았습니다. 그리고 남은 재산으로 집안 살림을 잘 해서 마침내 부자가 되었답니다. 나중에는 효렴[47])으로 천거되기까지 했습니다만 벼슬을 하지 않고 일생을 마쳤지요.

진록은 한동안 서울 밖을 전전하다가 그제야 다시 진 씨 댁으로 돌아왔습니다.[48]) 위 조봉은 언젠가 진록과 마주치고 나서야 자신이

---

47) 효렴孝廉: 한대에 활용한 인재 등용 방법. '효렴'은 "집안 어른에게 효도와 순종을 하고 청렴하고 유능하며 정직하다孝順親長, 廉能正直"에서 유래한 말이다. 한나라 무제 때 효자[孝]와 청백리[廉]를 발탁하기 위하여 시행했으며, 그 후로 이를 합쳐서 '효렴'으로 불렀다. 명대에는 거인擧人에 대한 존칭으로 전용되기도 했다.

속은 것을 깨달았지요. 그러나 주택 계약서는 이미 넘겨준 뒤인 데다가, 당시 다급한 순간에 벌어진 일이어서 아무 증거도 없었습니다. 그렇다 보니 뭐라고 하소연할 도리가 없었지요. 게다가 어쨌든 간에 그 사람 다리의 내력은 알 수가 없었기 때문에 끝까지 초조해하면서[49] 꾹 참는 수밖에 없었습니다. 이것이 바로 진 수재가 기막힌 계책으로 원래의 집을 돌려받은 이야기랍니다. 이 이야기를 증명하는 시가 있습니다.

방탕하면 비록 패가망신할 수 있겠지만,	撒漫雖然會破家,
욕심쟁이 속여 재물 뜯어낸 것도 자랑은 아닐세.	欺貪剋剝也難誇。
뜻밖의 사건이 갑자기 들이닥친 것을 보시라,	試看橫事無端至,
그게 모두 살면서 모진 빚을 졌기 때문이란다.	只爲生平種毒賒。

---

48) 【즉공관 측비】 也是要的。당연히 그렇게 해야지.
　　천진고적판(제149쪽)에서는 이 촌평을 '미비眉批'로, 강소고적판(제254쪽)에서는 '행측비行側批'로 각각 소개하고 있다. 상우당본 원문(제622쪽)을 확인한 결과, 이 촌평은 통상적인 촌평들처럼 책장의 위쪽이나 옆쪽이 아니라 본문 안의 행간에 작성된 것이므로 후자의 '행측비'가 옳다.

49) 초조해하면서懷着鬼胎: 명대 구어에서 '회귀태懷/鬼胎'는 '귀태를 품다'로 직역되는데, 중국 판본에서는 대체로 "남에게 말할 수 없는 일이나 생각을 속에 품고 있는 것을 가리킨다指心裏藏着不可告人的事或念頭" 식으로 다소 모호하게 설명하고 있다. 반면에 일본의 카라시마 타케시·시오노야 온이나 후루타 게이이치 등 일본의 역주본에서는 불안감이나 두려움을 품고 있는 것을 가리킨다고 보았다. 시내암施耐庵의 《수호전水滸傳》의 "衆人懷着鬼胎, 正不知怎地"(제25회)나 능몽초의 《이각 박안경기》의 "辨悟只認還要補頭張, 懷着鬼胎道, '這却是死了!'" 등 다른 작품들의 해당 용례들을 살펴볼 때 그 의미가 대체로 일본 학자들의 설명과 유사해 보인다. 다만, 일부 용례들에서는 단순히 불안감이나 두려움의 표출이라기보다는 어떤 일이나 상황에 대해 불안정하고 초조한 심리 상태를 보이는 것을 표현하는 경향이 더 강하다. 따라서 여기서는 "초조해하면서"로 번역했다.

제 **16** 권

장류아는 치밀하게 속임수를 쓰고
육혜낭은 결단을 내려 인연을 찾다
張溜兒熟布迷魂局　陸蕙娘立決到頭緣

卷之十六
張溜兒熟布迷魂局 陸蕙娘立決到頭緣 해제

　　이 작품은 우연히 미인계에 넘어갔다가 좋은 인연을 만난 사람에 관한 이야기이다. 이야기꾼은 풍몽룡의 《지낭智囊》에 소개된 항주부杭州府 호屋 노인 일가의 이야기를 앞 이야기로 들려주고, 이어서 왕동궤의 《이담耳談》에 소개된 심찬약沈燦約의 이야기를 몸 이야기로 들려준다.
　　절강 가흥부嘉興府 동향현桐鄉縣에 사는 약관의 수재 심찬약沈燦約은 항주부杭州府에서 거행되는 향시에서 수석을 차지하지만 얼마 후 아내 왕王 씨가 죽었다는 비보를 접한다. 아내와 사별하고 매사에 의욕을 잃은 찬약은 과거 시험도 대충 치르고 아내의 장례를 마친다. 삼 년 후, 다시 과거를 보러 북경으로 온 찬약은 친구들과 함께 술을 마시다가 소복 차림으로 나귀를 타고 가는 미인을 발견한다. 그녀에게 반해 나귀를 타고 그 집 앞까지 따라간 찬약은 자신을 돌아보는 여인과 눈이 마주친다. 찬약은 그 집에서 나온 사내가 자신을 장류아張溜兒라고 소개하면서 그 미인이 사촌 누이동생 육혜낭陸蕙娘으로 얼마 전에 과부가 되어 새신랑을 찾는 중이라고 하는 말을 믿고 서른 냥을 건네면서 중매를 부탁한다. 그렇게 백년가약을 맺은 날 밤, 웬일인지 육혜낭이 의사에 앉은 채 잠을 잘 생각을 하지 않자 찬약은 몇 번이나 잠자리에 들 것을 재촉한다. 그러나 혜낭은 침상으로 들어올 생각은 하지 않고 혼자 앉아 찬약을 쳐다보면서 '서울에 아는 대갓집이 있느냐'는 둥 이것저것 캐묻기만 한다. 의아하게 여기면서도 서울에 지인들이 많다고 대답한 찬약은 그 질문을 한 까닭을 묻는다. 그러자 여인은 장류아가 악명 높은 인신매매꾼이며 자신은 그 아내로, 자신이 찬약과 처음 마주친 일과 혼인을 맺게 된 것이 사실은 장류아가 찬약의 금품을 노리고 꾸민 속임수였다고 고백한다. 혜낭은 남편의 파렴치한 행각에 분노하면서 찬약의 사람됨에 호감을 느껴 함께 야반도주하고, 이튿날 신방으로 쳐들어온 장류아는 뒤늦게 두 사람이 야반도주한 사실을 깨닫는다. 장류아의 추적을 따돌린 찬약은 그녀를 데리고 친구 집에서 숨어 지내면서 과거 준비에 전념한 끝에 우수한 성적으로 급제해서 혜낭의 고향인 강음江陰의 지현으로 부임해 금슬 좋게 해로한다.

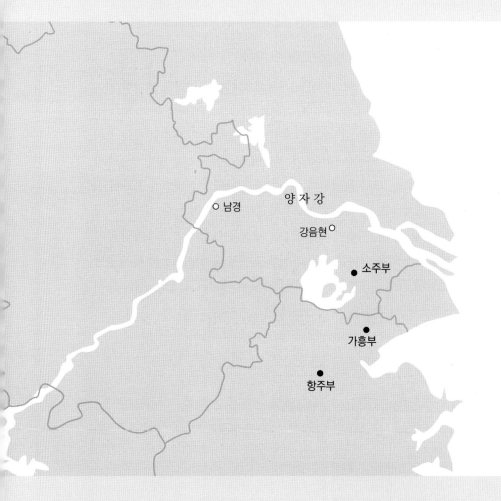

양자강

ㅇ 남경

강음현ㅇ

● 소주부

● 가흥부

● 항주부

이런 시가 있습니다.

세심한 기지나 치밀한 장치도 결국 헛된 것,	深機密械總徒然,
속임수나 간악한 계책도 딱하기는 마찬가지.	詭計奸謀亦可憐。
남을 속여 패가망신하게 만들더니,	賺得人亡家破日,
텅 빈 개천서 달 건지려 드는 꼴 되었구나.	還成撈月在空川。

이야기를 들려드리겠습니다. 세상에서 가장 악랄한 것이 인신매매 꾼입니다. 세상 사람들은 도적에 대해서는 아주 잘 대비합니다. 그러나 인신매매꾼들이 그들과 행동을 함께하면서 속임수로 못된 짓을 획책 하면서 흔적도 없이 그런 짓을 벌이는 것은 눈치 채지 못하지요. 신선 조차 그들의 정체를 깨닫지 못하고 도리어 뼛속까지 그들을 신뢰하곤 합니다. 그러나 일이 벌어지고 나서 깨달았을 때에는 이미 돌이킬 수 가 없지요. 이들이야말로 출중한 도적이거나 정체를 드러내지 않은 강 도가 아니겠습니까.

이제부터 이야기를 들려드리겠습니다. 우리나라 만력萬曆[1] 16년의 일입니다.[2] 절강 땅 항주부杭州府[3] 북문北門 밖에 한 주민이 살고 있

---

1) 만력萬曆: 명나라 제14대 황제 신종神宗 주익균朱翊鈞이 사용한 연호. 만력 16년은 서기 1588년에 해당한다.

었습니다. 그는 성이 호扈 씨로 나이가 이미 예순을 바라보고 있었지요. 부인과는 얼마 전에 사별하고 두 아들, 두 며느리와 함께 살아가고 있었습니다. 두 며느리는 인물이 제법 있는 데다가4) 시아버지를 잘 섬겼지요. 그러던 어느 날이었습니다. 세 부자가 모두 출타하고 며느리 둘만 집에 남게 되어서 대문을 닫아걸고 집 안에서 일을 했습니다. 그날은 큰비가 쏟아져서 길에는 다니는 사람이 없었지요. 그런데 정오쯤이었습니다. 가만 들어 보니 바깥에서 나지막이 훌쩍거리며 우는 소리가 들리는 것이 아닙니까. 무척 처량하고 슬픈 것이 여인의 목소리였지요. 정오부터 울기 시작해서 해가 질 때까지도 그치지 않는 것

〈항주부경도〉. 북문 밖 왼쪽에 소경사가 보이다. 《삼재도회》

---

2) * 본권의 앞 이야기는 풍몽룡의 《지낭智囊》 권27의 〈잡지부雜智部 · 노구편국老驅騙局〉에서 소재를 취했다.
3) 항주부杭州府: 명대의 도시 이름. 지금의 절강성 항주시 일대에 해당한다.
4) 【즉공관 미비】 禍本。 불행의 근본인 것을.

이었습니다. 두 며느리는 한참을 듣다가 더 이상 참지 못하겠던지 할 수 없이 대문을 열고 함께 바깥으로 가서 보았지요. 그야말로

> "문을 닫고 집에만 앉아 있어도,　　　　　　閉門家裏坐,
> 불행은 하늘로부터 들이닥치는 법!"　　　　禍從天上來。

   만일 이야기를 들려드리는 소생이 그와 동년배이고 함께 자란 사이였다면[5] 당장 손을 붙들고 그 두 사람이 나가게 내버려두지 않았을 겁니다. 아무리 큰일이라고 하더라도 그렇게 방치하면 안 되거든요. 사실 대체로 여자들은 자신들과 상관없는 일에는 절대로 끼어들면 안 됩니다. 행동거지도 신중하게 하는 것이 최선이지요. 남편이 집에 있을 때는 그래도 상관없습니다. 그러나 집에 없을 때는 깊은 규방에서 조용히 지내는 것이 좋습니다. 그래야 아무 근심 걱정 없이 편안히 지낼 수가 있으니까요. 만일 경솔하게 무슨 일에 끼어들다가는 반드시 나쁜 일에 휘말리고 맙니다.[6]
   그 두 며느리도 그날 대문을 열고 문 밖으로 나가지 말았어야 했는데 말입니다. 어쨌거나 두 며느리가 보니 웬 중년 아주머니였습니다. 인물도 제법 깔끔한 편이었지요. 두 사람은 상대가 같은 여자인 것을 보고 별로 경계도 하지 않고 물었습니다.

---

5) 만일 이야기를 들려드리는 소생이 그와 동년배이고 함께 자란 사이였다면
   ~[若是說話的與他同時生並肩長]: 명대 의화본 소설에서 이야기꾼이 이야기 속에 개입할 때 상투적으로 사용하는 표현. 제1권 〈팔자 바뀐 사내가 우연히 동정홍을 발견하고, 페르시아 사람이 타룡의 등껍질을 알아보다〉 등을 참조하기 바란다.
6) 【즉공관 미비】 好話。婦女宜聽。 좋은 말이다. 여자들은 새겨들어야 한다.

"아주머니, 어디서 오셨어요? (…) 어째서 그렇게 괴로워하십니까? 우리한테 들려주시지요."

그러자 그 아주머니는 눈물을 훔치면서 말하는 것이었습니다.

"새댁들, 내 이야기 좀 들어봐요, 글쎄. (…) 나는 이 성 밖 시골에 사는데, 남편은 죽고 아들 하나와 며느리밖에 없다우. 며느리는 병을 몸에 달고 살고 아들까지 아주 불효가 막심해서 걸핏하면 나한테 막 말을 퍼붓지요. 그렇다고 봉양을 제대로 하는 것도 아니야. 한 끼를 먹고 나면 다음 끼는 거르기 일쑤지 뭐야. (…) 오늘은 하도 답답해서 내 동생하고 만나서 현 관아에 가서 그 놈의 망나니를 고발할 참이었 다우. 동생이 나더러 먼저 앞서 가면 뒤따라온다고 하더라구. 한데 한나절을 기다렸는데도 안 나타나지 뭐야, 글쎄! 거기다 비까지 많이 내리는 통에 집에도 돌아가기 어렵게 됐네. 괜히 아들과 며느리한테 비웃음거리가 되게 생겼으니 진퇴양난이구랴. 그래서 '내 팔자가 이 렇게 기구하구나' 싶어서 서러움을 못 참고 본의 아니게 새댁들을 놀 라게 만들었지 뭐야. 새댁들이 물으니까 감출 수가 없어서 남부끄러 운 집 사정을 사실대로 들려드리는 거유."

두 사람은 그 아주머니가 하도 괴로워하고 말도 조심스럽게 하는 모습을 보고 말했습니다.

"그렇다면 일단 우리 집에 좀 앉아서 동생이 올 때까지 기다리시지 요.7)"

---

7) 【즉공관 미비】 到底墜其小心術中。 결국 그 얄팍한 속임수에 넘어가고 마는군!

그러더니 둘이서 아주머니를 끌고 집으로 들어갔답니다.

"아주머니, 편히 좀 앉아 계셨다가 비가 그치면 돌아가세요. (…) 그리고 피붙이 사이에 일시적으로 마뜩하지 않은 구석이 좀 있더라도 잘 화해하세요. 너무 경솔하게 관가에 의존했다가 화목을 깨고 체면을 잃어서는 안 됩니다."

"덕담들 해줘서 고맙수. 하지만 … 난 일단 동생을 좀 더 기다려보리다."

이렇게 주거니 받거니 한동안 이야기를 나누다 보니 어느새 날이 어둑어둑해졌지 뭡니까.

"날이 저물었는데도 동생이 나타날 생각을 하지 않는구랴. (…) 혼자 돌아갈 수도 없고 어쩐담?"

아주머니가 이렇게 말하자 두 사람은 또 붙잡는 것이었습니다.

"아주머니, 그럼 그냥 우리 집에서 하룻밤 쉬다 가시는 거 어때요? 변변치 않은 음식이니까 좀 드신다고 해서 큰돈이 드는 것도 아니고요."

"귀찮게 해드려서 그러지."

아주머니는 그러더니 두 소매를 걷어붙이고 부뚜막으로 가서 불을 지폈습니다. 그런 다음 두 며느리와 함께 쌀을 퍼서 저녁밥을 짓고 식탁과 걸상을 닦고 국과 물을 져서 날랐습니다. 그 모든 일을 해결하는 데에 척척 나서서 해치우지 뭡니까.

"저희가 알아서 챙겨드릴 텐데 아주머니께서 굳이 이렇게 수고를
하시네요!"

"집에서 습관이 됐지 뭐유. 이런 일을 하면 오히려 속이 편해. 그렇
게 안 하면 금방 피곤해지더라구.(…) 새댁들도 할 일이 있으면 내가
다 해드릴게."

그날 밤 손발을 씻고 나서 두 사람을 잠자리에 들게 하고 나서야
그 아주머니도 혼자서 잠을 청했답니다. 이튿날 이른 아침에도 그 아
주머니는 먼저 일어나 국을 데우네, 어제 남은 쌀로 아침밥을 짓네,
걸상과 식탁을 깨끗이 닦네 하고 바지런을 떨었습니다. 그렇게 아침
내내 일을 하면서도 매사를 깔끔하게 해치우는 것이었습니다. 두 사람
이 일어나서 이 일을 하려고 하니 다 돼 있고 저 일을 하려고 하니
다 끝나 있었지요. 조금도 손발을 쓸 필요가 없을 정도로 일마다 아주
만족스럽게 마무리되어 있었습니다.[8] 그러자 두 사람은 상의했습니다.

"저 아주머니는 매사에 훤하고 적극적이네. '집에서 지내자니 왠지
불만스럽다'는데 … 마침 여기는 거들어줄 일손이 부족하지. 시아버
님께서는 늘 후처를 들여야겠다고 하시고 우리도 그러시라고 권하곤
했으니 피차 좋은 일 아닌가.[9] 다만, … 저 아주머니한테 말하기는
아직 좀 이르니까 일단 더 붙잡아놓고 있으면서 시아버님께서 결정하

---

8)【즉공관 미비】俱是小心處。그 모두에 조심했어야지!
9)【즉공관 미비】多事。일을 만드는구먼!

실 때까지 기다리자."

하루도 되지 않아 세 부자가 돌아왔습니다. 세 사람은 집안에 웬 아주머니가 있는 것을 보고 이유를 물었습니다. 두 며느리는 그 아주머니 집안 사정을 앞서 들었던 대로 이야기했지요. 그리고는

"이 아주머니는 인정도 많고 아주 부지런하기까지 합니다. 또, 남편이 안 계신데 아들은 불효자여서 갈 곳이 없다고 하는군요. 참 안됐어요!"

그러더니 동서끼리 의논한 일을 남편과 시아버지에게 알려주었답니다.

"어떤 사람인지도 모르는데 이렇게 경솔해서야 쓰겠느냐? (…) 일단 좀 더 머물게 해보자꾸나."

호 노인은 당장 허락하기가 곤란했습니다. 그러나 그 아주머니가 깔끔한 것을 보고 나니 속으로는 후처로 맞아들이고 싶었지요. 그러더니 다시 이틀이 지나자 호 노인은 어이없게도 남몰래 벌써 그 아주머니와 그렇고 그런 사이가 되어버렸지 뭡니까.[10] 며느리들은 그런 낌새를 눈치 채고 남편들에게 말했습니다.

"시아버님께서는 늘 '아내를 들여야겠다'고 말씀하셨잖아요. 그러시더니 어째서 아주머니하고는 혼사를 치르지 않으실까요? 굳이 따로 궁리하거나 돈을 낭비할 필요도 없는데 … "

---

10) 【즉공관 미비】 還是婆娘摸上了老兒。 오히려 아줌마가 노인 몸을 더듬었을 것 같군.

두 아들은 그 말에 일리가 있다고 여기고 같이 가서 아버지를 설득했지요. 두 며느리는 벌써 그 아주머니와 의견의 일치를 본지라 말을 꺼내자마자 바로 동의하는 것이었습니다. 그래서 집에 잔치 자리를 마련해 즐거운 마음으로 다 같이 술을 몇 잔 마시고 호 노인과 아주머니 두 사람은 부부가 되었답니다.

그런데 이틀이 지났을 때였습니다. 가만 보니 웬 사람 둘이 찾아왔지 뭡니까. 하나는 아주머니의 남동생이고, 하나는 아주머니의 아들이라는 것이었습니다.

"며칠째 찾다가 이제야 여기 있다는 걸 알아냈지 뭐요."

아주머니가 소리를 듣고 밖으로 나왔습니다. 그러자 아들이라는 사람이 무릎을 꿇고 절을 하면서 용서를 비는 것이었지요. 동생이라는 사람도 그를 대신해서 용서를 빌지 뭡니까. 아주머니는 성을 내면서 온갖 욕을 다 퍼부었습니다.

"난 여기서 뜨뜻한 물만 먹어도 마음이 편안하다. 헌데 집에 돌아가서 너희들한테서 눈칫밥이나 빌어먹으라고? (…) 이 댁 며느리들을 봐라. 나한테 얼마나 효성이 지극한지!"

아들은 그 말을 듣고 자신의 어머니가 이 집 노인에게 재가한 것을 눈치 챘습니다. 호 노인은 술상을 보게 해서 두 사람을 대접했지요. 그러자 그 아들은 호노인에게 절을 하면서 말했습니다.

"어르신께서 … 제 계부이시군요. 저희 어머니한테 평생 의지할 분이 생겼으니 천만다행입니다!"

그러고는 작별인사를 하고 떠나는 것이었습니다. 이런 식으로 두세 달 사이에 몇 차례 내왕이 있었지요.

그러던 어느 날이었습니다. 그 아들이 오더니 이렇게 말했습니다.

"손주가 내일 신부 집에 예물을 보냅니다. 아버님, 어머니 그리고 형님, 형수님들 … 다 같이 건너오셔서 축하주 좀 드시지요."

그러자 아주머니는 이렇게 대답하는 것이었습니다.

"새댁들이 어떻게 그렇게 호락호락 우리 집에 갈 수가 있겠느냐? 나하고 너희 아버님, 두 형님만 같이 가면 된다."

이튿날, 아주머니는 세 부자와 같이 그 집으로 건너가서 하루 종일 축하주를 마셨습니다. 그렇게 즐겁게 잘 먹고 마신 다음에야 집으로 돌아왔지요. 그로부터 달포 정도 지났을 때였습니다. 가만 보니 이번 에는 그 집 손자가 또 문안을 와서 말하는 것이었습니다.

"내일이 혼인 절차가 끝나는 날이에요. 그래서 이 댁 어르신도 화촉 을 밝히는 것을 같이 구경하시자고 왔습니다."

그러면서 이렇게 덧붙이는 것이었습니다.

"두 큰어머니도 꼭 함께 오셔서 자리를 빛내달라고 하시네요."

두 며느리는 아주머니 집안과 인사를 나누기를 몹시 바라던 참이어 서[11]

"지난번에 못 가서 아쉬웠다."

하고 후회하면서 웃는 얼굴로 승낙하는 것이었지요.

이튿날, 두 며느리는 화사하게 단장하고 시부모, 남편과 함께 그곳으로 갔습니다. 그러자 아주머니 쪽 며느리가 마중을 나왔는데 황달기가 있고 야윈 것이 병색이 완연했지요. 오후 나절이 되자 그 집 아들은 아주머니에게 며느리와 함께 신부 맞이를 해줄 것을 부탁했답니다. 이어서 두 며느리에게도 동행해줄 것을 당부하는 것이었지요.

"우리 시골 풍속에는 여자 친척은 무조건 몽땅 가야 됩니다. 안 그러면 우리가 신부 집안을 무시한다고 여기거든요."

그래서 아주머니가 아들을 보고 말했지요.

"네 아내가 병이 있기는 하지만 이제 시어미가 되었으니 알아서 가면 될 것을 굳이 두 형수를 귀찮게 하느냐!"

"아내가 병을 앓고 있으니 남들 보기에 좀 그렇지요. 예의를 제대로 갖추지 않았다가 신부 집안에서 '대접이 소홀하다'고 불평이라도 하면 어쩝니까.[12] (…) 두 형수님께서 예까지 오셨으니 좀 더 시간을 내서 신부 맞이를 해주시는 것이 뭐가 어렵다구요. (…) 우리 쪽도 좀 더 그럴듯해 보여야 되지 않겠어요?"

아들이 이렇게 대답하니 아주머니도 그제서야

---

11) 【즉공관 미비】 多事。일을 만드는군.
12) 【즉공관 미비】 故爲鄭重, 所以示無疑也。일부러 정중하게 구는 거지, 그렇게 해서 의심하지 않는다는 것을 보이려고.

"그거야 그렇지."

하고 수긍하는 것이었습니다. 두 며느리는 두 며느리대로 신부 맞이 행렬을 보러 가기를 몹시 바라고 있던 참이었습니다. 그래서 아주머니는 자신과 며느리들까지 넷이 함께 배를 타고 갔답니다. 그런데 한참 지나도 오지 않는 것이 아닙니까.

"정말 이상하군! (…) 내가 가서 좀 봐야겠습니다."

아들은 이렇게 말하더니 다시 잠시 그 자리를 떠났습니다. 그래서 이번에는 그 손자가 신랑 옷을 입고

"할아버님은 편히 앉아 계십시오. 제가 나가서 살펴보겠습니다."

하더니 건들건들 나가는 것이었습니다.[13] 그렇게 해서 호 씨네 세 부자만 회당 앞 등롱 아래에 앉아 있었지요. 그런데 한참을 기다려도 아 글쎄, 개미 한 마리 나타나지 않지 뭡니까. 배도 고프고 속으로 의심도 들고 해서 두 아들이 부엌으로 들어가 보았습니다. 그런데 아궁이가 썰렁한 것이 도무지 혼사를 치르는 집 같지가 않았습니다. 그래서 아버지에게 그 일을 알리고 회당 앞의 등롱을 들고 집 안으로 들어가 비추어 보았지요. 그랬더니 아 글쎄, 방 안은 텅텅 비어 있는 것이 아닙니까. 함이나 궤짝·옷가지·이불 따위는 하나도 없이 걸상과 식탁 몇 개만 덜렁 놓여 있을 뿐이었습니다. 속으로 깜짝 놀란 세 사람은

---

13) 【즉공관 미비】金蟬脫殼, 絕無痕迹, 眞是高手。 매미가 허물을 벗듯이 전혀 흔적을 남기지 않으니 정말 고수로군!

"이게 웬일이람!"

하는 소리가 다 나왔습니다. 그렇다고 이웃집에 가서 캐물으려고 해도 밤이 깊어서 집집마다 모두 문을 걸어 잠근 상태였지요. 세 사람은 뜨거운 땅바닥의 개미들처럼 들락날락거렸습니다.[14] 그렇게 날이 샐 때까지 난리법석을 떨고 나서야 겨우 한 이웃집에 가서 물었습니다.

"그 사람들 다 어디로 갔습니까?"

이웃사람들이 다 모른다고 하길래 다시 물었지요.

"이 집이 그 사람들 집인 것은 맞지요?"

"성내의 양楊씨 성을 가진 아리衙裏[15] 나리 것입니다. 한데, 대여섯 달 전에 웬 가족이 세를 들어 삽디다. 무슨 일을 하는지는 모르고요. (…) 당신들은 친척 아닙니까? 몇 번이나 드나들었으면서 어떻게 그런 내막도 모르고 있다가 우리한테 와서 묻습니까?"

몇 집을 더 찾아가서 물었지만 똑같은 말을 하는 것이었습니다. 그런데 그중에서 물정을 좀 안다는 사람이 말했습니다.

---

14) 【즉공관 미비】此時難過。이쯤 되면 난감할 수밖에.

15) 아리衙裏: 아내衙內를 말하는 것으로 보이는데, 글자 그대로 풀면 '관아 내부'로 번역된다. 당대에는 경비 업무를 담당한 관리에 대한 호칭이었으나 오대五代와 송대에는 이 직무를 대신의 자제들에게 맡기는 것이 관례가 되면서 나중에는 관료의 자제를 두루 일컫는 말로 전용되었다. 자세한 소개가 없기는 하지만 여기서도 '관료의 자제'라는 뜻으로 사용된 것으로 해석된다.

"인신매매꾼들이 분명해요. 당신들이 그것들 속임수에 속아서 며느리들을 다 빼앗긴 게지!"

세 부자는 그 말을 듣자 상갓집 개처럼 마음이 다급해진 나머지 비틀비틀 집으로 달려갔습니다. 그리고 각자 주변을 찾아다녔지만 행방을 알 길이 없었지요. 할 수 없이 고소장을 넣네, 광역포졸16)들을 출동시키네 하고 난리를 쳤지만 막막한 일일 수밖에 없었습니다.17) 이 호 노인이라는 양반은 그 아주머니를 후처로 들일 때

'이건 거저구만. 아주 싼 값에 마누라가 생긴걸?'

하고 여겼었지요. 그러나 그 중년 아주머니 때문에 젊은 며느리 둘을 거저 빼앗길 줄 누가 알았겠습니까! 이런 경우를 두고 하는 말이 있지요.

"작은 것을 탐내다가 큰 것을 잃는다."　　　　　　　貪小失大。18)

---

16) 광역포졸[廣捕]: 명대에 특정 지역이나 도시로 활동 범위가 국한되지 않고 광범위하게 활동하는 포졸을 '광포廣捕'라고 불렀다. 편의상 '광역포졸'로 번역했다.

17) 【즉공관 미비】 □: □。
상우당본 원문(제634쪽)에는 여러 줄의 글자의 흔적이 보이지만 형체를 알 수가 없다. 강소고적판과 천진고적판에는 이 부분에 대한 소개가 아예 보이지 않는다.

18) 작은 것을 탐내다가 큰 것을 잃는다[貪小失大]: "작은 것을 탐내다가 큰 것을 잃는다"라는 뜻으로 전형적인 '타동사＋목적어' 구조의 4자 성어이다. 국내에서 같은 의미로 널리 사용되는 '소탐대실小貪大失'은 '목적어＋타동사' 구조의 일본식 한자어로, 중국에서는 이렇게 사용하지 않는다.

그래서 처신을 할 때에는 자기 잇속을 챙기자고 구차한 짓을 벌이
면 절대로 안 되는 것입니다. 그야말로

바르고 바른 사람이라도 믿어서는 안 되나니,	莫信直中直,
어진지 안 어진지 반드시 살펴야 하네.	須防仁不仁。
먼 허공의 달을 넋 놓고 바라보다가는,	貪看天上月,
내 수중의 보배까지 잃어버리는 법이란다!	失却世間珍。

이 이야기는 한쪽으로 제쳐놓고 이제 계속 이야기를 들려드리겠습
니다.[19] 어떤 인신매매꾼이 세상 사람들을 납치하다가 나중에는 외려
자기 꾀에 넘어가고 만 이야기올시다. 이 이야기는 절강 땅 가흥부嘉
興府[20] 동향현桐鄉縣 경내에서 일어난 일입니다. 이 현에는 수재가
한 사람 살았는데 성이 심沈, 이름이 찬약燦若이었지요. 나이가 스무
살 정도로, 가흥에서 이름난 재주꾼이었습니다. 용모가 늠름한 데다
가 아량이 넓었지요, 아내 왕王 씨는 자색이 남달라서 내외가 제법
잘 어울렸습니다. 가산도 넉넉했는데 모두 왕 씨가 살림을 잘한 덕분
이었지요. 두 사람은 스스로

"참한 여인과 유능한 사내가 만났으니,	佳人才子,
한 쌍이 서로 잘 어울리는구나."	一雙兩好。

하고 여길 정도였습니다. 그야말로 물고기와 물처럼, 아교와 옻처

---

19) *본권의 몸 이야기는 왕동궤의 《이담耳談》 권1의 〈모효렴某孝廉〉에서 소재
를 취했다. 담요거譚耀炬(2005)는 줄거리가 동시대의 극작가 심경沈璟(1553
~1610)이 지은 단편 전기 희곡인 《박소기博笑記》와 유사하다고 보았다.
20) 가흥부嘉興府: 명대 절강성의 도시 이름.

럼 서로 궁합이 잘 맞았지요. 다만, 왕 씨는 태어날 때부터 가냘픈 데다가 허약한 탓에 병이 몸에서 떠날 날이 없었지요.

찬약은 열두 살 때 서당에 들어가 열다섯 살 때 우수한 성적으로 늠생廩生[21])이 되었습니다. 젊은 나이에 영민하다 보니 당대에 재주가 비상하다는 자부심이 대단했지요. 그래서 과거에 급제하는 것을 땅바닥에 떨어진 풀을 줍는 정도로 여길 정도였습니다. 평소에는 좋은 친구들과 어울리면서 시를 짓거나 술을 마시면서 즐기는가 하면 때로는 산천을 두루 감상하면서 매사에 얽매이지 않고 자유롭게 행동했답니다. 그런 친구 중에서 네 수재와는 유독 사이가 각별했습니다. 예로부터 이런 말이 있지요,

"성성이가 성성이를 아끼듯이,　　　　　　　猩猩惜猩猩,
인재는 인재를 아끼는 법."　　　　　　　　才子惜才子。

가선嘉善[22])의 황평지黃平之, 수수秀水[23])의 하징何澄, 해염海鹽[24])의 악이가樂爾嘉, 같은 고을의 방창方昌은 한결같이 서로를 아꼈는데, 모두가 한 고을의 친구들이었지요. 여기에 다른 지역 출신자들 중에서 찬약과 내왕하는 사람은 그 수를 이루 헤아릴 수 없었는데, 대체로 같은 또래의 유능한 선비들이었습니다. 동향현의 지현은 성이 혜嵇,

---

21) 늠생廩生: 명대에 정부로부터 끼니를 제공받은 늠선생원廩膳生員 또는 늠선생廩膳生에 대한 약칭. 명대에는 세시歲試와 과시科試 두 시험을 거쳐 성적이 우수한 증생增生을 늠생廩生으로 진급시켰는데 이를 '초증보름超增補廩'이라고 했다.

22) 가선嘉善: 명대 가흥부에 속한 현 이름.

23) 수수秀水: 명대 가흥부의 현 이름.

24) 해염海鹽: 명대 가흥부의 현 이름.

이름은 외자인 청清으로, 상주부常州府25) 강음현江陰縣26) 사람이었습니다. 평소에 유학자를 예우하고 출중한 선비들을 좋아했지요. 그는 찬약이 청운의 꿈을 안고 과거에 급제할 그릇이라고 여겨 그와 사제관계를 맺고 내왕하면서 사이좋게 지냈답니다.

그해에는 마침 인재를 등용하는 해로 과거 시험이 있었지요. 찬약은 돌아와 옷가지를 챙기고 항주로 시험을 보러 가기 위하여 왕 씨와 작별인사를 나누었습니다. 왕 씨는 병든 몸으로 짐을 정돈하는 동안 눈물을 흘리면서 말했지요.

"서방님은 장래가 원대하시니 빨리 갔다가 서둘러 돌아오세요. 소녀 … 서방님과 함께 부귀를 누릴 복이나 있을지 모르겠습니다."

"부인, 무슨 그런 말씀을 하시오! 부인은 병을 앓고 있으니 내가 떠나고 나면 건강이나 잘 챙기시구려."

찬약은 이렇게 말하면서 자기도 모르게 눈물을 흘리는 것이었습니다. 두 사람은 손을 마주잡고 작별인사를 나누었습니다. 왕 씨는 문밖까지 배웅을 나와 찬약이 보이지 않을 때까지 바라보다가 눈물을 훔치면서 집으로 들어가는 것이었지요.

찬약은 길을 가는 내내 속이 편치 않았습니다. 하루도 되지 않아 항주에 도착한 그는 객줏집을 찾아가 여장을 풀었습니다.

---

25) 상주부常州府: 명대에 남직예南直隸에 속한 도시 이름. 지금의 강소성 상주시에 해당한다.
26) 강음현江陰縣: 명대의 현 이름. 지금의 강소성 무석현無錫縣 북쪽에 해당한다. 장강 남쪽에 위치한다고 해서 '강음'으로 불렸다.

그는 그 뒤로 어느 사이에 세 차례의 시험을 다 치렀는데 꽤 자신만
만했습니다. 그러던 어느 날이었습니다. 찬약이 사이좋은 벗들과 함
께 한나절 호수로 놀러갔다가 잔뜩 취해 돌아와서 잠자리에 들었습니
다. 그런데 문득 들어보니 누가 문을 두드리는 것이 아닙니까. 옷을
걸치고 일어나서 가만 보니 높은 모자에 넓은 소매 차림을 한 사람이
서 있는데 보아하니 도인의 행색 같았지요.

"선생, 이 깊은 밤에 여기까지 오시다니 … 무슨 일이신지요?"

그러자 그 사람이 말하는 것이었습니다.

"빈도貧道[27]는 풍수風水를 제법 볼 줄 압니다. 사람들의 음양과 화

명대의 점집. 구영, 〈소주 청명상하도〉

---

27) 빈도貧道: 중국 고대의 호칭의 일종. 글자 그대로 풀이하면 '[학식이나 경륜
이] 많이 부족한 도인'이라는 뜻으로, 중국 고전소설이나 희곡에서 도교의
도사가 자신을 낮추어 겸손하게 부를 때 주로 사용하는 호칭이다. 이런 경
우 불교 쪽에서는 일반적으로 '빈승貧僧'이라고 부르지만, 원·명·청대 소
설이나 희곡에서 볼 수 있듯이 '빈도'로 부르는 경우도 더러 보인다.

복禍福을 점치는 데에도 능하지요. 우연히 동남방에서 이곳에 이르렀는데 밤중에 묵을 데가 없지 뭡니까. 그래서 귀댁 문을 두드리게 되었습니다. (…) 많이 놀라셨지요?"

"선생께서 묵으시겠다니 한 침상에서 주무시지요. (…) 점술에 정통하시다니 … 지금 시험 날이 머지않았으니 제 운세를 좀 봐주시면 좋겠습니다. (…) 제가 공명을 얻을 팔자인지 모르겠군요 한 말씀 부탁드리겠습니다!"

"점을 볼 것도 없이 풍수만 따져 보면 됩니다. (…) 선비님 풍채를 보아하니 공명운을 걱정할 필요는 없겠군요. 다만 … 반드시 부인께서 세상을 떠나셔야 소원을 이룰 수 있겠습니다. 제가 시 두 구절을 일러드리지요. (…) 이 시는 선비님의 평생운이니 잘 기억하십시오!

붕새는 날개 펼치며 '육억'을 노래하고,[28]   鵬翼搏時歌六憶,
난새 아교 이을 때[29] 한 쌍의 오리 되어 춤추리라." 鸞膠續處舞雙鳧。

---

28) 붕새는 날개 펼치며 '육억'을 노래하고: 찬약이 공명을 이룰 즈음에 슬픈 일을 당할 거라는 점을 암시한다. 여기서 "육억六憶"은 '여섯 가지 추억'이라는 뜻으로, 남조南朝 양梁나라의 정치가이자 문학가인 심약沈約(441~513)이 연인과의 만남을 시기별로 나누어 읊은 총 여섯 편의 연작 애도시를 통칭한 이름이다. 현재는 〈왔을 때를 기리며憶來時〉·〈앉았을 때를 기리며憶坐時〉·〈먹을 때를 기리며憶食時〉·〈잠들었을 때를 기리며憶眠時〉의 네 편만 남아 전한다.

29) 난새 아교 이을 때鸞膠續處: 한대의 지괴소설집志怪小說集인《해내십주기海內十洲记》의 "봉린주鳳麟洲"조에 따르면, 중국의 서해에는 신선들이 많이 사는 '봉린주'라는 땅이 있는데 여기서는 봉황의 부리와 기린의 뿔을 함께 고아서 만든 고약으로 활이나 노궁의 끊어진 줄을 이어붙일 수 있다고 해서 '속현교續弦膠' 또는 '난교鸞膠'라고 불렀다고 한다. 후대에는 후처를

봉새와 난새. 《삼재도회》

　그러나 찬약은 그 의미를 알 수가 없었습니다. 그래서 막 되물으려
고 하는데 고양이가 쥐를 잡으려고 땅바닥으로 덮치는 것이 아닙니
까. 깜짝 놀라다가 정신을 차려보니 꿈이었습니다.

　"꿈이 참 괴이하기도 하구나. 그 도인은 분명히 내 조강지처가 세상
을 떠나야 공명을 소원대로 이룰 수 있다고 했지. … 그러나 차라리
죽는 날까지 한량으로 지낼지언정 부부의 사랑을 버리면서까지 공명
을 얻는 것은 내가 바라는 바가 아니다!"

　그러나 찬약은 방금 그 시 두 구절이 생생하게 기억하고 있다 보니
몸을 이리저리 뒤척거리면서 도무지 편히 잠을 이룰 없지 뭡니까.

　맞이하거나 재혼하는 것을 비유할 때 이 말을 쓰곤 했다.

"꿈속에서 한 말을 어찌 믿는단 말인가? (…) 내일 만일 방에 내 이름이 없으면 서둘러 돌아가자."

찬약이 이렇게 생각하고 있을 때였습니다. 가만 들어보니 바깥에서 고함 소리가 떠들썩하게 들리고 징 소리가 끊이지 않는 것이 아닙니까. 그래서 밖으로 나갔더니 사람들이 찬약을 붙잡고 상을 달라고 하면서 '찬약이 경괴經魁30) 삼등급으로 급제했다'고 알려주는 것이었습니다. 그래서 찬약이 상을 내린다는 어음을 써서 주니 사람들도 그제야 뿔뿔이 흩어지는 것이었지요. 찬약은 허둥지둥 머리를 빗고 세수를 했습니다. 그런 다음 가마에 올라 좌주座主31)를 예방하고 과거 동기32)들을 만나러 나섰지요. 그 '좌주'라는 양반은 바로 동향현의 지현 혜청이었습니다. 당시 해원解元33)이던 하징 역시 매우 친한 친구였지요. 황평지·악이가·방창도 모두 우수한 성적으로 급제해서 저마다 기쁨에 들떠 있었습니다.

찬약은 공적인 용무를 다 보고 날이 저물자 가마를 타고 거처로

---

30) 경괴經魁: 명대에는 과거 시험에서 유가의 5가지 경전 즉 '오경五經'으로 인재를 발탁했는데 각 경전마다 1등을 선정하고 경전에서 으뜸이라는 뜻으로 "경괴"라고 불렀다. 향시에서는 각 과에서 총 5명의 경괴가 선정되었는데 그중에서 장원을 '해원解元'이라고 불렀다. 청대에도 이 제도를 인습하여 '오경괴五經魁' 또는 '오괴五魁'라고 불렀다.

31) 좌주座主: 명대에 과거 급제자들은 시험을 감독한 관리를 스승으로 모시는 것이 일종의 관례였다. 그렇게 모시는 스승을 '좌주' 또는 '좌사座師'라고 불렀다.

32) 과거 동기[同年]: 명대의 호칭, 같은 해에 급제한 동기생이라는 뜻에서 '동년同年'이라고 불렀다. 여기서는 편의상 '동기同期'로 번역했다.

33) 해원解元: 명대 과거제도에서 첫 번째 단계인 향시鄕試에서 장원으로 급제한 사람을 부르던 호칭.

향했습니다. 그런데 가만 보니 객줏집 주인이 가마를 따라오면서 급하게 부르는 것이었습니다.

"심 선비님 댁에서 누가 찾아왔습니다. (…) 급한 기별을 전해야 한다면서 반나절 전부터 기다리고 있습니다요!"

찬약은 "급한 기별"이라는 소리를 듣는 순간 가슴이 철렁 내려앉았습니다. 문득 꿈에서 들은 말을 뇌리에 떠올리노라니 열댓 개의 두레박으로 물을 긷는 것처럼 가슴이 쿵쿵거리지 뭡니까.34) 그야말로

푸른 용과 흰 범이 함께 길을 가니,　　　　　　青龍白虎同行,
나쁠지 좋을지 당최 장담하기 어렵구나!35)　　凶吉全然未保。

청룡　　　　　　　　　　　백호

청룡과 백호

---

34) 열댓 개의 두레박으로 물을 긷는 것처럼 가슴이 쿵쿵거리지 뭡니까[十五個
吊桶打水, 七上八落的]: 명대에 사용되던 유행어. 원래는 "두레박 열댓 개로
물을 긷는 것 같았다十五個吊桶打水" 다음에 앞 구절과 맥락상 연결되는
"일곱 개는 올라가고 여덟 개는 내려간다七上八落的"라는 구절이 이어진
다. 두 구절을 그대로 직역하면 무슨 뜻인지 제대로 이해할 수가 없다. 여기
서는 편의상 앞 구절만 직역하고 뒷 구절은 맥락에 맞추어 "가슴이 쿵쿵거
린다" 정도로 의역했다.
35) 푸른 용과 흰 범이 함께 길을 가니~: 도가의 오행五行사상에서 '푸른 용

객줏집에 도착해 가마에서 내렸더니 하인 심문沈文이 소복을 입은 모습이 눈에 들어왔습니다. 그래서 바로 물었지요.

"아씨는 집에서 평안하신가36)? 누가 자네에게 기별을 전하라고 하던가?"

"말씀 올리기가 … 좀 그렇습니다요. 집사37) 이李 공이 저더러 기별을 전하라고 하셨는데 … 일단 편지부터 좀 보시지요."

심문이 이렇게 말하길래 찬약이 편지를 건네받아서 보니 봉투가 거꾸로 봉해져 있는 것38)이 아닙니까. 칼로 베인 것처럼 애가 타서 편지를 꺼내 보니 왕 씨가 스무엿새에 죽었다는 것입니다! 찬약은 놀라서 얼이 다 나가 버렸지요. 마치

정수리가 여덟 조각으로 깨지고,   分開八片頂陽骨,
얼음물을 반 통이나 뒤집어쓴 격이로구나!39)   傾下半桶雪水來。

(청룡)'은 동방을 관장하는 신이고 '흰 범(백호)'은 서방을 관장하는 신인데 두 신이 한 자리에 있으면 불길한 사태가 벌어진다는 것을 암시한다.
36) 【즉공관 측비】 要緊。 중요하지!
37) 【교정】 집사[管來]: 상우당본 원문(제640쪽)에는 두 번째 글자가 '올 래來'로 나와 있으나 전후 맥락을 고려할 때 원래는 '집 가家'를 써야 옳다. '관가管家'는 근세 이래로 '집사'라는 의미로 사용되고 있다.
38) 봉투가 거꾸로 봉해져 있는 것[封筒逆封]: 명대에서는 편지 봉투가 뒤집혀 봉해져 있는 것을 불길한 징조로 여겼다고 한다.
39) 정수리가 여덟 조각으로 깨지고~[分開八片頂陽骨, 傾下半桶雪水來]: 원·명대 화본소설의 상투어. 마치 두개골을 쪼개고 얼음물을 끼얹어서 정신이 번쩍 들 정도로 깜짝 놀라는 모습을 두고 하는 말이다.

그는 한참동안 말 한마디도 못 하다가 별안간 땅바닥에 쓰러지고 말았습니다. 사람들은 그를 부르며 의식을 되찾게 해서 부축해 일으켰지요. 그러자 찬약은 목이 메어

"부인!"

하고 수도 없이 부르면서 통곡하는 것이었습니다. 그러자 객줏집 사람들치고 눈물을 흘리지 않는 이가 없었지요.

"이리 될 줄 진작 알았더라면 아예 시험을 보러 오지도 않았을 것을! … 이렇게 영원히 이별하게 될 줄이야!40)"

그는 이렇게 말하고는 심문에게 따졌습니다.

"아씨의 병세가 그토록 무거운데 어째서 일찍 와서 알리지 않았더냐!"

"서방님께서 시험을 보러 떠나신 뒤로 아씨는 옛 병을 앓으신 것뿐이었습니다. 그래서 그다지 심각하다고 여기지 않았습지요. 한데 … 뜻밖에도 스무엿새 날 갑자기 쓰러져 의식을 잃으셨지 뭡니까요! 해서 밤길을 달려 고하러 온 것입니다요."

그러자 찬약은 또 한 차례 오열하는 것이었지요. 그러고 나서 서둘러 심문에게 배를 잡게 해서 집으로 돌아갔답니다. 다른 일들은 돌아볼 겨를조차 없이 말입니다. 돌아가는 길에 그 이상한 꿈을 가만히

---

40) 【즉공관 미비】 傷心。 가슴 아픈 일이로고!

생각해보니 스무이레에 급제자 명단을 적은 방이 붙었고 왕 씨는 스무엿새에 세상을 떠난 셈이었습니다. 그 시의 "봉새는 날개 펼치며 '육억'을 노래하는데" 부분과 딱 맞아떨어지는 것이 아닙니까!

그는 짐을 챙겨 객줏집을 나서서 길을 얼마 가지도 않아서 가마를 타고 오는 황평지와 마주쳤습니다. 두 사람은 동창 사이여서 서로 인사를 나누었지요. 그리고 나서 황평지가 묻는 것이었습니다.

"심 형 얼굴이 몹시 슬퍼 보이는데 … 어찌 된 영문입니까?"

찬약은 눈물이 그렁그렁한 채로 꿈속의 일과, 급제자 방이 붙자마자 비보를 접한 일, 그래서 지금 집으로 돌아간다는 이야기를 자세히 일러주었습니다. 그러자 평지는 연신 한숨을 쉬면서 말했지요.

"심 형께서는 일단 고정하시고 너무 상심하지 마십시오. 소생이 좌사座師님41)을 뵙고 다른 동창들에게도 대신 사정을 전해드리지요. 그러니 심 형께서는 걱정 마시고 귀가하도록 하십시오."

그렇게 해서 두 사람은 작별인사를 나누었답니다.

찬약은 허둥지둥 돌아와서 집 대문으로 들어섰습니다. 그러고는 왕 씨의 시신을 어루만지면서 대성통곡하다가 까무러치기를 몇 번이나 거듭하는 것이었습니다. 그리고 나서 길일을 잡아 입관을 마치고 집 안에 빈소를 마련했습니다. 찬약은 밤마다 영전에서 왕 씨의 곁을 지켰습니다. 얼마 지나지 않아 삼칠재와 사칠재42)를 지내고, 그 사이에

---

41) 좌사座師님: 앞의 '좌주座主'를 참조할 것.

친구들이 모두 찾아와서 조문을 했습니다. 개중에는 어김없이 마지막 남은 회시會試[43]를 거론하는 사람들이 있었지요. 그러나 찬약은 망연자실한 채 전혀 관심을 두지 않는 것이었습니다.

　"제가 그놈의 달팽이 뿔 같은 헛된 공명 때문에 제 연리지連理枝와 갈라지고 제 동심결同心結[44]과 헤어지지 않았습니까! (…) 이제는 회원會元 자리 따위는 거저 준다고 해도 가질 생각이 없습니다![45]"

동심결과 연리지. 둘 다 금슬이 좋은 부부 관계를 상징한다.

---

42) 삼칠재와 사칠재[三四七]: 불교 용어. 망자의 넋을 기리는 불교 추도식인 사십구재 중에서 21일째 날 지내는 삼칠재三七齋와 28일째 날 지내는 사칠재四七齋를 말한다.

43) 회시會試: 중국 고대에 시행된 과거제도에서 최종 단계의 중앙고시. '회시'는 전국 각지 향시에서 합격한 거인들이 한곳에 모여 실력을 겨룬다는 뜻에서 유래한 말로서, 예부禮部의 주관으로 향시 이듬해 2월에 도성에서 거행되었다. 여기서 심찬약은 세 번의 과거 시험 중 두 번의 시험을 마치고 최종 단계인 회시를 준비하다가 아내의 죽음 때문에 낙향했음을 알 수 있다.

44) 연리지連理枝 & 동심결同心結: 둘 다 금슬 좋은 부부를 두고 하는 말로, 여기서는 심찬약의 배우자 왕 씨를 가리키는 말로 사용되었다.

45) 【즉공관 미비】有情人。정이 있는 사람이로군.

이 말은 왕 씨의 초상이 난 직후에 그가 한 말이었지요. 그러나 어느 사이에 단칠斷七46)이 지나자 친척과 친구들은 이번에도 그를 설득했습니다.

"부인께서는 돌아가셨으니 기사회생하실 수가 없습니다. (…) 형께서 공연히 뜻을 꺾는다면 무슨 보탬이 되겠습니까? 하물며 댁에만 계시면 무료하기만 하니 홀아비의 신세타령을 피하기 어려울 겁니다. (…) 같이 서울로 가서 경치라도 즐기고 기분도 전환하고 동창들과 하루 종일 연극 이야기도 나누어봅시다. 그러다보면 울분을 풀 수 있을 겝니다. 아무 보탬도 되지 않는 슬픔 때문에 평생의 중대사를 그르쳐서야 되겠습니까!"

찬약은 사람들의 설득을 더 이상 뿌리치기 어려웠습니다.

"그렇다면 여러분의 고마운 뜻을 받들어 동행하는 수밖에요."

그렇게 해서 그는 바로 빈소의 왕 씨에게 작별인사를 했습니다. 그리고 이李 집사에게는 날마다 영전에 국·밥·향을 올리는 일에 각별히 신경을 써 줄 것을 당부하고 나서 황평지·하징·방창·악이가 네 친구와 함께 상경 길에 올랐답니다. 이때가 바로 십일월 중순 무렵이었지요.

---

46) 단칠斷七: 불교 용어. 사십구재 중에 49일째 날에 지내는 막재를 말한다. 고대에 사람이 죽으면 망자의 명복을 빌기 위하여 7일마다 한 번씩 불사佛事를 거행했는데, 불사가 49일째 되는 날 끝났기 때문에 '단칠'이라고 부르기도 했다.

다섯 사람은 밤에는 묵고 새벽부터 길을 가는 식으로 하루도 되지 않아 서울에 도착했습니다. 그러고는 무리를 지어 시나 노래를 지으면서 어울려 놀거나 수시로 홍등가로 가서 홀가분하게 거닐며 기분을 풀곤 했지요. 그래도 찬약만은 어떤 여인도 눈에 두지 않았답니다.

세월은 빨리 흘러 어느덧 해가 바뀌었습니다. 그리고 또 어느새 상원절上元節[47]을 지나면서 차츰 복사꽃이 흐드러지고 포근한 봄이 되었습니다. 이때 과거 시험의 시작을 알리는 방이 붙고 시험장이 열렸지요. 다섯 사람은 세 차례 시험을 치렀는데 저마다 자신만만해 하면서 각자 자기 실력을 뽐냈습니다. 그러나 찬약만은 내내 마음이 불편했던지 대충 시험을 치르고 마는 것이었지요. 얼마 지나지 않아 급제자들을 알리는 방이 붙었습니다만 찬약만 낙방했지 뭡니까.[48] 그래도 본인은 전혀 개의치 않는 것이었지요. 반면에 황평지 · 하징 · 방창 · 악이가 네 사람은 전려傳臚[49] 자리에 나갔습니다. 얼마 뒤에 하징은

---

47) 상원절上元節: 중국 고대의 명절 중 하나인 음력 정월 대보름을 말한다. 때로는 원소절元宵節 · 소정월小正月 · 원석元夕 · 등절燈節 등으로 불리기도 한다. 중국에서는 예로부터 연말연시에 등불과 연관된 민속활동이 많이 거행되었는데, 정월 대보름이 되면 사람들은 집집마다 문 앞에 등불을 내걸고 '원소元宵'를 먹으면서 등불을 감상했다고 한다. 원소절이 등불을 감상하는 '등절'로 정착된 것은 당대 중기부터이다.

48) 【즉공관 미비】 早知如此, 只該伴靈。 이렇게 될 줄 진작 알았더라면 그저 영전이나 지켰어야지!

49) 전려傳臚: 명대 과거 시험의 최종 단계인 전시殿試에서 치르던 의전 행사. 이날 전시 급제자의 이름과 석차를 공포할 때 황제가 전각에서 호명하면 전각 문에서 이를 받아 계단 아래로 전하고 그 밑에 시립한 위병들이 일제히 그 이름을 큰 소리로 불렀다고 한다. 그래서 명대에는 과거 시험의 이갑二甲 일등, 삼갑三甲 일등을 '전려'라고 일컫기도 했다.

이갑二甲[50]의 성적으로 병부 주사兵部主事[51]에 제수되어 가족을 데리고 서울에 머물게 되었지요. 그리고 황평지는 서길사庶吉士가 되었으며, 악이가는 태상 박사太常博士[52], 방창은 행인行人[53]에 각각 제수되었습니다. 지현이던 혜청은 이때 이미 '행취行取[54]'의 관례에 따라

---

50) 이갑二甲: 명대 과거제도에서는 과거 시험에 급제한 인재를 진사進士로 등용할 때 세 등급으로 구분했는데 이를 '삼갑三甲'이라고 한다. 가장 상위의 등급인 '일갑一甲'은 세 명만 선발한 반면에 '이갑'과 '삼갑'은 일반적으로 수십 명을 선발했다고 한다.

51) 병부 주사兵部主事: 명대의 관직명. 정육품으로 직급이 원외랑員外郎 아래였다. 육부六部는 명대의 대표적인 중앙정부기관인 이부吏部·호부戶部·예부禮部·병부兵部·형부刑部·공부工部를 아울러 부르는 말이다. 명나라 태조[明太祖] 때에 설치된 육부는 처음에는 중서성中書省에 예속되었다가 중서성의 철폐와 함께 황제에 직속되었다. 각 부에는 관련 업무를 주재하는 상서尚書와 그를 보좌하는 좌우 두 명의 시랑侍郎을 중심으로 하되 그 예하에 낭중郎中·원외랑員外郎·주사主事 등을 두었다. 성조成祖의 북경 천도를 계기로 북경과 남경 두 곳에 각각 육부를 두었는데, 남경의 육부는 직명 앞에 '남경'을 부기하도록 규정했다. 그러나 정치적 중심이 북경으로 이동함에 따라서 북경의 육부가 실권을 행사하는 반면 남경의 육부는 유명무실하여 한직으로 여겨졌다.

52) 태상박사太常博士: 명대의 관직명. 중국 고대에 태상시太常寺는 제사와 예악을 관장했다. 진대秦代에 '봉상奉常'을 두고 한대漢代에 이를 '태상太常'으로 개칭했다. 그 수장의 호칭은 북위北魏에서는 태상경太常卿, 북제北齊에서는 태상시경太常寺卿, 북주北周에서는 대종백大宗伯, 수대隋代부터는 태상시경으로 인습되었다. 명대의 경우에는 주원장朱元璋이 오吳 원년(1367)에 태상사太常司를 설치했다가 홍무洪武 30년(1397) 다시 태상시로 개칭하고 경卿·소경少卿·시승寺丞 등의 관리를 두었다. 성조成祖가 도읍을 북경北京으로 천도한 후에는 남경南京과 북경에 동시에 태상시를 두되 남경의 경우에는 앞에 '남경' 두 글자를 첨기하게 했다.

53) 행인行人: 명대의 관직명. 어명을 전달하거나 제후를 책봉하는 업무를 주로 관장했다.

형부 급사중刑部給事中으로 기용되었지요. 이들이 각자 자신의 자리에서 최선을 다했음은 말할 나위도 없습니다.

찬약은 또 한참을 놀고 즐기다가 고향으로 돌아갔지요. 동향桐鄕에 도착한 찬약은 대문을 들어서자마자 왕 씨의 영전에 두 번 절하고 한바탕 통곡한 뒤에 준비한 국과 밥을 제단에 올렸습니다. 그로부터 두 달이 더 지났을 때 풍수쟁이를 불러서 명당을 골라 왕 씨를 안장했지요. 이때부터 중매를 서는 사람들이 차츰 나타나기 시작했답니다. 그럼에도 불구하고 찬약은 자기 딴에는 자신이 으뜸가는 인품을 지녔다고 자부하고 있었습니다. 그런데도 왕 씨처럼 아름다운 아내와도 이렇듯 해로하지 못한 것입니다. 그런데 또 어디서 자신에게 어울리는 배필을 찾을 수 있단 말입니까? 본인 눈으로 직접 봐서 정말 마음에 들어야만 혼사를 의논해도 하는 거지요. 그래서 전부 관심조차 두지 않았습니다.

시간은 쏜살같고 세월은 베틀 북과도 같았습니다. 그 사이에 이야깃거리가 있으면 길게 들려드릴 텐데 그럴 거리가 없으니 짧게 넘어가겠습니다.55) 어쨌든 다시 삼 년이 지났습니다. 찬약은 이번에도 상경해서 과거 시험을 보기로 마음먹었습니다. 그러나 집안일을 돌봐줄

---

54) 행취行取: 명대에 이부吏部의 평가를 거쳐 치적이 탁월하고 고과 성적이 좋은 지방관을 승진시켜 중앙정부에서 근무하게 한 것을 말한다.

55) 이야깃거리가 있으면~[有話卽長, 無話卽短]: 중국 화본소설에서 상투적으로 사용되는 표현. 공연장의 현장 상황이나 연출의 필요에 따라 그다지 중요하지 않은 대목은 간단하게 요약하거나 생략하고 넘어가는 경우가 많았다. 이런 상투적인 표현은 《수호전水滸傳》으로부터 《금병매 사화金甁梅詞話》나 《홍수전연의洪秀全演義》 등의 고전문학 작품들은 물론이고 현대문학 작품들에까지 널리 사용되고 있다.

사람이 아무도 없었지요. 이런 말도 있지 않습니까.

"집안에 주인이 없으면,　　　　　　　　　　家無主,
집조차 뒤집어지는 법."　　　　　　　　　　屋倒堅。

　찬약은 왕 씨가 세상을 떠난 뒤로 매일 먹고 쓰는 집기들이 뒤죽
박죽 널브러져 있는 등 상당히 불만스러웠습니다. 그러다 보니 본인
조차

'집안 살림을 잘하는 부인을 새로 맞아들이는 편이 낫겠구나!'

　하고 생각할 정도였지요. 그러나 안타깝게도 그의 배필이 될 만한 사
람이 없다 보니 속으로만 내내 우울해할 뿐이었지요. 그래서 집안일은
전처럼 일단 이 집사에게 맡기기로 하고 행장을 꾸려 길에 올랐습니다.
　때는 바야흐로 팔월 날씨였습니다. 막 시원한 가을바람으로 바뀌고
공기도 갓 선선해져서 길을 가기에 딱 좋았지요. 밤이 되면 밝은 달이
허공에 뜨고 맑은 물결이 천리까지 이어져 하늘과 땅이 온통 푸르게
빛났습니다. 찬약은 혼자 술을 마시기가 따분하기도 하고 경치를 보
노라니 왠지 슬퍼져서 이런 노래를 읊었습니다.

이슬이 들판 연못에 떨어지는 가을에,　　　　露滴野塘秋,
발 드리운 채 고리조차 걸지 않았네.　　　　下簾籠不上鉤。
괜스레 밝은 달빛 창문 안까지 비치는데,　　徒勞明月穿窗牖.
원앙금침은 멀리 팽개쳐두고,　　　　　　　鴛衾遠丟,
이 외로운 몸만 먼 곳에 나와 있으니,　　　　孤身遠遊,
떠도는 뗏목 어찌 양대56) 옆에 이르겠나?　　浮槎怎得到陽臺右。

무심코 눈을 들어,   漫凝眸,

하릴없이 밝은 달을 마주하건만,   空臨皓魄,

님은 달 속에도 보이지 않는구나!   人不在月中留。

　　－【황앵아】에 가락을 부치다   　　－ 調寄【黃鶯兒】

　노래를 다 읊고 난 그는 실컷 술을 마시고 취해 배 안에서 혼자
잠이 들었습니다.

　객쩍은 소리는 그만하도록 하겠습니다.

　찬약은 이십여 일 동안 길을 가서 서울에 당도했습니다. 그는 시험
장 동편에서 묵을 거처를 정하고 행장을 정돈했습니다. 그러던 어느
날이었습니다. 몇몇 친구와 함께 제화문齊化門57) 바깥에 나가 술을
마시게 되었지요. 그런데 가만 보니 소복을 입은 웬 여인이 다리를
저는 나귀를 타고 길을 가는 것이 아닙니까. 그 뒤를 품꾼이 그릇들을
지고 따르는 것을 보니 어디에 성묘라도 갔다가 돌아오는 길인 것
같았습니다. 찬약이 그 여인의 모습을 보니

---

56) 양대陽臺: 전국시대 초楚나라 가객 송옥宋玉이 지은 〈고당부高堂賦〉에 나오
　　는 장소. 초나라의 양왕[楚襄王]이 고당高唐으로 유람을 갔다가 꿈에 어떤
　　여자를 만났는데, 작별할 때 "소녀는 무산의 남쪽 고구의 험지에 산답니다.
　　아침에는 떠다니는 구름이고 저녁에는 움직이는 비가 되어 아침저녁으로
　　양대 밑에 있답니다妾在巫山之陽, 高丘之阻. 朝爲行雲, 暮爲行雨, 朝朝暮暮,
　　陽臺之下"라고 말했다고 한다. 다음날 아침 양왕이 현장으로 가 보니 그
　　여인의 말과 같아서 그곳에 사당을 짓고 '조운朝雲'이라고 이름 붙였다고
　　전한다. 나중에는 남녀 간의 정사나 밀회 장소를 나타낼 때 양대·고당·무
　　산巫山·운우雲雨 등의 말을 사용하게 되었다.
57) 제화문齊化門: 원대 대도大都(지금의 북경 일대) 성의 11개의 성문들 중 동
　　쪽 문의 하나. 명나라 정통正統 4년(1439)에 '조양문朝陽門'으로 개칭했다.
　　지금의 북경시 동성구東城區 조양문교朝陽門橋 근처에 해당한다.

張溜兒走風扇

장류아가 치밀하게 속임수를 쓰다.

분을 바르면 너무 뽀얗고,	敷粉太白,
연지를 찍으면 너무 붉겠구나.	施朱太赤。
거기에 한 푼을 더하면 너무 길겠고,	加一分太長,
거기에 한 푼을 줄이면 너무 짧겠구나.	減一分太短。
열 가지 모습을 모두 갖추었으니,	十相具足,
풍류로는 으뜸으로 남김이 없고,	是風流占盡無餘。
한결같이 부드러우니,	一味溫柔,
조금만 부족해도 어울리지 않겠구나.	差絲毫便不厮稱。
애교 띤 웃음은 얼마나 아름다운지,	巧笑倩兮,
그 웃음에 사람들 얼이 다 넘어가겠고.	笑得人魂靈顚倒。
아름다운 눈은 얼마나 해맑은지,	美目盼兮,
그 해맑음에 그대 마음까지 빠져들겠네.	盼得你心意痴迷。
혹시 질투 많은 여인 마주치더라도,	假使當時逢妬婦,
'내 보기에도 더 예쁘네요' 했을 테지.	也言我見且猶憐。

　여인을 본 찬약은 머리로 얼이 다 빠져나가고 발밑으로 넋이 다 달아나는 것 같았습니다. 그는 당장 친구들을 내팽개치고 나귀를 한 마리 빌려 한 걸음 한 걸음 그녀를 쫓아갔지요. 그렇게 멍하니 그 여인 꽁무니를 따라가면서 그 모습을 뚫어져라 쳐다보기에 바쁠 때였습니다. 그 여인이 나귀 등에서 고개를 돌리더니 두 눈으로 찬약을 바라보는 것이 아닙니까.[58]

　한 리[59] 정도 따라갔을까요? 웬 외지고 조용한 곳에 이르자 그 여

---

[58]【즉공관 미비】此時此看, 有意耶, 無意耶。이때 이 추파는 의도적인 것이었을까 무의식적인 것이었을까?

[59] 한 리[一里]: 중국 고대의 거리 계산 단위. 중국에서는 전통적으로 거리를

인이 집으로 들어가는 것이었습니다. 찬약도 나귀에서 내려 속으로 아쉬운 듯이 발을 멈추고 대문 앞에서 우두커니 한참을 쳐다보았습니다. 그러나 한참을 쳐다보아도 그 여인은 나오는 기색이 없었지요. 그렇게 넋을 잃고 있을 때였습니다. 가만 보니 안에서 웬 사람이 걸어 나와서 말하는 것이었습니다.

"나리, 문 안을 뚫어져라 쳐다보시니 … 무슨 일이라도 났습니까?"

"방금 같은 길을 왔는데, … 소복 입은 젊은 새댁이 이 문으로 들어 가더군요. (…) 이 댁이 뉘 댁입니까? 그 새댁이 뉘신지 여쭐 분이 안 계시길래 말입니다."

찬약이 이렇게 말하자 그 사람이 말했습니다.

"그 여인은 다른 사람이 아니라 제 사촌 누이 육혜낭陸蕙娘이올시 다. 얼마 전부터 여기서 과부 살이를 하고 있지요. 방금은 나간 길에 남편 묘소에 작별인사를 하고 왔답니다. (…) 다른 사람한테 출가하려 고 말이지요. 해서 소인이 중매를 서주려던 참입니다."

"선생께서는 함자가 어떻게 되시는지요?"

"소인은 성이 장張이올시다. 일을 술술 잘해낸다고 해서 남들은 별

표시하는 단위로 '리里'를 공용했지만 그 길이는 시대별로 조금씩 편차가 있었다. 중국의 고고학자 진몽가陳夢家(1911~1966)에 따르면 한 리는 당대 에는 442미터(소리)와 531미터(대리), 원대에는 378미터, 청대에는 572미터 (강희)~576미터(건륭) 정도였다고 한다. 그렇다면 여기서의 "한 리"는 명대 말기이므로 청대 초기의 572미터에 가까웠을 것이다.

명을 붙여서 소인을 '장류아張溜兒'[60]라고 부르지요."

"선생의 사촌누이는 … 어떤 분한테 출가하겠다고 하던가요? (…) 객지로도 출가하시겠답니까?"

"글공부를 하는 분으로 … 좀 젊으면 좋겠지요. 지역이야 멀고 가깝고를 가리지 않습니다."

그러자 찬약이 말했습니다.

"솔직히 말씀드리자면 … 소생은 지난번 과거에서 거인擧人[61]이된 사람입니다. 이번에는 회시를 보러 왔지요. 그런데 … 방금 선생의 사촌누이를 뵈니 절세의 미인이어서 정말 흠모하게 되었습니다! (…) 선생께서 중매를 서주신다면 … 반드시 톡톡히 사례하도록 하겠습니다!"

---

60) 장류아張溜兒: '류溜'는 원래 물이 급하게 그침 없이 흐르는 것을 뜻하며, 여기서 더 나아가 '순조롭다', '막힘없다'라는 확대된 의미로도 사용되었다. 소주 등 강남의 방언에서는 행동이 재빠르거나 영악한 것을 뜻하는 말로도 사용된다.

61) 거인擧人: 명대에 과거에 급제한 사람을 부르던 호칭. 과거제도가 실시되기 한참 전인 한대에는 인재를 등용할 때 각 군·국郡國에 명령을 내려 유능하고 현명한 인재들을 추천하게 했다. 그 후 당·송대에 과거제도를 시행하면서 진사과進士科가 개설되자 과거에 응시하여 급제한 사람들을 '거인'으로 불렀다. 명대에는 관련 호칭이 세분화되어 향시鄕試에 합격한 사람을 '거인' 또는 '대회장大會狀·대춘원大春元' 등으로 일컬었으며, 격을 갖추어서는 '효렴孝廉', 속칭으로는 '거자擧子'나 '나리'를 뜻하는 '노야老爺' 등으로 높여 불렀다. 명대 이후로는 거인의 경우 계속해서 회시會試에 응시할 자격을 가지는 것은 물론이고 '출신出身' 즉 벼슬을 할 자격도 가졌다.

"그건 어렵지 않지요. 아마 사촌누이가 선비님 같은 훌륭한 분을 뵈면 절대로 마다하지 않을 걸요? (…) 소인한테 맡겨만 주십시오. 이 일을 성사시켜드릴 테니까 …"

장류아가 이렇게 말하자 찬약은 몹시 반가워 하면서 말했습니다.

"그렇다면 선생께서 그분한테 가서 이 마음을 좀 전해주시지요."

그는 소매에서 은자를 한 덩이 꺼내 장류아에게 건넸습니다.

"약소한 물건입니다만 … 작은 성의입니다. (…) 성사만 시켜주시면 따로 톡톡히 사례하겠습니다!"

장류아는 한 차례 사양하는가 싶더니 넙죽 받는 것이었습니다. 그는 찬약이 이처럼 시원시원하게 돈을 내놓는 것을 보고 '그의 주머니에 돈이 두둑하게 있겠구나' 싶었던지 말하는 것이었지요.

"나리, 내일 대답을 들으러 오십시오."

그러자 찬약은 뛸 듯이 기뻐하면서 거처로 돌아갔답니다.
이튿날, 찬약은 또 교외의 그 집 문 앞으로 와서 소식을 알아보려고 했습니다. 그런데 가만 보니 장류아가 싱글벙글하면서 다가오는 것이었습니다.

"나리, 기쁜 소식이 있어서 이렇게 나왔습니다. (…) 어제 나리께서 당부하신 대로 바로 사촌누이한테 말씀을 전했더니 … 제 누이도 벌써 나리를 마음에 두고 있었지 뭡니까요![62] 여러 번 뜸을 들일 것

길잡이와 악대를 앞세운 신부 가마. 구영, 〈소주 청명상하도〉

없이 한마디에 바로 성사가 되었습니다. (…) 나리는 예물이나 준비하
시고 혼례만 치르면 되겠습니다. 사촌누이는 … 알아서 결정할 겁니
다. 지참금 액수는 따질 것 없이 그냥 나리께서 알아서 내시면 됩니다
요.63)"

찬약은 장류아의 말대로 은자 서른 냥을 꺼내 옷의 장식물을 끌러
서 건넸지요. 그러자 그 집에서도 액수가 많고 적고를 따지지 않고
내일 당장 출가하겠다지 뭡니까. 찬약은 일이 너무 잘 풀리는 것을
보고 내심 의심이 들기는 했습니다만, '북방에서는 재혼하는 여인을
'귀신아내[鬼妻]'64)라고들 하니까 이렇게 나오는 거겠지' 하고 여길

----

62) 【즉공관 미비】誰知便爲眞話。 이 말이 곧 참말이 될 줄이야!

63) 【즉공관 미비】意不在禮金也。 속셈이 지참금에 있는 것이 아닌데!

64) 귀신아내[鬼妻]: 중국의 혼인 풍습. 하남河南·하북河北·섬서陝西·산서山
西 등 중국의 북방에는 죽은 남녀를 사후에 짝지어주는 '음혼陰婚' 풍습이
전해지는데, 이 경우 약간의 돈을 써서 죽은 남자 쪽의 무덤에 죽은 여자의
시신을 합장하고 그 시신을 '귀처鬼妻'라고 불렀다. 다소 차이가 있기는 하
지만 우리나라의 영혼결혼식과 비슷하다. 심찬약이 육혜낭을 '귀처'에 빗댄
것은 남편과 사별한 후 재혼하는 여자에 대한 명대의 여성관을 잘 보여준
다고 하겠다.

뿐이었습니다.

혼례식 날이 닥치자 찬약은 악대와 등롱·가마를 앞세우고 그 집 문 앞까지 가서 육혜낭을 맞이했습니다. 혜낭은 가마를 타고 찬약의 거처로 와서 부부의 인연을 맺었지요. 찬약이 등불 아래에서 신부를 보니 바로 지난번에 마주쳤던 그 여인이었습니다. 찬약은 어느 사이에 기대 이상으로 몹시 기뻐하면서 그제야 마음을 놓았지요.[65]

그렇게 해서 신랑 신부는 하늘과 땅에 절을 올리고 혼례를 마치고, 하객들은 축하주를 마셨습니다. 사람들이 뿔뿔이 흩어지고 나자 두 사람은 신방으로 들어갔는데 혜낭은 한사코 의자 쪽으로 가서 앉는 것이 아닙니까. 얼추 초경쯤 되어 밤이 깊어지고 인적이 끊겼을 때였습니다. 찬약은 한참동안 그녀를 쳐다보고 있다가 욕정이 타오르자 입을 열었습니다.

"부인, … 이제 잡시다!"

그러자 혜낭은 꾀꼬리 같은 목소리로 제비처럼 다정하게 말하는 것이었습니다.

"서방님 먼저 주무세요."

찬약은 '혜낭이 부끄러워서 그러나 보다' 싶어서 굳이 강요하지는 않았습니다. 그러나 일단 먼저 침상에 오르기는 했습니다마는 무슨 잠이 오겠습니까? 다시 반 경 정도 쉬었는데도 혜낭은 그대로 앉아만 있을 뿐이었습니다. 찬약은 하는 수 없이 다시 사정했지요.

---

65) 【즉공관 미비】 未得放心。아직도 마음을 놓아서는 안 되는데!

"부인, … 낮에 많이 피곤했을 텐데 … 이제 좀 쉬지 그러시오. 그렇게 혼자 앉아만 있으니 이게 무슨 영문이란 말이오?"

그러나 혜낭은 이번에도

"서방님 혼자 주무세요."

하는 것이 아닙니까요! 그녀는 입으로는 그렇게 말하면서도 눈길은 돌리지도 않고 찬약만 똑바로 쳐다보고 있었습니다.[66] 찬약은 그녀가 이제 막 출가했는데 그녀의 뜻을 거스르기라도 할까 봐서 그말대로 또 혼자서 한동안 눈을 붙였답니다. 그러다가 이내 다시 일어나더니 다정하게 묻는 것이었지요.

"부인! (…) 왜 안 자는 게요!"

그러자 혜낭은 이번에도 찬약을 위아래로 한동안 훑어보았습니다. 그러더니 이렇게 묻는 것이었지요.

"서방님 … 서울에 힘 있는 지인이라도 좀 있으십니까?[67]"

"이 몸에게는 지인이 무척 많소이다! 동창과 동기들이 서울에 수도 없이 많지. 어디 알다 뿐이겠소?"

"그렇다면 저도 이제는 정말로 서방님한테 출가하도록 하지요.[68]"

---

66) 【즉공관 미비】此看非前日之看。이 눈길은 지난번의 그 추파가 아니렷다?
67) 【즉공관 측비】此問亦奇。그 물음도 참 해괴하다!
68) 【즉공관 측비】更奇。더더욱 해괴하군.

"부인, … 말씀을 참 우습게 하시는구려. 이 몸은 천리 길을 와서 당신과 마주친 뒤로 중매를 부탁하네, 예물을 보냅네 하고 나서야 부인과 부부가 된 게요. 그런데 이제 와서 어째서 정말이니 거짓이니 하는 소리를 하시는 게요?"

그러자 혜낭이 말하는 것이었습니다.

"서방님께서는 잘 모르십니다. (…) 이곳의 장류아가 악명 높은 인신매매꾼이라는 사실은 모르셨지요? 소녀는 그자의 사촌누이가 아니라 그 마누라입니다. 소녀가 제법 반반하다 보니 일부러 소녀더러 남을 속여 집까지 유인해 오게 한 겁니다. (…) 그자는 그냥 '사촌누이가 과부살이를 하면서 출가할 분을 찾는데 바로 자신이 중매를 선다'고 수작을 걸곤 하지요. 그러면 여색을 밝히는 자들은 기꺼이 소녀를 아내로 맞아들이려고 듭니다. (…) 그는 대단한 예물도 받지 않고 상대를 부추겨서 일이 성사되면 바로 남자에게 보내 부부가 되게 만듭니다. 그런 다음 소녀한테는 '부끄러운 척 동침은 하지 말라'고 합니다. 남과 몸을 섞지 말라고 말이지요. 그리고는 다음 날이 되면 불한당들과 작당해서 당신한테 '양갓집 여자를 속여 간음을 했다'는 죄를 뒤집어씌워서 사람은 물론 함이며 궤짝들까지 모조리 다 빼앗아 간답니다. 그렇게 속임수를 당한 사람들은 객지에서 송사를 당하는 것이 두려워서 아무 소리도 못한 채 멀쩡하게 그런 갈취[69]를 감수하곤 하지요. 그렇게 당한 사람이 한둘이 아닙니다. (…) 지난번에도 소녀는 어

---

69) 갈취[火囤]: '화돈火囤'은 명대 소주蘇州의 방언으로, 올가미를 만들어서 재물을 갈취하는 것을 가리킨다. 때로는 '선인도仙人跳'라고 부르기도 했다. 여기서는 편의상 '갈취'로 번역했다.

머니 묘소에 성묘를 하고 돌아오던 길이었지요. 사실 애초부터 청상
과부가 아닌데 그 천벌 받을 놈이 서방님을 마주치자 그런 속임수를
쓴 겁니다! (…) 소녀는 매번 곰곰이 생각해 보곤 합니다만 … 이런
짓이 어떻게 평생을 갈 묘책이라고 할 수가 있겠습니까? 언젠가 사달
이 나면 소녀의 이 몸까지 사라지고 말겠지요. 하물며 … 순결한 몸으
로 남몰래 번번이 새 사람을 신랑으로 맞이해야 하니 … 몸이야 더럽
혀진 적이 없다지만 인간의 도리로 차마 어떻게 견딜 수가 있겠습니
까? (…) 몇 번이나 남편을 설득했지만 그 작자는 그래도 듣지 않더군
요. (…) 그래서 소녀 개인 생각으로는 남편의 속임수를 역이용할까
싶습니다.70) (…) 만일 제 뜻을 이해해주는 분을 만난다면 이 몸을
그 분께 맡기고자 합니다. 그분을 따라 도망치고 말겠어요! (…) 지금
서방님을 보니 거동이 남다르신데다가 그 뜻이 참으로 살갑고 그 마
음도 정말 부럽습니다. 물론 … 같이 도망쳤다가 만일 그자한테 붙잡
히기라도 했을 때 아무도 지켜줄 이가 없으면 도리어 괴롭힘을 당하
게 되겠지요. (…) 지금 서방님의 지인들이 서울에 많다고 하시니 …
이 보잘것없는 몸을 서방님께 맡기고 싶습니다. 서방님께서는 오늘
밤 당장 다른 곳의 절친한 지인의 집 은밀한 곳으로 거처를 옮기셔야
합니다. 그래야 소녀를 무사히 아내로 맞아들일 수 있으니까요. 이번
에는 소녀가 스스로 중매를 서서 서방님을 따르기로 한 것입니다. 그
러니 서방님께서는 훗날 이 같은 정리를 잊지 말아 주십시오!71)"

찬약은 그 말을 다 듣고나서 한참을 멍하니 있다가 마침내 입을

---

70) 【즉공관 미비】 立志可取, 宜有後福. 세운 뜻이 가상하니 분명히 나중에 복을 받겠군.
71) 【즉공관 미비】 有識之婦. 의식을 가진 여인이로군!

열었습니다.

"부인이 좋게 봐준 덕분에 이 몸이 소중한 가르침을 받았구려! 그렇지 않았더라면 자칫 화를 당할 뻔했소이다!"

그는 황급히 방문을 열고 나와 하인을 깨우더니 행장을 꾸리게 했습니다. 그러고는 자신이 타던 다리 저는 나귀에 혜낭을 태우고 하인은 짐을 메게 한 뒤에 자신은 걸어서 길을 나섰지요. 그리고 대문을 나설 때 주인을 불러 이렇게 말했지요.

"우리한테 급한 일이 생겨서 돌아가야겠소."

찬약은 하징이 가솔을 데리고 서울에 머물고 있다는 것을 뇌리에 떠올렸습니다. 그리고 그날 밤 바로 그의 집 대문을 두드려 열게 해서 이 일의 경위를 자세하게 설명했지요. 그러고는 혜낭과 행장을 모두 하징의 거처에 맡겼답니다. 하징의 집은 상당히 넓어서 찬약도 뜰이 둘이나 있는 집 한 채를 거처로 쓰게 된 것은 말할 필요도 없었습니다.

다시 이야기를 들려드리지요. 장류아는 이튿날 정말로 파락호들을 잔뜩 끌어모아 들이닥쳤습니다. 그런데 가만 보니 방이 텅 빈 채 열려 있고 사람 그림자 하나 보이지 않는 것이 아닙니까. 그래서 장류아가 다급해진 객줏집 주인에게 물었지요.

"어제 혼례를 치른 거인놈은 어디로 갔느냐?"

"그 나리는 밤중에 돌아갔는뎁쇼?"

莲蕙娘二次
残頭緣

육혜낭이 결단을 내려 인연을 찾다.

그 말에 패거리는 한동안 멍하게 있다가 다 같이 소리쳤습니다.

"길을 따라 쫓아갑시다!"

그리고는 장가만張家灣[72] 쪽으로 우르르 달려가는 것이었습니다. 그러나 그 넓디넓은 곳에서 어디로 가서 찾는단 말입니까! 사실 북경의 집들은 세를 놓아 사람들을 살게 하는 일이 다반사였습니다. 그렇다 보니 들고 나는 사람들에 대해서는 주인도 그 목적지에 관심을 두지 않았지요. 그래서 일단 이사를 나가면 그 사람을 찾을 도리가 없었답니다.

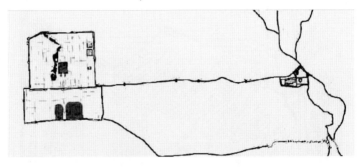

장가만의 위치. 북경(좌) 동남쪽의 장가만(우)은 하북 대운하의 중요한 교통 요지였다.

한편, 찬약은 하징의 집에서 두 달 동안 글공부를 하고 있는데, 벌써 과거 시험을 알리는 방이 붙고 시험장이 열렸지 뭡니까. 찬약은 세 차례의 시험을 만족스럽게 치르고나서 급제 소식만 기다리고 있습니다. 그런데 정말 자기 방에 이름이 올라가서 전려에서 삼갑三甲[73]

---

72) 장가만張家灣: 명대의 지명. 하북성 북경시의 동쪽인 통주구通州區 동남쪽에 위치한 곳으로, 하북 대운하에서 중요한 교통의 요지였다. 또, 화북華北·동북東北·천진天津 등의 방면으로 가는 경우에도 반드시 거쳐 가야 하는 경유지였다.

의 우수한 성적을 받았지 뭡니까. 찬약은 강음江陰의 지현으로 제수되었습니다. 바로 혜청의 고향을 다스리는 수령이 된 거지요. 하루도 지나지 않아 그는 임명장을 지니고 육혜낭과 함께 부임길에 올랐습니다. 이때 마침 방창이 소주蘇州로 파견되어서 그의 관선官船을 함께 타고 임지까지 갈 수 있었지요. 육혜낭은 육혜낭대로 뜻밖에도 지현 부인으로서 내조를 훌륭하게 해냈습니다. 그야말로 "난새 아교 이을 때 한 쌍의 오리 되어 춤추리라鸞膠續處舞雙鳧"라고 한 전날의 예언이 맞아떨어진 셈이지요. 찬약은 나중에 개부開府74)까지 벼슬을 하고 은퇴했습니다. 혜낭은 아들을 하나 낳았는데, 나중에 역시 과거에 급제했답니다. 지금까지도 그 집안은 크게 번창하고 있다는군요. 이 이야기를 증명하는 시가 있습니다.

여협객이라고 칭찬할 만한 육혜낭은,　　　　女俠堪誇陸蕙娘,
부평초와 물 같은 인연 좇아 단서방 만났네.　能從萍水識檀郎。75)
교묘한 꾀를 또 다른 꾀 빌려 역이용했으니,　巧機反借機來用,
그야말로 강수 중에서도 초강수를 쓴 셈이구나!　畢竟强中手更强。

---

73) 삼갑三甲: 명대 과거제도에서는 과거 시험에 급제한 인재를 진사進士로 등용할 때 세 등급으로 구분했는데 이를 '삼갑'이라고 한다. 가장 상위의 등급인 일갑一甲은 세 명만 선발한 반면에 이갑과 삼갑은 일반적으로 수십 명을 선발했다고 한다.

74) 개부開府: 진대晉代에는 장군將軍이 자사刺史에 임명되면 자체적으로 관청을 열고 군사 업무를 총괄했는데, 이것이 나중에 그 같은 업무를 관장하는 독무督撫의 별칭으로도 사용되었다고 한다.

75) 단서방[檀郎]: 진대에 반악潘岳이라는 사람은 대단한 미남으로 여자들에게 인기가 많았다고 전해진다. 그런데 반악의 어릴 적 이름이 '단노檀奴'여서 당시 사람들이 그를 '단랑'이라고 불렀고 훗날 이것이 연인이나 미남을 빗대어 부르는 말로 사용되곤 했다.

제 **17** 권

서산관에서 부적 써서 죽은 넋을 달래고
개봉부에 관을 준비하고 산 목숨을 받다
西山觀設籙度亡魂 開封府備棺追活命

卷之十七
西山觀設籙度亡魂 開封府備棺追活命 해제

　　이 작품은 외간여자와 불륜을 저질렀다가 패가망신한 도사에 관한 이야기이다. 이야기꾼은 이방李昉 등의《태평광기太平廣記》및 홍매의 《이견지무夷堅志戊》에 소개된 복주福州 사람 임도원任道元의 이야기를 앞 이야기로 들려주고, 이어서 황도풍월주인皇都風月主人의《녹창신화 綠窓新話》에 소개된 개봉부開封府 사람 오吳 씨의 이야기를 몸 이야기 로 들려준다.

　　송대에 하남河南 개봉부에 사는 오 씨는 남편이 병으로 죽자 열두 살 된 아들 유달생劉達生과 함께 서산관西山觀의 도사 황묘수黃妙修를 찾아가 남편의 넋을 위로하는 추도재를 지내줄 것을 부탁한다. 이튿날, 추도재를 지내던 오 씨는 황묘수와 눈이 맞아 정을 통하고 남의 눈을 속여 '사촌 오누이' 사이라고 둘러대면서 삼 년 동안 불륜을 저지른다. 그 사이에 물정을 알게 된 달생은 동네에 떠도는 소문을 듣고 둘의 관계 를 눈치 채고, 급기야 밀회 증거까지 몇 번이나 확인한다. 모친의 불륜 이 못마땅한 달생은 둘의 밀회를 번번이 방해하지만 독수공방하는 오 씨의 욕망은 그럴수록 걷잡을 수 없이 커진다. 아들이 묘수와의 밀회에 방해물이 된다고 판단한 오 씨는 개봉부에 달생을 불효죄로 고발하고 아들을 때려죽여 달라고 간청한다.

　　불효자에 대해 결벽증을 가지고 있던 개봉부 부윤 이걸李傑은 달생의 성정이 온순하고 처신이 반듯한 것을 보고 도리어 원고인 오 씨의 주장에 의심을 품는다. 나중에 묘수를 체포한 부윤은 그의 간통을 확인하고 곤장을 쳐서 죽인 후 오 씨를 징벌하려 하지만, 달생은 모친을 변호하면서 '대신 벌을 받겠다'며 애걸한다. 달생의 효성에 감동한 부윤은 모자를 석방하고, 귀가한 오 씨는 그 후로는 딴마음을 버리고 근신한다. 그러나 죄책감과 마음 한쪽의 허전함을 떨쳐버리지 못한 오 씨는 내내 우울하게 지내다가 얼마 후 죽고, 아내를 맞아 아들을 얻은 달생은 부윤의 추천으로 관리가 된다.

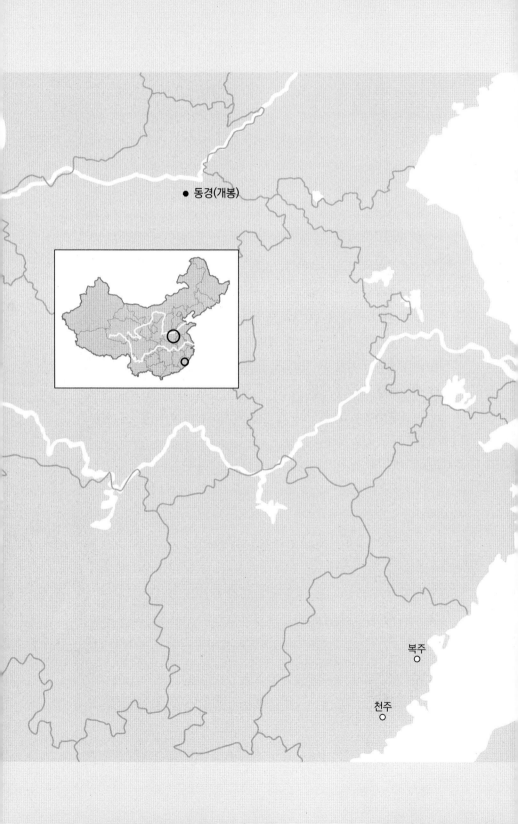

동경(개봉)

복주

천주

이런 시가 있습니다.

세 종교[1]는 예로부터 진리의 문이 있어서,	三敎從來有道門,
다 같이 이 세상에 보란 듯이 존재할 수 있었지.	一般鼎足在乾坤。
꾸미고 포장하는 데에 크게 다를 바가 없어서,	只因裝飾無殊異,
신분 감추고 속세와 어울리기 수월했다네.	容易埋名與俗渾。

도가라는 종교로 말씀드릴 것 같으면 바로 이 노군李老君[2]이 검푸른 소를 타고 관문을 나설 때 그곳의 관윤關尹[3]이던 문시 진인文始眞

---

1) 세 종교[三敎]: '삼교三敎'는 유교·불교·도교를 아울러 일컫는 말이다. 일반적으로 불교와 도교는 종교로 간주되지만 유교는 엄밀하게 말하자면 종교가 아니라 학파에 속한다. 중국에서는 남북조 시대에 이르러 유교·불교·도교의 세 사상이 차츰 융합을 이루게 된다.

2) 이노군李老君: 도교의 시조인 노자老子를 말한다. 노자는 원래 성이 이 씨로 알려져 있으며, 도교에서는 일반적으로 '태상노군太上老君'으로 신격화되어 신봉된다. 여기서의 "관문"은 일반적으로 함곡관函谷關으로 알려져 있으나 산관散關을 가리킨다는 주장도 있다.

3) 관윤關尹: 관령윤關令尹이라고도 하며, 관문을 지키는 관리를 말한다. 전설에 따르면 노자가 난세를 등지고 은둔하고자 함곡관函谷關을 나가려 하자 그곳을 지키던 관리[관윤]가 마지막으로 자신에게 저술을 남길 것을 요청했다고 한다. 이때 노자가 써준 것이 바로 오천여 자로 이루어진 《도덕경道德經》이다. 뒤에 이어지는 "문시 진인文始眞人"은 도교에서 관윤을 신격화해 부른

장로가 그린 〈노자기우도〉

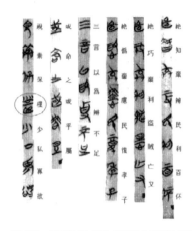

현존하는 도덕경 중 가장 오래된 2,300년 전의
곽점 초간본郭店楚簡本(부분)

人이 《도덕진경道德眞經》 오천 자를 남길 것을 간청하면서 오늘날까
지 전하게 된 것입니다. 이 종교에서 가장 높은 경지에 이른 이들은
'충허沖虛4)'와 '청정淸靜5)'을 통하여 '유有'에서 나와 '무無'로 들어가
며6), 세속을 초월하여 승천함으로써 천지와 함께 영생하는 이들입니

존호이며, "도덕진경道德眞經"은 도교에서 《도덕경》을 높여 부른 이름이다.
4) 충허沖虛: 중국 도가 사상의 주요 개념. 명예나 이익을 탐내지 않고 담담하
고 겸허하게 처신하는 것을 말한다.
5) 청정淸靜: 중국 도가 사상의 주요 개념. 마음을 순수하고 차분하게 수양하
는 것을 말한다.
6) 이 종교에서 가장 높은 경지에~: "이 종교"란 도교를 말한다. 그러나 엄밀
하게 말하자면, 도사들이 도교의 비조로 숭배하는 노자가 설파한 《도덕경》
의 사상은 "충허와 청정을 강조하고 '유'에서 나와 '무'로 들어가며" 부분까
지만 해당된다. 그 뒤에 이어지는 "속세를 초월하여 승천함으로써 천지와
함께 영생하는" 것이나 "'수진'과 '연성'에 힘써 묵은 것을 뱉고 새로운 것
을 받아들여 감리를 쌓아 수명을 연장하고 연홍을 끓여 만물을 구제"하거
나 "부적을 쓰고 귀신을 부리면서 장초를 지내 천상계와 통하고 고소를 드

다. 그 다음 경지에 속하는 이들은 '수진修眞7)'과 '연성煉性8)'에 힘써 묵은 것을 뱉고 새로운 것을 받아들이며, 감坎·리離9)를 조화시켜 수명을 연장하고 납과 수은10)을 끓여 만물을 구제하는 이들입니다. 가장 낮은 경지에 속하는 자들은 부적을 쓰고 귀신을 부리면서 장초章醮11)를 지내 천상계와 통하고 고소考召12)를 올려 저승계까지 이르는 자들입니다. 이 종교의 대가라면 후한대

〈팔괘취상도〉 속의 감괘와 리괘
《삼재도회》

려 저승계까지 이르는 것" 등의 사상이나 행위들은 전국 시대 도가 사상가 장자莊子 이래로 한대까지 민간에서 유행하던 각종 종교 사상과 행위들이 '도교'라는 이름으로 한데 버무려진 것으로 엄밀하게 말하면 노자와는 무관하다. 노자사상과 도교의 관계에 관해서는 문성재, 《처음부터 새로 읽는 노자 도덕경》 해제를 참조하기 바란다.

7) 수진修眞: 중국 도가 사상의 주요 개념. 거짓된 것(작위)을 버리고 참된 것(본질)을 지키고 닦는 것을 말한다.

8) 연성煉性: 중국 도가사상의 주요 개념. 심성을 닦는 것을 말한다.

9) 감坎·리離:《주역周易》의 64괘六十四卦에 속한 두 괘상. '감'과 '리'는 원래 각각 물과 불을 상징하는 서로 대립되는 괘이다. 여기서 "감·리를 조화시킨다"는 것은 서로 대립하는 음양이 조화를 이루는 수양의 최고 경지를 가리킨다.

10) 납과 수은[鉛汞]: 고대 중국에서 도사가 조제하는 단약丹藥의 원료. 중국에서는 전통적으로 이것을 끓여서 조제한 단약이 무병장수하게 만든다고 믿었다.

11) 장초章醮: 도교의 종교 행사. 제단을 세운 후 향을 피우고 경전을 낭독하면서 기도를 하는 식으로 지내는 재(장초)를 지내면 복을 받고 액을 없앨 수 있다고 믿었다. '초醮'는 도사가 제단을 세우고 기도하는 의식을 말한다.

12) 고소考召: 도교 용어. 도교 법술法術을 베풀어 귀신을 심문하고 신들을 부리는 것을 말한다.

의 장각張角[13]일 것입니다. 그는 안개를 다섯 리나 만들어내는 재주를 부릴 줄 알았지요. 사람들이 그에게서 배우려면 '지견례贄見禮'[14]로 먼저 쌀 다섯 말을 내야 했지요. 그래서 '오두미교五斗米敎'로 불렸답니다. 나중에 그 종교가 크게 성행했지요. 그 학문을 익혀 민간에서 요물을 잡고 해악을 없애는 쪽을 '정법正法'이라고 하고, 만일 그것으로 못된 일을 벌이면 고작해야 '요술妖術'이라고 부르곤 했습니다. 이 둘은 계통이 서로 다르지만 무척 영험할 뿐만 아니라 익히기도 어려웠지요. 지금까지 전해지는 동안 앞의 두 분야[15]의 고수들은 그 맥이 끊겨서 찾아볼 수도 없게 되었습니다. 기껏해야 부적을 다루는 쪽만 더러 익히는 사람이 있고 그중에 제법 특출한 자들이 많았답니다. 다만 한 가지 기이한 일은, 이 부류의 술법을 배우고 나면 조금도 허투루 처신해서는 안 되었습니다.[16] 처신을 똑바로 하지 않으면 거꾸로 이로 인해 불행을 당하곤 했지요.

---

13) 장각張角(?~184): 후한의 도교 지도자. 하북河北 거록鉅鹿 사람으로, 도교의 한 분파인 태평도太平道를 창시하고 '대현량사大賢良師'를 자처하며 도술과 부적으로 사람들을 구제한다는 소문을 내어 수십만 신도를 끌어 모았다. 나중에는 '천공장군天公將軍'을 자처하면서 신도들에게 누런색 두건을 매게 하고 한나라에 반기를 들었는데, 중국 역사에서는 이를 '황건적의 난[黃巾賊之亂]'으로 부른다. 그러나 난을 일으킨 해에 병으로 죽고 반란군도 조정에서 파견된 황보숭皇甫嵩에게 패하면서 황건적의 난은 진압되었으며, 장각의 시신은 부관참시되어 머리가 낙양洛陽으로 보내지는 수난을 당했다.

14) 지견례贄見禮: 남에게 인사를 갈 때 가져가는 선물(폐백).

15) 두 분야[兩項]: 앞서 언급한 충허沖虛와 청정淸靜, 수진修眞과 연성煉性의 두 경지를 가리킨다.

16) 【즉공관 미비】注意。 주의해야지.

송대의 건도乾道[17] 연간이었습니다. 복건福建의 복주福州[18] 고을에 태상소경太常少卿[19] 임문천任文薦의 장남으로 임도원任道元이라고 하는 사람이 살았습니다.[20] 젊어서부터 진리를 선망하여 스승을 한 분 모셨는데, 그가 바로 구양문빈歐陽文彬이었지요. 그는 '오뢰천심정법五雷天心正法[21]'을 전수하고 집에 제단을 쌓아 부적을 써주는데 무척 효험이 있었습니다. 그에게는 처조카가 하나 있었는데, 성이 양梁, 이름이 곤鯤으로, 이 술법을 배우는 것을 좋아했지요. 그러던 어느 날이었습니다. 영복永福[22] 땅 가柯 씨의 아들이 병이 나자 발심

---

17) 건도乾道: 남송의 효종孝宗 조신趙昚이 서기 1165~1173년까지 9년 동안 사용한 두 번째 연호.

18) 복주福州: 명대의 지명. 복건성의 정치·경제·문화 중심지로, 송대 이래로 동남아 각지를 오가는 해운 선박이 반드시 거쳐 가는 중요한 해운 도시였다.

19) 태상소경太常少卿: 명대의 관직명. 중국 고대에 태상시太常寺는 제사와 예악을 관장했다. 진대秦代에 '봉상奉常'을 두고 한대漢代에 이를 '태상太常'으로 개칭했다. 그 수장은 북위北魏에서는 태상경太常卿, 북제北齊에서는 태상시경太常寺卿, 북주北周에서는 대종백大宗伯, 수대隋代부터는 태상시경으로 불렸다. 명대의 경우에는 주원장朱元璋이 오吳 원년(1367)에 태상사太常司를 설치했다가 홍무洪武 30년(1397) 다시 태상시로 개칭하고 경卿·소경少卿·시승寺丞 등의 관리를 두었다. 성조成祖가 도읍을 북경北京으로 천도한 후에는 남경南京과 북경에 동시에 태상시를 두되 남경의 경우에는 앞에 '남경' 두 글자를 첨가하게 했다.

20) *본권의 앞 이야기는 이방 등의 《태평광기太平廣記》 권171의 〈이걸李傑〉 및 홍매의 《이견지무夷堅志戊》 권5의 〈임도원任道元〉에서 소재를 취했다.

21) 오뢰천심정법五雷天心正法: 중국 도교의 방술方術. 중국의 고대 전설에 따르면 뇌공雷公에게는 형제가 5명 있었는데 도사가 이들의 신통력을 빌리면 뇌우를 부르고 세속의 고통을 없애 사람들을 구제할 수 있다고 믿었다.

22) 영복永福: 중국 고대의 현 이름. 지금의 절강성 영태현永泰縣 일대에 해당한다.

發心하여 제단 앞에 엎드려 하늘의 뜻을 점치는데 임도원의 집에는 아직 가지 않은 상태였습니다. 임도원은 그날 양곤과 함께 재사齋舍[23]에서 자고 있었지요. 그런데 두 사람 꿈에 똑같이 신장神將이 나타나서 이렇게 알리는 것이었습니다.

"만일 응보를 점치려고 하는 자가 찾아오면 '향기 향香'자를 써주고 '당장 귀가하라'고 이르시오."

도교 신장들의 모습

임도원은 그 소리를 듣고 즉시 가서 등과 초에 불을 붙이고 글자를 썼습니다. 그리고 그것을 잘 밀봉하고 나서 그대로 잠을 청했지요. 다음 날 아침에 가 씨네 아들이 찾아오자 임도원은 간밤에 밀봉해놓았던 것을 그에게 건네고 당장 집으로 돌아가라고 일렀습니다. 그런

---

23) 재사齋舍: 도교 의식을 지내거나 준비하는 건물이나 방.

데 가 씨네 아들은 귀가하고 나서 열여드레째 되는 날 죽고 말았지 뭡니까. 아마도 '향'자는 바로 열여드레[24]를 뜻했나 봅니다. 이 일이 계기가 되어 각지에 그의 이름이 알려져서 다들 그를 '법사法師'라고 불렀답니다.

나중에 소경이 죽자 임도원은 선친의 직위를 이어받아 외직으로 나갔습니다. 그런데 관청의 공무가 많다 보니 향불 올리는 일을 차츰 게을리하게 되었지요. 날마다 이른 아침에 신당神堂[25] 옆을 지나갈 때면 그저 문 밖에서 대충 간단한 목례를 하고 도동道童[26]을 시켜서 신당에 들어가 향이나 한 대 피울 뿐 자신은 끝내 그 안으로 들어가지 않는 것이었습니다. 그러자 하인들은 다 이렇게 말했지요.

"나리께선 지금까지 도교를 그토록 정성껏 받드셨지요. 허나 지금은 좀 소홀해지셨으니 천지신명께서 진노하실까 걱정입니다요!"

그러나 정작 도원은 지체가 고귀한 데다 마음까지 오만해져서 그런 말을 전혀 염두에 두지 않고 하인들이 번번이 입방아를 찧게 내버려 두었습니다. 날마다 변함이 없이 이런 식이었지 뭡니까.

순희淳熙[27] 십삼년 정월 대보름 상원절上元節 밤이었습니다. 북성北城의 주민들은 서로 약속해서 장도자張道者의 암자에 사람들을 모

---

24) 열여드레[一十八日]: 문자 유희의 일종. '향기 향香'자를 위에서 아래로 차례로 해체하면 '일一 - 십팔十八 - 일日'로 읽힌다. 이것을 열여드레로 해석한 것이다.

25) 신당神堂: 신을 모신 건물hall.

26) 도동道童: 중국 고대에 도사의 시중을 들던 동자나 청년.

27) 순희淳熙: 남송의 제11대 황제 효종孝宗 조신趙昚(1127~1194)의 연호. 1174년부터 1189년까지 16년 동안 사용했다.

아놓고 누런 부적을 내건 대규모 재를 지낼 제단을 하나 세웠습니다. 그러고 나서 예의를 갖추어 임도원을 고공高功28)으로 초빙해서 제사를 주재하게 했지요. 그날 재를 지켜보는 사람들은 '인산인해는 저리 가라' 할 정도로 많았답니다. 그 중에는 여자도 둘 끼어 있었습니다. 각자 양쪽으로 상투를 높이 틀어 올리고 나란히 섰는데 자태가 단아한 것이 마치 꽃봉오리 두 개가 나란히 난 부용꽃 같았습니다. 임도원은 고개를 들다가 두 사람을 발견하고는 눈이 아찔해지고 얼이 다 달아날 정도로 깜짝 놀라고 말았습니다. 제단이고 뭐고, 제사고 나발이고 그런 것이 어디 눈에 들어오겠습니까? 그는 대뜸 입을 열어 물었습니다.

"두 젊은 아가씨, 편하게 계십시오! (⋯) 안으로 들어가서 좀 둘러보시겠습니까?"

"감사합니다, 법사님!"

두 여인이 이렇게 말하고 작은 발로 사뿐사뿐 걸음을 옮겨 막 문으로 들어올 때였습니다. 도원이 잠시도 눈을 떼지 않고 위아래를 훑어보더니 입에서 나오는 대로 말하는 것이었지요.

"아가씨들, ⋯ 난군襴裙을 좀 드시오."

---

28) 고공高功: 도교 용어. 도교 의식인 법사法事를 주재하는 법사法師를 높여 부르는 이름. 도교 경전이나 의식에 비교적 밝아서 법단에서 도교 의식을 주재했다고 한다.

배두렁이를 두른 아이를 그린 민화

아마도 복건 사람들은 여자의 배두렁이²⁹⁾를 '난군'이라고 했던가 봅니다. "들라"고 한 것은 그 젖가슴을 쓰다듬겠다는 뜻이지요. 그 지역에서 사투리로 여자에게 수작을 걸 때 하는 소리였던 것입니다. 그러자 그 중에서 한 여인이 정색을 하면서

"법사께서는 재를 주재하시면서 어째서 그런 소리를 다 하십니까!"

하더니 자기 짝을 끌고 몸을 돌려 가버리는 것이 아닙니까. 도원은 다시 웃으면서 말했습니다.

"법사를 보러 온 김에 고공을 맡은 법사하고 인연을 맺는 것이 뭐 어떻다고 그러시오?"

그러자 두 여인은 귀가 빨개지더니 입으로 중얼중얼 가볍게 욕을 하면서 그 자리를 떠나는 것이었습니다.

---

29) 배두렁이[抹胸]: '말흉抹胸'은 당대부터 명대까지 가슴과 배를 가리는 속옷을 부르던 이름이다. 청대부터는 '두두肚兜'라고 불렸다. 여기서는 편의상 "배두렁이"로 번역했다.

재가 다 끝났을 때였습니다. 도원은 갑자기 왼쪽 귀 뒤가 좀 근질거리더니 거기다가 통증까지 좀 느껴지는 것이었습니다. 그래서 하인을 시켜 좀 살펴보게 했지요. 그런데 하인이 가만 보니 좁쌀 크기만 한 붉은 꽃봉오리가 하나 생겼지 뭡니까. 손가락으로 눌렀더니 아파서 견딜 수가 없었습니다.

이튿날 집으로 돌아왔지만 기분이 영 좋지 않았습니다. 그래서 며칠이 지난 뒤에 처조카인 양곤을 보고 말했지요.

"간밤에 신장의 꾸지람을 받았네. 꿈이 아주 고약하더구먼! (…) 내 수명이 벌써 다 된 것 같으이! (…) 종이에 은밀히 글을 써줄 테니 상일선 법사商日宣法師를 모셔서 보여드리게!"

상일선 법사는 와서 그것을 좀 보고 나서 말했습니다.

"이것은 제가 판단할 수 있는 일이 아닙니다. 신통력을 가진 동자가 와야 해결할 수 있겠어요."

그리고 얼마 뒤에 대문 밖에 웬 시골 아이가 모습을 나타내더니 바로 들보 사이로 뛰어올라가 신의 말을 전하는 것이었습니다.

"임도원! 신령들께서는 너를 그토록 오래 지켜주셨느니라. 한데, 네 놈은 향불 올리는 일조차 게을리하면서 음탕한 짓을 일삼는구나! 그 죄를 용납할 수가 없다!"

그래서 도원이 과거의 잘못들을 깊이 뉘우치고 머리를 찧으면서 사죄하니 그 아이가 다시 신의 말을 전했습니다.

"네놈이 열닷새 밤에 한 말 … 말 한번 잘했느니라!"

도원은 수도 없이 절하고 살려달라고 빌면서 '이제부터는 개과천선하겠다'고 맹세까지 했습니다. 그러자 아이가 또 신의 말을 전했습니다.

"이제 와서 또 무슨 말을 하겠느냐? 나 역시 네놈을 한 번도 소홀히 대한 적이 없었느니라! (…) 네놈을 도법을 받드는 제자들의 본보기로 삼으리라![30] (…) 일단 네가 그동안 애쓴 점을 참작하여 너에게 스무 날의 말미를 주마!"

말을 마친 아이는 땅바닥에 떨어지고 나서 의식을 되찾았습니다. 그러나 얼이 나간 것처럼 방금 전 일을 하나도 기억하지 못하는 것이 아닙니까. 그래서 양곤이 도원이 밀봉한 글을 뜯어서 상일선에게 보여주니 그 글에도 "이십일二十日" 세 글자가 적혀 있는 것이었습니다!

도원은 이날 밤 꿈을 꾸었습니다. 그런데 신장이 손에 철편鐵鞭을 들고 자신을 쫓아오는 것이 아닙니까. 도원은 놀라고 당황한 나머지 달아났지만 신장은 그래도 쫓아왔습니다. 도원은 자신이 기거하는 구선산九仙山[31] 아래를 한 바퀴 다 돌았지만 기어이 신장

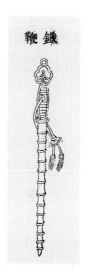

鐵鞭

철편. 《삼재도회》

---

30) 【즉공관 미비】利害。무섭구먼!

31) 구선산九仙山: 중국의 산 이름. 절강성 천주泉州 덕화현德化縣 서북쪽에 있다. 아홉 명의 은자가 산에서 수련을 하고 신선이 되어 승천했다는 전설에서 그 이름이 유래했다고 한다.

에게 붙잡히고 말았지요. 그는 그 철편에 뒤통수를 맞는 순간 놀라서 꿈을 깼습니다. 그런데 그때부터 종기가 갈수록 커지고 머리도 소쿠리만큼이나 부어올랐습니다. 그는 밤마다 이경[32]만 되면 울부짖기 시작하는데 그야말로 철편에 매질을 당하는 것 같았지요. 스무 날이 거의 다 찼을 때였습니다. 양곤은 집에 있다가 꿈에서 신장을 보았습니다. 신장은 양곤을 보고 이렇게 말했지요.

"너는 오경이 되자마자 서둘러 임 가네로 가서 내가 도원이 놈을 덮치는 광경을 보도록 해라!"

놀라 깬 양곤은 허겁지겁 도원의 집으로 달려갔습니다. 그러자 도원이 그를 보고 울면서 말했습니다.

"얼굴을 보는 것도 이번이 마지막이로구나!"

그는 옷을 걸치고 침상을 내려오더니 별안간 땅바닥에 고꾸라지는 것이 아닙니까! 하인 일고여덟 명이 모두 그를 부축해서 일으킬 때였습니다. 어두움 속에서 커다란 손 같은 것이 하나 튀어나오더니 도원을 잡아끌어 땅바닥에 패대기를 쳐버리는 것이 아닙니까. 그래서 자세히 살폈지만 벌써 숨이 끊어진 뒤였습니다. 양곤은 그렇게 도원의 임종臨終 아닌 임종을 겪고 나서 신들이 얼마나 무서운지 깨달았지요. 그때부터 다시는 함부로 도술을 쓸 엄두를 내지 못했답니다.

---

32) 이경[二鼓]: 원문에는 '이고二鼓'로 나와 있으나 '이경二更'을 말한다. 고대 중국에서는 하룻밤을 다섯 경更으로 나누었는데 각 경은 두 시간 정도였다. 이경은 해시亥時로 밤 10시 전후에 해당한다. 아래에 이어지는 "오경 초"의 오경五更은 인시寅時로 새벽 3시에 해당한다.

손님들! 임도원이 받든 것은 정법이었고 반평생 그렇게 받들어 왔습니다. 그런데 한순간 마음속으로 나태한 생각을 품고 입으로 외설적인 말을 내뱉는 바람에, 도교를 모독하는 무슨 큰 죄를 짓지도 않았는데도 이 같은 응보를 당한 것입니다. 하물며 지금의 도사라는 부류들은 그저 법도에 맞지 않는 사악하고 음탕한 짓들만 일삼고 있으니 신들께서 용서하실 리가 있겠습니까? 그런 까닭에 저승에는 신들의 천벌이 있고 이승에는 국왕의 법도가 있어서 여러분한테 속지 않는 것입니다. 법도에 맞지 않는 사악하고 음탕한 짓을 유독 도사 부류만 쉽게 저지르곤 하지요. 그 이유는 중들의 경우는 복장이 특이한 데다가 일단 머리를 빡빡 밀어서 그런 짓을 벌이기에 상당히 불편하기 때문입니다.33) 반면에 도사들은 옷을 차려 입을 때에는 비녀와 관을 쓰고 도포를 입어야만 도사라는 것을 알 수가 있지요. 만일 그런 복장을 벗어버리고 평소처럼 두건에 두루마기만 입고 있으면 보통 사람과 조금도 다를 바가 없습니다. 그래서 경황이 없을 때에는 그런 허점을 간파하기가 어렵지요. 더욱이 화거파火居派34) 도사들의 경우에는 본래부터 처자식까지 딸려 있으니 더욱 보통 사람과 다를 것이 없답니다. 그래서 간음을 벌이자고 들면 중들보다 훨씬 수월한 거지요.

이번에도 어떤 도사 이야기를 들려드리겠습니다.35) 그는 부적을 걸

---

33) 【즉공관 측비】也不見得。 꼭 그렇지는 않을 텐데?

34) 화거파火居派: 중국 도교의 일파인 '화거도火居道'를 말한다. 여기에는 전진도全眞道·정일도正一道에 속한 교파들이 포함되는데, 속인들의 복을 빌거나 악귀나 병을 쫓는 의식을 벌인다. 민간에서는 이 교파에 속한 도사를 단공端公·도공道公·사공師公·법사法師·법관法官 등으로 다양하게 부른다.

35) *본권의 몸 이야기는 송대의 소설가 황도풍월주인皇都風月主人이 지은 전

고 재를 올린다는 핑계로 한 여인을 꼬드기는 바람에 비명非命에 죽고 말았지요. 도교를 받드는 분들에게 이 이야기를 들려드려서 본보기로 삼게 하고자 합니다. 이 이야기를 증명하는 시가 있습니다.

감과 리가 조화 이루어 아기를 키우니,　　　　　坎離交垢育嬰兒，
바로 몸 안에서 서로 적절하게 어울리네.　　　　只在身中相配宜。
날 낳은 문이지만 날 죽이는 문이기도 하니,[36]　生我之門死我戶，
'암컷의 미덕 지키라[37]'는 구절 오독하지 마시라!　請無誤讀守其雌。

이 이야기는 바로 송대의 이야기입니다. 하남河南 땅 개봉부開封府에 오吳 씨 성의 여인이 살았습니다. 열다섯 살 때 현지의 유劉 씨 댁에 출가해서 아들을 하나 낳았는데 '유달생劉達生'이라고 불렀지

기소설집 《녹창신화綠窓新話》 권상의 〈왕윤판도사법간王尹判道士犯奸〉에서 소재를 취했다. 담요거譚耀炬(2005)는 이와 함께 당대의 유숙劉肅(9세기)이 지은 《대당신어大唐新語》 권4와 함께 송대의 《태평광기》 권171 〈이걸李傑〉, 송대의 법학자 정극鄭克(?~?)의 《절옥귀감折獄龜鑑》 권5, 풍몽룡의 《지낭보智囊補》 권10 등도 참조한 것으로 보았다.

36) 날 낳은 문이지만 날 죽이는 문이기도 하니~: 원래는 "암컷" 즉 어미를 빗대어 한 말이지만 여기서는 친어머니와 친아들 사이이면서도 서로 갈등하고 심지어 상극으로 치닫는 유달생과 그 친모 오 씨의 관계를 암시하는 복선으로도 사용되었다.

37) 암컷의 미덕 지키라[守其雌]: 노자가 《도덕경》 제28장에서 역설한 수신의 덕목. 원문은 "知其雄, 守其雌, 爲天下溪."로, 《도덕경》에서 '암컷[雌]'은 수행의 최고 경지인 성인의 상징이며, 그 미덕이란 다름 아닌 겸허와 양보를 말한다. 그러나 여기서는 자신의 욕정을 채우고자 친아들과 대립하고 심지어 죽음으로까지 내모는 오 씨의 이미지와 겹쳐 성적인 방종이라는 뜻과 중의적으로 사용되었다. "'암컷의 미덕 지키라'는 구절 오독하지 마시라"라고 한 것도 바로 이 점을 염두에 둔 말이다.

북송 장택단이 그린 〈청명상하도〉 속의 동경(개봉부)

요. 달생은 나이 열두 살이 되었을 때 아버지가 병으로 세상을 떠났습니다. 이때 오 씨는 나이가 서른도 되지 않은 상태였지요. 게다가 총명하고 고운 데다 깔끔하게 생겼건만 벌써 과부가 돼버렸지 뭡니까. 게다가 시부모도 없고 그렇다고 일가친척이 있는 것도 아니었지요. 그래서 그녀 혼자 집안을 지키면서[38] 아들만 바라보고 살았답니다. 그녀는 세상을 떠난 남편의 사랑을 그리워하며[39] 재를 올리고 공을 들여 망자의 넋을 달래려고 했지요. 현지에는 서산관西山觀이라는 도교 사원이 있었습니다. 바로 도사가 수련을 하는 사원이었지요. 그 사원에는 도사가 한 사람 있는데, '황묘수黃妙修'라고 부르는 사람이었습니다. 그는 부적이 영험하고 풍채도 준수해서 사람들이 지관知觀[40]으로 추대했지요.

---

38) 【즉공관 미비】便自不妥。 이러면 안 되는 거지.
39) 【즉공관 측비】他日便不肯念了。 나중에는 더 이상 그리워하려 들지도 않지.
40) 지관知觀: 명대에 도교 사원, 즉 도관道觀의 총책임자를 높여 부르던 호칭. 불교에서 한 사찰의 총책임자를 부르는 호칭인 주지主持에 해당한다.

이날도 마침 서산관에서 황 지관이 사람들에게 부적을 써주던 참이었습니다. 그러다가 무심코 보니 웬 젊은 여인이 소복을 입고 열한두 살 된 아이를 데리고 대문 안으로 들어오는 것이 아닙니까. 시쳇말에 이런 말이 있지요.

> "여자가 만약 예쁘게 보이려거든,
> 상복을 적절히 차려입기만 하면 된다."
> 若要俏,
> 帶三分孝。[41]

그 여인은 본래부터 자태와 용모가 아름답게 생긴 데다가 흰옷과 흰 쪽머리까지 더해지니까 훨씬 더 자태가 세련되어 보였습니다! 여기가 도교 사원이었기에 망정이지요. 만약에 불교 사찰이었더라면 다들 아들을 내려주신다는 흰옷의 관음보살께서 강림하신 줄 알았을 것입니다.[42] 그녀는 황 지관 앞까지 걸어와서 초를 꽂는 것과도 같이 넙죽 두 번 절을 하는 것

송자관음

---

41) 만약 예쁘게 보이려거든 상복을 적절히 차려입기만 하면 된다[若要俏, 帶三分孝]: 명대의 속담. 여자에게는 흰옷 또는 흰색이 어울린다는 뜻이다. 능몽초보다 앞서 간행된 풍몽룡馮夢龍의 《경세통언警世通言》 제35권에도 "얼마 후에 소씨가 나와 향을 사르는 것이었다. 지조가 [그녀를] 자세히 보니 '만약 예쁘게 보이려면 겹겹이 상복을 입어야 한다'라는 시쳇말이 있더니 흰 명주옷을 차려입으니 갑절이나 단아해 보였다.少頃邵氏出來拈香, 被支助看得仔細。常言若要俏添重孝, 縞素裝束, 加倍清雅"라고 묘사한 대목이 나온다. 강남 지역의 심미의식을 함축한 말이다.

42) 【즉공관 미비】閑話好。갖다 붙이기도 잘하는군!

이었습니다. 그 모습을 슬쩍 훔쳐본 지관은 진작에 얼이 다 나가버렸습니다. 그는 허겁지겁 답배를 하면서 말했지요.

"뉘댁 마님이신데 … 어인 일로 오셨는지요?"

"소첩은 유 씨 댁에 출가한 오 씨입니다. 지아비가 얼마 전에 세상을 떠나서 그 넋을 달랬으면 싶습니다. 그래서 친아들 유달생이[43]를 데리고 모자가 치성을 드리려고 왔습니다. 법사님께서 신통한 법을 베푸시어 지아비가 저승길을 무사히 건너가도록 도와주십사 부탁드리려고요!"

황 지관은 그 소리를 듣자마자 못된 마음을 품고 이렇게 대답했습니다.

"남편께서 돌아가신 지 얼마 안 돼 그 넋을 달래려 하신다니 댁에 벌써 빈소가 마련되어 있겠군요? 그때 … 빈소에서는 꼭 부적을 내걸고 재를 지내야 됩니다. 그래야 정성이 더 모아져서 효험을 볼 수가 있답니다. (…) 만일 서산관 안에서만 재를 지내면 요식적인 소규모 재에 불과해서 그다지 큰 보탬이 되지 않습니다. (…) 아씨 생각은 어떠신지요?"

"법사님께서 누추한 저희 집까지 왕림하신다면 그거야말로 천만의 다행이지요. 저희 모자로서야 정말 감격스러울 따름입니다. 그러면 돌아가 빈소를 치우고 법사님께서 오시기만 기다리겠습니다!"

---

43) 【즉공관 측비】 小寃家。 어린 애물단지로고!

서산관에서 부적을 써서 죽은 넋을 달래다.

"언제쯤 … 댁으로 찾아뵐까요?"

지관이 물었더니 오 씨가 말하는 것이었습니다.

"여드레 더 지나면 지아비가 세상을 떠난 지 백 일째 되는 날입니다. 이레 동안 도량을 지내자면 내일을 첫날로 맞추어야 날짜가 꼭 맞겠군요. (…) 법사님께서는 동이 트는 즉시 바로 와주시면 되겠습니다."

"그렇게 하시지요. 날짜는 꼭 지키도록 하겠습니다. (…) 내일 반드시 댁으로 찾아뵙도록 하지요!"

그러자 오 씨는 소맷부리에서 은을 한 냥 꺼내더니 일단 지방 따위를 만드는 데에 드는 경비를 치렀습니다. 그리고 작별인사를 하고 집으로 돌아와 집을 정리하고 청소한 다음 그가 와서 재를 지내주기만을 기다렸지요.

사실 오 씨가 재를 지내 남편의 넋을 달래려 한 것은 원래 진심이었습니다. 처음에는 나쁜 뜻이 없었지요. 그러나 황 지관이 여색에 굶주린 아귀일 줄 누가 알았겠습니까? 그는 서산관에서 오 씨의 자태와 미모를 보고 그녀와 이야기를 나눌 때부터 이미 그녀에게 수작을 걸고 싶은 마음이 굴뚝같았습니다. 오 씨는 오 씨대로 아무리 애초에는 나쁜 길로 빠질 마음이 없었다지만, 황 지관의 풍채가 출중하고 말솜씨가 시원시원한 것을 보더니만 속으로 환호했습니다.

"정말 반듯한 분이구나! 그런데 … 어쩌다가 출가를 하셨을까? 무엇보다도 허세를 부리지 않고 재를 지내겠다는 말을 듣자마자 선뜻 우리 집까지 와주겠다고 하시니 정말 마음이 따듯한 분인가 보다!"

그녀는 속으로 아주 반가워하는 것이었지요.[44]

이튿날 이른 아침, 황 지관은 나이가 젊은 도동 둘을 데리고 잡일을 거드는 한 도인에게는 도교 경전을 넣은 상자와 두루마리 책 따위를 지워서 바로 오 씨네로 왔습니다. 오 씨는 아들 달생의 나이가 아직 어려서 모든 집안일을 혼자서 해냈습니다. 그래서 그녀는 지관과 인사를 나눈 후 빈소로 안내했습니다. 지관은 두 도동과 잡일 도인과 함께 삼청三淸[45]의 신들을 그린 그림들을 모두 펴서 내걸었지요. 그리고 각종 장비를 빠짐없이 늘어놓은 다음 법기法器[46]를 흔들며 의식을 시작했습니다. 그는 신들에게 대체적인 상황을 고하고 계청啓請[47]·섭호攝召[48]·방사放赦[49]·초혼招魂[50] 등의 의식들을 한바탕 떠들썩하게 벌였습니다. 그런 다음에 오 씨가 나와서 향을 피우고 성상聖像[51]에 참배했지요. 그러자 이 지관이라는 작자는 그녀만 뚫어져라

---

44) 【즉공관 측비】緣之所在, 業之所在。인연이 있는 곳에 업장도 있는 것을!
45) 삼청三淸: 중국 도교에서 숭상하는 거룩한 경지인 옥청경玉淸境·상청경上淸境·태청경太淸境을 아울러 일컫는 이름. 때로는 '삼청' 자체가 각 경지를 관장하는 신들에 대한 대명사로 사용되기도 한다.
46) 법기法器: 불교 승려나 도교 도사가 종교의식을 거행할 때 사용하는 악기. 대표적인 것들로 종이나 북·동발[鐃鈸]·목탁[木魚] 등이 있다.
47) 계청啓請: 도교 용어. 정성을 다해서 신의 강림을 비는 의식을 말한다.
48) 섭소攝召: 도교 용어. 도술로 귀신이나 넋을 부르는 의식을 말한다.
49) 방사放赦: 도교 용어. 죄를 지은 넋이나 귀신의 죄를 용서하고 풀어주는 의식을 말한다.
50) 초혼招魂: 도교 용어. 망자의 넋을 불러들이는 의식을 말한다.
51) 성상聖像: 신이나 신선의 모습을 형상화한 신상. 여기서는 옥황상제를 형상화한 신상으로 이해할 수 있겠다.

바라보면서 평소보다 더더욱 의욕을 보이는 것이었습니다. 그는 두 도동과 일제히 소리 높여 경전을 낭송했습니다. 그런 다음 자리에서 일어나 신의 뜻을 적은 두루마리를 잡더니 다시 성상 앞 양탄자 위에 무릎을 꿇고 앉아 소리 내어 낭독했지요. 그러면서 오 씨에게도 같이 무릎을 꿇고 치성을 드리게 하는 것이었지요.

그가 무릎을 꿇은 자리는 오 씨와는 반 자 정도밖에 떨어져 있지 않았습니다. 오 씨는 지관의 옷에서 코 속으로 스며드는 훈향薰香을 맡더니 무심결에 그를 몰래 훔쳐보았습니다. 지관도 그런 낌새를 좀 느꼈던지 주문을 외우면서 눈을 돌려 그녀를 바라보는 것이 아닙니까! 그대도 나를 보고 나도 그대를 보면서 그야말로 서로 다가가 하나로 엉키고 싶은 마음이 간절했지요. 주문을 다 외우고 각자 일어났을 때였습니다. 오 씨는 이번에는 신장들 앞으로 가서 향불을 피우고 머리를 조아리더니 그 눈길 그대로 도량을 응시했습니다. 그런데 가만 보니 두 도동이 검은 머리를 어깨까지 드리우고 머리에는 작은 관을 썼는데 입술은 붉고 이는 새하얀 것이 준수하면서도 그렇게 귀엽지 뭡니까. 오 씨는 속으로 이렇게 생각했습니다.

'출가한 분들이 … 어쩌면 이렇게도 든든하실까! (…) 저 두 도동도 다 크고 나면 얼마나 훤칠하게 변할지 모르겠구나!'

오 씨는 이때부터 욕정의 불길이 타올라 더 이상 억누를 수 없게 되고 말았습니다. 그녀는 안채 빈소에 쳐진 발 너머에서 시도 때도 없이 발 바깥을 힐끔거렸습니다.

사실 사람이 살면서 가장 두려운 것이 눈에 콩깍지가 씌워지는 것입니다. 눈에 콩깍지가 씌워지고 나면 여러분이 눈을 이리저리 돌릴 때마다 마음에 들고 근사해 보이지 않는 것이 없게 돼버리거든요. 그야말로 길면 길어서 좋고, 짧으면 짧아서 든든하고, 건장하면 우람해 보이고, 호리호리하면 준수해 보이는 식으로, 무엇 하나 기막히지 않은 것이 없지요.[52] 더욱이 여인네들은 내성적인 데다가 한결같아서 누구한테 호감을 품기만 하면 다시는 그 마음에서 걷어낼 수가 없습니다. 그런데 오 씨도 안채에서 지관을 보니 어쩌면 그렇게도 멋지고 사랑스러운지요! 그녀는 젊은 나이에 이제 막 과부가 되다 보니 바야흐로 욕정이 왕성했습니다. 그래서 무슨 생각만 했다 하면 낯이 빨개졌다 하얘졌다, 하얘졌다 빨개졌다 하는 것이었지요. 그러면서 그저 빈소 발 앞만 왔다 갔다 했답니다. 어떨 때는 낯 반쪽만 드러냈다가 또 어떨 때는 온몸을 다 드러냈다가 하면서 말이지요. 마치 '도사가 제발 내 마음을 눈치 채주었으면' 하고 바라는 것처럼 말입니다.

황 지관도 마음이라는 것이 있는 사람입니다. 그걸 눈치 채지 못했을 리가 있나요? 그러나 이날은 이 집에 온 첫날인 것이 마음에 걸렸습니다. 함부로 덜컥 일을 저지를 수는 없었지요. 그래서 그저 눈썹과 눈짓으로만 작업을 할 뿐 벌써부터 대놓고 수작을 걸 수는 없었습니다. 그 아들 유달생은 그런 사정[53]도 모른 채 신상도 구경하고 불상도 구경하고 종도 만졌다가 북도 두드렸다가 하면서 놀기에만 바빴지요. 어머니의 그런 수작을 어디 눈치나 챘겠습니까? 이윽고 등불을 켜고 저녁 공양을 먹고 나자 오 씨는 깨끗한 행랑채 방을 한 칸 치워서 도사와 도동들이 묵게 했습니다. 그러자 지관은 잡일 도인을 서산관

---

52) 【즉공관 미비】 說透人情。 인간의 감정을 잘 표현했군.
53) 사정[事體]: '사체事體'는 명대 강남 지역의 방언으로 '사정·실정' 등으로 번역할 수 있다. 여기서는 편의상 "사정"으로 번역했다.

으로 돌려보내고 자신은 도동 둘과 한 침상에서 자면서 다음 날 이른 아침에 일어나 예배54)를 올릴 준비를 한 것은 말할 필요도 없지요.

다시 이야기를 들려드리겠습니다. 오 씨는 아들 달생이와 한 방에서 자게 되었습니다. 그러나 침상에 오르고 나서 속으로 생각했지요.

'지금쯤 그 도사는 분명히 그 귀여운 도동 둘을 끌어안고 그 짓을 벌이고 있을 테지 (…) 그런데 나만 혼자서 잠을 자야 하다니!'

이렇게 생각하다 보니 몸이 달아올라서 도무지 견딜 수가 없지 뭡니까! 그녀는 입을 꼭 다물고 빠드득 소리가 나도록 이를 악물면서 온몸에서 땀을 흘렸습니다. 그러다가 막 몽롱하게 잠이 드는가 싶은 찰나 문득 침상 앞에서 발걸음 소리가 들리길래 고개를 들고 볼 때였습니다. 가만 보니 웬 사람이 휘장을 젖히고 침상 안으로 쑥 비집고 들어오는 것이 아닙니까! 바로 낮에 본 지관이었습니다.

"아씨가 눈짓으로 신호를 보내셨는데 … 빈도가 그걸 모른 척해서야 쓰겠습니까? 밤이 깊고 인적도 없는 틈을 타서 아씨 소원을 들어드려야지요!"

지관은 나지막이 말하면서 오이만 한 물건을 들이대는 것이었습니다. 그러자 오 씨도 전혀 마다하지 않고 기꺼이 그를 받아들이지 뭡니

---

54) 예배[朝眞]: '조진朝眞'은 도교 용어로, 천지신명에게 예배를 올리는 것을 말한다. 여기서는 편의상 "예배"로 번역했다.

까. 그렇게 한창 분위기가 달아오를 때였습니다. 가만 보니 도동 하나가 휘장을 젖히고 사부를 찾다가 사부가 그 일에 한껏 신바람이 난 것을 보고는 고함을 지르는 것이었습니다.

"대단한 아줌마네! 어떻게 출가한 사람을 꼬드겨서 이런 짓을 벌여요? (…) 나도 재미 좀 보게 해주면 소리 안 낼게요."

그러더니 한 손을 뻗어 오 씨의 허리 속을 마구 더듬는 것이 아닙니까. 그러자 지관이 호통을 쳤습니다.

"스승님께서 여기 계신데 … 무례하다 이놈!"

오 씨는 도사와 후련하게 재미를 보고 이제 막 끝내려는 찰나였는데 그 서슬에 깜짝 놀라면서 '앗'하고 깨고 보니 남가일몽南柯一夢이지 뭡니까.[55] 그래서 손으로 음문陰門 주위를 더듬다가 가만 보니 두 다리가 다 축축하게 젖고 돗자리까지 여기저기에 애액이 묻어 있는 것이었습니다. 그녀는 허겁지겁 손수건으로 깨끗이 닦아내고 한숨을 쉬면서 말했습니다.

"꿈 한번 기가 막히는구나! … 어쩜 이렇게도 재수가 좋을까?"

그러더니 밤새도록 잠을 제대로 이루지 못하는 것이었지요.

날이 밝고 바깥에서 종과 북 소리가 들리자 오 씨는 어린 여종을 시켜 따뜻한 물을 지고 나가서 도사의 시중을 들게 했습니다. 두 도동은 자신들이 젊은 것만 믿고 빈소로 들어와서 이걸 달라 저걸 달라

---

55) 【즉공관 미비】 此夢後來應驗。 이 꿈이 나중에 영험을 보이지.

하면서 어느새 안면을 텄습니다. 오 씨는 마침 빈소에 앉아 있었는데 가만 보니 도동 하나가 들어와서 마실 차를 달라고 하지 뭡니까. 오 씨는 그 도동을 불러 세워 물었지요.

"이름이 뭐에요?"

"태청太淸이라고 합니다."

"좀 더 큰 분은요?"

"태소太素요."

그러자 오 씨가 말했습니다.

"두 분 중에 누가 간밤에 사부님하고 같이 잤어요?56)"

"같이 잤으면 … 어쩌라고요?"

"사부님이 별로 물정에 밝은 것 같지 않길래요.57)"

---

56) 같이 자다[做一頭睡]: 제17권 원문의 '주일두수做一頭睡'는 문법적으로 「전치사＋보어＋동사」의 구조로 해석해야 옳다. '주做'는 현대 중국어에서는 '하다do'의 의미로 사용되는 동사이지만, 명대 강남 지역 방언에서는 '재在'와 같은 의미의 동사로 사용되는 경우가 많다. 제37권에 나오는 "常是三個做一床(늘 셋이 한 침상을 썼다)"은 그 대표적인 용례라고 할 수 있다. 여기서는 동사 앞에서 전치사로 사용된 경우이다. 즉 '주일두수'는 '재일두수在一頭睡'와 동일한 구조와 의미로 사용되었다는 뜻이다. 그렇다면 '주일두수'는 글자 그대로 풀면 '한곳에서 자다' 또는 '같이 자다' 정도로 직역할 수 있는 셈이다.
57) 별로 물정에 밝은 것 같지~[有些不老成]: 황 지관이 자신을 혼자 두고 도동

그러자 도동은 실죽실죽 웃으면서 말했습니다.

"이 아주머니 참 농담도 잘하시네."

도동은 나가더니 방금 들은 말을 몰래 사부에게 낱낱이 일러바쳤지요. 그러나 지관은 그 말에는 미동도 하지 않고 생각했습니다.

'그런 소리를 하는 걸 보니 도화기가 있는 여자인 게로군. (…) 그러나 아무리 빈소 안이고 지척밖에 떨어져 있지 않다고는 하지만 … 안과 밖으로 나누어져 있으니 … 어떻게 해야 단단히 손을 봐준담?'

그는 속으로 따져보다가 불현듯 말했습니다.

"방법이 생각났다!"

얼마 뒤에 오 씨는 안에서 나와 향불을 피웠습니다. 지관은 한 손에는 방울이 달린 막대를 들고 한 손에는 홀笏을 든 채 허겁지겁 달려가서 나란히 섰습니다. 그리고는 입으로 【낭도사浪淘沙】 노래를 부르는 것이었습니다. 그 가사는 다음과 같았지요.

홀을 든 명대의 충신 유기의 모습

들과 동침한 것을 넌지시 비꼬는 말이다. 어떤 의미에서는 종교인으로서 남자만 상대하던 황 지관이 남녀의 성행위에는 미숙하다는 뜻으로 이해할 수도 있겠다.

대라천[58]에 머리를 조아리는,　　　　稽首大羅天,
도반[59]의 천생연분.　　　　　　　　法眷姻緣。
꽃과도 같은 미모에 나이도 청춘이구나!　如花玉貌正當年.
휘장 안은 차갑고 비어 외로운 베개맡에서,　帳冷帷空孤枕畔,
괜스레 애만 태우고 있구나!　　　　枉自熬煎。
그 일 때문에 재를 열어,　　　　　爲此建齋筵,
망자 명복을 비는 그 마음 경건하기도 하지.　追薦心虔。
망자의 넋 구하려는 뜻은 거리낌이 없으니,　亡魂超度意無牽,
서둘러 남교[60] 가서 갈증이나 풀고,　急到藍橋來解渴,
함께 신선놀음 하자꾸나!　　　　　同做神仙。

　지관이 이 노래를 불렀다는 것은 누가 보더라도 자신을 추천하는
마음을 알리려는 의도였지요. 오 씨도 그 노래를 듣더니 그의 의도를
눈치 채고 빙그레 웃으면서 말했습니다.

　"도사님은 … 웬 말씀이 오락가락하십니까?"

　"전부 제대로 된 절차인걸요! 애초에 선배 신선들께서 남기신 미담

---

58) 대라천大羅天: 중국 도교에서 가장 높은 곳에 있는 것으로 믿는 하늘의 이
　　름. 때로는 가장 높은 경계를 가리키기도 한다.
59) 도반[法眷]: '법권法眷'은 불교 용어로, 함께 수행하는 식구나 동료를 가리
　　킨다. 여기서는 편의상 '법권'보다 상대적으로 자주 사용되는 "도반道伴"으
　　로 번역했다.
60) 남교藍橋: 지금의 중국 섬서성 남전현藍田縣의 남계藍溪에 있었다고 전해
　　지는 다리. 전설에 따르면 당대에 이 다리에서 운영雲英이라는 여인과 마주
　　친 선비 배항裴航이 마실 물을 준 것이 계기가 되어 두 사람이 부부의 연분
　　을 맺고 나중에는 신선이 되었다고 한다. 여기서는 황 지관과 오 씨가 밀회
　　를 즐기는 장소를 뜻한다.

이라서 우리 본보기로 삼은 것뿐이올시다마는."

지관의 말을 듣고 오 씨는 금방 눈치를 챘습니다. 지관도 그녀가 자신에게 마음이 있다는 것을 알게 됐지요. 오 씨는 안으로 들어가서 과일을 반 공기 깎고 고급의 맑은 차를 한 주전자 끓였습니다. 그리고 여종을 시켜 지관이 먹도록 갖다 주게 했지요. 그러면서 여종에게 지관을 보고 이렇게 말하라고 분부했습니다.

"마님께서 '목이라도 축이시도록 사부님께 갖다 드리라'고 하셨어요."

그런데 이 말은 지관이 부른 노래의 가사와 은근히 대응하는 것이었습니다.[61] '기꺼이 그렇게 하겠다'는 의사 표시였지요. 지관은 그 말을 듣고 기쁨을 누르지 못한 채 저도 모르게 덩실덩실 춤을 추었답니다. 그러니 《영보도경靈寶道經》[62]입네 《자소비록紫霄秘錄》[63]입네 하는 경전이 어디 눈에 들어오기나 하겠습니까? 그가 온 정성을 다해서 생각하는 것이라고는 고작 정사를 벌일 방법이나 신혼을 즐길 욕정뿐이었습니다. 그는 몰래 도동을 시켜 오 씨의 침실을 염탐하게 했지요. 그리고 '아들과 한 방에서 머물며 여종이 시중을 들고 있다'는

---

61) 은근히 대응하는 것이었습니다[暗地照應]: 오 씨가 차를 끓여서 지관의 갈증을 풀라고 보낸 것은 지관이 부른 노래의 "서둘러 남교로 가서 갈증 풀고 함께 신선놀음 하자꾸나" 대목을 의식해서 보인 반응이다.
62) 《영보도경靈寶道經》: 명대의 도교 경전. 내용은 알 수 없으나 제목을 직역하면 '영험하고 보배로운 도교 경전'이라는 뜻이다.
63) 《자소비록紫霄秘錄》: 명대의 도교 경전. 내용은 알 수 없으나 제목을 직역하면 '천상의 신비로운 책'이라는 뜻이다.

소리를 듣더니 '바로 들이닥치기는 쉽지 않겠다'고 생각했습니다.

밤이 되자 그는 두 도동과 침상에 올라 잠을 청했습니다. 그런데 오 씨의 낮의 모습만 떠오르지 뭡니까. 일단 도동 태청이하고 기분을 풀다 보니 침상 널이 삐걱거리고 난리가 아니었지요. 지관은 태청의 등을 어루만지면서 말했습니다.

"우리 예쁜이들! 내 너희 둘하고 의논을 좀 해야겠다. (⋯) 보아하니 이 집 주인아씨가 나한테 아주 관심이 많은 것 같구나. 만약 손에 넣으면 너희도 덩달아 재미를 볼 수 있을지도 모르겠다. 다만, ⋯ 안채와 바깥이 단절되어 있고 그 아씨 방에는 아들하고 여종까지 있단다. (⋯) 여기는 너희 둘이 있기에 불편하니 어쩌면 좋겠느냐?"

태청이 지관의 말을 받아 말했습니다.

"우리는 상관없을걸요."

"그 아씨야 처음에는 아무래도 남 눈을 피하고 싶지 않겠느냐."

"제가 보니까 빈소 안에 혼상魂床64)이 하나 있는데 ⋯ 휘장이랑 요가 아주 잘 갖추어져 있더라구요. 거기는 안채도 아니고 바깥도 아니니까 사랑놀음 하기에는 딱 좋은 곳이죠.65)"

---

64) 혼상魂床: 망자의 넋이 쉬도록 빈소에 갖다놓은 침상. '영상靈床, 靈狀'으로 불리기도 했다. 뒤에 나오지만 '영좌靈座'는 망자의 넋이 앉으라고 갖다놓은 의자이다.

65) 【즉공관 미비】太素所以亦受陰報。태소도 그래서 같이 저승에서 응보를 받는 거지.

"우리 예쁜이들! 그럴듯하구나! (…) 그럼 이제 내일은 실력을 발휘할 수 있겠군그래!"

지관은 그러면서 그 둘의 귓가에 대고 귓속말을 했습니다.

"꼭 여차저차 … 이렇게 해야 하느니라?"

그러자 태청과 태소는 둘 다 손뼉을 치면서 말했습니다.

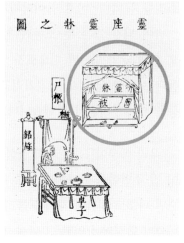

명대의 영좌靈座와 영상靈床
뒤에 보이는 것이 영상이다. 《삼재도회》

"기막히군요, 기가 막혀요!"

그 이야기가 욕정을 자극했던 걸까요? 지관이 태청과 일을 마치고 나자 두 젊은이는 달아오르는 흥분을 주체하지 못하고 각자 자위66)까지 하는 것이었지요. 그리고 밤새에는 별다른 일이 없었습니다.

다음날 날이 밝자 오 씨를 만난 지관은 말했습니다.

"오늘은 재를 지낸 지 사흘째 되는 날입니다. 빈도는 망자의 넋을

---

66) 자위[手銃]: '수총手銃'은 원래 원대 말기에서 명대 초기까지 무게가 가볍고 구경이 작은 총통銃筒을 말한다. 그 뒤에 나무 손잡이를 넣어 손에 들고 사용했기 때문에 '수총'이라고 불렸다고 한다. 중국의 고전문학 작품들에서는 이를 남자의 성기에 빗대 '쏘다'에 해당하는 동사 '방放'과 함께 사용해 사정하는 행위를 가리키며, 때로는 동사로 '타打'를 쓰기도 한다.

부르는 도술을 할 줄 압니다. 남편 되시는 망자의 넋이 아씨와 한번 만나게 해드릴 수가 있을 것 같은데, … 아씨 생각은 어떠신지요?"

"그럴 수만 있다면 좋다뿐이겠습니까! 그런데 … 법사님께서는 어떤 도술을 쓰시려고요?"

"흰 깁으로 다리를 만들어서 빈소에 걸어놓아야 합니다. 그러면 빈도가 망자의 넋을 불러내 다리를 건너 와 상봉하게 해드리지요. 다만, … 친지는 한 사람만 남겨 지키게 해야 합니다. 사람이 많으면 양기가 왕성해서 넋이 건너올 수 없거든요! 또한 … 빈소를 잠가서 아무도 훔쳐볼 수 없게 해야 합니다. 천기가 … 누설될 수 있으니까요!"

그러자 오 씨가 말하는 것이었습니다.

"친지라고 해 봤자 저하고 어린 아들 둘뿐입니다. 아들은 나이가 어려서 아무것도 모릅니다. 자기 아버지를 만나 봤자 의미가 없지요. 하지만 저는 지아비를 꼭 한번 만나야겠습니다! 제가 빈소에서 자리를 지키면서 법사님께서 도술을 쓰시는 광경을 지켜보도록 하지요."

"그러시다면 아주 좋지요!"

지관이 이렇게 말하자 오 씨는 안으로 들어가 상자에서 흰 깁을 두 필 꺼내 지관에게 건넸습니다. 지관은 깁을 들어올리더니 오 씨에게 한쪽을 당기게 하고 자신도 한쪽을 잡아당겼지요. 그러면서 이리저리 재어보기도 하고 방향을 이리저리 꺾어보기도 하면서 오 씨와 눈짓을 주고받느라 여념이 없지 뭡니까. 손이 마주치기라도 하면 슬쩍 손가락으로 손목을 튕겼지만 오 씨는 아무 소리도 내지 않는 것이 었습니다. 이어서 지관은 탁자를 쌓아서 다리를 만들게 하는 것이었지요. 그러자 공교롭게도 빈소로 통하는 통로가 차단되면서 바깥에서는 발안이 보이지 않게 되었습니다. 지관은 그제서야 밖으로 나와 두 도동에게 분부했습니다.

"내가 빈소를 닫고 망자의 넋을 불러낼 것이다. 너희 둘은 문을 잘 지키면서 외간사람들이 훔쳐보지 못하도록 막거라. 도술이 효험을 잃을지도 모르느니라!"

두 사람은 무슨 뜻인지 잘 알고 있었으므로 알겠다고 대답했지요. 오 씨는 오 씨대로 아들과 여종에게 이렇게 분부했습니다.

"법사님께서 망자의 넋을 불러내 나와 상봉하게 해주신다는구나. 대신 … 비밀을 지켜야 한다고 하신다. 그러니 너희들은 방 안에만 있거라. 절대로 나와서 소란을 떨면 안 되느니라."

아들 달생이는 아버지 넋을 부른다는 소리를 듣더니 투정을 부렸습니다.

"나도 아빠 보고 싶단 말이야![67]"

"애야! 법사님께서 말씀하셨단다. 산 사

도교 부적의 예시

---

67) 【즉공관 미비】赤子之心。순수한 아이의 마음.

람이 많으면 양기가 왕성해서 넋을 불러도 오지 않는다고 말이야. 그러니 이 엄마 혼자서 영전을 지키는 수밖에 없구나. 네가 정 보고 싶다면 어쩔 수 없지만 … 만에 하나라도 그렇게 했다가 아빠 넋을 만나지 못하면 괜히 그림의 떡이 돼버리고 말겠지? (…) 그러니까 일단 이번에는 정말 아빠를 불러내는지 보자꾸나. 다음에는 꼭 네가 만나게 해주면 되지 않니?"

오 씨는 지관이 분명히 핑계로 그런 이상한 소리를 한 것임을 속으로 알고 있었습니다. 그래서 온갖 감언이설로 아들을 달래고, 거기다 맛있는 과자까지 챙겨주었습니다. 그런 다음 여종도 아들과 함께 밖으로 자물쇠를 채워 방 안에 가두었지요. 그러고는 빈소로 들어가 앉았답니다.

지관은 문 두 짝을 다 걸어 잠그고 영패令牌[68]를 탁자에 대고 두 번 두드리는 시늉을 했습니다. 그리고 무슨 뜻인지도 모를 주문을 외우더니 웃는 얼굴로 오 씨를 보고 말했습니다.

영패의 예시. 시대별로 다양한 형태로 사용되었다.

"아씨께서는 혼상 위에 앉아 계십시오. 다만 한 가지, … 망자의 넋은 불러내더라도 그저 흐릿하게 보일 뿐입니다. 꿈과 마찬가지지요. 그래서 아씨께는 보탬이 되지 않을 겁니다."

---

68) 영패令牌: 중국 고대에 군령을 적은 나무 패. 여기서는 도교 의식에서 천지 신명의 명령을 전하거나 접신接神의 용도로 사용하는 도구 정도로 이해하면 좋을 듯하다.

"그저 지아비의 넋을 만나 그동안의 회포를 풀기만 바랄 뿐입니다. 보탬이 되고 안 되고가 무슨 상관이겠습니까?"

그러자 지관이 말하는 것이었습니다.

"그저 만나기만 할 뿐 아씨와 평소처럼 이불 속에서의 즐거움은 다시 나눌 수 없다는 뜻입니다. 해서 보탬이 되지 않는다고 한 거지요."

"법사님, 또 그러시네요. (…) 망자의 넋일 뿐이니 그저 만나보기만 해도 감지덕지입니다. 그런데 어째서 그런 말씀을 하십니까?"

"저한테 넋을 불러내서 아씨와 왕년의 즐거움을 나누게 해드릴 비법이 있기는 한데 …"

그 말에 오 씨가 놀라서 말했습니다.

"그럴 리가 있나요."

"물론 넋은 실체가 없지요. 허나, … 불러 와서 빈도의 몸에 붙게 하면 아씨와 즐거움을 나눌 수 있을 겁니다!"

"넋은 넋이고 법사님은 법사님인데 … 그 일을 어떻게 대신 할 수가 있다고 그러시는지 …"

오 씨가 이렇게 말하니 지관이 말하는 것이었지요.

"예로부터 우리에게는 그런 법술이 있었습니다. 그동안 얼마나 많은 망자의 넋이 우리 몸을 빌려서 상봉을 했는지 모릅니다."

"그런 일을 … 어떻게 해내신다는 거예요?"

"만약 남편과 조금이라도 다르다면 앞으로는 안 믿으셔도 괜찮습니다.[69]"

그러자 오 씨는 갑자기 욕을 퍼부었습니다.

"입에 발린 소리만 할 줄 아는 엉터리 도사 같으니라고! 사람을 잘도 속이는구나!"

지관은 냉큼 다가가서 오 씨를 와락 끌어안더니 혼상에 쓰러뜨리고 웃으면서 말하는 것이었습니다.

"제가 … 잠시 남편이 되어드리려고요!"

오 씨는 이때 이미 욕정에 마음이 흔들린 상태였습니다. 그렇게 둘은 혼상에서 뒹굴기 시작했지요.

하나는 도교의 총아로,	一個玄門聰俊,
어려서부터 규방 아낙네들 맛을 보았고,	少嘗閨閤家風。
하나는 청상의 미녀로,	一個空室嬌姿,
최근엔 잠자리 일을 거르더니,	近曠衾裯事業。
바람과 우레 같은 호령이,	風雷號令,
비와 구름의 쾌락으로 변하고,	變做了握雨携雲。

69) 【즉공관 측비】妙話。기막힌 소리로군.

얼음과 옥 같은 정조는,	冰蘗貞操,
부서진 꽃과 술이 돼버렸네.	翻成了殘花破蕊.
집 안 가득한 성스러운 형상들이야,	滿堂聖象,
어차피 허구적인 것들이고,	本屬虛無.
한 가닥 망자의 넋은,	一脈亡魂,
이미 저승으로 돌아가버렸단다.	還歸冥漠.
머금는 이는,	噙着的,
원기를 들이키고 내쉬길 쉬지 않고,	呼吸元精而不歇.
뒤엉킨 이는,	耨着的,
음문을 드나들기 멈추지 않네.	出入玄牝以無休.
고요하게 진인을 배알하매,	寂寂朝眞,
외로운 새 올 때 붉은 길 미끄럽고,	獨鳥來時丹路滑.
정성스레 진리를 흠모하매,	殷殷慕道,
온갖 꽃 흐드러진 곳을 중만 돌아가네.	百花深處一僧歸.
그 속의 맛이야,	個中味,
정말 칭찬하고 부러워하나니,	真誇羨,
현묘하고도 현묘하도다.	玄之又玄.
고깃덩이 몸은,	色裡身,
참을 수가 없나니,	不耐煩,
적고도 적구나!	寡之又寡.

두 사람은 운우雲雨의 정을 나누고 나니 속이 다 후련했습니다. 지관은 오 씨를 보면서 말했습니다.

"남편분 수완하고 … 차이가 있던가요?"

그러자 오 씨는 바로

"이 짐승 같은 인간아! 민망스러워 죽겠는데 꼭 그런 소리를 꺼내야 시원하겠어요?[70]"

하고 쏘아붙이는 것이 아닙니까. 지관도 그제서야 고맙다고 인사를 하는 것이었습니다.

"아씨께서 마다하지만 빈도는 … 몸이 가루가 되어도 그 은혜를 갚기 어려울 겁니다!"

"당신한테 당한 이상 이제는 … 오래오래 만나는 수밖에 없군요!"

"나와 당신은 둘이 고종사촌 남매로 지내야 합니다. 그래야 양쪽이 드나들면서 사람들을 속여넘길 수가 있어요!"

"그건 그래요!"

"아씨는 금년 연세가 …"

"스물여섯 되었습니다."

"빈도가 한 살 많군요. 그럼 당신 오라버니 행세를 해야겠습니다. 내게 다 방법이 있지요!"

그는 몸을 일으키더니 영패를 두 번 두드린 다음 문을 열었습니다. 그리고 나서 두 도동을 보면서 말하는 것이었습니다.

---

70) 【즉공관 측비】 亦知羞了。 그래도 부끄러운 줄은 아는군!

"방금 망자의 넋을 모셔냈는데 알고 보니 주인아씨가 바로 내 사촌 누이동생이지 뭐냐! 그동안 내내 모르고 살았는데 망자가 확실하게 설명해주더구나! 그래서 방금 아씨한테 자세히 물어보니 정말 그렇다고 하신다. 이제부터는 가까운 친척이 되었느니라!"

그러자 두 도동은 실죽거리면서 말했습니다.

"당연히 아주 가까운 친척이겠지요?71)"

오 씨는 오 씨대로 아들을 불러내더니 방금 도사가 멋대로 지껄인 소리를 그대로 따라서 아들에게 일러주었습니다.

"이건 너희 아빠가 한 말이란다. (…) 이리 와서 외삼촌한테 인사를 드리렴!"

그 아들은 나이가 어린데 그 말이 참말인지 거짓말인지 알게 뭐랍니까? 그 후로는 어머니 말대로 외삼촌이라고 불렀지요. 두 사람은 이날부터 날마다 망자의 넋을 불러낸답시고 그 일을 벌였습니다. 밤만 되면 오 씨는 안채에서 나오고 도사는 바깥에서 들어와 빈소의 혼상을 환락의 무대로 삼으니 날이 갈수록 사이가 가까워졌지요. 그래서 그 아들은 "넋을 모신다"는 소리만 들으면

"아빠 보러 가야지."

하고 말할 정도였지 뭡니까. 오 씨는 그럴 때마다

---

71) 【즉공관 미비】韻語。 장단을 맞추는군.

"너는 산 사람이어서 만날 수가 없단다!"

하고 달랬고 아들은 그때마다 포기하는 수밖에 없었지요. 그러나 속으로는 그래도

'왜 늘 나만 떼어놓는담?'

하고 한 가닥 의심이 드는 것을 피할 길이 없었답니다.

이레째 되는 날 밤, 재가 다 끝나고 백일간의 상도 다 마쳤습니다. 오 씨는 도사와 도동 세 사람에게 고맙다고 인사를 했지요. 그러자 도사는 도량을 철거하고 나서 몰래 밀회를 즐길 날을 잡은 다음 일단 남의 눈을 속이려고 서산관으로 돌아갔습니다. 그리고 오 씨는 당장 아들을 의학당義學堂[72] 선생 집으로 보내 계속 글공부를 다니도록 손을 썼지요. 그래서 아들은 아침에 나가면 저녁이 되어서야 돌아오곤 했답니다. 오 씨에게는 낮에 두 도동이 찾아와서 기별을 전하기도 하고 때로는 지관이 직접 찾아오곤 했지요. 그러면 밤에 아들이 잠들기만 하면 바로 대문을 열고 그를 끌어들여서 마음껏 음행을 일삼았지 뭡니까! 물론 여종이 소문을 듣고 눈치를 채기는 했지만 진작에 매수를 해서 단단히 입단속을 시켰답니다. 그렇게 삼 년을 지나는 동안 전혀 방해를 받지 않은 것은 말할 필요도 없었지요.

계속 이야기를 들려드리겠습니다. 유달생은 나이가 차츰 많아져서 사춘기가 되었지요. 이 일에 대해서도 어느 정도 눈치를 채게 되었습

---

72) 의학당義學堂: 명대에 개인이나 지역 단체가 기금을 출연해서 무료로 운영하던 서당.

니다. 그는 젊은 나이에 총명한 데다가 학식도 갖추고 예절에도 밝았습니다. 그래서 자기 어머니에게 이런 불편한 구석이 있다는 것을 눈치 채고부터는 속으로 늘 답답했지요. 그렇다고 해서 그런 사정을 누구한테 설불리 털어놓을 수도 없었습니다.

그러던 어느 날이었지요. 학당에 있는데 친구가 장난으로 자신을 '꼬마 도사'라고 부르는 것이 아닙니까. 달생은 낯이 벌겋게 달아올랐습니다. 집으로 돌아온 달생은 어머니를 보고 말했지요.

"어머니한테 드릴 말씀이 있어요. (…) 그 외삼촌 … 다시는 우리 집에 오지 말라고 하세요. 누가 나보고 '꼬마 도사'라고 했어요. 남들 웃음거리가 됐다고요!"

오 씨는 그 말을 듣더니 귓불에서부터 온 얼굴이 다 벌게졌습니다. 그녀는 아들에게 꿀밤을 두 번 먹이더니 호되게 꾸짖었지요.

"어린 녀석이 물정을 그렇게 모르다니! 외삼촌은 엄마의 오라버니란 말이다! 우리 집에 드나들든 어쨌든 간에 누가 간섭을 할 수 있어? 어느 벼락 맞을 놈이 너한테 그런 소리를 한단 말이야! 내 그놈을 잡기만 하면 혼구멍을 내야겠다!"

"몇 해 전 도량을 마련하기 전만 해도 그런 외삼촌이 있다는 소리는 들은 적이 없었어요.[73] 정말 외삼촌이라고 해도 그렇죠. 어머니가 그냥 오누이로만 지내면 외간 사람들이 왜 뒷공론을 하겠어요?"

오 씨는 바른 소리를 듣자 버럭 성을 내면서 말했습니다.

---

73) 【즉공관 미비】透極。 맞는 말씀!

"이놈의 자식! 기껏 그 나이 되도록 키워놓았더니 … 네놈은 남들이 하는 소리를 듣고 이 어미를 빈정거려? (…) 너 같은 불효막심한 놈을 키워서 뭐 하겠느냐!"

오 씨는 도리어 탁자를 두드렸다 걸상을 쳤다 하면서 통곡을 하지 뭡니까. 달생은 당황한 나머지 어머니 앞에 무릎을 꿇고 말했습니다.

"제가 잘못했어요, 어머니 … 용서해주세요!"

오 씨는 달생이 용서를 비는 것을 보고 금방 울음을 멈추더니 말하는 것이었습니다.

"앞으로 다시는 남들이 멋대로 지껄여대는 소리를 들으면 안 된다."

달생은 울분을 참으면서 더 이상 대들 수가 없었지요. 그래서 속으로 생각했습니다.

'어머니가 이렇게 우기시니 그자 약점을 잡아야 끝을 볼 수 있겠구나. (…) 일단은 그자를 무시해야겠다.'

그러던 어느 날 밤 인적이 그친 뒤였습니다. 달생이 어머니 방에서 잠을 자다가 깼는데 가만 들어보니 방문 소리가 나지 뭡니까. 누가 걸어 나가는 소리 같았지요. 달생은 나름대로 생각이 있어서 살그머니 옷을 걸치고 나와서 주위를 둘러보았습니다. 그런데 가만 보니 방문이 열려 있는 것이 아닙니까.

'어머니가 또 못된 짓을 하러 갔구나.'

이런 생각이 든 달생은 몸을 돌려 어머니가 자는 침상 안으로 들어가서 더듬어보았지요. 아니나 다를까 어머니가 보이지 않았습니다! 달생은 방을 나가서 찾지 않고 속으로 꾀를 하나 냈습니다. 즉시 방문에 빗장을 걸고 탁자를 들고 와서 문을 막았습니다. 그러고는 침상으로 돌아가 다시 잠을 청했지요.

알고 보니 이날 밤은 지관과 오 씨가 날이 저문 후에 만나기로 한 날이었습니다. 그래서 빈소의 영좌靈座를 미리 치워놓고 그 짓을 벌이려고 침상만 그대로 놓아둔 상태였습니다. 또 그 자리에는 거꾸로 병풍을 둘렀는데 빈틈이 없을 정도로 단단히 둘러놓았지 뭡니까. 지관이 먼저 그 안에서 잠을 잘 자고 나면 오 씨가 와서 둘이서 엎치락뒤치락 밤새도록 뒹굴곤 했지요. 그러다가 동이 트려고 하면 지관을 내보내고 오 씨는 자기 방으로 돌아오곤 했던 것입니다. 번번이 이런 식으로 대담하게 행동하면서도 대수롭지 않게 여겼지 뭡니까.

그런데 뜻밖에도 이날 밤에는 오 씨가 자기 방 문이 단단히 잠겨서 밀어도 열리지 않는 것이 아닙니까. 그녀는 아들놈이 낌새를 눈치 챈 것을 알고 몹시 창피했습니다. 하는 수 없이 우두커니 앉아서 날이 밝을 때까지 기다릴 수밖에요. 그러나 아무 말 없이 이만 부드득 갈면서 아들을 원망할 뿐 어디다 하소연할 수도 없었습니다. 날이 환하게 밝자 달생은 자리에서 일어나 문을 열었다가 어머니를 발견하고 짐짓 놀라는 척하면서 말했습니다.

"어머니, 왜 방문 밖에 쪼그리고 앉아 계세요?"

그러자 오 씨는 하는 수 없이 거짓말을 둘러댔지요.

"어젯밤에 바깥에서 발소리가 들리지 뭐니. 도둑이 들었나 걱정이 돼서 문을 열고 나와서 살피고 왔더니 … 너는 왜 문을 걸어 잠근 게냐!"

"저도 문이 열려 있는 걸 보고 도둑이라도 들까 겁이 나서 문을 걸어 잠그고, … 그걸로도 불안하길래 탁자까지 옮겨서 단단히 막아 놓은 거예요. (…) 어머니는 침상에서 주무시는 줄 알았는데 … 어째 서 엉뚱하게 문 밖에 계세요? 바깥에 계시면서 왜 … 문을 열어달라 고 하지 않고 내내 쪼그리고 앉아 계셨어요? 이게 어찌 된 영문이 람?74)"

오 씨는 달생의 말을 듣고 몇 번이나 생각을 해보았지만 대구할 말이 없었습니다. 그래서 그냥 넘어갈 수밖에 없었지요. 그러나 속으 로는 이렇게 생각했습니다.

'이 원수 같은 놈! (…) 앞으로는 방 안에 남겨놓으면 절대로 안 되겠구나!'

그러던 어느 날이었습니다. 오 씨가 갑자기 달생을 보고 말했지요.

"너도 이제 다 컸으니 이 어미하고 한 방에서 자는 건 좀 남세스럽 구나. 안채에 침상이 멀쩡하게 있으니 … 그러니 너는 오늘밤부터 안 채에서 자도록 해라!"

오 씨는 원래 달생을 방에서 내보내기만 하면 그다음부터는 지관이

---

74) 【즉공관 미비】 透極。 지당한 말씀!

오더라도 자기 방에 머물게 하면 되므로 훨씬 안전하고 만족스러울 거라고 생각했습니다. 그런데 뜻밖에도 이 아들이 하도 영리하다 보니 고개를 끄덕거리며 동의하는 척하기는 했지만 벌써부터 그 속셈을 눈치 채고 있었지 뭡니까. 달생은 그러겠다고 동의하고 낮에는 평소처럼 학당에 갔다가 밤에는 안채에서 잠을 잤습니다. 그러면서도 전보다 더더욱 주의를 기울여서 동정을 살폈답니다. 바로 그날, 도동이 오자 오 씨는 도동으로 하여금 돌아가서 사부에게 지난밤에 자신이 아들에게 들켜 문 밖에 쪼그리고 앉아 있었던 일을 알리도록 당부했습니다. 그러면서 말했지요.

"… 그래서 아들더러 다른 데서 자게 했단다. 그러니까 오늘 밤에 오실 때에는 쪽문으로 들어와서 바로 내 방으로 오시라고 전해다오!"

아니나 다를까 밤이 되자 지관이 찾아왔지 뭡니까. 달생은 안채에 있었지만 잠을 자러 들어가지 않고 여기저기 돌면서 동정을 살폈지요. 그러다가 가만히 들어보니 쪽문 열리는 소리가 들리는 것이 아닙니까. 달생은 어둠 속에 몸을 숨기고 있어서 똑똑히 볼 수가 있었습니다. 바로 지관이 문으로 들어오는 것이었지요. 그러고는 여종이 쪽문을 잠그자 그길로 오 씨 방으로 들어가서 문을 닫아걸고 동침을 하는 것이었습니다. 달생은 속으로 생각했습니다.

'어머니가 간통을 저지르는데 아들인 내가 현장을 덮칠 수는 없고 … 그놈 얼이 다 달아나도록 푸닥거리를 해야겠구나!'

조금 있다가 방 안이 조용해지자 달생은 서둘러 긴 밧줄을 찾아내서 방문을 꽁꽁 묶어놓았습니다.

'이만하면 이 문은 열 수가 없겠군. 그 도적놈이 나가지 못하면 분명히 창문으로 뛰어나올 테지? (…) 그놈 골탕을 좀 먹여야겠다!"

달생은 뜰 앞으로 나왔습니다. 그리고 소변통 하나와 반쯤 깨진 요강을 가져다가 도관이 뛰어내릴 것으로 예상되는 지점을 어림으로 짐작해서 늘어놓았지요. 그리고 나서 자신은 다시 안채로 들어가 잠자리에 들었습니다.

지관은 밤새도록 질펀하게 정사를 즐겼습니다. 그러고는 닭이 우는 소리가 두 차례 들리자 동이 틀세라 옷을 걸치고 침상을 빠져나왔지요. 그런데 방문을 아무리 당겨도 문이 안 열리지 뭡니까. 하는 수 없이 오 씨를 깨워서 그 사실을 알렸겠다? 그러자 오 씨도 문을 여는 것을 거들어보았지만 문이 출렁거리는 소리만 들릴 뿐이었습니다. 문 밖에서 무엇으로 묶어놓기라도 한 것처럼 말이지요.

"거참 이상하네? 그 원수 같은 놈이 또 무슨 수를 썼나 봐요! (…) 문 열기는 글렀으니까 일단 창문을 열고 나가시면[75] 아침에 해결할게요. 곧 날이 밝을 테니 더는 꾸물거리면 안 돼요!"

그러자 지관은 몽롱한 눈으로 창가로 걸어가 창문을 열고 '쿵' 하고 뛰어내렸습니다. 그런데 '풍덩' 하는 소리가 들리더니 오른발이 소변통 속에 빠진 것이 아닙니까! 그렇게 되자 나머지 왼발은 힘을 제대로 쓰지 못하는 것이었습니다. 아무래도 머리가 가볍고 발은 무겁다 보니 이번에는 요강까지 밟아버렸네요? 그래서 허둥지둥 오른발을 빼

---

75) 【즉공관 측비】 不出所料。예상했던 대로군.

서 걸으려고 기를 썼습니다. 그러나 소변통이 깊은데다가 순간적으로 당황하는 바람에 소변통에 발이 걸려서 그대로 땅바닥에 자빠지고 말았습니다. 그 바람에 온몸이 오줌과 똥으로 범벅이 되고 입술까지 찢어졌지 뭡니까, 글쎄![76)77)] 그렇다고 어디 큰 소리를 지를 수 있나요? 고통을 참으면서 코를 막고 허겁지겁 뛰어가서 쪽문을 열자마자 부리나케 달아났습니다.

오 씨는 방문이 열리지 않아 짜증이 났습니다. 그런데 도관이 창문을 열고 뛰어내리자마자 '쨍그랑' 하는 소리가 들리자 좀 이상하다는 생각이 들었지요. 그래서 창가로 가서 내다보니 이때 날이 아직 어둡기는 했지만 웬 악취가 코를 찌르지 뭡니까, 글쎄! 도통 무슨 영문인지 알 수가 없었습니다. 오 씨는 우울한 기분을 안고 도로 침상으로 들어가 잠이 들었답니다.

달생은 날이 훤하게 밝자 잠자리에서 일어나 어머니 방 앞으로 가서 원래대로 밧줄을 풀었습니다. 그러고 나서 창문 밑을 보니 바닥이 온통 오줌과 똥으로 흥건하고 오줌통은 오줌통대로 넘어져 있지 뭡니까. 그는 속으로는 화가 나면서도 웃음을 참을 수가 없었지요. 달생은 어머니가 잠을 깨기 전에 더러움을 무릅쓰고 살그머니 요강과 소변통을 다 치워놓았습니다.

조금 더 지나서 오 씨는 잠자리에서 일어나 문을 열었습니다. 그랬더니 단번에 열리는 것이 아닙니까?

'그런데 간밤에는 어째서 열리지 않은 걸까? 당황하는 바람에 그

---

76) 【즉공관 미비】此景佳無限。이 광경이 너무도 볼만하군그래!
77) 【즉공관 측비】不知曾嘗些否。이전에 좀 당해본 건 아닐까?

랬나?'

오 씨는 의아하게 여기면서 창가로 갔습니다. 그런데 가만 보니 뜰 바닥이 온통 오줌과 똥 투성이지 뭡니까. 거기다가 젖은 채 찍힌 신발 자국이 쪽문까지 남아 있지 뭡니까, 글쎄! 오 씨는 아들 달생이를 불러 캐물었지요.

"저 창 앞의 오줌과 똥은 어떻게 된 거냐!"

"모르죠. (…) 그런데 바닥에 찍힌 신발 자국을 보니까 모두 사내가 남긴 발자국이에요. (…) 한 사람 같은데 … 하도 급해서 오줌과 똥을 지린 것 같아요.78)"

그러자 오 씨는 말문이 막혀 버렸습니다. 그녀는 얼굴이 붉으락푸르락하면서 한마디 대꾸도 못 한 채 아주 화가 단단히 나 버렸지 뭡니까. 이때부터 이 아들을 아주 괘씸하게 여기게 되었지요. 눈 안의 가시라도 되는 것처럼 당장 뽑아 버리고 싶은 마음이 간절했답니다.

다시 이야기를 들려 드리도록 하겠습니다. 그날 밤 황 지관은 그 낭패를 당하는 바람에 그 향긋하던 옷가지들이 어느 하나 오물로 더럽혀지지 않은 것이 없었습니다. 그래서 울적한 마음으로 서산관에서 깨끗하게 세탁을 하네, 손질을 하네 난리를 쳤지요. 거기다 땅바닥에 자빠지면서 입술까지 찢어지는 바람에 며칠 내내 유 씨 댁에는 얼씬도 하지 못 했답니다.

---

78) 【즉공관 미비】譎語有致。우스갯소리에 절도가 있군그래.

오 씨는 속이 다 뒤집힐 지경이었습니다. 마침 지관을 만나 하소연하고 의논을 하려던 참이었는데 사람이 나타나지 않으니 그립기도 하고 화도 났지요. 그러던 어느 날이었습니다. 지관이 도동 태소를 시켜서 소식을 알아오게 했지요. 그랬더니 오 씨가 태소를 보고 말했습니다.

"너희 사부님은 화가 나서 안 오신 게냐?"

"댁의 도련님이 무서워서 며칠째 숨어 계십니다."

"그 녀석은 낮에는 학당에 가 있지. (…) 그럼 차라리 낮에 사부님을 건너오시게 해서 의논하는 편이 낫겠구나."

태소는 열여덟아홉 되는 나이였습니다. 그렇다 보니 오 씨의 이런 행적을 눈치 채고 자신도 자꾸 눈짓을 하면서 오 씨를 유혹하는 것이었지요.

"당분간 사부님은 시간이 나지 않으시니 … 제가 잠시 대신 해드려도 되는데 …"

"요런 녀석을 봤나! 너까지 나를 넘보려는 게냐? (…) 너희 사부님한테 일러서 네 아랫도리에 매질 좀 하라고 해야겠구나!"

그러자 태소가 웃으면서 말했습니다.

"제 아랫도리도 아주머니 아랫도리와 똑같습니다. (…) 사부님이 쓰셔야 하니까 아까워서 손도 못 대실걸요?"

"이런 염치없는 놈 같으니! 못 하는 소리가 없구나?"

사실 오 씨는 그의 귀여운 모습을 보았을 때부터 마음이 이끌렸었습니다.[79] 다만 나이가 좀 어리다고 여겼지요. 그런데 이제는 잘 자란 데다가 야한 소리까지 하는 것을 보니 저도 모르게 마음이 흔들리지 뭡니까. 그녀는 당장 한 손으로 그를 끌어당겨서 입을 맞추더니 손을 뻗어 몸을 더듬었습니다. 태소의 그 물건이 꼿꼿해지길래 침상으로 끌고 가서 그 짓을 벌이려는 참이었습니다. 그런데 뜻밖에도 태소가 오지 않자 황 지관이 이번에는 태청에게 태소를 데려오게 해서 벌써 안채까지 들어와서 두 사람을 부르지 뭡니까. 태소는 그 소리를 듣자 사부가 알면 역정을 낼까 봐 허둥지둥 손을 멈추고 하던 짓을 중단할 수밖에 없었습니다.[80] 둘은 같이 서산관으로 가서 사부에게 보고를 했답니다.

다음 날, 정말로 지관이 낮에 유 씨 댁에 왔습니다. 오 씨는 대문을 걸어 잠그고 안채까지 안내해서 앉게 했지요. 그런 다음에 물었습니다.

"그날 밤 가시더니 어째서 도통 소식이 없으셨어요? 어제서야 뒤늦게 도동이나 보내시고!"

"임자네 아들놈이 워낙 영악해서 말이야. (…) 나중에 크면 갈수록 무서워지겠던데 … 내가 임자하고 내왕하기가 이리도 불편하니 … 이 짓도 더는 못할 것 같으이!"

---

79) 【즉공관 미비】太素宜其動火也。태소 입장에서야 당연히 그녀 마음을 흔들어놓아야겠지.

80) 【즉공관 미비】好事多磨。좋은 일은 각별히 신중하게 해야지.

오 씨는 도사와 한창 열심히 내왕하던 참이었습니다. 거기다가 그의 귀여운 도동들까지 한꺼번에 붙잡아놓으려던 참이었지요. 그런데 그런 소리를 듣고 나니 속에서 부아가 치미는 것이 아닙니까.

"나한테는 뭐라고 할 집안 어른도 없어요. 딱 하나 그 원수 같은 아들놈이 문제지요. 어떻게든 그놈을 요절을 내야[81] 나도 자유로운 몸이 될 텐데 … 요즘은 나도 그놈 때문에 화가 나서 못 견디겠네요!"

"임자가 배 아파 가며 낳은 친아들인데 차마 어떻게 요절을 내겠다고!"

"배 아파 낳아줬으면 얼마나 애지중지 키웠는지 은혜를 알아야 아들이지요! 이렇게 삐뚤어져서 말썽만 피울 거라면 차라리 없는 편이 더 깔끔해요!"

"그건 … 임자가 알아서 할 일일세. 우리는 왈가왈부할 입장이 못 되지. (…) 임자가 후회할까 봐서 그러는 게요."

"며칠 더 지켜보기로 해요. (…) 당신은 일단 오늘밤 안심하고 와서 즐겨요. 녀석이 눈치를 채더라도 신경 쓰지 마세요. 멋대로 해보라고 해요, 어디! 그놈도 나를 어떻게 할 배짱은 없을걸요?"

이렇게 주거니 받거니 한참 이야기를 나누고 나서 지관은 일단 돌아갔다가 밤에 다시 오기로 했습니다.

이날 달생의 학당 선생은 고향에 돌아가야 해서 수업을 일찍 끝냈

---

81) 【즉공관 측비】 狠哉。참 독하다!

습니다. 그런데 길에서 달생이 집으로 오는 길에서 지관과 딱 마주쳤지 뭡니까. 달생은 '우리 집에서 나왔구나' 싶어서 벌써부터 신경이 곤두섰습니다. 그래도 앞에서는 억지로 '외삼촌' 하고 부르면서 인사를 했지요. 지관은 그를 발견하자 갑자기 불안해졌습니다. 그래서 답례를 하고는 아무 말도 없이 바로 가버리는 것이었지요.

'지난번 그 일로 며칠 밤 동정이 없더니 … 오늘 또 우리 집에 온 것을 보니 오늘 밤에도 분명히 무슨 일이 있으려나 보다. (…) 매번 현장을 덮칠 수는 없으니 그냥 저 인간을 미리 막아야겠다!'

달생은 속으로 생각하고 그길로 집으로 돌아갔습니다. 그러자 오씨가 묻는 것이었지요.

"오늘은 어째서 이렇게 일찍 돌아왔니?"

"선생님이 고향 댁에 가신데요. (…) 며칠 동안은 학당에 안 가도 돼요."

명대의 서당 풍경. 구영, 〈소주 청명상하도〉

오 씨는 내심 기분이 언짢았지만 억지로 물었습니다.

"간식이라도 좀 먹으련?"

"마침 간식을 먹고 자러 가려던 참이에요. (…) 선생님이 고향 가신 다고 매일같이 몰아서 글공부를 잔뜩 했더니 오늘 밤에는 좀 일찍 자야 될 것 같아요."

그 말을 들은 오 씨는 좀 흡족해졌던지 달생에게 간식을 먹게 해주 었습니다. 달생은 간식을 다 먹고는 정말로 안채 침상으로 가서 잠을 자는 것이었지요. 오 씨는 마음을 놓고 저녁밥을 챙겨 먹었습니다. 그리고 방을 잘 치운 다음 잠깐 휴식을 취했습니다. 이어서 여종을 시켜 대문을 반만 닫아놓게 하고 지관이 오기만 기다렸지요.

그러나 뜻밖에도 달생은 거짓으로 잠을 잔다는 핑계를 댄 것이었습 니다. 달생은 인적이 드물어진 것을 감지하고 살그머니 움직이기 시작했습니다. 그렇게 앞뒤 의 문가에서 지켜보는데 앞문은 잠겼고 요문腰 門[82])이 안으로 잠겨 있지 뭡니까. 달생은 자물 통을 뜯고 뒤켠의 쪽문으로 가서 보았습니다. 그랬더니 문은 반쯤 닫히기는 했지만 잠겨 있지 는 않았습니다. 그래서 살그머니 빗장을 걸고 걸상을 두 손으로 들어 옆에 바짝 갖다 붙인 다

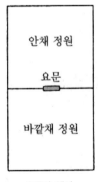

요문의 예시

---

82) 요문腰門: 중국 고대 가옥에서 안채와 바깥채 사이에서 서로 분리된 두 공 간을 연결하는 작은 문. 시오노야와 카라시마의 일역본(제1책 제236쪽)에서 는 '옆문わきの門'으로 번역했다.

음 그 앞에 죽치고 앉았지요[83].

초경쯤[84]까지 앉아 있는데 가만히 들어 보니 바깥에서 문을 미는 소리가 들리지 뭡니까. 그렇다고 대담하게 힘을 써서 여는 것도 아니었지요. 그 사람은 이따금 손가락으로 몇 번 두드리기까지 하는 것이었습니다. 달생은 끝까지 기척을 내지 않고 그가 어떻게 하는지 잠자코 지켜만 보았습니다. 그런데 갑자기 문틈으로 나지막이 이렇게 말하는 것이었지요.

"나 왔네. (…) 어째서 문을 잠갔나? (…) 좀 여시게."

달생은 그 소리를 똑똑히 듣고, 일부러 목소리를 바꾸어서 이렇게 말했습니다.

"오늘밤에는 틀렸어요! 돌아가세요, (…) 또 난리 나기 전에요."

그때부터는 바깥에서 아무 기척도 없었습니다.[85] 오 씨는 방 안에서 목이 빠져라 밀회를 기다리느라 욕정이 불처럼 타올랐습니다. 그런데 초경이 지났는데도 아무 동정도 없지 뭡니까. 할 수 없이 여종을 시켜 쪽문으로 가서 살펴보게 했지요. 여종은 컴컴한 곳까지 왔다가 달생이 손에 닿자 깜짝 놀라고 말았습니다. 그러자 달생은 빽 소리를

---

83) 죽치고 앉았지요[坐地]: 원문의 '좌지坐地'는 글자 그대로 '땅에 앉다'로 번역하기 쉬우나 여기서의 '지地'는 현대 중국어에서 특정한 동작의 지속을 나타내는 조사 '-착着'과 같은 용법으로 사용되었다. 따라서 '땅에 앉다'가 아니라 앉아 있는 상태가 지속되는 것을 나타내는 셈이다.

84) 초경쯤[更餘]: 밤 9시 전후.

85) 【즉공관 미비】妙甚。아주 기막히군.

질렀습니다.

"요망한 것! 이 야심한 시각에 문 쪽으로 와서 뭘 어쩌자는 게야!"

그러자 놀란 여종은 말문이 막힌 채 달아나더니 안으로 들어가서 오 씨를 보고 말했습니다.

"법사님은 안 오시고 뜬금없이 도련님만 거기 앉아 있지 뭐에요. (…) 하마터면 놀라 죽을 뻔했네!"

"그 원수 같은 놈이 갈수록 태산이로구나! (…) 그놈이 어쩌자고 또 내 일을 망치려고 그런 심술을 부린담?"

오 씨는 주먹을 쥐었다 손바닥을 비볐다 하면서 화를 냈습니다. 그러나 요절을 내고 싶어도 자신에게 켕기는 구석이 있다 보니 꾹 참는 수밖에 없었습니다. 게다가 지관과 약속한 밀회를 어겨서 그를 헛걸음질하게 만들기라도 할까 봐서 안절부절못하면서 어디 잠을 잘 수가 있어야지요!

달생은 건너편에서 한참동안 아무 기척도 없는 것을 보고 벌써 가버린 것을 눈치 채고 그제야 침상으로 가서 잠을 청했지요.[86] 오 씨가 다시 여종을 불러 알아보게 했더니 여종이 말했습니다.

"도련님이 지금은 문 앞에 없네요."

여종은 조용히 문을 열고 밖으로 나와 길거리까지 나가서 이리저리

---

86) 【즉공관 미비】 細。 치밀해.

두리번거렸습니다. 그러나 사람이 있을 턱이 있습니까? 그래서 그대로 오 씨에게 알려주었지요. 그러자 오 씨는 더더욱 기분이 상했습니다. 그래서 내내 화를 내면서 눈도 붙이지 못하는 것이었지요. 날이 밝자마자 오 씨는 달생에게 가서 대뜸 물었습니다.

"우리 아들, … 간밤에는 잠도 안 자고 뒷문가에 앉아서 뭘 했니?"

"나쁜 짓을 한 것도 아니고 … 그냥 좀 앉아 있는 것도 안 돼요?"

그 말에 오 씨는 화가 나서 얼굴이 벌게져서 욕을 퍼부었습니다.

"이 죽일 놈의 새끼야! 그럼 내가 나쁜 짓이라도 했다는 소리냐!"

"어머니가 나쁜 짓을 했다고 누가 그랬어요? 그냥 … 밤이 깊었는데 할 일이 없길래 문을 잠그고 앉아서 좀 보고 있었을 뿐인데 … 그게 큰 잘못은 아니잖아요!"

오 씨는 속으로 분을 삭일 수밖에 없었습니다. 그리고 말로는 아들을 이길 수 없다는 생각이 들자 억지를 부렸지요.

"이 어미가 도망이라도 간다더냐? (…) 누가 너더러 이렇게 감시를 하라더냐?"

그녀는 눈물을 잔뜩 머금고 방으로 들어가버렸습니다. 그리고는 도동이 이날 밤의 밀회 소식을 물으러 올 때까지 기다렸지요. 그러나 이날 달생은 학당에는 가지 않고 본채 회당 앞에서 책을 펴놓고 보면서 이따금씩 그 앞뒤로 돌아다녔습니다. 그러다가 도동 태청이 들어오는 것을 발견하고는 그를 가로막고 물었지요.

"무슨 일로 왔어?"

"아주머니 뵈려고."

"할 말이 있으면 내가 대신 전해줄게."

안에서 그 소리를 들은 오 씨는 도동인 것을 눈치 채고 서둘러 여종을 불러 안으로 들이게 했습니다. 그랬더니 달생도 따라 들어와서 한 발짝도 비키지 않지 뭡니까. 태청은 은밀한 말을 꺼내기 난처해지자 요지만 전했습니다.

"사부님께서 아주머니와 도련님 안부를 여쭈셨습니다."

그러자 달생이 그 말을 낚아채서 말하는 것이 아닙니까.

"다 평안하니까 걱정하지 말고 돌아가기나 해!"

태청도 어쩔 도리가 없어서 둘이 서로 마주보다가 언짢은 표정으로 나가버리는 것이었지요. 오 씨는 그럴수록 아들이 밉기만 했습니다. 그렇게 해서 열흘이 다 되도록 기별을 주고받을 방법조차 없었지요.

그러던 어느 날이었습니다. 학당 친구가 와서 소식을 전했습니다.

"선생님이 돌아오셨어!"

하고 소식을 전하는 것이었습니다. 그래서 달생은 어머니 곁을 떠나 다시 학당으로 갔지요. 그러자 오 씨는 저 높은 천상계로부터 사면장을

받고 해방이라도 된 기분이었습니다.[87]

그런데 알고 보니 태청과 태소 두 도동은 사부의 기별을 전하는 데에서 그치지 않고 자기들까지 재미를 좀 볼 속셈이었지 뭡니까. 그래서 늘 베틀의 북이라도 되는 것처럼 이 집 대문을 들락거리면서 동정을 살피던 참이었습니다. 그러나 지난번에 달생에게 그 같은 무안을 당하고 나니 달생이 집에 있는 것이 확인되면 집에 들어오지 않았습니다. 그런데 이날은 달생이 학당에 가서 마침 오 씨가 기별을 전하려고 하는데 공교롭게도 태청이 왔지 뭡니까.

베틀의 북. 명대 송응성이 지은 《천공개물 天工開物》.

오 씨는 아들에게 그만큼 창피를 당했으면 좀 신중하게 처신할 줄 알았어야 했습니다.[88] 그러나 욕정에 간이 부었던 걸까요? 아니면 아들이 나이가 어리다고 만만하게 보았던 걸까요? 창피한 것 따위는 전혀 아랑곳하지 않고 이번에도 지관과 만날 생각을 하는 것이 아닙니까, 글쎄!

"지관님한테 '오늘 밤에 오시라'고 말씀드려라. (…) 이번에는 대문

---

87) 저 높은 천상계로부터 사면장을 받고~[只當接得九重天上赦書]: 명대의 유행어. 속박에서 해방된다는 뜻이다. 여기서는 학당이 개학하여 오 씨가 아들 달생의 감시(?)를 벗어나게 된 것을 두고 한 말이다.

88) 【즉공관 미비】當局者迷。바둑을 두는 사람에게는 수가 보이지 않는 법. (등잔 밑이 어두운 법.)

으로 오시면 아들놈이 대비하지 못할 거다. 다만, … 한밤중이어야 한다!"

오 씨는 이렇게 밀회 약속을 잡았습니다.

달생이 귀가한 것은 이미 날이 저문 뒤여서 어머니와 함께 저녁을 먹었지요. 오 씨는 여종을 데리고 일부러 등불을 붙이고 앞뒷문을 단단히 잠갔습니다. 그리고 달생에게는 잠을 자러 가라고 이르고, 자기는 방으로 들어갔지요. 달생은 속으로 이상하게 여겼습니다.

'오늘은 내가 집에 없었으니까 밤에 분명히 무슨 짓을 벌여야 정상인데 … 어째서 자진해서 문을 걸어 잠그는 걸까? (…) 그냥 내가 방심하게 만들려는 거겠지. (…) 일단 잠을 안 자야겠다. 분명히 이유가 있을 거야.'

달생은 밤이 깊어질 때까지 앉아 있다가 조용히 가서 동정을 살폈습니다. 그랬더니 요문이 살짝 닫히기는 했지만 빗장이 질러져 있지 않았습니다. 뒷문은 원래부터 잘 잠그고 자물쇠까지 채워져 있었지요.

"오늘 밤에는 분명히 앞으로 들어오겠구나!"

달생은 이렇게 생각하고 그길로 회당 앞으로 나가서 컴컴한 구석에 쪼그리고 앉았습니다. 하늘을 올려다보니 별빛이 은은하게 빛나고 있었지요. 그런데 가만 보니 어머니가 여종과 같이 걸어 나오는 것이 아닙니까. 어머니는 가운데 회당 문간에 멈추어 섰습니다. 달생의 방해에 대비하려는 의도였지요. 여종이 문 옆으로 다가가서 기척을 듣는데 가만히 들어보니 손가락으로 두드리는 소리가 나지 뭡니까. 여종은 살그머니 자물쇠를 열고 문을 당겨 반쯤 열더니 웬 사람이 슬쩍 들어오자마자 도로 문을 잠그는 것이었지요. 세 사람은 한 덩어리가 되어서 살금살금[89] 안으로 들어갔습니다. 달생은 서둘러 대문을 열고 문 안쪽에 걸려 있던 야간 경계용 징을 손에 들었습니다. 그러더니 집이 다 떠나갈 정도로 요란하게 치면서 소리를 질렀습니다.

  "도둑이야![90]"

  알고 보면 개봉開封이라는 고을은 도성에서 멀다 보니 도둑이 많았습니다. 그래서 관아에서는 명령을 내려 집집마다 대문 안쪽에 징을 하나씩 갖추어놓게 했지요. 그랬다가 한 집에 도둑이 들면 징을 울려서 나머지 열 집이 모두 일어나 지키게 했습니다. 만일 일이 틀어지기라도 하면 공동으로 배상하게 하는 등 상당히 엄격하게 법을 집행했답니다.
  이번 경우에도 지관이 막 오 씨 방으로 들어가려는 찰나에 가만히 들어 보니 그 집 문간에서 징 소리가 울리지 뭡니까. '낭패가 나지 않았나![91]' 하고 눈치를 챈 그는 놀란 나머지 얼이 다 나가버렸습니

---

89) 살금살금[侮手侮足]: '업신여길 모侮'는 명대 강남 지역의 방언으로, 수족을 가볍게 살살 놀리는 것을 가리킨다. 여기서는 '모수모족侮手侮足'을 편의상 "살금살금"으로 번역했다.

90) 【즉공관 미비】達生非第多智, 且多捷智。달생이는 꾀가 많을 뿐만 아니라 기지도 넘치는군.

91) 낭패가 나지 않았나[不艦尬]: 원래 중국어에서 '낭패를 당하다, 난처해지다'에 해당하는 형용사는 '감개艦尬'이다. 따라서 "낭패가 나게 생겼다는 것을 눈치 챘다"가 되려면 '효득감개曉得艦尬'가 되어야 옳다. 그러나 원문에는 중간에 부정사 '불不'이 추가된 '효득불감개曉得不艦尬'로 나와 있다. 금순金盾출판사 판 《초각 박안경기》 주석에서는 '불감개'를 반어법으로 사용한

다. 그래서 말 한마디 꺼낼 틈조차 없이 몸을 되돌려 방 밖으로 냅다 뛰었습니다. 서둘러 쪽문을 열려고 하는데 하필 이날 밤에는 자물쇠가 채워져 있는 것이 아닙니까!92) 그래서 이번에는 허겁지겁 대문을 향해 뛰었습니다. 그나마 다행스럽게도 대문은 열려 있었지요. 지관은 발이 둘밖에 달리지 않은 것을 아쉬워하면서 무작정 뛰었습니다. 달생은 달생대로 그를 내쫓기만 했을 뿐 어머니 얼굴 보기가 민망해서 처음부터 그를 붙잡을 생각을 하지 않았습니다. 달생은 지관이 허둥지둥 달아나는 모습을 보고 돌을 하나 주웠습니다. 그러고는 힘껏 던져서93) 그의 다리를 정통으로 맞혔지요. 그러자 지관은 다리를 움츠리다가 그 서슬에 신발 한 짝이 벗겨져버렸습니다. 그러나 그걸 주울 여유가 어디 있답니까?94) 버선을 질질 끌면서 달아날 수밖에요.

이웃사람들이 달려와서 무슨 일인지 물었습니다. 달생은

"도둑놈이 벌써 내뺐네요!"

하는 대답만 하고 지관의 신짝을 가지고 대문을 닫고 들어왔습니다.

오 씨는 지관과 황홀하게 밀회하기만 기대하고 있던 참이었습니다. 그렇다 보니 이번에는 이만저만 놀란 것이 아니었습니다. 그래서 여종과 둘이 끌어안고 덜덜덜 떨었지요. 그런데 가만 보니 징소리가 그치고 대문도 잠겨 있는 것이 아닙니까. 그제야 '지관이 무사히 피했구나' 싶어서 가까스로 마음을 놓았답니다. 그런 판국에 달생이 일부러

것으로 해석했다. 여기서도 그 해석을 따라 반문하는 말로 번역했다.

92) 【즉공관 측비】走慣了的。 많이 다녀본 솜씨야.

93) 【즉공관 측비】趣。 재미있어!

94) 【즉공관 미비】 篩鑼抛石, 童子戲也。 達生用之以拒姦, 綽綽有餘。 징 치고 돌팔매하는 건 아이들 놀이인데 달생이는 그걸로 오입쟁이를 막고도 여유가 넘치는구먼.

방으로 들어와서 묻는 것이었습니다.

"방금 전에 도둑놈을 쫓아냈어요. 어머니, … 많이 놀라셨죠?"

"도둑이 … 어디 있다고 그렇게 난리법석을 떤 게냐!"

그러자 달생은 아까 그 신짝을 치켜들고 말했지요.

"도둑놈은 잡지 못하고 이렇게 … 신짝만 붙잡았네요. (…) 내일 꼭 임자를 찾아내고 말 거예요!"

오 씨는 아들이 일부러 일을 망쳐놓았다는 것을 알고 나자 더더욱 화가 나고 괘씸하게 여겨졌습니다. 그렇다고 해서 아들에게 따질 수도 없었지요. 그 후로는 지관도 다시는 얼씬거릴 엄두를 내지 못했습니다. 오 씨는 그가 놀랐을 것을 생각하니 정말 미안해서 못 견딜 정도였습니다. 그래서 아들을 원망하면서 아들을 처치할 계책을 상의하기로 했습니다. 그러나 아들을 경계하면서 함부로 지관과 다시 만날 약속을 할 엄두를 내지 못했지요.

이틀이 지나니 죽은 남편의 기일이지 뭡니까. 오 씨는 속으로 꾀를 내서 달생을 보고 말했습니다.

"너는 먼저 지전을 가지고 네 아버지 묘소에 가서 청소부터 해라. 나는 국과 밥을 챙겨서 가마를 타고 바로 갈 테니까."

그러자 달생은 속으로 생각했습니다.

'기일에 왜 군이 묘소로 가라고 하시지? 그리고 … 왜 나부터 먼저 가라고 하실까? (…) 이건 나를 집 밖으로 내보내고 어머니는 몰래 서산관에 가려는 계산임에 틀림없어. (…) 일단 그렇게 하겠다고 하고 입 밖으로는 내지 말아야겠다!'

달생은 어머니를 보고 대충 둘러댔습니다.

"그럼, … 소자 먼저 가서 기다릴게요."

입으로는 이렇게 말하면서도 집을 나와서는 묘지로 가지 않고 그길로 서산관으로 향했지요. 달생이 서산관으로 들어서자 황 지관은 소스라치게 놀랐습니다. 왜냐고요? 그날 밤에 하도 단단히 놀랐기 때문이지요. 가까스로 마음을 가라앉히고 물었습니다.

"조카가 … 여기는 무슨 일로 왔는가?"

"어머니가 금방 오실 거예요."

그 말에 지관은 속으로 초조해하면서 생각했습니다.

'저 모자 둘이 … 언제부터 한 편이 된 게지? (…) 정말 그녀가 올 생각이라면 왜 아들놈을 먼저 보냈겠어? (…) 이번에도 왠지 찝찝하군.'

그가 믿는 둥 마는 둥 가만 보니 대문 밖에서 웬 가마가 들어와 그 앞에서 사람이 내리는데 바로 유 씨네 오 씨이지 뭡니까.[95] 오 씨가 가마에서 나와 고개를 드는데 가만 보니 아 그놈의 아들이 자기

---

95) 【즉공관 측비】 不出所料。예상을 저버리지 않는군.

앞에 서서

"어머니도 오셨네!"

하는 것이 아닙니까! 오 씨는 전혀 예상하지 못한 상황에 화들짝 놀라고 말았습니다. 그녀는 속으로

'이 웬수 같은 놈이 어째서 여기에 먼저 와 있는 거지?'

생각하면서도 하는 수 없이 되는 대로 둘러대었지요.

"내가 생각해 보니 … 오늘이 네 아버지 기일이어서 부적을 써서 넋을 달래야 할 것 같더구나. 그래서 서산관에 네 외삼촌을 뵈러 왔단다. …"

"소자도 그렇게 생각했어요! 기일에 묘소에 가서 할 일도 없고, … '차라리 외삼촌이나 찾아뵙고 부탁을 드리는 편이 낫겠다' 싶었어요. 그래서 먼저 왔지요.96)"

그 말에 오 씨는 너무도 괘씸한 생각이 들었습니다. 그러나 어쩔 도리가 없었지요. 지관은 지관대로 꼼짝 없이 차를 내옵네 물을 갖다 줍네 수발을 들어야 했습니다. 게다가 일부러 부적을 두 장 쓰고 옥황 상제의 뜻을 받드는 척하면서97) 부적을 태웠지만 그럴싸한 잔꾀를

---

96) 【즉공관 미비】節節見達生妙用, 然而惹釁在此矣。 대목마다 달생의 기지를 볼 수 있구나. 그러나 화근도 여기에 있는 게지.
97) 【즉공관 측비】精扯淡。 순전히 허튼소리.

부리기는 곤란했지요. 그렇게 한동안 난리법석을 떨고 나서 오 씨는 아들을 먼저 돌려보내려고 했습니다. 그런데 달생은

"저는 그래도 어머니 가마를 따라 갈게요."

하면서 당최 말을 들어먹지 않지 뭡니까, 글쎄. 오 씨도 더 이상은 방법이 없었습니다. 별 수 없이 가마를 타고 돌아가는 수밖에요.

옥황상제의 모습

'괜히 헛걸음만 하고 한마디 말도 걸어보지 못하다니!'

오 씨는 가마 안에서 내내 아들을 원망하면서 '이번에는 정말 아들 놈을 요절내야 되겠다'고 다짐하는 것이었지요.

그런데 가마는 속도가 빨랐습니다. 달생은 아무래도 나이가 어리다 보니 가마와 보조를 맞출 수가 없었지요. 거기다 하필이면 대변까지 급하지 뭡니까.

'앞쪽은 집으로 가는 길이니까 별일 없겠지. (…) 굳이 따라가지 않아도 돼."

그는 속으로 이렇게 생각하면서 뒤에 멈추어 섰습니다. 그렇게 되면 당연히 사달이 날 수밖에 없지요. 가만 보니 도동인 태소가 앞에서

걸어오는 것이 아닙니까. 오 씨가 가마 안에서 그를 발견하고 가마꾼에게 물었습니다.

"우리 집 아들 … 뒤에 있어요?"

"따라오지 못하고 뒤에 처진 것 같은데 … 보니까 안 보입니다요!"

가마꾼이 이렇게 말하자 오 씨는 몹시 기뻐하면서 지체하지 않고 태소를 가마 옆으로 불렀습니다. 그러더니 넌지시 말했습니다.

"오늘 밤 … 내가 꾀를 써서 우리 집 원수 녀석을 따돌리마. 그러니 … 너희 사부님한테 '중대한 일을 의논해야 하니 꼭 좀 와주십사' 말씀드리거라."

"사부님께서 하도 많이 놀라셔서 아주머니 댁에 갈 엄두가 안 난다고 하시는걸요."

"정 그러시다면 오늘 밤에는 대문으로 들어오지 말고 문 밖에 계시라고 전해라. 벽돌 던지는 소리를 신호로 내가 문간으로 나와 만나서 이야기를 하다가 상황을 봐서 안으로 들어간다면 만에 하나도 실수가 없을 거야."

그러더니 이번에는 태소에게 눈짓을 하는 것이었습니다. 태소는 눈에서 불꽃이 튀면서 욕정이 발동했습니다. 마음 같아서는 바로 눈 앞 풀밭에서 그 짓을 조금이라도 하고 싶은 마음이 간절했지요. 그러나 가마꾼이 마음에 걸리지 뭡니까. 그런데 오 씨가 또 태소의 귀에 대고 이렇게 당부하는 것이었습니다.

"너도 밤에 오거라. (…) 그러면 너한테도 좋은 일이 생길 테니까."

그러자 태소는 머리를 끄떡끄떡하더니 신이 나서 그 자리를 떠나는 것이었지요.

오 씨는 집에 도착해서 가마꾼을 돌려보냈습니다. 이윽고 달생도 집으로 돌아왔지요. 날이 곧 어두워지려 하자 오 씨는 술과 과일을 좀 준비했습니다. 그리고 자기 방으로 아들을 불러 같이 저녁밥을 먹으면서 좋은 말로 달랬지요.

"얘야 … 네 아버지가 돌아가신 뒤로 나는 너만 바라보고 살아왔다! 그런데 너는 어째서 사사건건 나한테 맞서려는 게냐?"

"아버지가 돌아가셨으면 어머니는 마음을 다잡고 집안을 지키셔야죠. 그랬더라면 소자가 왜 안 따르겠어요? (…) 외간 사람들이 이러쿵저러쿵 입방아를 찧어대니까 소자도 따르지 못하는 거예요."

그러자 오 씨는 기뻐하면서 말했습니다.

"솔직히 이야기하마. (…) 나는 그때 사실 나이가 젊다 보니 물정에 어두운 구석이 좀 있었다. 그래서 남들이 천벌 받을 소리들을 지어낸 거다. 그러나 올해로 벌써 서른 남짓 되고 보니 … 지난 일들을 후회한들 무슨 소용이 있겠느냐? 이제는 마음을 다잡고 오로지 너만 바라보면서 정숙하게 살도록 하마!"

달생은 어머니가 잘못을 뉘우치는 말을 하는 모습을 보고는 활짝 웃으면서 말했습니다.

"그렇게만 하신다면 소자도 평생 다행으로 여길 거예요!"

그 말에 오 씨는 술을 한 잔 가득 따라 달생에게 주면서 말했습니다.

"어미를 너무 탓하지 말고 이 술이나 마시거라."

달생은 깜짝 놀라 생각했습니다.

'어머니가 나쁜 마음을 품고 이 술로 나를 독살하려는 게 아닐까?'

달생은 술을 받아만 놓고 섣불리 마실 엄두를 내지 못했습니다. 오 씨는 아들이 망설이는 모습을 보더니 자신을 의심하는 것을 눈치 챘습니다.

"설마 이 어미가 무슨 못된 마음이라도 품었을까 봐 그러느냐?"

그러면서 달생의 술을 받아서 단숨에 비워버리지 뭡니까. 달생은 자신이 괜한 의심을 한 것을 알고 미안해서 어�쩔 줄을 모르는 것이었습니다. 그러고는 주전자를 들고 따라 마시면서 말했습니다.

"소자가 벌주를 마셔야지요."

그렇게 연거푸 두세 잔을 먹자 오 씨가 말하는 것이었습니다.

"나는 지금 벌써 후회하고 있다. 그래서 … 너한테 잘못을 털어놓은 거야. (…) 네가 이 어미 마음을 이해한다면 지난 일일랑 담아두지 말고 어미하고 실컷 먹자꾸나!"

달생은 어머니가 이렇게까지 이야기하는 것을 보고 속으로 반가워했습니다. 그래서 술을 따라주는 족족 다 먹으면서 마다할 엄두조차 내지 못하는 것이었지요. 사실 오 씨는 술을 먹을 줄 알지만 달생은 나이가 어려 술을 많이 먹지 못했습니다. 그래서 오 씨가 달생을 만취하게 만들 작정을 했던 겁니다. 달생은 연신 하품을 하면서 그저 누워서 잠을 자고 싶은 생각만 간절했지요. 오 씨가 다시 몇 잔을 더 먹이자 달생은 하늘과 땅이 다 빙빙 돌아서 몸을 제대로 가누지 못하지 뭡니까. 오 씨는 여종을 부르더니 달생을 침상으로 부축해 가서 재우게 했습니다. 그러고는 방을 나와 문에 자물쇠를 채우고 말하는 것이었습니다.

"옳거니[98]! 너도 내 꾀에 넘어가는 날이 다 있구나!"

그러고는 나와서 조용히 바깥소식을 기다렸습니다. 그런데 가만히 들어보니 지붕 위 기와에서 소리가 나는 것이 아닙니까. 오 씨는 바깥에서 벽돌을 던진 것을 눈치 챘습니다. 그래서 서둘러 여종을 시켜 뒷문을 열게 했지요. 그런데 가만 보니 태소가 들어오지 뭡니까.

"사부님은 앞문 밖에 계신데 … 겁이 나서 못 들어오시겠답니다. 아주머니가 나가셔야겠어요."

---

98) 옳거니[慙愧]: 명대의 구어. 원래는 '부끄럽구나' 식으로 자신의 잘못이나 단점을 뉘우치고 부끄러워하는 말로 사용된다. 그러나 당·송대 이후로 구어에서는 때로는 '잘됐다·다행이다·고맙다' 등과 같이 어떤 사람이나 상황을 반기는 말로 전용되기도 했다. 여기서는 후자의 용법으로 사용되었으며, 편의상 "옳거니"로 번역했다.

오 씨는 여종을 시켜 방문을 단단히 지키게 하고 태소와 함께 어둠 속을 걸어 앞으로 향했습니다. 아 그런데 태소가 오 씨를 와락 끌어안는 것이 아닙니까! 오 씨는 몸을 돌려 그를 안더니 말했습니다.

"요 녀석! (…) 나도 오랫동안 너를 마음에 두고 있었지. (…) 지난번에는 뜻을 이루지 못했다마는 오늘은 일단 밀린 빚부터 해결해야겠구나!"

그러더니 함께 아들이 평소에 자던 회당 앞의 빈 침상으로 가서 운우의 정을 나누기 시작했습니다.

하나는 시험도 안 해본 좋은 물건이요,	一個是未試的眞陽,
하나는 간통에는 도가 튼 고수로구나.	一個是慣偸的老手。
신출내기 젊은이는,	新簇簇小伙,
하필 극한의 상황에서 탐욕 드러내고,	偏是這一番極景堪貪。
노련하기 짝이 없는 색골은,	老辣辣淫精,
더더욱 몹시 애교 부리며 쾌락 즐기네.	更有那十分騷風自快。
이쪽 젊은 도사 일단 선봉99)을 서고,	這里100)小和尚且衝頭水陣,
늙은 사부한테는 남은 향기 수습하게 하네.	緣他老道士拾取下風香。

---

99) 선봉[水陣]: '수진水陣'이란 도교의 오행五行에서 물을 상징하는 진법을 가리킨다. 고대의 도사들은 음양오행설에 따라 쌍방의 진법을 분석하고 승부를 예측했다고 한다. '충두수진沖頭水陣은 최전선의 수진을 공략했다는 뜻으로, 태소가 사부인 황 지관보다 먼저 오 씨와 정을 통한 것을 말하므로, 편의상 "선봉을 서다"로 번역했다.

100) 【교정】이쪽[這里]: 상우당본 원문(제715쪽)에는 '저리'의 두 번째 글자 '리'가 '마을 리里'로 되어 있으나 전후 맥락을 따져볼 때 '속 리裡'의 오각이거나 별자로 사용된 것으로 보인다.

일을 마치고 옷매무새를 바로잡은 두 사람은 같이 걸어 나와서 앞문을 열었지요. 그러자 정말 지관이 문 밖에서 우두커니 서서 기다리고 있는 것이었습니다. 오 씨는 문을 나와서 그에게 들어가자고 했습니다. 지관이 그래도 망설이면서 말을 따르지 않자 오 씨가 말했습니다.

"원수 같은 놈은 벌써 취해서 내 방에 쓰러져 있어요. 나는 지금 당신을 위해서 이 기회에 그놈이 우리한테 진 빚을 다 청산할 작정이에요. 의논하게 어서 들어와요!"

그러자 지관은 오 씨를 따라 들어가면서 말했습니다.

"그러면 안 되오! 그래도 친아들인데 … 어떻게 청산한다는 모진 말을 다 하는 게요!"

"당신을 위해서예요. 어쩔 수 없지요. 게다가 … 그동안 그놈한테 얼마나 수모를 당했다구!"

"일을 저질렀다가 누가 눈치라도 채면 … 후환이 작지 않다니까 그런다!"

그래도 오 씨는 말하는 것이었습니다.

"나는 그놈 친어미예요. 그놈을 고의로 죽인다고 해도 큰 죄는 아니라구."

"나와 임자의 관계는 눈치 챈 자가 있을 게요. 만약에 … 아들을 처치한다면 임자야 고의로 자식을 살해한 죄만 묻겠지. 허나 … 혹시라도 내 적수가 나를 공범으로 몰기라도 하는 날에는 … 나까지 목숨을 내놓아야 한다니까!"

"그렇게 겁을 집어먹고 … 그놈을 살려두고 끝장을 내지 않으면 어떻게 우리 마음대로 만날 수가 있겠어요?"

그러자 지관이 말하는 것이었지요.

"색시라도 하나 구해주지 그러나? (…) 우리 둘이 그 녀석을 흙탕물 속에 몰아넣고 뒹굴게101) 만들어놓기만 하면 그만이라니까! 녀석도 더 이상은 독불장군 짓을 못 하고 … 임자 일을 간섭할 수도 없을 게요!102)"

"그러면 더더욱 안 되지요! 며느리로 들이는 계집 심성이 어떤지도 모르잖아요. (…) 혹시라도 나하고 마음 맞는 계집이 아니면 거꾸로 감시하는 눈만 하나 더 늘어나는 셈이야. 더 불편해진다구요! (…) 무조건 그놈을 없애는 것이 상책이에요! 그놈이 없어지기만 하면 출가한 당신한테 내가 시집을 가는 건 좀 그렇다고 쳐도 최소한 오누이 행세를 하면서 들락거린들 누가 나를 막을 수 있겠어요? 그렇게만 되면 오랫동안 아무 걱정이 없어질 거예요!"

"정 그렇다면 … 내게 꾀가 하나 있네. (…) 관아에서 푹 썩게

---

101) 흙탕물 속에 몰아넣고 뒹굴게[在混水裡頭一覺]: 양동작전을 써서 정신을 못 차리게 만든다는 뜻으로, 여기서는 달생을 서둘러 혼인시켜 자신들에게 눈을 돌릴 겨를이 없게 만들자는 말이다.

102) 【즉공관 측비】 貪。탐욕스럽기는!

만들 …103)"

"어떤 꾀요?"

그러자 황 지관이 말하는 것이었습니다.

"이곳 개봉의 부윤104)은 평소 가장 증오하는 것이 불효자들일세. 고발당한 자들은 매에 맞아 죽지 않으면 중벌을 받아 옥살이를 하지. (…) 임자가 지금 고발장을 올려서 녀석을 불효자로 고발하면 그가 제대로 판결을 내릴 턱이 없어. 임자가 배 아파가며 낳은 친아들이지 전처 소생도 아니지 않은가? 그러니 당연히 임자가 하는 말이 옳다고 여기고 달리 의심을 품지 않을 걸세. 그렇게 해서 녀석을 때려죽이지 않더라도 옥살이를 하게 만들면 아무리 분해도 나올 수가 없으니 큰 짐을 더는 셈이지. 게다가 … 임자가 정말 녀석을 버릴 각오가 되어 있고, 기어이 때려죽여야 직성이 풀리겠다면 … 부윤 역시 어미인 임자의 말을 따르지 않을 근거가 없지!105)"

"혹시라도 그 원수 같은 놈이 다급한 나머지 진상을 털어놓기라도 하면 어쩌려고요?"

---

103) 【즉공관 측비】天意也。使從吳氏之計, 達生死矣。하늘의 뜻이다! 오 씨의 계략을 따랐더라면 달생은 죽고 말았을 테지.

104) 부윤[官府]: '관부官府'는 원래 '관청·관아'라는 뜻이지만, 여기서는 부윤 府尹을 가리킨다.

105) 【즉공관 미비】明察者豈執一偏以枉人哉。愚人狃之, 所以爲此不孝之告, 然要 亦天敗之耳。현명한 사람이 어찌 한쪽 말에 치우쳐서 사람이 억울한 일을 당하게 만들겠나? 어리석은 자가 부윤을 우습게 안 게지. 그래서 이 불효의 죄목으로 고발 하려 한 게야. 그러나 그렇게 했더라도 하늘이 이것들을 응징하셨을 것이다.

"아들이 어떻게 어미를 간통죄로 고발하겠소? 녀석이 만약 그런 소리를 내뱉는다면 임자는 '아들놈이 막돼먹어서 더러운 소리로 멋대로 뒤집어씌운다'고 우기면 되오. 그러면 부윤은 더더욱 녀석이 정말 불효자라고 나무랄 텐데 누가 그 녀석 말을 믿으려 들겠는가? 게다가 … 간통죄로 걸리면 두 사람을 걸고 넘어져야 하는데 나하고 임자는 아무 혐의나 증거가 없소. 그러니 녀석이 아무리 이러쿵저러쿵 떠들어 봤자 부윤은 그저 엉뚱한 일을 들고 나와서 억지를 쓴다고 여길 걸세. 거꾸로 아들 때문에 어미의 간통 사실을 추궁하는 일은 절대로 생길 턱이 없소. (…) 그 일은 안심해도 된다니까![106]"

"오늘도 내가 그놈한테 지 애비 무덤에 가라고 했더니 기어이 가지 않고 거꾸로 서산관으로 왔잖아요? 아버지 묘소에 성묘를 하지 않으려 한 이 일만 해도 불효의 명백한 증거니까 옥살이를 시키기에 딱이긴 하지요. 다만, … 그놈을 잘 속여야 될 거예요!"

그 말에 지관이 말했습니다.

"녀석은 임자 곁에 있어서 손을 쓰기가 만만치 않구먼. 나는 관아 사람들하고 잘 아는 사이요. 그러니 우리가 몰래 고소장을 넣어 그것이 접수되고 그쪽에서 아전을 보내 녀석을 잡아들이게 만들기만 하면 되는 거야. (…) 그때 임자가 출두해서 대질하면 감쪽같지 뭔가!"

"꼭 그렇게 돼야 깔끔하지요! 다만, … 아들놈이 죽고 나면 당신이

---

106) 【즉공관 미비】算無遺策, 自謂可萬全矣。 군더더기가 남지 않는 꾀로군. 스스로도 만전을 기할 수 있다고 여겼겠지.

온 정성을 다해 저를 아껴줘야 됩니다? 무슨 일이든 다 내 마음에 들게 해줘야 해요. 만약에 무슨 사달이라도 나면 친아들을 개죽음시킨 꼴이 아니고 뭐예요?"

"어떻게 마음에 들게 해드릴까?"

"밤마다 같이 자야지 뭐! 독수공방하게 만들기만 해봐요 그냥!"

"서산관에는 다른 일도 있는데 어떻게 밤마다 올 수가 있겠소?"

그러자 오 씨가 말하는 것이었습니다.

"당신한테 시간이 없으면 … 제자들하고 몫을 나누어서라도 놀게 해줘야죠, (…) 난 혼자 외롭게 있는 건 못 견딘단 말이야![107]"

"그거야 얼마든지! 내 제자들은 둘 다 내 심복이요. 아주 눈치가 빠르지. (…) 임자 마음에만 든다면야, 그 아이들만 불러서 놀 것이 아니라 … 내가 왔을 때라도 두셋이 한데 어울려서 다 같이 재미를 보세. 그러면 얼마나 기막히게 재미있겠어?"

오 씨는 그 소리를 듣자마자 욕정이 발동했습니다. 그래서 즉시 함께 안채 방의 침상으로 가서 한참동안 마음껏 어울렸답니다. 그런 다음 애교 넘치는 말투로 속삭였습니다.

---

107) 【즉공관 측비】淫心同矣, 自無不依之理。 음탕한 마음이야 똑같을 테니 당연히 따르지 않을 턱이 없지.

"난 얄미운 당신 때문에 아들까지 버리는 거야. … 그러니까 나를 잊으면 절대로 안 돼요."

그러자 지관은 지관대로 이렇게 맹세하는 것이었습니다.

"만약에 이 사랑을 저버린다면 죽어서 관조차 못 쓸 게요!108)"

지관은 한바탕 어울리더니 벌써 지쳐버렸습니다. 그러나 오 씨는 그래도 욕정이 사그라들지 않았던지 지관을 보고 말했습니다.

"그럼 … 태소라도 불러서 써볼까요?"

"아주 기막힌 생각이야!"

지관은 이렇게 말하고 건너가서 슬며시 태소의 손을 잡아끌면서 말했습니다.

"오 씨 아주머니가 너를 부르는구나!"

그래서 태소가 침상 옆으로 다가가자 지관이 말하는 것이었습니다.

"어서 침상에 올라가서 아주머니를 모시거라!"

태소는 아까 벌써 한 번 즐긴 뒤였습니다. 그러나 아무래도 젊은 나이인데 두 번인들 마다할 리가 있나요. 바로 뛰어올라 가서 또 어울

---

108) 【즉공관 미비】 後來竟得棺斂, 還算不負. 나중에 그래도 관에는 들어갔으니 저버리지는 않은 셈이군.

리는 것이 아닙니까. 지관은 침상 곁에 앉아서 말했습니다.

"너도 이런 재미를 다 보는구나!"

그게 벌써 두 번째인 줄도 모르고 말입니다! 오 씨는 순간적으로 둘을 상대하고 나서야 만족하는 것이었지요. 그녀는 지관을 보고 말했습니다.

"앞으로 내가 그 원수 같은 아들놈만 처치하고 나면 이런 즐거움을 두고두고 누릴 수 있겠군요. 다시는 아무 방해도 받지 않고 말이에요!109)"

일을 마친 오 씨는 아들이 술이 깰까 봐서 두 사람을 일단 돌려보내기로 했습니다.

"내일이나 모레 … 소식 기다릴게요. (…) 절대로 실수가 있어서는 안 됩니다!"

그녀는 이렇게 신신당부를 하면서 대문까지 배웅하는 것이었지요. 지관은 앞서 걷고 오 씨는 또 태소와 손을 잡았다 다리를 쓰다듬었다 하면서 몰래 몇 번이나 안고 안겼습니다. 나중에는 급기야 입까지 맞춘 뒤에야 그들을 놓아주는 것이었습니다.110) 그러고 나서 문을 잠그고 방으로 들어오니 여종은 그때까지도 방문 앞에 앉아서 꾸벅꾸벅 졸고 있었지요. 오 씨가 방에 들어가니 아들은 그때까지도 여태 깨지

---

109) 【즉공관 측비】 未必穩。 그렇게는 안 될 것 같은데?
110) 【즉공관 미비】 此日後致死之本。 이것이 훗날 죽음을 초래하는 화근이 되지.

않은 상태였습니다. 그래서 안채 침상으로 가서 다시 잠을 청하는 것이었지요.

이튿날, 자리에서 일어난 달생은 자신이 어머니 침상에 있는 것을 발견하고 깜짝 놀랐습니다.

'내가 어젯밤 이렇게 취할 정도로 술을 먹은 거야? (…) 어머니가 어젯밤 하신 말씀을 곰곰이 생각해보니 참말인지 거짓말인지 알 수 없구나! 혹시 … 내가 취한 틈을 타서 또 엉뚱한 일을 벌인 건 아니겠지?'

그런데 오 씨는 달생을 보자 트집을 잡을 속셈으로 대뜸 욕을 퍼부었습니다.

"네놈이 술에 취해서 사리분별도 못 하고 내 침상에 자빠져 자는 바람에 내가 밤새도록 편히 쉬지도 못했다![111]"

달생은 너무도 미안한 나머지 대꾸할 엄두도 내지 못했지요.

다시 하루가 지났을 때였습니다. 이른 아침나절에 느닷없이 바깥에서 대문을 두드리는 소리가 나는데 그 소리가 무척 컸습니다. 달생이 이상하게 여기고 문을 여는 순간이었습니다. 가만 보니 사령 둘이 와락 밀고 들어와서 밧줄로 달생의 목에 올가미를 씌우는 것이 아닙니까!

"나리들, … 왜들 이러세요?"

달생이 놀라서 묻자 사령들은 대뜸 욕부터 퍼부었습니다.

---

111) 【즉공관 미비】違心之談。마음에도 없는 말씀!

"이 죽일 놈의 살인범! 네 어머니가 너를 불효죄로 고발했느니라! 부윤 나리 앞에 가면 당장 때려죽이려 드실 게다! 헌데 왜들 이러느냐고?"

달생은 당황한 나머지 울음을 터뜨렸습니다.

"어머니 한 번만 뵙게 해주세요!"

"네 어머니도 관아로 출두해야 될 게다!"

오 씨는 문 두드리는 소리가 들리고, 이어서 본채 회당 앞에서 고함 소리며 아들이 우는 소리까지 들리자 며칠 전 지관이 일러준 바로 그 일임을 진작에 눈치 챘지요. 그래서 서둘러 나왔더니 달생이 오 씨를 끌어안고 울면서 말하는 것이었습니다.

"어머니! 소자가 아무리 괘씸해도 그렇지요. 어머니께서 낳으신 아들인데 어떻게 이런 모진 일을 벌이셨어요?"

"누가 네놈더러 사사건건 내 뜻을 거역하라더냐? 어디 내 솜씨나 좀 보거라!"

"소자가 … 무엇을 거역했길래요?"

"지난번만 해도 그렇지, (…) 아버지 묘소에 성묘를 가랬더니 어째서 내 말을 듣지 않았느냐?"

"어머니도 안 가셨잖아요! (…) 어째서 소자 탓만 하십니까!"

그러자 아전들은 내막도 알지 못하면서 옆에서 이렇게 오 씨를 거드는 것이었습니다.

"아버지 묘에 하는 성묘라면 네놈이 가야지! 어째서 어머니 탓을 하는 게냐! (…) 우리는 전처 소생인 줄 알았는데 이제 보니 친아들놈이었군? 그렇다면 네놈이 불효를 저지른 게 분명하다! 여러 말 할 것 없다! 냉큼 부윤 나리께 가자!"

사령들은 그길로 오 씨까지 데리고 다 함께 개봉부로 왔지요. 때마침 부윤인 이걸李傑이 재판정에 나와 있었습니다. 그 부윤은 아주 청렴결백하고 지혜로운 인물로, 평소 불효자들을 가장 증오했답니다. 그는 불효자를 고발한 사건이고 용의자가 도착한 것을 알고 성난 표정을 지으면서 기다렸습니다. 그런데 끌려 온 것을 보니 열대여섯 살밖에 되지 않는 아이이지 뭡니까?

기박을 내려치는 포청천. 주의를 환기시킨다는 뜻에서 '경당목'으로 부르기도 했다.

'이 어린 나이에 무슨 짓을 저질렀길래 어머니 심기를 건드려서 불효 죄로 고발을 다 당한 걸까?'

그는 속으로 이상하게 여기면서도 기박氣拍[112])을 울리고 나서 물었습니다.

"네 어미가 너를 불효죄로 고발했다. 할 말이라도 있느냐?"

"소인 … 나이는 어리오나 책을 몇 줄이라도 배웠습니다. 어떻게 감히 부모님한테 불효를 저지를 수가 있겠습니까? 다만, … 태어날 때부터 불행하여 아버지는 돌아가셨지요. 거기다가 어머니의 사랑까지 잃는 바람에 이런 송사가 벌어지게 된 것입니다! (…) 이렇게 된 것은 바로 소인이 지은 죄가 크기 때문이겠지요. 나리께서는 얼마든지 저를 때려죽이시고 어머니의 마음을 편안하게 해주십시오. 소인 … 따로 고할 말씀이 없습니다![113])"

달생은 말을 마치자 눈물을 비 오듯이 흘리는 것이었습니다. 부윤은 그 이야기를 듣고 자기도 모르게 측은한 생각이 들었습니다.

'이 아이가 이런 말을 다 할 줄 아는 것을 보면 어디 불효자라고 하겠는가? (…) 분명히 무슨 사연이 있을 것이다.'

그는 이렇게 생각하면서도

---

112) 기박氣拍: 명대에 재판정에서 죄수를 놀라게 하거나 소란스러운 분위기를 정돈하고 주의를 환기시키기 위하여 탁자를 두드려 소리를 내는 데에 사용한 나무토막. '재판정의 사람들을 놀라게(집중하게) 만드는 나무'라는 뜻에서 '경당목驚堂木'이라고 부르기도 했다. 민간에서는 이야기꾼이 사용하기도 했는데 이때는 '성목醒木'으로 불렸다.

113) 【즉공관 미비】聽此, 途人亦淚下矣。 이 말을 듣노라면 길 가는 사람조차 눈물을 흘리겠군.

'어쩌면 감언이설에 능한 교활한 놈인지도 모른다!'

하는 생각으로 바로 오 씨를 소환했지요. 아 그런데 가만 보니 오 씨가 머리에 손수건을 쓰고 흔들흔들 걸어오는 것이 아닙니까. 오 씨가 손수건을 걷어내자[114] 부윤은 고개를 들게 했습니다. 그런데 얼굴을 보니 젊은 여인인 데다가 외모도 꽤 반반하지 뭡니까. 벌써부터 이상한 생각이 좀 들었지만 일단 이렇게 물었지요.

"네 아들이 어떻게 불효를 저질렀더냐?"

"지아비가 작고하니 저놈이 그때부터 쇤네 말을 듣지 않고[115] 매사를 제멋대로 하지 뭡니까. 그래서 쇤네가 저놈에게 지적하면 하는 족족 성을 내면서 악담과 욕설을 퍼부어댔습니다. 쇤네는 '어린애니까 그렇겠지' 싶어서 어른스럽게 대했답니다. 그런데 날이 갈수록 저놈을 단속할 수가 없지 뭡니까. 어쩔 수가 없어서 관아의 법도에 따라 다스려 주십사 하고 부탁드린 것입니다."

부윤은 이어서 달생에게 물었습니다.

---

114) 손수건을 걷어내자[揭去了帕]: 중국에서는 전통적으로 여자가 혼례식을 치를 때 얼굴 가리개로 얼굴을 가린다. 그리고 그 얼굴 가리개는 혼례식을 마치고 신방에 들어가 첫날밤을 치를 때 신랑이 걷어내는 것이 보통이다. 여기서 '손수건[帕]'은 신부의 얼굴 가리개를 상징하는 물건으로 해석할 수 있다. 그런데 오래전에 혼례를 치렀고 지금은 남편과 사별까지 한 과부인 오 씨가 손수건으로 얼굴을 가리고 등장하고, 거기다 신랑이 아닌 자기 손으로 직접 손수건을 걷어내는 것은 곧 오 씨의 바람기를 보여주는 일종의 암시로도 해석할 수 있다.

115) 【즉공관 측비】 他到不必管束。 달생이는 단속하지 않아도 될 듯한데?

"네 어미가 이렇게 말하는데 무슨 할 말이라도 있느냐?"

"소인이 어떻게 감히 어머니와 말다툼을 벌일 수가 있겠어요? 그러나 … 어머니 말씀이 그렇다면 그런 거겠지요."

"네 어미가 무슨 편애라도 했더냐?"

"어머니는 너무도 자상하세요. 더욱이 소인은 독자입니다. 그런데 무슨 편애를 하시겠어요!"

부윤은 이번에는 달생을 탁자 앞까지 불러서 은밀히 물었습니다.

"여기에는 사연이 있음이 분명하다. (…) 솔직하게 털어놓거라. 내가 책임지고 해결해주겠다."

그러자 달생은 머리를 조아리면서 말했습니다.

"사실은 사연이랄 것도 없어요. (…) 모두 소인 탓입니다!"

"그렇다면 '세상에는 잘못된 부모는 없다'는 소리로구나. 그럼, 네 어미가 너를 고발했으니 나도 벌을 내릴 수밖에 없다!"

"소인, 벌을 받아도 쌉니다!"

부윤은 이런 상황을 보자 더더욱 이상하게 여겼습니다. 그러나 자기 체면도 있고 해서 큰 소리로 형리에게 명령을 내려 그 자리에서 엎어놓고 대회초리[116]로 열 대를 때렸습니다.[117] 부윤은 그러면서 냉철한 눈으로 오 씨를 주시했습니다. 그런데 그녀의 얼굴에 안타까워하는 기색이라고는 전혀 안 보이지 뭡니까. 오 씨는 오히려 한술 더 떠서 무릎을 꿇고 이렇게 말하는 것이었지요.

"나리, 당장 때려죽여 버리십시오!"

그 말에 부윤은 버럭 성을 내면서 말했습니다.

"네 이 요망한 계집! 이 아이는 네 남편의 전처나 첩의 자식임이 분명하나. 네가 처신을 똑바로 하지 못한 탓에 이처럼 모질고 몰상식한 짓을 벌이는 것이 아니냐!"

"나리, 정말 쇤네가 낳은 친아들놈입니다! (…) 저놈한테 물어보십시오!"

그 말에 부윤이 바로 달생에게 물었지요.

"저 여자는 네 친어미가 아니렷다?"

그러자 달생이 엉엉 울면서 말했습니다.

"소인을 낳은 어머니입니다! 아닐 리가 있겠습니까?"

"그런데 어째서 이토록 너를 미워하는 게냐?"

---

116) 대회초리[竹篦]: 중국 고대에 관아에서 죄수에게 태형을 가할 때 사용하던 대나무 형구.
117) 【즉공관 측비】冤哉。억울하구나!

"소인조차 영문을 모르겠습니다. 그냥 어머니 말씀대로 소인을 죽여주십시오!"

부윤은 속으로 몹시 미심쩍어 했습니다만 분명히 다른 내막이 있음을 눈치 챘지요. 그러나 일부러 거꾸로 달생에게 호통을 쳤습니다.

"정말 불효막심한 놈이로구나! 죽는 것이 두렵지도 않으냐?"

오 씨는 부윤이 무섭게 몰아붙이는 것을 보더니 연신 머리를 조아리면서 말하는 것이었습니다.

"나리, 그냥 지금 요절을 내주십시오. 그래야 쇤네도 속이 후련해지겠습니다!"

"너에게 또 다른 아들이나 수양아들이 있느냐?"

"다른 아들은 하나도 없습니다."

"아들이 하나뿐이라니 내 저 녀석을 단단히 훈계하기는 하겠다. 그러나 … 목숨만은 살려서 네가 말년에 봉양을 받을 수 있게 해주는 편이 낫지 않겠느냐?"

"쇤네 차라리 혼자 말년을 보내겠습니다. 아들 따위 다 필요없습니다!"

"한번 죽고 나면 되살릴 수가 없다. (…) 그때 가서 후회하면 안 되느니라?"

그러자 오 씨는 이를 부드득 갈면서 말했습니다.

"쉰네, 절대 후회하지 않습니다!"

"후회하지 않겠다니 내일 관을 하나 사 와서 여기서 시신을 인계받도록 해라. 오늘은 잠시 감옥에 둘 것이다!"

이렇게 말한 부윤은 달생을 감옥에 가두게 하고 오 씨는 돌려보냈습니다. 그제야 오 씨도 희색이 가득한 얼굴로 발길을 옮기는 것이었지요.[118] 부윤은 그녀가 개봉부 관아를 나갈 때까지 지켜보았습니다. 그러고 나서 가만히 생각해보았지요.

'저 여인의 성품을 보니 불량한 자이다. 감춘 내막이 있는 것이 분명하다. (…) 그 어린 아들이 끝까지 그 내막을 털어놓지 않는 것을 보면 효자이다. 내 반드시 이 일을 밝히리라![119]'

그는 바로 눈썰미 좋고 행동이 민첩한 사령을 하나 불러 분부했습니다.

"그 여인이 나갔다. … 멀리 가든 가까이 가든 간에 분명히 말을 거는 자가 있을 것이다. (…) 너는 그것이 어떤 자인지, 무슨 이야기를 하는지 예의주시하면서 어떤 이야기이든 상관없으니 듣는 족족 내게 알려라. 제대로 알리면 큰 상을 내릴 것이다. 그러나 … 만일 속이거나 숨기는 것이 있다면, 그래서 내게 발각되기라도 하면 너는 죽음을 면

---

118) 【즉공관 미비】忍哉。모질기도 하다!
119) 【즉공관 미비】神君也, 亦仁君也。신묘한 분이요, 또한 어진 분이로고!

치 못할 것이니라!120)"

부윤의 위엄 있는 명령은 평소에도 엄하기로 정평이 나 있었습니다. 그러니 사령이 어떻게 감히 거역하겠습니까? 사령은 발걸음을 옮기는 오 씨를 은밀히 미행했습니다. 그런데 가만 보니 오 씨가 관아 대문을 나가서 몇 걸음 옮기자마자 웬 도사가 마중을 나온 것이 아닙니까.121)

"일이 어찌되었소?"

도사가 묻자 오 씨는 싱글벙글 웃으면서 말했습니다.

"다 끝났어요. (…) 당신은 저 대신 관이나 하나 사놓으세요. 내일 시체를 인수하러 가야 되니까."

도사는 그 말을 듣더니 손뼉을 치며 말했습니다.

"잘됐군, 잘됐어! (…) 관일랑 걱정 말게. 내일 내가 알아서 사람을 시켜 개봉부 관아 앞까지 메고 오도록 손을 써둘 테니까!"

두 사람은 길동무가 되어서 웃고 떠들면서 그 자리를 떠나는 것이었습니다.122) 사령은 그 사람이 서산관의 도사라는 사실을 알고 있었

---

120) 【즉공관 측비】 此分付亦要緊。 이 분부도 중요하지.
121) 【즉공관 측비】 太急亦太燥, 皆狃于府尹之好誅不孝也。 너무 성급하고 너무 조급하군그래. 물론, 모두가 부윤이 불효자를 죽이겠다고 한 말을 얕본 탓이지.
122) 【즉공관 측비】 是夜可知。 然亦是長別筵也。 이날 밤 어찌할지 알 만하군. 그러나 영원한 이별을 위한 잔치가 되겠지.

습니다. 그래서 두 사람이 나눈 대화 내용을 은밀히 이 부윤에게 낱낱이 보고했지요.

"정말 그런 일이 있었더냐? (…) 친아들이 죽게 되었는데도 어째서 전혀 안타까워하지 않았는지 이제야 알겠다. (…) 정말 괘씸하구나, 괘씸해!"

부윤은 즉시 서신을 써서 사령에게 주더니 일렀습니다.

"내일 여인이 관아로 들어오면 내가 '관을 메고 오너라' 하고 외칠 것이다. 그때 이 글을 뜯어서 본 대로 처리하도록 하라!"

이튿날, 부윤이 재판정에 나오니 오 씨가 가장 먼저 들어와서 말하는 것이었습니다.

"어제 나리께서 내리신 분부대로 관을 준비해 불효자의 시체를 인수하러 왔습니다."

"네 아들은 간밤에 벌써 매를 맞고 죽었느니라.[123]"

그러자 오 씨는 조금도 슬픈 기색이 없이 머리를 조아리면서 말하는 것이었습니다.

"선처해주셔서 감사합니다, 나리!"

"어서 관을 메고 들어오너라!"

---

123) 【즉공관 측비】 妙, 妙。기막히군, 기막혀!

사령은 이 말을 듣자마자 어제 부윤이 밀봉해서 내린 서신을 뜯어보았지요. 그랬더니 다름 아닌 주표硃票[124]였습니다. 거기에는 이렇게 적혀 있었지요.

"즉시 오 씨의 간부를 체포하라! 도사가 관을 메고 오게 한 자 역시 놓쳐서는 안 된다!"

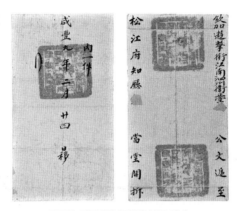
중국의 전통적인 공문의 봉투(청대)

그 사령은 어제 전모를 철저하게 확인한[125] 상황이었습니다. 그러

---

124) 주표硃票: '주필관표硃筆官票'를 줄여 부른 이름으로, 관청에서 붉은 주사朱砂로 글씨나 관인을 찍어 발부한 문서를 말한다.

125) 철저하게 확인한[認殺]: '인살認殺'은 원·명대의 희곡이나 소설에서 주로 사용된 구어체 중국어로, 동사 뒤에서 보어로 사용된 「동사＋정도보어」 구조나 동사 앞에서 부사로 사용된 「정도부사＋동사」 구조로 주로 나타난다. 이런 경우 여기서의 '살殺'은 글자의 원래 의미인 '죽이다kill' 또는 '죽다dead'라는 뜻이 아니라 '몹시extremely' 또는 '완전히absolutely'라는 어감을 나타내는 것으로, 때로는 '살煞·살㬠' 등으로 적는다. 발음도 원래는 '살'이 아니라 '쇄'로 읽어야 옳다. 자세한 설명은 문성재 논문〈원대元代 잡극에서의 정도

니 어디 실수할 리가 있겠습니까? 지관이 관을 관아로 메고 가도록 시킨 자 역시 마침 현장에서 손발짓을 하면서 지시하고 있길래 그자까지 같이 붙잡았지요. 그러고는 붉은 글씨가 쓰인 주표를 그에게 내보였답니다. 지관은 빠져나가려고 용을 쓰다가 결국 사령을 따라 부윤 앞까지 끌려올 수밖에 없었습니다.

"너는 도사인데 어째서 남의 집 관을 사주고, 거기다 사람까지 사서 관을 메고 오게 했느냐!"

부윤이 다그치자 지관은 순간적으로 발뺌할 엄두조차 내지 못하고 꼼짝없이 털어놓았습니다.

"그 여인은 소인 … 고종사촌 누이입니다요. (…) 소인한테 부탁을 하길래 도와준 것뿐입니다요!"

그러자 부윤은 호통을 쳤습니다.

"외삼촌이라는 자가 외조카를 죽이는 일을 도왔단 말이냐!"

"그건 … 저 집 일이지 소인하고는 상관이 없습니다요!"

"친척이라면서 저 계집이 고발할 때는 어째서 말리지 않았더냐? 관을 구할 때에도 네놈은 느긋하게 방조까지 했지. (…) 네놈이 정을 통하는 사이여서 공모한 것이 아니냐? 네놈은 죽어 마땅하다!"

부사 "살殺" 용법〉(《중국어문논총》제31권, 중국어문연구회, 2006)을 참고하기 바란다.

부윤은 큰 소리로 사령에게 명령을 내려 장대를 가져다 주리를 틀게 했습니다. 그러자 형리들은 가혹한 형벌로 문초하여 그가 사실대로 자백하게 했지요. 그러나 지관은 형벌에 더 이상 버티지 못하고 낱낱이 자백했답니다. 부윤은 도사의 친필 서명을 받고 진술서에 이렇게 적었습니다.

"서산관의 지관 황묘수가 불륜으로 말미암아 살인을 사주한 것은 사실입니다."

오 씨는 재판정 아래에서 그 광경을 보더니 내내 죽는 소리만 지를 뿐이었습니다. 부윤은 곧이어

"감옥의 죄인을 대령하렷다!"

하고 사령들에게 일러서 유달생을 석방했지요.

달생은 감옥에 들어갈 때만 해도 '부윤이 좋은 말을 해줘서 목숨까지는 잃지 않겠지' 하고 여기고 있었습니다. 그런데 재판정 아래를 지나가면서 보니 새로 만든 관이 하나 놓여 있는 것이 아닙니까! 그는 속으로 당황했습니다.

'설마 … 오늘 기어이 나를 때려죽이려는 건가?'

그는 두려움에 벌벌 떨면서 무릎을 꿇고 앉았습니다. 그런데 가만 보니 부윤이 이렇게 묻는 것이었습니다.

"너는 서산관의 도사 황묘수를 아느냐?"

허를 찔린 달생은 짐짓 모르는 척하면서 말했지요.

"모르겠습니다."

"네 원수인데 모를 리가 있느냐!"

그래서 달생이 고개를 돌려 볼 때였습니다. 가만 보니 황 지관이 주리를 틀리고 나서 땅바닥에서 신음 소리를 내고 있는 것이 아닙니까! 달생은 깜짝 놀라고 말았습니다. 그러나 도무지 무슨 영문인지 알 수가 없었지요. 그래서 무조건 머리를 조아리면서 말했습니다.

"하늘과도 같은 나리께서 지켜보고 계시니 소인 다시는 감히 허튼 소리를 하지 않겠습니다!"

"내 어제 몇 번이나 물었건만 너는 대답하려 하지 않았지. 그것은 네가 효자라는 증거일 것이다. 그러나 … 내가 낱낱이 밝혀낼 줄은 몰랐을 테지?"

부윤은 이렇게 말하고 나서 이번에는 오 씨를 부르더니 말했습니다.

"너에게는 시신을 담은 관을 돌려주마."

오 씨는 그 순간까지도 부윤이 자기 아들을 때려죽이려 하는 줄로만 알았습니다. 그런데 가만 보니 부윤이 이렇게 소리치는 것이었습니다.

"황묘수를 엎어놓고 매우 쳐라!"

개봉부에 관을 준비하고 산 목숨을 받다.

형리들이 곤장을 치자 황묘수는 살이 터지고 온몸이 피투성이가 되었습니다. 자칫하다가는 숨까지 끊어질 것 같았지요. 그런데 부윤이 이번에는 옥졸을 몇 명 부르더니 황묘수를 끌고 가서 산 채로 관속에 넣고 못질을 하게 하는 것이 아닙니까!126) 소스라치게 놀란 오 씨는 얼굴이 흙빛으로 변했습니다. 그리고 두려움에 사로잡힌 나머지 위아래로 이를 마주치며 딱딱 소리를 내는 것이었습니다. 부윤은 관에 못질을 다 할 때까지 지켜보고 나서 오 씨에게 냅다 호통을 쳤습니다.

"네 이 음탕한 계집! 간부놈을 감싼답시고 악독하게도 친아들까지 죽이려 들었구나! (…) 이런 인간을 살려둬서 어디에 쓰겠느냐! 산 채로 때려죽이는 것이 옳다! 여봐라, 끌어내려서 매우 쳐라!"

형리들은 매가 제비·참새를 낚아채듯이 오 씨를 계단 아래로 내동댕이쳤습니다. 그러고 나서 형벌을 가하려 하는 찰나였습니다. 자기 어머니를 때리려 하는 것을 본 유달생은 허둥지둥 달려가서 오 씨 등 위에 가로로 드러눕더니

"저를 대신 때리세요, 저를 대신요!"

하고 쉬지 않고 소리를 질러대는 것이 아닙니까.
형리127)들은 매질을 하는 데에 걸리적거리자 몇 명이 더 달려와서

---

126) 【즉공관 미비】暢極! 勝任道元之鉄鞭。통쾌하다! 임도원의 쇠몽둥이보다도 낫군!
127) 형리[皁隷]: '조례皁隷'는 명·청대에 관아에서 잡무를 처리하던 하급 관속 官屬을 말하는데, 소설·희곡에서는 주로 관아에서 형벌을 집행하는 형리로 등장한다. 바로 앞의 삽화에서 주리를 트는 것이 조례이다. 시오노야와 카라시마의 일역본(제2책 제263쪽)에서는 '정정廷丁'으로 번역했으나 다소 거

달생을 힘껏 끌어냈습니다. 그러나 달생은 필사적으로 어머니 몸에 매달린 채 큰 소리로 울면서 놓아주지 않는 것이었습니다. 부윤은 달생의 그처럼 참된 모습을 보고는 형리들에게 매질을 잠시 멈추게 했습니다. 그런 다음 달생을 재판정으로 불러서 말했지요.

"네 어미가 너를 죽이려고 했느니라. 그래서 내가 매질을 몇 대 하게 한 것이다. (…) 너는 이것으로 화풀이를 해야 옳거늘 어째서 이토록 네 어미를 지켜주려고 하는 게냐?"

"저를 낳아주신 어머니입니다! 어떻게 원한을 품을 수가 있겠습니까? 더욱이 … 나리께서는 소인의 불효는 꾸짖지 않으시고 거꾸로 어머니를 꾸짖으시니 … 소인 죽어도 마음이 편치 않습니다! (…) 모쪼록 나리께서 헤아려주시기 바랍니다!"

달생은 이렇게 말하면서 쉬지 않고 머리를 조아리는 것이었습니다. 그러자 부윤은 오 씨를 일어나게 해서 말했습니다.

"원래는 너를 때려죽여야 옳다. 그러나 … 네 아들 얼굴을 봐서 목숨만은 살려주겠다. 이제부터는 좋은 것만 본받도록 해라! (…) 만일 또다시 못된 짓을 저지르면 기필코 너를 용서하지 않을 것이다!128)"

오 씨는 부윤이 도사를 때려죽이는 광경을 볼 때만 해도 자기도 살기는 글렀다 싶었습니다. 그런데 아들이 이처럼 기꺼이 자신을 내

리가 있다.

128) 【즉공관 미비】却說便宜了他。너무 봐주는구먼.

던지고, 이처럼 간곡하게 용서를 비는 모습을 보니 마음이 착잡해져서 어쩔 줄을 모르는 것이었습니다. 그러다가 부윤이 이렇게 분부하는 말을 듣고는 아들의 착한 마음씨를 생각하면서 자기도 모르게 눈물을 흘렸습니다. 그러면서 부윤을 보고 말하는 것이었지요.

"쇤네는 죽어 마땅합니다!129) 친아들을 저버렸으니! (…) 앞으로는 아들이 장성할 때까지 진심으로 아들만 바라보면서 다시는 못된 짓을 저지르지 않겠습니다!130)"

"네 아들이 훌륭한 것은 두말할 나위도 없다. 내 그렇지 않아도 그 효성을 표창할 작정이니라!"

부윤이 이렇게 말하자 달생은 머리를 조아리면서 말했습니다.

"그렇게 하신다면 그것은 제 어머니의 실수를 들추어 나리의 명성을 떨치려 하시는 격이에요. 소인, 죽어도 그렇게 할 수 없습니다!"

오 씨는 아들이 말을 마치자 재판정에서 아들을 얼싸안고 한바탕 대성통곡을 하는 것이었습니다.131) 그러자 부윤은 두 사람을 석방해 집으로 돌아가게 했습니다. 그리고 주표를 내어 서산관 황묘수를 따르던 무리를 불러서 그 시신이 든 관을 인수하게 했지요. 서산관에서

---

129) 【즉공관 측비】 良心發矣。 양심이 되살아났나 보군.
130) 【즉공관 미비】 始知從前之用計杜姦, 無非孝也。 과거에 꾀를 써서 간음을 막는 이들이 효자가 아닌 경우가 없었다는 사실을 이제야 알겠군.
131) 【즉공관 미비】 天性露矣。人皆可以爲善者, 此也。 하늘이 주신 양심이 드러난 게 지. 사람이라면 누구나 선행을 행할 수 있다고 하는 이유가 이런 것 때문이다.

는 벌써 그 사실을 알고 태소와 태청 두 도동을 보냈습니다. 아전이 둘을 데리고 관아 재판정에 들어왔길래 부윤이 눈을 들고 보니 둘 다 곱상하게 생긴 젊은이이지 뭡니까.

'출가했다는 이놈들이 남의 집 젊은 자제들을 유혹해서 음욕을 풀어 주는 게로군? (…) 이 두 젊은이는 언제든지 또 남의 집 여인들을 유혹해서 물의를 일으킬 것이 분명하다!'

이렇게 생각한 부윤은 사령을 부르더니 두 도동으로 하여금 관을 인수해 가서 매장하게 한 다음 즉시 본가의 부모에게 돌려보내고 평생 도관道觀에 출가하는 것을 금지시켰습니다. 그리고 그 처리 결과를 보고하게 했지요.[132] 그 도관의 도사들에게도 별도로 경고를 내린 것은 말할 것도 없었습니다.

계속 이야기를 들려드리겠습니다. 아들과 함께 집으로 돌아온 오씨는 감격한 나머지 그 뒤로는 아들에게 잘해주었습니다. 아들은 아들대로 스스로 어머니에게 순종하고 감히 거역하는 일이 없었음은 새삼 말할 필요도 없었지요. 그리고 도사는 죽고 도동들도 흩어져버렸으니 오 씨도 어쩔 도리가 없어서 그저 딴마음은 접고 지낼 수밖에 없었습니다. 그러나 지난 일을 돌이켜볼 때마다 우울하고 언짢은 기분을 떨쳐버릴 수가 없었지요. 거기다가 경기驚氣 증세가 잦아져 병으로 악화되는 바람에 얼마 뒤에 죽고 말았답니다.

유달생은 양친을 합장하고 모친상을 마친 뒤에 아내를 맞아들였습

---

132) 【즉공관 미비】 美政也。若今世, 必强之作門子矣。 아름다운 정치로고. 만약 지금 세상이라면 억지로라도 문지기를 시켰을 것이 분명하다.

니다. 부부는 서로 공경한 것은 물론이고 집안 분위기도 숙연했지요. 그 뒤로 유달생은 객지로 나가 공명을 구했는데, 뜻밖에도 부윤 이걸이 적극 추천해준 덕분에 벼슬을 지내다가 삶을 마쳤답니다.

이번에는 태소와 태청의 이야기를 좀 더 들려드리도록 하지요. 그날 끌려 나갔을 때 둘은 도중에 황도관의 일을 화제로 삼았습니다. 그때 태청이 말했습니다.

"어젯밤에 꿈에서 노군老君을 뵈었는데 나를 보고 말씀하시더군. '너희 사부는 법력이 예사롭지 않아서 내가 관작을 하나 내렸으니 너희가 대신 받도록 해라.' (…) 그래서 내가 속으로 생각해 봤지. '그렇게 못된 짓을 많이 한 사부님이 무슨 법력이 있겠어? 그런 판국에 무슨 관작을 그런 양반한테 내리고, 심지어 우리더러 받아가라는 거야?' 그랬는데 아 글쎄, 오늘 개봉부에서 우리를 불러 관짝을 받아가게 할 줄 누가 알았겠어! (…) 노군께서 말씀하신 '관작'이란 것이 알고 보니 사부님이 든 바로 그 관짝이었나 봐!"

그런데 태소가 이렇게 말하는 것이었습니다.

"사부님은 아주 잘 누리다가 가셨으니 여한이 없을걸? 속상한 일은 … 사부님이 돌아가시는 바람에 우리까지 이 일을 못 하게 돼버린 거지!"

"사부님이 살아 계시더라도 너나 나는 그저 침이나 삼키고 있었을 텐데, 뭘!133)"

"나는 침만 흘리지는 않았어. 벌써 살짝 … 재미를 보긴 좀 봤지.134)"

태소는 지난번에 있었던 일을 낱낱이 태청에게 이야기해주었지요. 그러자 태청이 말했습니다.

"그동안 둘이 같이 사부님을 모셨는데 너만 실속을 챙겼었구나!135) (…) 어쨌든 이제는 다행스럽게도 속세로 돌아가게 됐으니까 너나 나나 마누라136)나 하나 구해서 마음 놓고 풀어야겠다!"

둘은 의논해서 사부의 시신이 든 관짝을 윗대의 도사들이 모셔진 도교 묘역에 안장하고 각자 속세로 돌아갔답니다.

얼마 지나고 나서도 태소는 오 씨와 왕년에 나눈 사랑을 잊지 못했습니다. 그래서 업심業心137)을 끊지 못하고 또 유 씨네로 가서 소식을 수소문 했습니다. 그러나 오 씨가 벌써 죽었다는 사실을 알고 몹시

---

133) 침이나 삼키고 있었을 텐데 뭘[乾嚥唾]: 좋은 것을 얻고자 하는 생각은 간절하지만 실익은 얻지 못하는 것을 두고 한 말. '그림의 떡'과 비슷한 상황을 가리킨다. 때로는 '개가 뼈다귀를 깨무는 격 — 침만 삼킨다狗咬骨頭 — 乾咽唾' 식으로 헐후어歇後語의 형태로 사용되기도 했다.

134) 【즉공관 미비】至此不鑒前車, 尚鳴得意, 宜其死也。이 상황에서조차 지관의 교훈을 본보기로 삼지 않고 여전히 기고만장하니 죽어 마땅하다.

135) 실속을 챙겼었구나[打/偏手]: 틈을 타서 이득을 얻다. 여기서는 편의상 "실속을 챙기다"로 번역했다.

136) 마누라[老小]: '노소老小'는 명대 강남 지역의 방언에서는 '아내·내자'에 해당하는 말이다. 여기서는 편의상 "마누라"로 번역했다.

137) 업심業心: 죄악을 범하려는 마음. 일반적으로 남녀가 불륜을 저지르려고 하는 충동을 가리키는 말로 사용된다.

슬퍼했답니다. 그 뒤로는 얼이 나가더니 눈만 감았다 하면 꿈에 오 씨가 나타나서 태소와 정사를 나누곤 했지요. 또 어떤 때에는 꿈에서 오 씨를 놓고 사부와 쟁탈전을 벌이기도 했지 뭡니까. 그러다 보니 유정遺精·몽정夢精에 폐병까지 겹치는 바람에 얼마 지나지 않아 죽고 말았습니다 그려!

태청은 이때 이미 아내를 맞아들인 상태였지요. 그는 태소가 죽었다는 소식을 듣고 한숨을 쉬면서 말했습니다.

"도가에서는 그렇게 계율을 어겨서는 안 된다는 것을 이제야 깨달았다! (…) 사부님이 함부로 처신하다가 결국 죽음을 당하고, 태소도 그 서슬에 나쁜 물이 드는 바람에 병을 얻어 죽고 말았지. (…) 그래도 나는 그때 다행스럽게도 그런 짓을 조금도 한 적이 없었다. 그렇지 않았더라면 나도 덩달아 개죽음을 한 귀신이 됐을 거야!"

태청은 이때부터 자기 분수를 잘 지키면서 착한 백성으로 살다가 삶을 마쳤답니다. 그에 걸맞은 보답을 받은 셈이지요.

지금까지 들려드린 이야기는 도사들이라면 모두가 각별히 명심해야 할 이야기입니다! 후세에 어떤 사람이 황묘수를 노래한 시를 지었다고 합니다.

서산관의 부적은 가장 신통하다더니,　　　　西山符籙最高强,
생사람이나 불러가면서 어찌 망자를 기리겠나.　能攝生人豈度亡。
관 뚜껑 덮고 나서야 모든 일이 끝났으니,　　　直待盖棺方事定,
이제 보니 마귀는 속곳 속에 도사리고 있었네![138]　元來魔祟在褌襠。

오 씨를 노래한 시도 있었습니다.

허리에 칼을 찬다는 것이 어찌 헛소리일까,	腰間仗劍豈虛詞,
간음을 탐하다 보니 아들까지 죽이려 들었지.	貪着奸淫欲殺兒。
요사스런 도사가 목숨 잃은 것도 그것 때문이니,	妖道捐生全爲此,
간음이야말로 비수와 다를 바가 무엇인가?[139)	即同手刃亦何疑。

유달생을 노래한 시도 있지요.

불효는 예로부터 천륜을 거역하는 짓이건만,	不孝繇來是逆倫,
딱하게도 하늘이 내린 부모에게 문제가 있었구나!	堪憐難處在天親。
재판정에서조차 분명히 밝히기 거부했으니,	當堂不肯分明說,
고아가 대단한 효자였음을 이제야 믿겠다![140)	始信孤兒大孝人。

태소와 태청 두 도동을 노래한 시도 있습니다.

뒤뜰[141)은 본래 도가의 아내라더니,	後庭本是道家妻,
거기다 양갓집 규수까지 넘보았구나!	又向閨房作媚姿。
끝까지 넘보지 않았다면 모면했을 것을,	畢竟無侵能倖脫,
순간적으로 물들고 나면 어디 그게 쉽겠나?[142)	一時染指豈便宜。

---

138) 【즉공관 미비】 謔語, 實至言。웃자는 이야기지만 실제로는 대단한 말씀.

139) 【즉공관 미비】 究竟自殺亦在此。따지고 보면 자살도 이것 때문이지.

140) 【즉공관 미비】 眞切可涕。참되고도 눈물겹구나.

141) 뒤뜰[後庭]: '후정後庭'은 원래 '뒤뜰'이라는 뜻이지만 명대에는 항문, 또는
그것을 매개로 한 동성애 행위를 가리키는 말로 사용되기도 했다. 여기서도
황도관이 태소·태청 두 도동과 동성애 행위를 즐긴 것을 두고 한 말이다.

142) 【즉공관 미비】 關風化不小。교화와 관련된 바가 작지 않군.

그리고 부윤 이걸의 현명한 판결을 예찬한 시도 있군요.

황당[143]의 태윤께서 신처럼 무척 현명하시니,　　　黃堂太尹最神明,

불효자에게 죽음 내리고 처벌이 가볍지 않았지.　　忤逆加誅法不輕。

공교롭게 간부를 문초하여 사건을 뒤집었지만,　　偏爲鞫奸成反案,

예전에도 형벌 함부로 내리신 적은 없었단다![144]　　從前不是浪施刑。

---

143) 황당黃堂: 명대에 태수太守가 공무를 보던 대청. 뒤에 나오는 '태윤太尹'은
　　태수에 대한 별칭이지만 여기서는 지부知府 즉 개봉부의 부윤 이걸을 가
　　리키는 말로 사용되었다.

144) 【즉공관 미비】若槪以不孝殺人, 冤者多矣。만약 불효한다고 해서 사람을 죽인다
　　면 억울한 사람이 많을 게야.

제 18 권

단객은 기장 절반으로 구환을 이루고
부자는 천금을 들이고도 웃음만 사다

丹客半黍九還 富翁千金一笑

-卷之十八

丹客半黍九還 富翁千金一笑 해제

이 작품은 불로장생의 단약과 관련된 사기 행위와 그 폐해에 관한 이야기이다. 이야기꾼은 당인唐寅의 《당백호전집唐伯虎全集》에 소개된 소주부蘇州府 당백호의 이야기를 앞 이야기로 들려주고, 이어서 풍몽룡의 《지낭智囊》 및 《고금담개古今譚槪》에 소개된 반潘 부자의 이야기를 몸 이야기로 들려준다.

장생불사의 단약丹藥을 만들어 신선이 되려던 송강부松江府의 부자 반潘 옹은 몇 번이나 사기를 당하면서도 단술丹術에 미련을 버리지 못한다. 그러던 어느 날, 항주杭州의 서호西湖를 거닐던 그는 우연히 화려하게 차려입고 미녀들을 거느린 채 돈을 물 쓰듯 쓰는 도사 부부와 마주친다. 감언이설에 혹한 반 부자가 그 부부에게 술을 대접하자 도사는 자신이 황금을 만들 줄 안다고 자랑하면서 반 부자에게 단술을 가르쳐주겠다고 제안한다. 반 부자는 그길로 도사 부부를 송강으로 데려가 단약을 만들어줄 것을 부탁하고, 도사는 단약을 만드는 경비로 이천 냥을 요구하면서 반 부자 집 정원에 화로를 갖다놓고 81일 동안 졸이면 단약이 완성될 거라고 호언장담한다. 20일쯤 지난 어느 날, 도사의 집에서 온 하인이 도사의 모친이 병사했다는 비보를 전하자 도사는 화롯불 관리를 애첩에게 맡기고 고향으로 떠난다. 평소 도사의 애첩에 눈독을 들이고 있던 반 부자는 단약을 만든다는 핑계로 도사의 애첩과 불륜을 저지른다. 얼마 후 송강으로 돌아온 도사는 화로를 열다가 깜짝 놀라면서 그 방이 부정을 타서 재료로 넣은 은자가 무용지물이 되는 바람에 단약이 되다가 말았다며 한숨을 쉰다. 이어서 애첩을 추궁하다가 간통 사실을 알게 된 도사는 당황한 반 부자가 몇 번이나 사죄하면서 추가로 삼백 냥을 더 챙겨주자 그것을 몽땅 가지고 그 집을 떠난다.

　단술에 미련을 버리지 못한 반 옹은 다른 도사들에게도 똑같은 방식으로 재산을 뜯기고 나서 그 일당을 찾아 나섰다가 산동山東에서 공범으로 몰려 송사를 당하는 곤욕까지 치른다. 알거지가 되어 구걸을 하면서 고향으로 돌아가던 중 왕년의 그 도사 애첩과 마주친 반 부자는 기생인 그녀가 도사의 사주를 받아 애첩 행세를 했고, 도사는 모친상을 빙자해 당초 재료비로 받은 이천 냥을 몰래 빼돌렸다는 진상을 알게 된다. 결국 금을 만든다는 단술이 한낱 속임수에 불과함을 깨달은 반 옹은 그제야 단약에 대한 미련을 버린다.

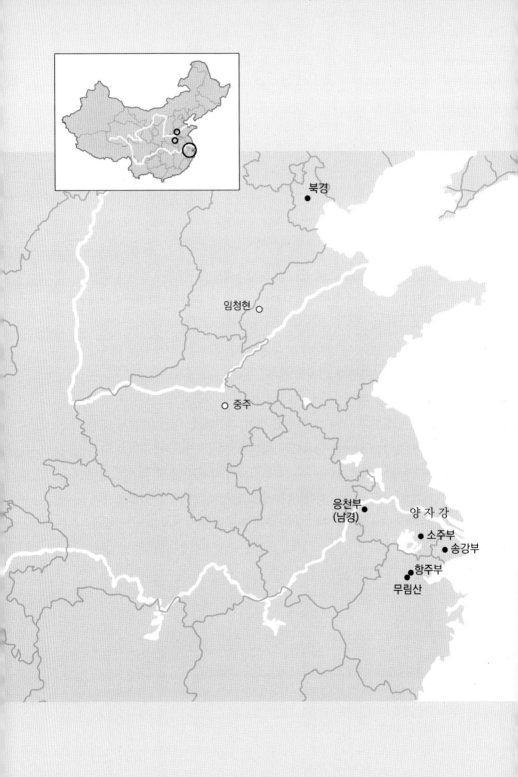

북경

임청현

중주

응천부
(남경)

양 자 강

소주부

송강부

항주부

무림산

이런 시가 있습니다.[1]

해진 베저고리에 해진 베치마, 　　　　　　　　　破布衫中破布裙,
사람만 보면 단약 만들 줄 안다 둘러대네. 　　　　逢人慣說會燒銀.
그러면서 자신은 왜 좀 만들어 쓰지 않고, 　　　　自家何不燒些用,
강가에서 물 길어 남에게 팔기만 하는 걸까? 　　擔水河頭賣與人.

이 네 구절의 시는 바로 우리 왕조의 당백호唐伯虎[2] 해원解元[3]이

<hr />

1) *본권의 앞 이야기는 명대의 화가이자 문학가 당인唐寅(1470~1523)의 문
　　집 《당백호전집唐伯虎全集》에 부록된 〈유사遺事〉에서 소재를 취했다.
2) 당백호唐伯虎: 명대의 화가이자 서예가 당인唐寅(1470~1523)을 말한다. 자
　　는 백호伯虎·자외子畏, 호는 육여거사六如居士·매화암주梅花庵主·노국당
　　생魯國唐生·도선선리逃禪仙吏·강남제일풍류재자江南第一風流才子 등으로
　　불렸으며, 오현吳縣(지금의 소주) 사람이다. 홍치弘治 1년(1498) 응천부應天
　　府(지금의 남경) 향시에 급제하여 해원解元이 되었으나, 시험장에서 부정행
　　위에 연루되는 바람에 해원 자격을 박탈당한 후로는 입신양명의 꿈을 버리
　　고 서화에 전념했다. 문예에서 재능이 출중하여 서화에서는 심주沈周·문징
　　명文徵明·구영仇英과 함께 ‘오문 사가吳門四家’로, 문단에서는 문징명·축
　　지산祝枝山·서정경徐禎卿과 함께 ‘오중 사걸吳中四傑’로 일컬어졌다.
3) 해원解元: 명대 과거제도에서 첫 번째 단계인 향시鄕試에서 장원으로 급제
　　한 사람을 부르던 호칭.

지은 것입니다. 이 세상에는 불로장생의
단약丹藥⁴⁾을 만드는 사람들이 있습니다.
이들은 오로지 올무를 쓰면서 신출귀몰합
니다. 그러면서 욕심이 많거나 집착이 심
한 사람들을 등치고 '약초를 달여 단약을
만들고 쇠를 녹여 금을 만들고 수은을 삭
혀 은을 만들 수 있다'고 떠들어댑니다. 그
것을 '황·백의 비술⁵⁾'이라고 일컬으며, 때
로는 '화롯불질'이라고 부르기도 하지요.

당백호唐伯虎

그들은 먼저 은자를 모은銀⁶⁾으로 삼겠다고 둘러대지만 나중에는

---

4) 단약丹藥: 고대 중의학에서 단사丹砂 등 광물을 주재료로 배합해 만든 약
물. 주로 신선이 되거나 장생불사를 추구하는 도교 도사들 사이에서 유행했
는데, 단약을 제조하는 것을 '연단鍊丹'이라고 불렀다. 넓은 의미에서는 우
황청심환牛黃淸心丸 등의 환약도 단약의 일종으로 볼 수 있다. 그러나 고대
인에게 전문적인 의학 지식이 부족했던 데다가, 이들이 조제하는 단약에
함유된 수은水銀 등의 중금속으로 인한 체내 침착이나 중독 등의 부작용이
많았다. 도교가 성행했던 당대만 하더라도 290년 동안 총 21명의 황제 중에
태종太宗·헌종憲宗·목종穆宗·무종武宗·선종宣宗 등 적어도 다섯 명이 단
약을 복용했다가 중독사했다. 연단술은 명대까지 이어져 사회 전반에 유행
하면서 많은 폐해를 남겼으며, 가정제嘉靖帝는 그 대표적인 인물이라고 할
수 있다. 그래서 당대부터 장생불로를 추구하는 단전호흡丹田呼吸이나 방
중술房中術 등의 대안적인 수련법이 유행하기도 했는데, 일반적으로 전자
를 '외단파外丹派', 후자를 '내단파內丹派'라고 한다.
5) 황·백의 비술[黃白之術]: 중국 고대의 도교 용어. 한대의 도교 방사方士들
이 단약을 졸여 금과 은을 만들어내는 법술을 일컫던 말로, 《후한서後漢書》
〈환담전桓譚傳〉의 '황·백의 비술'에 대하여 이현李賢(655~684)은 "황·백은
단약으로 금·은을 만드는 것을 말한다黃白謂以藥化成金銀也"라고 설명한
바 있다. 여기서 '황黃'은 황금, '백白'은 백은을 말한다.

빈틈을 노려 그 은자를 훔쳐서 달아나곤 합니다. 이런 경우를 '통째로 들고 튄다'고 하지요. 예전에 어떤 도인道人이 이 도술을 가지고 당 해원을 찾아와서 말했답니다.

"해원께서는 신선의 자질을 가지고 계십니다. 그러니 … 이 일을 해내실 수가 있을 것입니다."

그러자 당 해원은 이렇게 반박했지요.

"보아하니 그대는 차림이 남루하구려. 그대가 그 같은 신비로운 비술을 지녔다면 어째서 단약을 좀 만들어서 자기한테 쓰지 않고 남에게 지어주려고 하는 게요?"

"빈도貧道7)가 할 줄 아는 도술은 한둘이 아닙니다. 다만 천지의 섭리를 거스를까 우려해서 그러는 것뿐이지요. 그래서 큰 복을 타고 난 사람을 찾아서 그 짐을 감당할 수 있어야 그런 사람에게만 만들어주는 것입니다. (…) 저 자신에게는 그런 복이 없습니다. 그래서 해내기가 어려운 거지요. (…) 해원님을 뵈니 아주 큰 복을 타고난 분입니다. 그래서 도와드리려고 하는 게지요. 우리 도교에서는 이런 경우를 '외부의 보호자8)를 구한다'고 합니다."

---

6) 모은母銀: 연단술로 순수한 은을 대량 추출하기 위하여 마중물처럼 사용하는 소량의 은. 전후 맥락을 볼 때 일종의 촉매제로 이해해도 좋을 듯하다.
7) 빈도貧道: 글자 그대로 풀이하면 '[학식이나 경륜이] 많이 부족한 도인'이라는 뜻으로, 중국 고전 소설이나 희곡에서 도교의 도사가 자신을 낮추어 겸손하게 부를 때 주로 사용하는 호칭이다.
8) 외부의 보호자[外護]: '외호外護'는 불교 용어로, 불교 승려나 신자가 아니

"그대가 말한 대로라면 말이요. 그대가 무슨 법술을 쓰든 간에 나는 전혀 상관하지 않소. 내가 내 복을 그냥 좀 떼어서 그대에게 드리리다. 단약이 만들어지면 나와 그대가 공평하게 나누면 되지 않소?9)"

도인은 해원이 이상한 소리를 하는 것을 보고 자신을 빈정거리고 있으며 봉이 아님을 눈치 채고 미련 없이 그 자리를 떠나는 것이었습니다. 그러니 당 해원이 이 시를 지은 것도 세상 사람들을 깨우치려는 의도가 있는 셈이지요.

그건 그렇고 이 부류는 감언이설에도 능합니다. 그렇다 보니 이런 식으로 접근하면 그들을 당해낼 수가 없지요. 어째서냐고요? 그들은

"신선은 세상을 제도해야 하며 훌륭한 법은 혼자서만 누려서는 안 된다. 신선의 자질을 갖추고 신선의 인연을 맺은 이가 있어야만 함께 단약을 만들고 수련할 수가 있어서 내단內丹10)도 완성되고 외단外 丹11) 또한 완성되는 거지요."

면서도 불교를 보호하거나 성원하는 정부의 실력자를 말한다. 여기서는 도 교 용어로 소개되었지만 의미상으로는 별 차이가 없다.

9) 【즉공관 미비】 千古破疑袪惑之言。천년 내내 의혹을 타파할 말이로군.
10) 내단內丹: 도교 용어. 도교 수련자가 음양의 변화나 천인합일天人合一 사상 을 토대로 하되, 사람의 신체를 정로鼎爐(화로)로 삼고 정기精氣를 약물로 삼아 수련을 통하여 체내에서 정精·기氣·신神을 응결시켜 만들어내는 단丹.
11) 외단外丹: 도교 용어. '내단'의 상대적인 개념으로, 연단술鍊丹術·선단술仙 丹術·금단술金丹術·소련법燒鍊法·황백술黃白術 등으로 일컬어지는데 일 종의 연금술이다. 단약을 제조하는 정로鼎爐에서 금석金石을 졸이고 약이 藥餌를 더해서 장생불사의 금단金丹을 만들어내는 것을 말한다. 연단술은 중국에서 이미 한나라 무제武帝 때 비롯된 것으로 전해진다. 당시의 방사 이소군李少君은 "단사를 녹여 황금으로 만들었다化丹沙爲黃金"고 하며, 후

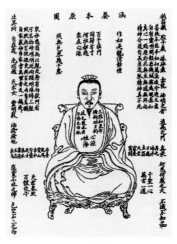

도교 수련도

　이런 그럴싸한 소리를 많이 합니다. 그러나 이런 소리치고 바른 말 아닌 것이 어디 있겠습니까? 단약을 만드는 것만 해도 그렇습니다. 언제 신선의 법술이 아닌 적이 있었습니까? 다만 당초 선인들이 단사 丹砂[12])를 황금으로 만드는 비법을 전수한 것은 오로지 세상 사람을

　　한의 위백양魏伯陽(151~221)은 《주역참동계周易參同契》를 지어 음양의 이 치로 금단의 원리를 설명하여 '만고 단경왕萬古丹經王'으로 추앙되었다. 동 진東晉의 도학자 갈홍葛洪(284~364)은 당시까지 전해지던 외단의 이론을 집대성하여 도교 수련서 《포박자抱朴子》를 짓고, 외단은 신단神丹·금액金 液·황금黃金의 세 가지로 구분했다. 아울러 금단을 약으로 삼되 오래 졸일 수록 변화가 더 기막혀서 그것을 복용하면 장생불사할 수 있다고 주장했다. 외단의 이론은 당대에 이르러 전성기를 맞아 손사막孫思邈·진소미陳少微 ·장과張果 등의 유명한 연단술사들이 배출되고, 외단의 복용이 유행하기도 했다. 물론, 외단술은 터득이 어려운 데다가 단약에 독성이 함유되는 경우 가 많아서 송대 이후로 쇠퇴하는 양상을 보이지만 명나라 가정제嘉靖帝의 경우에도 볼 수 있듯이 그 명맥은 후대에까지 인습되었다.

12) 단사丹砂: 광물의 일종. 중국의 중의학서 《신농본초경神農本草經》에 따르면,

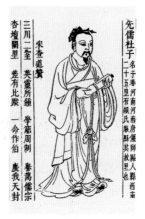

여동빈. 《삼재도회》   두자춘

널리 제도하기 위해서였습니다. 게다가 순양純陽 여조呂祖[13]는 자신이 오백 년 후에 원래의 본질을 회복하고 후세 사람을 오도할 것을 우려하여 애초부터 '당신의 재산을 늘려주느니, 처자식을 만들어주느니, 남을 돕겠느니' 하는 소리는 한 적이 없지요.

단지 두자춘杜子春[14]이 신선을 만나 운대관雲臺觀에서 단약을 완

맛이 달고 성질이 약간 차며, 인체 오장五臟의 각종 질병을 다스리며 마음을 안정시키는 약효가 있어서 오래 복용하면 정신이 맑아지고 노화가 늦춰진다고 한다. 단사丹沙로 쓰기도 하며, '주사朱砂'로 불리기도 한다.

13) 순양純陽 여조呂祖: 당말·오대의 도인 여동빈呂洞賓(798~?)을 말한다. 하중부河中府 영락永樂 사람으로, 이름은 암嵒이며, '순양자純陽子'는 호이다. 젊어서부터 유가와 묵가墨家의 사상을 익혔으며, 과거에서 낙방한 후 강호를 유랑하다가 장안長安에서 도인 종리권鍾離權으로부터 수명을 연장하는 비술을 전수받고 금액대단金液大丹의 수련을 하여 도법道法을 터득하고 자취를 감추었다고 한다. 도교의 전진파全眞派에서는 '순양 조사純陽祖師' 또는 '여조呂祖'로 받들며, 민간 전설에서는 여덟 신선[八仙] 중 하나로 꼽는다.

14) 두자춘杜子春: 당대의 소설가 이복언李復言, 9세기의 소설집 《속현괴록續玄

성할 즈음에 그를 찾아가 '외부의 보호자'로 삼았던 일화처럼, 오로지 한 가닥 애욕의 뿌리를 끊지 못하는 바람에 결국 그가 단약을 만들던 화로가 터지고 만 것입니다. 오늘날 욕심이 많은 자들은 아리따운 처첩을 거느렸으면서도 남의 토지와 가옥을 바라는가 하면, 남을 해치면서까지 자신을 살찌우려 들고 사소한 일까지 물고 늘어지니 그게 대체 무슨 심보란 말입니까! 무절제하게 술과 고기를 탐하는 도인들이나 찾아서 단약을 완성하기를 바라고 그것으로 평생을 누리고 심지어 자손에게까지 남겨주려 하는 것이 집착이 아니고 무엇이겠습니까? "내단이 완성되면 외단도 자연히 완성된다"는 말만이라도 한번 생각해보면 좋겠습니다그려. 설마 자기 수양일랑 제쳐놓고 한낱 그놈의 은자나 챙기자는 건가요? 고작 그런 생각뿐이라면 단약이 만들어지는 일은 절대로 없을 겁니다!

  손님들, 소생이 여기까지 이야기를 들려드렸으니 여러분이 아무리 바보 멍청이라고 해도 이런 일이 아무 동정 없이 해낼 수는 없다는 사실을 깨달아야 하지 않겠습니까. 그러나 유독 이 일에서만큼은 세상에서 최고로 똑똑한 사람조차 올무에 걸려들고 마는 것은 도대체 어떻게 된 영문인지 모르겠습니다![15]

怪綠》에 등장하는 인물. 당대의 부호 두자춘은 신선의 깨우침에 따라 화산華山의 운대봉雲臺峯에서 도를 닦다가 친아들에 대한 애착을 떨치지 못하는 바람에 도를 터득하는 데에 실패한다. 이 이야기는 《박안경기》 이전에 풍몽룡馮夢龍이 엮은 화본소설집 《성세항언醒世恒言》 권37 〈두자춘이 세 번이나 장안에 들어가다[杜子春三入長安]〉에서도 다루어진다.

15) 【즉공관 미비】 唯聰明人才有癡想, 自恃不致爲人所愚也. 오로지 똑똑한 사람만 미친 생각을 하는 것 같다. 남들에게 속임을 당할 정도는 아니라고 자만하면서 말이다.

이제부터는 소생이 송강松江16) 고을 부자의 이야기를 들려드리겠습니다.17) 이 부자는 성이 반潘 씨로, 국자감國子監18)의 감생監生19)이었지요. 그는 배포가 크고 언변도 아주 훌륭해서 나름대로 의식이 있는 양반이었습니다. 그런데도 딱 하나 나쁜 버릇이 있다면 단약을 맹신하는 것이었지요. 시쳇말에 이런 말이 있지요.

"만물은 그것을 좋아하는 사람에게 몰리는 법.20)"　　物聚于所好。

---

16) 송강松江: 지금의 강소성 상해시上海市 서남부에 해당한다.
17) *본권의 몸 이야기는 풍몽룡《지낭智囊》권27의 〈잡지부·단객雜智部·丹客〉 및 《고금담개古今譚概》권21의 〈단객丹客〉에서 소재를 취했다. 아울러 동시대의 왕상진王象晉(1561~1653)이 지은 소설집《전동재필剪桐載筆》의 〈단객기丹客記〉도 참고한 것으로 보인다. 나중에는 포옹노인抱瓮老人의 소설집《금고기관今古奇觀》권39에 〈기묘한 단술을 뽐내는 단객이 금을 만들다誇妙術丹客提金〉라는 제목으로 소개되었다.
18) 국자감國子監: 중국 고대의 국립 고등 교육기관. 우리로 치면 지금의 서울대학교 정도에 해당한다. 수隋나라 때 처음 설립된 이래로 명대까지 인습되었다. 우리나라에서는 고려高麗 성종成宗 11년(992)에 개경開京에 최초로 설립되었다.
19) 감생監生: 국자감國子監의 학생을 가리킨다. 처음에는 학정學政이나 황제의 특별 허가를 거쳐서 선정되었으나 나중에는 헌금을 통해 그 칭호를 얻을 수도 있었다.
20) 만물은 그것을 좋아하는 사람에게 몰리는 법[物聚于所好]: 북송의 정치가이자 문학가인 구양수歐陽修가 《집고록목集古錄目》〈자서自序〉에서 한 말. 원문은 "물건은 그것을 좋아하는 사람에게 몰리는 법이지만 늘 그럴 능력을 가진 강자에게 돌아가기 마련이다. 능력이 있지만 좋아하지 않거나 좋아하지만 능력이 없다면 아무리 가깝고 쉬워도 그것에 다가갈 수 없을 수도 있다. … 物常聚于所好, 而常得于有力之强. 有力而不好, 好之而無力, 雖近且易, 有不能致之"이다. 구양수가 말한 '물物'은 금석金石 등의 골동품을 가리키지만 여기서는 편의상 "만물"로 번역했다.

아닌 게 아니라 정말 그런 괴벽을 가지고 있다 보니 자연히 별의별 방사方士[21]들이 꾸역꾸역 몰려들었지요. 그렇다 보니 띄엄띄엄이긴 해도 은자도 무척 많이 날렸고 단객丹客[22]들로부터 사기도 무척 많이 당했답니다. 그는 그래도 뉘우치기는커녕 끝까지

"인연이 없다보니 훌륭한 분을 만나지 못한 탓이지. (…) 도교의 법술이야 예로부터 존재해 왔지. 그런데 어디 이루지 못할 일이 있겠 나?[23] 결국 언젠가는 성공할 날이 올 것이다. 그러니 이전의 사소한 실수들에 연연할 필요는 없어."

하면서 그런 일에 더더욱 집착하는 것이었지요. 반면에 단객들 사이 에서는 이 사람에게서 저 사람에게로 저 사람에게서 이 사람에게로 멀고 가까운 곳을 막론하고 반 부자의 이름이 여기저기에 다 나버렸습 니다. 어쨌건 간에[24] 다들 한통속이다 보니 너 한 번 나 한 번[25] 하는

---

21) 방사方士: 도교 용어. 고대 중국에서 신선神仙·연단鍊丹·방술方術을 통하 여 장생불사를 추구하던 도사.
22) 단객丹客: 단약을 만드는 도교 방사에 대한 별칭. 여기서는 방사가 현지 토 박이가 아니라 외부인이어서 '-객客'이라고 부른 것이다.
23) 【즉공관 미비】是博覽之累. 아는 것이 병이로고!
24) 어쨌건 간에[左右是]: '좌우시左右是'는 명대의 구어로, '좌우지간·어쨌든' 등의 의미로 사용되었다. 여기서는 편의상 "어쨌건 간에"로 번역했다.
25) 너 한 번 나 한 번[推班出色]: '추반출색推班出色'은 명대의 구어체 문학작 품에서 빈번하게 등장하는 강남 지역의 구어체 표현으로 그 의미가 무엇인 가에 대해서는 학자마다 이설이 분분하다. 가장 보편적으로 통용되는 것이 고문달高文達의 해석인데, 그는 《근대한어사전近代漢語詞典》에서 추반推班 을 '좀 모자란 것[差一點的]', 출색出色을 '좀 나은 것[好一點的]'으로 각각 해석했다. 그렇다면 '추반출색'은 "[실력이나 수준이] 좀 딸리는 놈이나 좀 나은 놈을 막론하고" 정도로 이해할 수 있는 셈이다. 반면에 주지봉周知峰

식으로 반 부자를 등쳐먹으려는 궁리를 하지 않는 자가 없었지요.

그러던 어느 해 가을이었습니다. 항주杭州의 서호西湖에 유람을 와서 거처를 한 군데 세내어 머무르게 되었지요. 그런데 가만 보니 이웃집 뜰 정자에 웬 멀리서 온 듯한 손님이 한 사람 묵고 있는 것이 아닙니까. 그 역시 가솔을 데리고 서호에 유람하러 온 사람 같은데 행장이 무척 많고 종복들도 제법 그럴듯하게 거느리고 있었지요. 그 집 여자는 꽤 곱게 생겼는데 들어보니 그 손님의 애첩이라는 것이었습니다. 그 나그네는 날마다 으뜸가는26) 대형 유람선을 빌려서 술항아리를 잔뜩 늘어놓고 거기다 악대에다 가수들까지 다 불러놓았지 뭡니까. 그 손님은 애첩을 데리고 서호에 배를 띄우고 술을 마십네 노래를 부릅네 하느라 온 자리가 다 뜰썩거렸지요. 그 상 가득 늘어놓은 술병이며 술잔은 하나같이 금빛 은빛에 신기한 문양과 공교로운 양식으로 장식된 것들이었습니다. 그리고 밤에 처소에 돌아갈 때에도 등불을 휘황찬란하게 밝히고 사람들에게 내리는 상도 이루 셀 수가 없을 정도였지요. 그렇다 보니 이웃에 세를 든 반 부자조차 그 광경에 얼이

은 《명청소설 속자속어 연구明淸小說俗字俗語研究》(제118쪽)에서 '추반'과 '출색'을 명대의 노름인 골패骨牌 판에서 사용된 용어라고 보아 '추반'을 패를 내놓는 것, '출색'을 [패의] 색깔을 바꾸는 것으로 해석하고 '추반출색'을 '고르고 바꾸는 것[調來換去]'이라고 해석했다. 전후의 맥락을 감안할 때 여기서는 주지봉의 해석이 보다 합리적이라고 판단하여 '추반출색'을 "너 한 번 나 한 번"으로 의역했다.

26) 으뜸가는[天字一號]: '천자일호天字一號'란 《천자문千字文》의 첫 번째 글자'라는 뜻으로, 일반적으로 '으뜸·최고·넘버원'의 의미로 사용된다. 과거에는 《천자문》에 나오는 한자의 순서를 일련번호처럼 사용하기도 했는데, 과거시험장에서 첫 번째 줄에 있는 방들을 '천자호天字號', 그 줄의 첫 번째 방을 '천자제일호天字第一號'라고 일컬은 것이 그 예이다.

명대의 유람선. 구영, 〈소주 청명상하도〉

다 나갈 정도였지 뭡니까, 글쎄.

"우리 집도 부유한 편이기는 하지만 … 어떻게 저 양반처럼 돈을 펑펑 쓰면서 즐길 수가 있겠는가? (…) 저 양반은 도주陶朱[27])나 의돈 猗頓[28])같이 으뜸가는 갑부임이 분명하다![29])"

---

27) 도주陶朱: 춘추시대에 월越나라에서 구천勾踐을 보필한 범려范蠡, BC536~BC448를 말한다. 자가 소백少伯으로, 초楚나라 완읍宛邑 사람이다. 구천이 와신상담臥薪嘗膽 끝에 숙적인 오吳나라 왕 부차夫差를 멸망시키자 벼슬을 버리고 자취를 감추었다. 후세 사람들은 그가 상업에 종사하면서 세상에서 으뜸가는 부를 쌓았다고 여기고 그를 '도주공陶朱公'으로 일컬으면서 상인들의 비조로 섬겼다.

도주공 범려

28) 의돈猗頓: 전국시대 위魏나라의 수공업자이자 상인. 처음에는 집안 형편이 가난했으나 마침 근처에 이주한 도주공을 찾아가 치부의 비결을 전수받고 목축업에 전념하여 마침내 벼락부자가 되었다고 한다.

29) 【즉공관 미비】既算是富的, 怨做甚。只是貪心重。그렇게 부자이면서 원망은 왜 하는가? 그저 욕심이 지나친 게지!

이렇게 생각한 반 부자는 속으로 부러워하면서 차츰 사람을 시켜 안부를 묻고 그와 내왕하면서 인사를 하고 지내는 사이가 되었지요. 그러다가 서로 이름을 알려주고 각자 서로 부러워하는 속내를 비쳤습니다. 그러다가 반 부자가 틈을 봐서 물었습니다.

"인형께서 이처럼 잘 살고 인심도 후하시니 … 남들은 흉내조차 내지 못하겠습니다그려!"

그러자 그 손님은 겸양하면서 말했습니다.

"별 말씀을 다 하십니다!"

"날마다 그렇게 쓰시자면 … 댁에 금은보화를 북두성北斗星까지 닿도록 재어놓아야만 감당이 되겠습니다. 그렇지 않고서야 금방 바닥날 테니까요!"

"금은보화를 북두성까지 재어놓았다 하더라도 무조건 쓰기만 한다면 바닥나는 건 시간문제지요. (…) 아무리 써도 바닥나지 않는 비법이 있어야 합니다!"

반 부자는 그 소리를 듣고 슬며시 구미가 당겼던지 물었습니다.

"아무리 써도 바닥나지 않는 그런 … 비법이 다 있었습니까?"

"갑작스러운 자리인지라 당장 말씀드리기는 좀 … 난처하군요."

"그래도 좀 가르쳐주시지요!"

"말씀을 드려도 인형께서는 이해하시지 못할 겁니다. (…) 믿으실 리도 없고요."

반 부자는 이상한 소리를 듣자 더더욱 간곡하게 부탁하면서 꼭 가르침을 받겠다고 매달리는 것이 아닙니까. 그러자 그 손님은 주변의 종복들을 물러가게 하고 반 부자에게 귓속말을 했습니다.

"제게는 '구환단九還丹30)'이 있습니다. (…) 납과 수은31)을 황금으로 만들어주지요. (…) 단약을 만들어내기만 하면 황금조차 하찮은 기왓장 같은 셈이니 어디 귀하다고 하겠습니까?"

반 부자는 '단술' 이야기를 듣자 더더욱 그와 의기투합해서 신바람이 나서 말하는 것이었지요.

"알고 보니 인형께서는 단도丹道32)에 정통하신 분이었군요! (…) 소생은 그 분야에 무척이나 관심이 많습니다. 하지만 당최 터득할 수가 없군요! (…) 만약에 인형께서 정말 그 비술을 아신다면 … 소생 가산을 몽땅 털어서라도 가르침을 받고 싶습니다!"

"어떻게 호락호락 전수해드릴 수가 있겠습니까! 맛보기로 좀 보여드리고 웃음이라도 한 번 얻는다면 그걸로도 만족합니다."

---

30) 구환단九還丹: '구전환단九轉還丹'의 줄임말. 아홉 번, 즉 여러 번 졸여서 조제한 단약이라는 뜻이다.
31) 납과 수은[鉛汞]; 도교에서 단약을 조제할 때 연료로 사용한 납鉛과 수은汞을 말한다. 때로는 단약을 제조하는 것을 가리키는 말로 사용하기도 한다.
32) 단도丹道: 단약을 조제하는 기술 또는 그와 관련된 학문.

그 손님은 이렇게 말하더니 즉시 동자를 시켜 화로에 숯을 지피고 납과 수은을 몇 냥 녹였습니다. 그러고는 허리춤의 주머니에서 웬 종이봉지를 하나 꺼내는데 펴보니 전부 약 가루였지요. 그는 그것을 새끼손톱으로 조금 덜어서 통 속에 털어 넣었습니다. 그러고 나서 다시 부었더니 그 납과 수은은 간 곳도 없고 죄다 눈송이와도 같은 고급 은으로 변해 있는 것이 아닙니까!

손님들, 여러분은 '그 약 가루가 구리나 납을 은으로 변하게 만들었으니 대단한 비술이 아니냐'고 여기시겠지요? 그러나 알고 보면 이것은 '축은지법縮銀之法'이라고 부르는 방법이었습니다. 그는 미리 은자를 약으로 벼려 그 정수精髓만 받아낸 다음 한 냥마다 한 푼보다 적게 줄입니다. 이제 납과 수은하고 같이 불 속에서 끓이면 그것들이 푸른 연기로 변해 사라지고 찌꺼기만 남습니다. 그것이 은의 정수와 만나면 전부 은으로 변하는 거지요. 이 고급 은자도 사실은 따지고 보면 당초의 분량 그대로로, 얼마 늘어나지도 않은 것입니다. 단객들은 매번 이런 방법으로 사람들을 속이지요. 그러니 사람들이 그것을 무작정 믿고 진짜라고 여긴 것입니다.

그 광경을 본 반 부자는 기뻐서 어쩔 줄 몰랐습니다.

'저 양반이 웬일로 저렇게 대단한 부귀와 호강을 누리나 했지. 이제 보니 은 만들기가 이렇게도 쉬울 줄이야! (…) 나는 단약을 그토록 오랫동안 만들어왔지만 번번이 손해만 봤지. 헌데 … 이번에는 다행스럽게도 진짜 실력 있는 양반을 제대로 만났구나. (…) 나한테도 좀 만들어달라고 부탁해야겠다.'

단객이 기장 절반으로 구환을 이루다.

그러더니 그에게 물었습니다.

"이 약은 … 어떻게 만드셨습니까?"

"이것은 '모은생자母銀生子'라고 하는 방법입니다. 미리 은자를 모은으로 삼아 양에 구애되지 않고 약으로 단련해서 화로 안에서 숙성시킵니다. 아홉 번을 그런 식으로 벼려서 불 세기가 적당해지면 황아黃芽[33]가 생기고 이어서 흰 눈처럼 굳어지지요. 그러고는 화로를 열었을 때 즉시 그 단두丹頭[34]를 쓸어냅니다. 그러면 수수알 크기만 한 양으로도 황금과 백은을 만들어낼 수가 있지요. 물론 … 모은은 처음과 마찬가지로 조금도 줄어들지 않습니다."

단약 만들기와 화로. 송응성, 《천공개물 天工開物》

---

33) 황아黃芽: 납을 녹여 추출한 정수. 때로는 단약을 조제하는 데에 사용되는 납 그 자체를 가리키는 말로 사용되기도 한다.

34) 단두丹頭: 단약을 만드는 과정에서 매개제(촉매) 역할을 하는 물질. 때로는 단약 그 자체를 가리키는 말로 사용되기도 한다.

"모은이 … 얼마나 필요한지요?"

"모은을 많이 쓰면 쓸수록 더 정제된 단두가 나옵니다.[35] 만약 반 홉 정도의 단두를 만들어낸다면 나라님에 맞먹을 정도의 큰 부자가 될 걸요?"

그 말에 반 부자가 말했습니다.

"소생은 형편이 변변치 않습니다. 허나 … 여기에 들일 만한 물건은 그런대로 있을 것은 다 있는 편이지요. (…) 만약 가르침을 아끼지 않으신다면 저희 집으로 모실 테니 비결을 좀 전수해주시지요. 그렇게 만 해주시면 평생의 소원을 풀겠습니다!"

"제 단술은 남한테 전수하기 어렵습니다. 호락호락 남한테 단약을 만들어드리지도 않고요. (…) 허나, … 지금 보니 인형의 정성이 갸륵하고 풍채도 도인의 자질을 좀 지니신 것 같군요. 거기다가 우연치 않게도 이렇게 뵈었으니 이것도 전생의 인연입니다. (…) 인형을 위해서라면 시연을 좀 해보는 것도 상관은 없겠지요. 댁이 어디신지 가르쳐만 주시면 나중에 찾아뵙기 수월할 듯싶습니다만 …"

"소생은 송강松江[36]에 삽니다. 여기서 이삼 일 정도만 가면 되지요. (…) 인형께서 왕림해주시겠다면 지금 당장 짐을 챙겨 제 집으로 같이 가시면 됩니다! 만약에 이대로 헤어져서 … 만에 하나라도 다음에 뵙

---

35) 【즉공관 미비】被騙者, 此語也。 속임수를 당하는 사람이 이런 말을 하는 법.
36) 송강松江: 중국 고대의 지명. 지금의 상해시 서남부에 해당한다. 상해의 젖줄인 송강이 이 일대를 흘러서 '송강'으로 부르게 되었다.

지 못한다면 눈앞에서 좋은 인연을 놓치는 꼴이 아니겠습니까?"

그러자 그 손님은 이렇게 말했습니다.

"소생은 중주中州37) 사람으로, 집에는 노모께서 계십니다. 무림武
林38)의 산수와 명승지를 흠모하여 첩을 데리고 이곳에 와서 유람하던
참입니다. 빈손으로 나왔지만 유람과 관광에 필요한 경비는 화롯불
속에서 다 생기지요. 그래서 즐거움을 만끽하면서 돌아가는 것조차
잊고 지내고 있었지요. (…) 지금 인형 같은 훌륭한 벗을 뵈었으니 제
단술을 감추고 싶지 않군요. 허나, … 첩을 데리고 귀향해 잘 지내게
하고 겸사겸사 노모까지 좀 뵐까 싶습니다. 그리고 나서 인형과의 약
속을 지켜도 늦지는 않을 테지요.39)"

"제 처소에는 별채에 뜰과 정자까지 있으니 인형의 가솔까지 머무
를 수 있습니다. 같이 데리고 거기에 머무르면서 일을 해주시면 피차
편하지 않겠습니까? 저희 집이 대접이 소홀하다고 해도 절대로 손님
을 홀대할 정도는 아니올시다. 그러니 가족분들에게 불편을 끼칠 리
는 없지요. (…) 흔쾌히 왕림해주시면 정말 감사하겠습니다!"

---

37) 중주中州: 중국 하남 지역에 대한 별칭. '황하의 중류 지역'이라는 뜻에서
유래했다.
38) 무림武林: 중국의 산 이름. 절강성 항주 서쪽에 자리 잡고 있다. 송대에는
이 산 이름에서 착안해 항주에 대한 별칭으로 사용되었으며, 여기서도 '항
주'의 의미로 사용되었다.
39) 【즉공관 미비】 若果如此, 是眞仙至樂, 還要小妾何用。 정말 그렇다면 그것만으로
도 진짜 신선으로 지극히 즐거울 텐데 거기에 첩이 왜 필요하겠나!

그 손님은 그제야 고개를 끄덕이면서 말했습니다.

"인형께서 이처럼 진지하시니 첩에게 사정을 이야기하고 짐을 챙겨 길을 나설지 말지 의논해보도록 하겠습니다."

그러자 반 부자는 몹시 기뻐하면서 그날 바로 청첩請帖[40]을 주고 그를 다음 날 서호의 술자리에 초대했습니다. 이튿날이 되자 온 정성을 다해서 그를 자신의 배로 데려갔지요. 그러고는 자신의 학식을 총동원해서[41] 서로 자랑과 칭찬을 아끼지 않으면서 흥미도 진진하게 대화를 나누었습니다. 그러고는 서로가 이제야 만나게 된 것을 아쉬워하면서 손님과 주인이 즐거움을 만끽하고 나서야 작별했지요. 반 부자는 그것으로도 부족했던지 정성을 다한 깔끔한 술과 요리를 한 상 가득 배달시켜서 이웃한 정원으로 가서 그 집 첩까지 초대했습니다. 그러자 다음 날 이번에는 그 손님이 답례로 술자리를 마련했는데 각별히 푸짐하지 뭡니까. 술잔·술병은 물론이고 집기들까지 모두 금과 은으로 만들어진 것이었음은 말할 필요도 없었지요.

두 사람은 한참을 그렇게 이야기를 나누다가 흥이 다하자 함께 송강으로 가기로 약속했습니다. 그러고는 관문 앞에서 큰 배를 두 척 빌려서 짐을 모두 다 싣고 도중에 서로 의지하면서 목적지로 떠났지요. 그 집 첩은 맞은편 선창 안에서 발을 사이에 두고 이따금 얼굴을

---

40) 청첩請帖: 명대에 손님을 초대하거나 초빙할 때 보내던 초대장이나 초청장. 우리나라에서는 결혼식에 참석하는 하객들에게만 한정해서 사용하지만 중국에서는 특정한 대상이나 용도에 한정되지 않고 널리 사용되었다.

41) 【즉공관 미비】 到底是學問誤之。 결국 따지고 보면 학문이 그를 망친 셈.

반만 드러내곤 했습니다. 반 부자가 그 모습을 몰래 훔쳐보니 정말 자태가 아리땁고 몸도 무척 가볍지 뭡니까. 다만

넘실거리는 물 하나를 사이에 두고서도,	盈盈一水間,
묵묵히 아무 말도 하지 못하는구나!	脉脉不得語。

배항裴航42)이 동승한 배의 번 부인樊夫人을 위해 지은 시에서도 이렇게 묘사한 바 있지요.

배항.《삼재도회》

---

42) 배항裴航: 당대의 소설가 배형裴鉶이 지은 소설《전기傳奇》〈배항〉의 주인공. 이 소설에 따르면, 당나라 장경長慶 연간(821~824)에 양양襄陽의 한수漢水에서 배를 빌려 탄 배항은 번樊씨 성을 가진 여인의 미모에 반해 연모시를 써서 구애했다가 거절당한다. 나중에 남교역藍橋驛을 지나던 길에 물을 얻어 마시다가 그 물을 떠준 운영雲英에게 반해 구혼하게 된다. 혼인하던 날 운영이 번 부인과 자매 사이임을 알게 되고 배항과 운영은 백년해로한 끝에 함께 신선이 되어 하늘로 날아갔다고 한다.

한 배의 오왕과 월왕43)도 서로를 떠올리는데,	同舟吳越猶懷想,
비단 병풍 사이에 두고 천상의 선녀 만났으니	况遇天仙隔錦屛。
옥황상제 계신 곳에 만나러 갈 수만 있다면,	但得玉京相會去,
봉새 학 따라 저 푸른 하늘까지 따라가고 싶구나!	願隨鸞鶴入青冥。

지금 반 부자가 배를 사이에 두고 미인을 바라보고 있는 상황이 영락없이 이 상황과 똑같았습니다. 아쉬운 것이 있다면 자기 말을 여인에게 전해줄 사람이 아무도 없는 것이었지요.

객쩍은 이야기는 그만하도록 하지요. 두 배는 하루도 되지 않아 송강에 당도했습니다. 반 부자는 집 대문 앞에 도착하자마자 단객을 안내해 뭍에 내리게 한 다음 본채로 들어가 차 대접을 했지요. 그러고 나서 말했습니다.

"여기가 소생의 집입니다만 드나드는 사람이 많아서 불편합니다. 여기서 멀지 않은 곳이 바로 소생의 장원이니 댁의 가솔과 인형은 그곳으로 모셔 머물게 할까 합니다. 소생도 그곳 바깥채 글방에 가서 지낼 참이고요. 청정해서 번잡할 염려가 없는 데다가 은밀해서 화롯 불을 지펴도 되지요. 의향이 … 어떠신지요?"

"화로에 불을 지피는 일에서는 속되고 시끄러운 것을 아주 꺼립니다. 거기다가 외부인의 방해를 받는 것도 꺼리지요. 게다가 첩이 곁에

---

43) 한 배의 오왕과 월왕[同舟吳越]: '오월동주吳越同舟'처럼 춘추시대에 적대 관계에 있던 오나라와 월나라를 빗대어 한 말로, 원수지간을 말한다. "한 배의 오왕과 월왕도 서로를 떠올리는데"는 아무리 사이가 좋지 않은 원수 끼리도 서로를 떠올리고 그리워한다는 뜻이다.

있으니 더더욱 외부인을 멀리해야 옳습니다. (…) 만약 귀댁에 머무를 수만 있다면 일을 진행하기가 아주 수월할 것 같군요."

그러자 반 부자는 즉시 배를 장원 옆으로 옮기도록 지시하고 자신은 단객과 손을 마주잡고 걸어서 갔습니다. 장원 대문 앞에 이르렀을 때였습니다. 대문 위에 현판이 하나 걸렸는데 '섭취원涉趣園' 세 글자가 쓰여 있었습니다. 정원으로 들어가서 그 풍경을 볼작시면

오래된 나무는 하늘 향해 치솟고,	古木干霄,
갓 자란 대나무는 길을 끼고 서 있네.	新篁夾境。
서까래는 비어서 휑하기만 한데,	榱題虛敞,
달 뜨고 바람 드는 정자 아닌 것 없고,	無非是月榭風亭.
마룻대와 처마 끝은 그윽하고 깊은데,	棟宇幽深,
구부러진 방이며 깊은 방 많기도 하다.	饒有那曲房邃室。
첩첩의 인공 산은 몇 길이나 되어,	叠叠假山數仞,
태사44)의 책조차 다 소장할 수 있을 만하고,	可藏太史之書。
층층의 바위굴은 몇 겹이나 되니,	層層巖洞幾重,
신선의 비급이 아닌가 의심까지 드누나.	疑有仙人之籙。
음악 연주하고 봉황까지 부를 수 있다면,45)	若還奏曲能招鳳,

---

44) 태사太史: 전한의 역사가인 태사공太史公 사마천司馬遷(BC145~?)을 말한다. 자가 자장子長으로, 하양夏陽 사람이다. 부친인 사마담司馬談의 벼슬인 태사령太史令을 계승하여 사관의 소임을 다했기 때문에 '태사공'으로 일컬어졌다. 나중에 흉노匈奴와의 전쟁에서 패한 이릉李陵을 변호하다가 무제의 노여움을 사서 궁형宮刑을 받았으나 그 굴욕을 참고 중국 최초의 기전체紀傳體 역사서인 《사기史記》를 완성했다.

45) 음악 연주하고 봉황까지 부를 수 있다면[若還奏曲能招鳳]: 중국 고대의 소사簫史와 농옥弄玉의 고사를 가리킨다. 진秦나라에는 소사라는 사람이 있

예서 바둑 구경하느라 도끼자루 다 썩겠네![46]   在此觀棊必爛柯。

단객은 정원의 경치를 감상하면서 신이 나서 말했습니다.

"참 아늑한 곳이로군요. 단약을 만들기에는 안성맞춤입니다! 제 첩이 지내기에도 좋고 말입니다. 소생도 안심하고 인형과 같이 작업을 진행할 수 있겠군요! 그러고 보니 인형께서는 정말 복이 많으신 분입니다!"

반 부자는 즉시 사람을 시켜 그 집 아씨를 맞이하게 했지요. 그 집 첩은 곱게 단장하고 여종 둘을 데리고 나타났는데, 여종 이름은 하나는 '춘운春雲'이고 하나는 '추월秋月'이었지요. 그녀는 아장아장 정원의 정자로 걸어오는 것이었습니다. 반 부자가 몸을 일으켜 자리를 피하려 했습니다. 그러자 단객이 말했지요.

"이제는 두 집안이 내왕하게 되었으니 제 첩과 인사를 나누셔도 괜찮습니다!"

었는데 퉁소를 잘 불어서 그가 퉁소를 불면 공작새와 흰 학들이 날아들었다. 소사가 진 목공秦穆公의 딸 농옥을 아내로 맞아들인 후 퉁소 부는 법을 가르쳐 몇 년 후 봉황 울음과 비슷한 소리를 내자 봉황이 그 집에 찾아들더니 어느 날 갑자기 두 사람이 봉황을 타고 승천했다고 한다.

46) 바둑 구경하느라 도끼자루 다 썩겠구나[觀棊必爛柯]: 왕질王質의 고사를 가리킨다. 조충지祖沖之429~500의 《술이경述異經》에 따르면, 나무하러 산에 들어간 왕질은 두 동자가 바둑을 두는 것을 발견하고 도끼질을 멈추고 바둑 구경을 했는데 그 바둑이 끝나고 나서 도끼를 잡으려 했더니 그 사이에 백 년이 흘러서 도끼자루가 다 썩었다고 한다. 이 가사는 섭취원을 신선들이 사는 별천지로 묘사하고 있다.

하더니 바로 그 첩에게 반 부자와
인사를 나누게 하는 것이었습니다.
반 부자가 그녀의 얼굴을 마주보
니[47] 정말 물고기도 숨고 기러기도
내려앉을 용모요, 달도 무색해지고
꽃도 부끄러워할 정도의 모습이지
뭡니까! 세상에 돈 있는 사람치고 재
물을 탐내고 여색을 밝히지 않는 사
람은 하나도 없지요. 반 부자는 이때
마치 '눈 사자가 불로 뛰어드는
것[48]'처럼, 저도 모르게 몸 반쪽이
풀리면서 단약을 만드는 일 따위는
나중의 일이 되고 말았습니다. 그가
단객에게 말했습니다.

바둑 구경에 도끼자루 썩는 줄도 모른다
왕질, 〈난가도〉(명간본)

"정원 안채가 무척 넓습니다. (…) 형수님 마음에 드는 방을 골라
머물도록 하시지요. 부릴 사람이 적으면 소생이 또 가서 여인 몇 사람
을 불러다 모시게 하지요!"

---

47) 【즉공관 미비】着眼。 주목할 대목.
48) 눈 사자가 불로 뛰어드는 것[雪獅子向火]: 명대의 속담. 눈을 뭉쳐 만든 사
자를 불 가까이 가져가면 순식간에 녹아 없어진다. 이처럼 남녀가 상대방에
게 반해 자기 몸조차 주체하지 못하는 상황을 두고 하는 말이다. 때로는
'눈 사자가 불로 뛰어드는 격 — 몸 반쪽이 축 늘어지네雪獅子向火 — 酥了
半邊', '눈으로 된 사자가 불로 달려드는 격 — 절반이 녹아버리네雪獅子向
火 — 化了一半' 식으로, 주절과 종속절 두 개의 구문으로 된 헐후어歇後語
의 형태로 사용되기도 한다.

그러자 단객은 그 아씨와 함께 안채를 보러 갔습니다. 반 부자는 허둥지둥 집으로 가서 금비녀 한 쌍과 금팔찌 한 쌍을 가져다가 정원으로 와서 단객에게 주면서 말했지요.

"약소한 물건입니다만 형수님을 뵙는 예물로 드리고자 합니다. 보잘 것없다고 나무라지 마십시오."

단객은 곁눈질로 보다가 금붙이인 것을 알고 사양하면서 말하는 것이었습니다.

"두터운 호의에 감사드립니다. 허나, ⋯ 금부치라면 소생도 제법 쉽게 구할 수 있습니다. (⋯) 인형께서 정말 많은 돈을 쓰시니 마음이 편치 않군요. 절대로 받을 수가 없습니다!49)"

반 부자는 그가 사양하자 더더욱 미안하게 여기면서 말했습니다.

"인형께서 이런 하찮은 물건 따위는 대단찮게 여기신다는 것은 잘 압니다. 그러나 ⋯ 형수님 얼굴을 보셔서라도 ⋯ 제가 조금이나마 성의를 보이고 싶어서 그러니 이 정성을 헤아리고 받아주시지요!"

"이토록 아름다운 정을 소생이 거듭 물리친다면 오히려 결례가 되겠지요. (⋯) 잠시 받아두는 수밖에요. (⋯) 소생이 최선을 다해서 단약을 만들어 이 큰 은혜를 꼭 갚도록 하겠습니다!"

단객은 웃으면서 안채로 들어가 여종을 하나 불러 금비녀와 금팔찌

49) 【즉공관 미비】老面皮。 철면피일세 그려!

를 받쳐 들고 들어가게 했습니다. 그러고는 아씨를 불러내어 거듭 고맙다고 인사를 시키는 것이었지요. 반 부자의 입장에서야 그녀 얼굴을 한 번 더 볼 수 있다면 이 정도의 물건을 쓰는 것도 아주 달가웠습니다. 입으로 말은 하지 않았지만 속으로는 이렇게 생각했지요.

'이 사람은 단술을 알고 있고 거기다 이 미인까지 거느렸으니 사람이 살면서 이만큼 호강한다면 아주 즐겁다고 할 수 있지. 게다가 기쁘게도 그가 나를 위해서 단약을 만들어주겠다고 약속했으니 단약이 완성되는 것은 시간문제겠지.[50] 그건 그렇고 … 이런 미색이 내 집 안에 있으니 … 어떻게 인연을 만들 방법이 없을까? (…) 만약 그녀를 손에 넣을 수만 있다면 더 이상 바랄 것이 없겠는데! (…) 그렇지만 지금은 일단 정성을 다하고 공을 들이면서 방법을 모색하자. 서두를 것 없어! 일단 단약 만드는 일이나 적당히 챙기도록 하자.'

그러고는 즉시 단객을 보고 말했습니다.

"인형께서 제 부탁을 저버리시지 않아 정말 고맙습니다! 헌데, … 언제쯤 착수하실는지요?"

"모은으로 쓸 은이 생기면 언제든지 바로 시작할 수가 있습니다."

"당장 얼마 정도 모은이 필요하신가요?"

"다다익선多多益善입니다. (…) 모은이 많으면 단약도 많아져서 따

---

50) 【즉공관 미비】不穩。불안한데.

로 품을 들일 필요가 없으니까요."

그러자 반 부자도 이렇게 말하는 것이었습니다.

"그렇다면 이천 금을 가져다 화로에 녹이는 것으로 하시지요. (…) 오늘은 일단 제가 선생을 접대하고 집에서 준비하겠습니다. 내일 소생이 화로를 옮겨 오면 함께 작업을 진행하도록 하시지요."

그러자 반 부자는 이날 밤, 정원의 정자에서 간단한 술자리를 마련해 단객을 잘 대접하고 즐겁게 놀다가 헤어졌지요. 이어서 술과 요리를 내실로 보내는 등 온 정성을 다한 것은 말할 필요도 없었습니다.

이튿날, 반 부자는 이천 금을 딱 맞추어서 정원으로 가지고 왔습니다. 화로며 집기 따위는 모두 집안에 전부터 있던 것들이어서 옮겨다 놓기만 하면 되었지요. 반 부자는 이런 일에는 이력이 나서 꽤 정통한 입장이었습니다. 그래서 납과 수은 하며 약물 따위를 모두 갖추어서[51] 단객을 만나러 왔지요. 그러자 단객이 말하는 것이었습니다.

"인형께서 정성이 각별하시군요! 다만 … 소생에게는 또 다른 비법이 있지요. (…) 여느 방법과는 달리 벼리자마자 바로 생긴답니다."

"정말 기막힌 비술이로군요! 꼭 좀 전수해주십시오!"

"소생의 이 단약은 '구전환단九轉還丹'이라고 합니다. 아흐레마다 불 세기가 한 번씩 처음 상태로 돌아오는데 구구 팔십일일째 되는

---

51) 【즉공관 미비】足見所好。취향을 알 만하군.

날 화로를 열면 단약이 완성됩니다. 그때가 되면 주인장께서는 큰 복을 받으실 겁니다!"

"그저 잘 이끌어주시기만 바라겠습니다!"

그러자 단객은 즉시 자신이 데려온 가동家僮을 시켜 평소의 방법대로 손을 써서 화로에 불을 붙였습니다. 그러고는 은자를 조금씩 집어넣으면서 단약을 만드는 비방을 반 부자에게 보여주었지요. 그러고 나서 몇 가지 희귀한 약재를 집어넣고 오색 연기가 날 때까지 끓는 것을 본 다음 반 부자와 같이 화로를 닫았습니다. 그런 다음 같이 온 하인 몇 사람을 불러 분부하는 것이었습니다.

"나는 예서 석 달을 머무를 것이다. 그러니 너희는 일단 돌아가서 노마님께 기별을 전하고 다시 오거라!"

그 사람들 중에서 평소 화로 일에 익숙한 사람 한둘만 남고 나머지는 모두 단객의 말에 따라 길을 나섰지요. 이렇게 해서 하인들은 주야로 불을 지피고 단객은 단객대로 틈틈이 화롯가로 와서 불 색깔을 살피면서도 화로를 열지는 않았지요. 그러면서 한가해지면 반 부자와 담소를 나누거나 술을 마시고 바둑을 두었습니다. 이처럼 주인과 손님이 아주 의기가 투합한 것은 말할 필요도 없었지요. 거기다가 반 부자는 또 수시로 이런 물건 저런 물건을 그 첩에게 선물로 주면서 기분을 맞추어 주었고 애첩은 애첩대로 이따금 눈치껏 몇 가지 물건을 답례로 전달하는 등 서로가 인사를 거르지 않았지요.

이렇게 스무 날 넘게 지났을 때였습니다. 갑자기 웬 사람이 베옷을 입고 온몸이 땀투성이가 되어서 정원으로 들이닥치는 것이 아닙니까. 지난번에 단객의 고향 집에 심부름을 보냈던 사람들 중의 하나였습니다. 그는 단객을 보자마자 머리를 조아리고 대성통곡을 하면서 말했습니다.

"댁의 노마님께서 돌아가셨습니다! 어서 댁으로 돌아가 상을 치르셔야겠습니다요!"

단객은 깜짝 놀라 표정이 굳어지더니 울면서 땅바닥에 쓰러졌습니다.52) 반 부자도 순간적으로 놀라고 당혹스러웠습니다. 그러나 그저 곁에서 위로나 하는 수밖에 없었지요.

"자당 어른께서 천수를 다하셨군요! (…) 지나치게 슬퍼하시는 것도 보탬이 되지 않으니 일단 진정하십시요!"

그런데 하인은 계속해서 주인을 재촉했습니다.

"집안에 상주가 안 계시니 속히 출발하셔야 합니다!"

그러자 단객은 울음을 멈추고 반 부자를 보고 말하는 것이었습니다.

"당초에는 인형과 이 훌륭한 일을 같이 완성함으로써 조금이라도 인형의 덕에 보답할 생각이었습니다. 그런데 뜻밖에도 이런 큰 변고를 당해 온종일 원한을 품게 되었군요. (…) 지금 상황을 보니 이곳에 머물기가 어려울 것 같습니다. (…) 일이 마무리되지도 않은 마당에

---

52) 【즉공관 미비】 那得此副急淚。 어떻게 금방 이렇게 눈물을 흘릴 수가 있을꼬.

거기다가 멈출 수도 없으니 참으로 진퇴양난이올시다! (…) 제 첩은 아녀자이기는 하지만 소생에게 출가해 시중을 든 지 오래되었지요. 해서 화로의 불을 조절하는 일 정도는 충분히 터득한 상태입니다. 그러니 그녀라도 이곳에 남겨 단약을 만드는 화로를 살피게 해야겠군요. 다만, … 나이가 어린데 아무도 단속하는 이가 없으니 불편한 구석이 좀 많을 것입니다."

그 말에 반 부자가 말했습니다.

"소생과 인형은 한 집안처럼 내왕할 만큼 절친한 사이인데 무슨 상관이 있겠습니까? 무조건 형수님을 이곳에 남게 하셔야지요. (…) 단약을 만드는 이곳은 외부인이 드나드는 것도 아닙니다. 그러니 소생이 물정을 좀 아는 부녀자 몇 사람을 불러 시중을 들게 하고 저녁에는 이따금 제 처의 처소로 모셔 같이 주무시게 하겠습니다.[53] 소생도 소생대로 정원에서 기거하면서 화로를 지키며 인형께서 돌아오실 때까지 기다리겠습니다. 거기에 불편할 것이 뭐가 있겠습니까! 차나 식사 같은 접대 역시 게을리해서는 안 되지요!"

그러자 단객은 또 한참을 망설이더니 말하는 것이었습니다.

"지금 노모께서 돌아가시고 나니 마음이 몹시 혼란스럽군요![54]

---

53) 【즉공관 미비】何如自家陪伴寢處之便。 어쨌거나 자기가 잠자리에서 짝으로 삼기 수월하자고 그러는 게지.

54) 마음이 몹시 혼란스럽군요[方寸亂矣]: 이 부분은 나관중羅貫中《삼국지연의 三國志演義》에서 유비劉備의 책사 서서徐庶가 조조曹操의 꾀에 속아 유비에게 하직인사를 하는 대목에서 한 말을 차용한 것이다.

(⋯) 생각해보면, 옛날사람 중에도 지인에게 아내나 자식을 부탁하는 경우가 많았지요. 인형의 뜻이 정 그러시다면 따를 수밖에 없습니다. 그녀를 이곳에 남겨놓고 불 세기를 관리하게 하지요. (⋯) 소생은 고향으로 돌아가서 일을 잘 마무리한 후 바로 돌아와 화로를 열도록 하겠습니다. 그렇게 해야 양쪽 모두 바라던 바를 이룰 테니까요!"

반 부자는 그가 자기 애첩을 남겨놓겠다는 소리를 듣자 하늘을 절반이라도 뚝 떼어주고 싶은 마음이 간절했습니다. 그래서 온 얼굴에 웃음을 머금고 그 요청을 받아들이는 것이었습니다.

"그렇게까지 해주신다니 참으로 끝까지 책임을 지겠다는 인형의 결연한 의지를 엿볼 수가 있군요!55)"

단객은 다시 안으로 들어가 첩에게 이유를 알렸습니다. 그녀를 이곳에 남겨서 화로를 지키게 해야겠다는 이야기를 차근차근 일러주었지요. 그러고는 바로 첩을 나오게 한 다음 또 반 부자를 만나서 그녀를 부탁했습니다. 그러면서 이렇게 신신당부하는 것이었습니다.

"화로를 잘 지켜보기만 하십시오. 절대로 함부로 화로를 열어서는 안 됩니다! (⋯) 혹시라도 잘못되면 나중에 후회해도 소용이 없습니다!"

"만에 하나라도 인형께서 늦게 오시는 바람에 팔십일일의 기한을 놓치면 어떻게 해야 좋지요?"

---

55) 【즉공관 미비】 恐未必有終。[시작은 있는지 모르지만] 끝이 있을지는 모르겠는걸?

"구환의 불은 이미 적당하게 조절해두었습니다. 그러니 화로 속에 놓아두고 며칠 더 지켜보아도 단두는 더 많이 생길 것입니다. 그러니 좀 늦게 열어도 문제는 없지요."

단객은 다시 첩과 은밀한 이야기를 나누더니[56] 서둘러 길을 떠났습니다.

이때 반 부자는 단객이 아름다운 애첩을 남겨놓은 것을 보고는 그가 얼마 후에 분명히 돌아올 테니 단약도 당연히 바라던 결과를 거둘 수 있으리라 여기고 전혀 걱정하지 않았습니다. 오히려 그가 없는 틈을 타서 잠시 정원에서 함께 지내면 수작을 걸기에도 딱 좋으니 이런 좋은 기회를 놓칠 수 없었지요. 그는 수시로 얼이 빠져서 오로지 '어떻게 하면 단객의 애첩한테 손을 쓸까' 궁리하기에 바빴습니다. 이렇게 온갖 공상과 망상을 다 하고 있을 때였습니다. 공교롭게도 그 첩이 여종 춘래를 시켜서 이렇게 전하는 것이었지요.

"우리 아씨께서 주인어른께 단약을 만드는 방에 가서 화로를 살피자고 하십니다."

그 소리를 들은 반 부자는 서둘러 의관을 정제하고 허겁지겁 그 방 앞까지 달려와서 말했습니다.

"방금 전에 형수님께서 말씀을 남기셨더군요. 소생이 이렇게 모시고 동행하도록 하겠습니다!"

---

56) 【즉공관 미비】錦囊遺計。비단 주머니에 계책을 남기는 게지.

그러자 그 첩은 꾀꼬리 같은 목소리로 제비처럼 다정다감하게 말하는 것이었습니다.

"주인어른께서 앞장을 서시지요. 소녀, 그 뒤를 따르겠습니다."

그래서 가만 보니 그녀가 가냘픈 자태로 방을 나와 인사[57]를 하는 것이 아닙니까.

"아씨께서는 손님이신데 소생이 어찌 감히 앞장을 서겠습니까?"

"소녀는 여인이온데 어떻게 함부로 처신할 수가 있겠습니까?"

이렇게 한동안 겸양하는 것이었지요. 반 부자는 그래도 손짓 발짓해가면서 양보를 했지요. 그러는 사이에 얼굴을 보고 말을 섞으면서 한동안 대화를 나누다보니 아주 볼만한 광경이 펼쳐졌습니다. 결국은 반 부자가 그녀를 앞장세우고 여종 둘이 그 뒤를 따르게 했지요. 그리고는 반 부자가 뒤에서 그 모습을 보니 정말 걸음마다 자그마한 발이 드러나면서 저도 모르는 사이에 욕정이 동하는 것이 아닙니까. 단방옆까지 온 아씨는 몸을 돌려 두 여종을 보고 일렀습니다.

"단방에는 낯선 사람이 들어오면 안 되니 너희는 밖에 남아 있거라. … 주인어른만 들어오시지요."

----

57) 인사[萬福]: 중국 고대에 부녀자들이 쓰던 인사법. 이 인사를 할 때는 주먹을 쥔 두 손을 포개어 가슴 쪽 우측 하단에 두고서 위아래로 흔들면서 절을 하는 자세를 취했다고 하는데, 지금은 전통극에서 젊은 아가씨가 이런 인사를 하는 것을 볼 수 있다. 여기서는 편의상 "인사"로 번역했다.

반 부자는 그 소리를 듣더니 세 발짝을 두 걸음에 걷다시피 하며[58] 앞으로 뛰어나오는 것이었지요. 그 첩은 함께 단약을 만드는 방으로 들어가더니 단단히 닫혀 있는 화로를 한동안 앞뒤로 살폈습니다. 물론, 반 부자의 눈은 내내 그 첩에게 고정되어 있었지요. 물 한 모금을 가져다가 그녀를 뱃속까지 삼켜버리고 싶은 마음이 간절해서 말이지요.[59] 그러니 어디 화롯불이야 푸르든 붉든 검든 희든 무슨 상관이겠습니까? 딱 하나 아쉬운 점이 있다면 그 놈의 불 지피는 가동 녀석이 곁에 있다 보니 그저 눈짓으로만 마음을 전할 뿐 야한 농담 한마디 할 수 없다는 것이었습니다.

반 부자는 문 앞까지 와서야 염치고 뭐고 다 팽개치고 말했습니다.

"아씨께서 … 정말 고생하셨습니다! 바깥어른이 안 계셔서 … 방에 돌아가시면 많이 외로우실 테지요?"

그 첩은 아무 대답도 하지 않고 살짝 웃음을 머금더니[60] 이번에는 겸양도 하지 않고 그길로 유유히 그 자리를 떠나는 것이었습니다. 그러자 반 부자는 더더욱 안달이 나서 속으로 생각했습니다.

'오늘 단방에 아무도 없었더라면 마음 놓고 수작을 걸었을 게다. 그런데 하필이면 그놈의 꼬맹이 녀석이 안에 있는 바람에! (…) 내일은 기필코 꾀를 써서 녀석을 떼어놓아야겠다! 그런 다음 그녀한테

---

58) 【즉공관 미비】便知趣了。감을 잡았군.
59) 【즉공관 미비】如此淫性, 乃望丹成乎。이렇게 음란한 마음으로 그래 단약을 만들기를 바란다는 건가?
60) 【즉공관 미비】可以銷魂。넋이 다 녹는다, 녹아!

화로를 보러 가자고 약속해야지. (…) 그때 가서는 확실하게 손을 쓸 수 있을 거야!"

그러고는 밤이 되자마자 바로 종복에게 분부했습니다.

"내일 아침에 술과 밥을 한 상 차리거라. 그러고 나서 화롯불을 지키는 동자를 초대해서 '그동안 노고가 커서 주인마님이 특별히 자리를 마련했다'고 하면서 곤드레만드레 취할 때까지 술을 퍼먹이거라!"

이렇게 분부한 반 부자는 이날 밤 혼자 술 마시기가 따분하자 혼자 내실을 지키고 있을 미인 생각이 났습니다. 게다가 낮에 있었던 일을 떠올리노라니 속이 다 근질거리지 뭡니까. 그렇게 내내 어쩔 줄을 모르다가 시를 한 수 읊었습니다.

이름난 정원의 사치스럽고 고귀한 꽃,	名園富貴花,
산 속 집에 옮겨 심었더니,	移種在山家。
난간 너머는 말할 것도 없이,	不道欄杆外,
봄바람조차 저절로 스며드는구나!	春風正自賒。

그는 대청까지 가서 이 시를 몇 번이나 소리 높여 읊었습니다. 일부러 내실에까지 다 들리게 말이지요. 그런데 가만 보니 내실에서 여종 추월이가 나오는 것이 아닙니까. 추월은 손에 차 한 잔을 받쳐 들고 다가와 건네면서 말했습니다.

"우리 아씨께서 주인어른이 읊으신 시를 들으시더니 목이 마르실까 걱정하면서 특별히 맑은 차를 갖다드리라고 하셨습니다."

반 부자는 얼굴에 웃음꽃이 활짝 피어나 몇 번이나 고맙다고 인사를 했습니다. 그런데 추월이 방에 들어가고 나서 가만히 들어보니 안에서도 시 읊는 소리가 들리는 것이었습니다.

이름난 꽃은 누가 주인일꼬?	名花誰是主,
봄바람 따라 이리저리 흩날리누나.	飄泊任春風。
동군61)의 사랑만 얻을 수 있다면,	但得東君惜,
이 꽃다운 마음 역시 같지 않겠나!	芳心亦自同。

반 부자는 그 시를 듣고, 그녀가 자신에게 마음이 있음을 눈치 챘습니다. 그렇다고 해서 함부로 방으로 밀고 들어갈 수는 없었습니다. 게다가 가만히 들어보니 방 안에서 문을 거는 소리가 들리는 것이었습니다. 그래서 반 부자는 글방으로 돌아와 잠을 청하고 날이 밝기만 기다리는 수밖에 없었지요.62)

이튿날 아침, 종복은 어제 상전의 분부대로 불 지피는 가동을 술자리에 초대했습니다. 가동은 날마다 화롯가만 지키느라고 사실 못 견딜 판이었지요. 그런데 생각지도 않은 술잔을 마주했으니 어디 호락호락 술잔을 놓으려 하겠습니까? 술을 먹고 아주 곤드레만드레 취해설랑 그대로 바깥에서 곯아떨어지고 말았지요. 반 부자는 가동이 그 방에 없는 것을 알고 그길로 내실 앞으로 가서 '화로를 살피러 가자'고 꼬드겼습니다. 그 첩은 그 소리를 듣고는 즉시 걸음을 옮겨 걸어나오더니 어제와 마찬가지로 앞장을 섰지요. 화로가 있는 방문 앞에 이

---

61) 동군東君: 중국의 고대 전설에서 봄을 관장하는 신. '동황東皇'이라고도 한다. 여기서는 이 집의 주인인 반 부자를 두고 한 말이다.

62) 【즉공관 미비】 此夜難過。 이날 밤은 보내기 어려웠겠군.

르자 여종은 밖에 남겨두고 반 부자만 그녀 뒤에 바짝 붙어서 문 안으로 들어갔습니다. 그 첩이 화롯가로 다가가니 불 지피는 가동이 안 보이지 뭡니까. 그 첩은 짐짓 놀라는 척하면서 말했습니다.

"웬일로 여기에 아무도 없지? (…) 불 관리는 어쩌고!"

그래서 반 부자가 웃으면서 말하는 것이었습니다.

"소생이 직접 불을 지필까 해서 … 그 동자더러 잠시 쉬라고 했지요."

그러자 그 첩은 납득이 되지 않는다는 말투로 말했습니다.

"이 불은 꺼지면 절대로 안 … 되는데 …"

"그렇다면 소생과 아씨가 감坎과 리離의 교합을 가져서 진짜 불로 이어가면 되지요."

그 말을 듣고 첩은 정색을 하면서 말했습니다.

"단약을 만들고 도교를 배우는 분께서 … 어떻게 그런 삿된 마음을 품으시고, 또 그런 부정 탈 삿된 말씀을 하실 수가 있습니까?63)"

"바깥분이 이곳에 있을 때에도 아씨와 함께 자고 같이 일어나지 않았소이까? 그러면서도 단약을 만들어냈지요. 설마 … 방사 한 번

---

63) 【즉공관 미비】原未嘗學道。애초부터 도를 배운 적도 없으면서!

하지 않고 그냥 말로만 부부 사이로 지내지는 않았을 테지요?"

그러자 그 첩은 대꾸할 말이 없어서 말했습니다.

"진지해야 할 일을 그런 식으로 비트시다니요!"

"소생과 아씨가 전생의 인연을 맺는 것도 … 진지한 일이지요."

반 부자는 그 첩을 와락 끌어안더니 털썩 무릎을 꿇는 것이었습니다. 그러자 그 첩은 그를 일으켜 세우면서 말했습니다.

"저희 서방님은 가훈이 꽤 엄격하십니다. 해서 원래는 함부로 방사를 벌여서도 안 되지만 … 주인어른께서 이처럼 정성이 극진하시니 소녀도 제 생각만 할 수는 없군요. (…) 저녁에 만나서 이야기나 좀 나누도록 하시지요."

"지금 바로 즐거움을 주십시오. 그래야 아씨의 두터운 정을 알 수가 있겠습니다! (…) 어떻게 저녁까지 참으라는 말씀이오!"

"여기는 사람이 드나드는 곳이라 안 됩니다!"

"소생은 그저 아씨를 가지는 데에만 관심이 있을 뿐입니다. 벌써 사람을 시켜 불 지피는 녀석을 붙잡아놓게 했고 … 다른 자들은 함부로 들어오지 못할 겁니다! 게다가 … 이 방은 은밀한 곳이니 눈치챌 사람도 없지요."

"이 방은 단약을 만드는 화로가 있는 곳입니다! 금기를 범하기라도 했다가는 나중에 뉘우쳐도 소용이 없지요. 절대로 안 됩니다!64)"

그러나 반 부자는 이때 벌써 한껏 흥분한 상태였습니다. 그러니 어디 화로니 나발이니 생각할 겨를이 있겠습니까?65) 그러거나 말거나 무조건 단단히 끌어안고 말하는 것이었습니다.

"소생 목숨을 내놓으라고 해도 어쩔 수가 없지요. 그저 아씨께서 저 좀 살려 주시구려!"

반 부자는 상대방이야 허락을 하든 말든 그녀를 두 손으로 번쩍 들어 취옹의醉翁椅66) 위까지 가서 바지를 끌어내리고 바로 하나가 되었습니다. 이때의 즐거움은 신선이 된 것과 다를 바 없었지요!67) 그 광경을 볼작시면

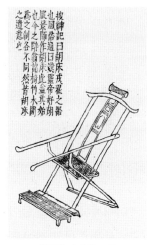

취옹의. 《삼재도회》

---

64) 【즉공관 미비】埋根。복선이로군.
65) 【즉공관 미비】原忍不住。애초부터 참지 못하고 있었지.
66) 취옹의醉翁椅: 명대에 호상胡床을 부르던 이름. 호상은 후한대에 외국에서 전래된 접이식 의자로, 낚시의자처럼 접었다 폈다 할 수 있어서 의자 다리를 X자로 펼치고 그 위에 방석 같은 것을 올린 다음 앉는다. 명대에 이르러서는 외형은 호상과 비슷하면서도 의자 다리가 고정되고 등받이가 달린 목제 의자도 나타났는데 이것을 '취옹의'라고 불렀다.
67) 【즉공관 미비】道家所謂亂動了主人公也。도가에서 이른바 '주인공을 마구 굴린다'는 경우인가.

외줄 거문고 열렸다 닫혔다 할 때마다,	獨絃琴一翕一張,
구멍 없는 퉁소 오르락내리락 하는데,	無孔簫統上統下。
붉은 화로 속에서 달아오른 불씨 들추니,	紅爐中拔開邪火,
검은 관문 속을 순수한 납이 왔다 갔다 하네.	玄關內走動眞鉛。
혀가 꽃 핀 연못 비집고 들어와,	舌攪華池,
온 입에 향기 남기며 옥액을 맛보고,	滿口馨香嘗玉液。
정기가 암컷 집을 파고드니,	精穿牝屋,
온몸이 다 나른하고 후련하게 옥즙 들이켜네.	渾身酥快吸瓊漿。
굳이 단약 만들어 천상까지 날아갈 것 뭐 있나?	何必丹成入九天,
이것만으로도 넋 빠져 극락으로 드는 것을!68)	即此魂銷歸極樂。

두 사람은 운우의 정사를 나누고 나서 옷매무새를 바로잡았습니다. 이어서 반 부자는 고맙다고 인사를 했습니다.

"아씨께서 소원을 들어주셔서 정말 고맙습니다! 다만, … 즐거움을 나눈 시간이 너무 짧아서 유감이올시다. (…) 저녁에는 밤새도록 즐거움을 내려주시기 바랍니다!"

그러면서 털썩하고 또 무릎을 꿇지 뭡니까. 그러자 그 첩은 서둘러 그를 안아서 일으키더니 말했습니다.

"제가 애초에 저녁에 뵙자고 했더니 주인어른께서 스스로 '그때까

---

68) 외줄 거문고~: 이 가사는 남녀 간의 성행위를 적나라하게 묘사하고 있다. 다소 은유적이고 완곡하게 번역했지만 이 정도만으로도 충분하다고 본다. 시오노야와 카라시마의 번역본(제2권)에는 앞의 "그녀를 두 손으로 번쩍 들고 최용의 위까지 가서"로부터 이 가사까지가 모두 누락되어 있다.

지는 못 기다린다'고 하셨습니다. 그런데 어떻게 단약을 만드는 화로 옆에서 이런 짓을 벌이실 수가 있습니까?"

"이때를 놓치면 나중에 뉘우쳐도 아무 소용이 없겠다 싶어서 그런 거지요. 그래도 조금이라도 일찍 관계를 맺었으니 그나마 소원을 이룬 셈이올시다.[69]"

"저녁에 … 제가 당신 글방으로 갈까요, 당신이 … 제 침실로 오실래요?"

"무조건 아씨 뜻을 따르겠습니다!"

그러자 그 첩이 말하는 것이었습니다.

"제 처소에서는 여종 둘이 같이 잘 테니 당신이 오시면 불편합니다. (…) 제가 오늘밤 일단 둘을 속이고 나오도록 하지요. 제가 여종들한테 일러놓겠습니다. 그런 다음 당신을 모시도록 하지요."

이날 밤이었습니다. 정말로 인적이 끊어진 후 그 첩이 본채에서 나오니 반 부자도 거기서 기다리고 있었습니다. 그래서 글방으로 안내해 가서 비단 금침 속에서 즐거움을 만끽했지요. 그 후로는 어떤 때는 안에서, 어떤 때는 밖에서 언제나 거리낌도 스스럼도 없었지 뭡니까.

---

69) 【즉공관 미비】 料必不成, 落得且弄。소원을 이루기는커녕 오히려 농락당하고 만 것 같은데?

반 부자는 '세상에서 보기 드문 기연'으로 여겼습니다. 그래서 그 남편이 평생 찾아오지 말기만 바랄 뿐이었지요. 심지어 단약이야 만들어지든 말든 아랑곳하지 않는 것이었지요.

그렇게 십몇 일 밤을 한데 얽혀서 지냈을 때였습니다. 갑자기 하루는 대문간에서

"단객께서 도착하셨습니다!70)"

하고 고하는 소리가 들리는 것이 아닙니까! 반 부자는 깜짝 놀랐습니다마는 일단 그를 맞아들여 안부 인사를 나누었지요. 단객은 그길로 내실로 가서 자기 첩을 만나 많은 이야기를 나누었습니다. 그러고는 밖으로 나와 반 부자를 보고 말하는 것이었습니다.

"제 첩이 하는 말이 화로는 건드리지 않았다는군요. 그렇다면 지금은 구환의 시한을 넘겼으니 단약도 벌써 완성되었을 것입니다. 열어 보기 딱 좋은 때로군요. 그러나 … 오늘은 너무 촉박하니 내일 신께 제물을 바치고 나서 화로를 열도록 하지요."

반 부자는 이날 밤 더 이상 즐거움을 누릴 수 없게 된 것이 아쉬웠습니다. 그러나 단객이 돌아왔으니 내일 화로를 열면 단약의 완성도 기대할 수 있겠다고 여겼습니다. 그것이라도 믿을 구석이 있자 내심 자신에게 위안이 된다고 자위했지요.71)

---

70) 【즉공관 측비】 忒快。 빠르기도 해라.

71) 【즉공관 미비】 還是望歡娛未爲癡, 自解樂却太癡也。 그래도 즐거움을 누릴 생각을 하는 것을 보니 [단약에] 미친 것은 아니구먼. 스스로 즐겁다고 여기는 것이야말로 단단히 미친 격이지.

이튿날이 되자 단객은 종이말과 복을 비는 술과 고기를 좀 부탁해서 제단에 바쳤습니다. 그러고 나서 단객과 반 부자는 함께 화로가 있는 방으로 들어갔을 때였습니다. 단객은 바로 표정이 바뀌더니 어쩔 바를 모르면서 말하는 것이었습니다.

"어째서 이 방의 기운이 이렇게 괴이할꼬?"

그러고는 즉시 화로를 열고 그 안을 들여다보더니만 발을 동동 구르면서 깜짝 놀라 말하는 것이었습니다.

"다 망쳤구나, 다 망쳤어! 순수한 단약은 몽땅 사라지고 모은까지 모조리 찌꺼기만 남았구나! (…) 누가 더러운 짓을 벌이는 바람에 신께서 노하신 것이 분명하다!"

반 부자는 놀란 나머지 얼굴이 흙빛이 되어 말조차 꺼내기 민망했습니다. 게다가 진상을 들키자 더더욱 당혹했지요. 단객은 성이 단단히 나서 이를 빠드득 갈면서 불을 지키던 가동에게 따졌습니다.

"이 방에 또 어떤 자가 들어왔었느냐?"

"이 댁 주인어른하고 아씨뿐입니다요. 날마다 한 번씩 보러 오셨고 … 다른 사람이야 들어올 엄두조차 내지 못한 걸요."

"그런데 어떻게 단약이 못쓰게 돼버릴 수가 있느냐? 냉큼 가서 아씨를 불러 와라. 내 물을 것이 있다!"

그래서 가동이 가서 첩을 불러 오자 단객은 냅다 호통을 치는 것이었습니다.

"너에게 예서 화로를 지키라고 했더니 대체 무슨 짓을 한 게야? (…) 단약이 모조리 못쓰게 돼버리지 않았느냐!"

"날마다 주인어른 보러 왔고 화로는 처음 그대로 손도 대지 않았는데 … 무슨 영문인지 모르겠군요?"

"나는 화로에 손을 댔느냐고 묻지도 않았는데 네 입으로 손을 댔다고 자백하는구나?"

이렇게 말한 단객은 이어서 가동에게 묻는 것이었습니다.

"주인어른과 아씨가 들렀을 때 너는 더러 이곳을 비운 적이 있었더냐?"

"딱 하루뿐입니다요! 주인어른께서 제가 고생이 많은 것이 딱하다고 하시면서 저를 불러 밥을 먹이셨어요. 술까지 몇 잔 마시는 바람에 그날은 바깥에서 잤습니다요. (…) 그날 하루만 주인어른과 아씨가 화로 옆에 계셨습니다!"

그 말에 단객은 그제야 코웃음을 치면서 말했습니다.

"그럴 줄 알았다, 그럴 줄 알았어!"

그는 서둘러 봇짐 쪽으로 가서 가죽 채찍을 하나 꺼내더니[72] 아씨를 보고 말했습니다.

"천한 네년이 이 사달을 낸 것이 분명하다!"

그러면서 채찍을 휘두르는 것이 아닙니까. 그 첩은 그것을 피하더니 소리 내어 울면서 말했습니다.

"저는 원래 '그러시면 안 된다'고 했는데 주인어른이 소녀를 건드리지 뭐예요!"

그러자 반 부자는 두 눈을 부릅뜬 채 아무 소리도 하지 못했습니다. 그저 아무 구멍에라도 기어들어가 숨고 싶은 마음만 간절했지요. 단객은 성난 눈으로 반 부자를 쏘아보면서 말했습니다.

"당신은 지난번에 내가 당부할 때 뭐라고 했습니까? 그래놓고 내가 떠나고 얼마 지나지도 않아서 이런 파렴치한 짓을 벌이다니요! (…) 이제 보니 정말 개돼지만도 못한 위인이구려! 이렇게 행실이 나쁜 자가 언감생심 어떻게 단약을 만들겠다는 마음을 먹을 수가 있지?[73] (…) 내가 사람을 잘못 봤군, 잘못 봤어! 내 당장 이 천한 년을 때려죽이고 말 테다! 가풍을 더럽혔으니 너 같은 것을 어디에 쓰겠느냐!"

단객이 채찍을 들고 달려들자 그 첩은 허둥지둥 내실로 들어가버렸습니다. 그나마 다행스럽게도 두 여종이 그를 가로막으면서

"나리, 고정하십시오"

---

72) 【즉공관 미비】 好科分。딱 맞는 소도구를 챙기셨군.
73) 【즉공관 미비】 倒是眞話。딱 맞는 말씀!

하고 말리는 것이었지요. 그러나 여종들이 그 채찍을 맞는 바람에 채찍만 부러지고 말았지 뭡니까. 반 부자는 단객이 노발대발 성을 내는 것을 보고 도저히 수습이 어렵겠다는 생각이 들자 하는 수 없이 무릎을 꿇고 통사정을 했지요.

"소생이 어리석어 순간 일을 그르치고 말았습니다! 이제 전날의 재물은 몽땅 다 포기할 테니[74] 그저 … 너그럽게 용서만 해주십시오!"

그러자 단객이 말하는 것이었습니다.

"자업자득이올시다! 당신이 못된 짓을 벌여 단약이 다 사라졌으니 그건 당연한 벌이오. 어디 가서 하소연할 데도 없을 걸? 내가 당신 색욕이나 풀라고 애첩을 들인 줄 아시오? 당신한테 짓밟혀 몸을 망치고 말았으니 이제 어쩐단 말인가? (…) 내 기필코 저년을 죽이고 말 테다! 당신이 그 목숨 값을 갚지 않고 배기나 어디 봅시다!"

"소생, … 진심으로 … 속죄하겠습니다요!"

이렇게 말한 반 부자는 서둘러 하인을 시켜 집 안에서 원보元寶[75] 두 개를 가지고 오게 한 다음 무릎을 꿇고 용서를 빌었습니다. 그래도 단객은 그 모습을 본 척도 하지 않고 말했습니다.

명대의 원보(왼쪽)

---

74)【즉공관 미비】戲他慷慨。통 한번 크시지.
75) 원보元寶: 명대에 유통되던 은괴의 일종. 명대에는 금으로는 다섯 냥·열 냥 짜리 원보를, 은으로는 쉰 냥짜리 원보를 만들어 유통시켰다고 한다.

"내가 은 따위를 만드는 건 누워서 떡 먹기요! 누가 이 따위 것에 혹할 줄 알고?"

그러자 반 부자는 연신 머리를 찧으면서 거기다 이백 냥을 더 얹으면서 말했습니다.

"지금 이 액수라면 새로 작은아씨76)를 맞아들이기에도 충분할 겁니다!77) (…) 정말 소생이 어리석은 탓이니 평소의 교분을 생각하셔서라도 형수님을 너그럽게 용서하시기 바랍니다!"

"나는 본래 당신 은자 따위는 대단찮게 여기는 놈이요! 다만, 당신 같은 작자들은 말이요 … 자기 재산을 단단히 축내보지 않으면 나중에 가서도 과거의 개버릇을 못 고치기 일쑤지.78) 그래서라도 기어이 당신 재산을 받아가야겠어! 가져가서 차라리 남들을 돕는 편이 나을 테니까!"

단객은 이렇게 말하면서 당장 그 삼백금을 낚아채서 상자에 담았습니다. 그러고는 첩과 가동에 여종들까지 다 불러내더니 서둘러 옷가지며 행장을 있는 대로 다 옮겨서 전날 타고 온 배에 부려놓았습니다. 그리고나서 그길로 반 부자 집을 나서면서 입으로 욕을 퍼부었지요.

---

76) 작은아씨[如夫人]: '여부인如夫人'은 '[신분이] 부인과 같은 사람'이라는 뜻으로, 첩의 별칭이다. 때로는 '여군如君'으로 부르기도 했다.

77) 【즉공관 미비】此二千金之兑頭加贈也。 이건 이천금 말고도 추가로 바치는 셈이로군.

78) 【즉공관 미비】改了前非, 公等何處生活。 왕년의 잘못을 고치기라도 하면 그대들(단객 패거리)께서는 어디 가서 먹고 사시게?

"이런 수모를 당하다니 … 정말로 분하고 원통하구나!"

그렇게 쉴 새 없이 욕을 퍼붓고 구시렁거리더니 배를 띄워 그곳을 떠나는 것이었습니다.

반 부자는 단객에게 혼이 나서 제정신이 아니었지요. 무슨 험한 꼴이라도 당할까 봐 겁을 집어먹었습니다. 오히려 '은자가 좀 축나기는 했어도 그가 자진해서 물러갔으니 그것만 해도 불행 중 다행'이라는 생각까지 들지 뭡니까! 화로 속의 은에 대해서도 정말 신의 심기를 거스르는 바람에 그것들이 화로에서 사라진 줄로만 철석같이 믿고 이렇게 뉘우치는 것이었습니다.

"내가 너무 성급했어! 단약이 만들어지고 났을 때 그를 좀 더 붙잡아 두고 그 일을 도모했더라면 일거양득이었을 것 아닌가 말이야! (…) 그게 아니라면 화로가 있는 방에서 그 일을 벌이지만 않았더라도 어쩌면 괜찮았을 것을! (…) 모두가 내가 너무 무지막지하게 밀어붙인 탓이야!79) 공연히 재물을 축낸 건 그렇다고 치자고. 그렇지만 모처럼 진짜배기 비술을 만났건만 단약을 만들어내지 못했으니 정말 아깝다 아까워!"

그는 그러면서도 자신을 합리화하는 것도 잊지 않았습니다.

"그렇기는 해도 … 그런 절세의 미인과 한동안이나마 함께할 수 있었던 것만 해도 풍류객들의 이야깃거리가 될 정도로 아주 흐뭇하고

---

79)【즉공관 미비】直癡到底。이렇게까지 집착하다니!

즐거운 일 아니겠는가? (…) 그러니 너무 자책하지는 말자꾸나!"

그러나 정작 이 모든 것이 단객이 깔아놓은 올무였다는 사실은 전혀 눈치 채지 못했습니다.

알고 보면 애초에 서호에서 만났을 때에도 사실은 단객이 반 부자가 항주에 나타났다는 소식을 듣고 미리 그런 행각을 벌여서 그를 현혹했던 것이었습니다. 반 부자를 집으로 초대했을 때에도 일부러 시간을 끌면서 대수롭지 않은 것처럼 꾸몄던 것이고요. 나중에 하인이 모친상을 알리러 왔을 때에도 서둘러 귀향하는 길에 일찌감치 그 이천금을 통째로 들고 튀었던 것입니다. 가솔을 남겨놓고 가서 반 부자[80]가 전혀 의심하지 않게 하면서 말이지요. 나중에 그 첩을 유혹하는 과정에서 벌어진 일도 전부 다 단객이 미리 일러준 속임수였습니다! 그런 개똥 무더기[81]를 반 부자 코앞에 잔뜩 쌓아놓았으니 반 부자로서는 입 한번 벙긋하지 못하고 꼼짝 없이 자기 잘못을 인정하기에 바빴던 거지요. 그런 판국에 그 단객과 끝장을 볼 겨를이 어디 있겠습니까? 결국 반 부자에게 손재수가 단단히 들자니까 그런 잔꾀에 넘어가고 만 겁니다! 그리고 '단객이 백만장자이고 분명히 진짜 단약을

---

80) 반 부자[你]: 상우당본에서는 이야기꾼이 이 부분에서 상대방을 이인칭 대명사인 '니[你]'로 부르고 있다. 이는 이야기꾼이 이 대목을 이야기를 듣는 청중(관중)을 의식한 방백傍白으로 활용함을 시사한다. 그러나 여기서 이야기꾼이 환기하는 내용은 모두 반 부자의 행동이므로 혼란을 피하기 위하여 "당신(들)"로 번역하지 않고 일률적으로 "반 부자"로 번역했다.

81) 개똥 무더기[狗屎堆]: '구시퇴狗屎堆'는 글자 그대로는 '개가 눈 똥 무더기'로 직역되지만 보통은 남들에게 혐오감을 불러일으키는 사람이나 물건을 뜻하는 말로 사용된다. 여기서는 반 부자가 저지른 크고 작은 실수와 잘못을 가리키는 말로 이해할 수 있다. 반 부자 자신부터 뒤가 켕기다 보니 단객의 속임수에 적극 대처하지 못하고 일방적으로 당할 수밖에 없었다는 뜻이다.

만드는 비술을 가졌다'고 지레 믿어버렸으니 그 금빛 은빛 그릇들이 죄다 구리나 놋쇠 재질이라거나 금이나 은을 도금한 것이라는 사실은 미처 깨닫지 못했던 거지요! 술에 잔뜩 취한 상태에서 어두컴컴한 등불 아래 어느 누가 시금석[82])까지 들이대면서 그것들을 확인하겠습니까? 그렇다 보니 순간적으로 제대로 확인하지 못하고 전부 진짜로 착각하고 만 거지요! 이런 수법은 모조리 귀신조차 속여넘길 정도로 치밀한 속임수들이었던 것입니다!

반 부자는 이런 속임수를 당했건만 그래도 정신을 차리지 못했습니다. 무조건 '내가 잘못했다'면서 그 자리에서 잘못을 인정해버렸을 뿐, 그놈의 단술에 대한 집착은 끝끝내 떨치지 못하는 것이었지요.

그러던 어느 날이었습니다. 또 웬 단사(丹士[83])가 왔길래 화로의 불에 대해서 이야기를 나누었는데 무척 의기가 투합하지 뭡니까. 그래서 집에 불러다 머물게 하면서 그에게 이런 이야기를 했습니다.

"지난번에 어떤 손님이 머물렀는데 정말로 쇠를 황금으로 만들 줄 알더군요. 제 눈앞에서 시연을 해 보이고 나중에는 저에게 단약을 만들어주기까지 했답니다! 그랬는데 … 나중에 제가 그분한테 죄를 좀 짓는 바람에 단약이 만들어지기도 전에 떠나버렸지 뭡니까? (…) 정말 아깝게 됐지요!"

그러자 단사가 말했습니다.

---

82) 시금석試金石, touchstone: 금의 품질을 판정하기 위해 사용하는 광석. 주로 검은 석영이나, 바둑알 재료인 나지흑석(치밀한 점판암)이 사용된다.
83) 단사丹士: 단약을 만드는 도교 방사에 대한 별칭.

"제 도술이라고 그렇게 못할 리가 있습니까?"

그러더니 단사는 당장 화로의 불을 가지고 시연을 해 보이는데 정말 지난번 단객과 다를 바가 없었습니다.[84] 약간의 약 가루를 납과 수은 속에 집어넣으니 넣는 족족 다 녹아서 은으로 변하는 것이 아닙니까요, 글쎄!

"잘됐다, 잘됐어! 지난번에는 해내지 못했지만 이번에는 되는구나!"

반 부자는 이렇게 말하더니 또 천금을 끌어모아 그에게 주면서 단약을 만들어달라고 부탁했습니다. 그러자 단사는 한 패거리를 불러들이고, 거기다가 조수까지 두세 명 더 가세하게 해서 일을 진행했지요. 반 부자는 그가 은자를 아주 쉽게 만들어내는 것을 보고는 마음을 놓고 조금도 그를 의심하지 않았습니다. 아니나 다를까! 결국 어느 날 저녁에 통째로 들고 튀어버리는 바람에 이튿날 또 몽땅 털리고 말았습니다 그려!

반 부자는 이때 연달아 두 번이나 사기를 당하는 바람에 형편이 나빠졌습니다. 그는 성도 나고 부끄럽기도 해서 말했지요.

"내가 이 일 때문에 얼마나 애를 많이 쓰고 세월은 또 얼마나 많이 들였는데! (…) 지난번에는 내가 잘못을 했지만 이번에는 제대로 될 거라고 믿었더니 이번조차 이런 낭패를 당할 줄이야! (…) 어디에 가서 찾아야 할지 모르겠지만 그놈들은 보나마나 또 다른 집에 단약을

---

84) 【즉공관 미비】 前船卽後船樣。 앞의 배가 뒷배의 본보기가 되는 법.

번화한 소주부 창문 거리. 구영, 〈소주 청명상하도〉

만들어 주러 갔을 것이 뻔하다. 어쩌면 마주칠 수 있을지도 모르지. 그렇게 되지 않는다 하더라도 어쩌면 정말 제대로 된 법술을 가진 도사를 만나서 제대로 된 단약을 만들어낼 수 있을지도 모른다![85]"

그는 그렇게 해서 이때부터 행장을 꾸려서 각지를 헤매고 다녔습니다. 그러던 어느 날이었지요. 소주蘇州 창문閶門[86]의 인파 속에서 그 패거리와 정면으로 딱 마주쳤지 뭡니까! 막 입을 열고 한마디 하려고 하는데 그 패거리는 조금도 당황하거나 허둥대지 않는 것이었습니다. 오히려 그들이 먼저 얼굴에 웃음을 잔뜩 머금으며 반기는 것이 아닙

---

85) 【즉공관 미비】癡心不斷。집착이 끝이 없군!
86) 창문閶門: 소주성蘇州城에서 호구虎丘 방향으로 난 서쪽 문.

니까. 마치 타향에서 오랜 벗이라도 만난 것처럼, 반 부자 손을 덥석 잡으면서 술대접을 하겠다는 것이었습니다. 그렇게 웬 큰 술집으로 데려가 깨끗한 자리에 앉더니만 술집 점원에게 술을 데우고 요리[87]를 가져오게 한 다음 간곡하게 사과를 하는 것이었습니다.

"지난번에는 선생의 두터운 은덕을 저버려서 정말이지 마음이 편치 않습니다! 허나, … 우리가 사는 방식이 다 이렇습니다. 그러니 선생께서도 우리를 탓하지는 말아주십시오! 대신 … 오늘 한 가지 비법을 선생한테 전수해드리지요. (…) 이 비법이라면 선생의 지난번 재물을 다 갚고도 남을 것입니다! 굳이 다른 소리를 늘어놓을 것도 없이 말입니다!"

"무슨 … 비법이길래요?"

"선생께서 내신 지난번의 은은 우리가 챙긴 뒤에 전부 다 써버려서 변상할 방법이 없습니다. 헌데 … 이번에 산동에 있는 어떤 대갓집에서 우리한테 단약을 만들어달라고 부탁해서 벌써 그렇게 하기로 약속했지요. 해서 우리 스승님이 오시기만 기다리는 중입니다. 그래야 모은을 받아서 일에 착수할 수가 있거든요. 문제는 … 우리 스승님은 먼 곳을 유람하고 계셔서 당장은 오시지 못한다는 거지요. 만약에 말입니다. (…) 선생께서 잠시 우리 스승님 행세를 해주시면 그 산동 부자가 모은을 내자마자 그것을 받아서 가장 먼저 선생의 지난번 은부

---

87) 요리[嗄飯]: '하반嗄飯'은 명대의 강남 지역 방언으로, 밥을 먹을 때 곁들여 먹는 반찬이나 술을 마실 때 같이 먹는 안주·요리를 말한다. 명대의 (의)화본소설이나 희곡에서는 때로는 '하반下飯'으로 적기도 했다.

터 갚아드리겠습니다! 그건 손바닥 뒤집기만큼이나 쉬운 일이지요!
그 길이 아니고서는 우리를 찾아내셨어도 아무 소용이 없습니다. (…)
선생 … 생각은 어떻습니까?"

그래서 반 부자가 물었지요.

"그 스승은 어떤 분입니까?"

"탁발승88)이올시다. (…) 지금 선생께서 살짝만 좀 자르시면89) …
우리가 스승처럼 모시고 당장 그곳으로 가겠습니다!"

반 부자는 은을 돌려받으려는 마음이 급한 나머지 덜컥 그의 말에
따라 머리를 자르고 한패가 되었습니다. 일당은 반 부자의 온갖 비위
를 다 맞추고 받들면서 산동까지 갔습니다. 그러고는 그를 데리고 현
지 유지를 만나 자기들 사부가 왔다고 둘러댔지요.90) 그러자 그 대갓
집 주인은 예의를 갖추어 그들을 대청大廳으로 맞아들이더니 화롯불
을 화제로 간단히 대화를 나누었습니다. 반 부자야 이 분야에는 이골
이 난 사람이었습니다. 거기다가 학식도 풍부하니 온갖 고상한 논리
를 다 동원해 장광설을 늘어놓으면서 자기 역할에 최선을 다하는 것
이었지요. 그러자 대갓집 주인은 존경과 탄복을 금치 못하는 것이었

---

88) 탁발승[頭陀]: '두타頭陀'는 산스크리트어 두타dhuta를 한자로 옮긴 말로, 때
로는 '타도馱都·두다杜多·두도杜茶' 등으로 쓰기도 한다. 원래는 불교 승
려들이 의식주에 대한 집착을 떨치고 심신을 닦는 고행을 뜻하지만 나중에
는 각지를 떠돌면서 탁발을 하는 중을 가리키는 말로 사용되기도 했다.
89) 【즉공관 측비】 □奇。□기하군.
90) 【즉공관 미비】 又昰一个。또 하나 걸려들었군.

습니다. 그는 그날 밤에 바로 은 이천 냥을 내고 다음 날 바로 단약
화로에 불을 지피기로 약속했지요. 그 일당은 한사코 술을 권하더니
그가 잔뜩 취하자 따로 안채 서재로 부축해 가서 재웠지요.

동이 트자 사람들은 화로를 앉히는 일을 상의했습니다. 반 부자는
이 일당의 거동을 보고 자신도 좀 안답시고 그 사이에 끼어들어 이것
저것 간섭하지 뭡니까.[91] 그렇게 해서 이날 은자를 화로에 넣고 끓이
자 그 일당도 그의 제자이기라도 한 것처럼 고분고분 화로를 지키는
것이었습니다. 대갓집 주인은 주인대로 스승 행세를 하는 반 부자를
찾아와 가르침을 부탁하면서 수시로 말을 걸고 술을 권하는 바람에
반 부자는 주인을 상대하는 것을 멈추기도 난감했습니다. 그런데 일
당은 그 틈을 타서 이번에도 통째로 은자를 챙겨서 뿔뿔이 다 달아나
버렸지 뭡니까. 스승만 혼자 팽개쳐두고 말입니다. 대갓집 주인은 '그
들 스승이 집에 남아 있으니 괜찮겠지' 하고 방심하고 있었는데 뜻밖
에도 아침에 그 일당이 전부 다 사라져버렸지 뭡니까! 대갓집 주인은
스승 행세를 하던 반 부자를 당장 붙잡아 관가로 끌고 가서 잔당까지
붙잡겠다는 것이었습니다. 반 부자는 꼼짝도 못 하고 울면서 하소연
했습니다.

"저는 송강 땅의 반 아무개입니다. 원래는 그 패거리하고는 한통속
이 아니올시다! 그저 천성이 단약 만들기를 좋아하다 보니 그런 것뿐
입니다. 지난번에는 그 패거리한테 사기까지 당했지요. 그러다가 이

---

91) 【즉공관 미비】此是數千金學。이름하여 '수천금학(몇 천 금을 벌 수 있는 학문)'인
    겐가?

부자는 천금을 들이고도 웃음만 사다.

번에 길에서 놈들과 마주쳤는데 '여기서 단약을 만들기로 했다'면서 '은이 생기면 배상해줄 수 있다'지 뭡니까. 그러고는 제 머리를 깎아주며 저더러 자기들 스승처럼 행세하라고 시키더군요. (…) 저는 지난번에 사기당한 은을 돌려받기만 바랐습니다. 어디 이 댁에서까지 사기를 치고 심지어 저까지 팽개치고 달아날 줄 알았겠습니까!"

반 부자는 말을 하고나서 대성통곡하는 것이었습니다. 그래서 대갓집 주인이 그의 내력을 상세하게 물었더니 그의 말마따나 정말 송강 땅의 부자였습니다. 거기다가 대갓집 집안과는 몇 세대나 과거 동기[92]의 인연까지 있지 뭡니까. 대갓집 주인은 사기를 당한 것이 사실임을 알고는 더는 그의 입장을 난처하게 만들 수 없어서 하는 수 없이 풀어주었습니다. 반 부자는 귀향하는 길에 노잣돈까지 떨어지자 탁발승 같은 자신의 행색을 빌려 도중에 구걸을 해 먹으면서 집으로 돌아왔습니다.[93]

그렇게 임청臨淸[94] 부두에 이르렀을 때였지요. 가만 보니 웬 큰 배에서 발 너머의 미인이 발을 들어올리고 얼굴을 드러낸 채 거리를 바라보고 있지 뭡니까. 반 부자가 보니 무척 낯이 익었습니다. 그래서 다시 자세히 뜯어보았더니 아 글쎄 지난번에 단객이 데리고 왔던 그

---

92) 과거 동기[年誼]: 명대에 같은 해에 과거에 급제한 동기인 사람을 부르던 호칭. 때로는 연가年家로 부르거나 연배가 낮으면 연가자年家子, 연배가 높으면 연백年伯·연형年兄 등으로 불렀다.

93) 【즉공관 미비】雖被騙去頭髮, 却也有便宜處。 꾐에 속아서 머리를 깎이긴 했지만 덕을 볼 때도 있구면.

94) 임청臨淸: 명대의 지명. 지금의 산동성 제남濟南 서쪽의 요성聊城 일대에 해당한다. 명대에는 북경에서 항주까지 이어지는 경항 대운하의 길목에 자리 잡고 있어서 상업도시로 번영했다고 한다.

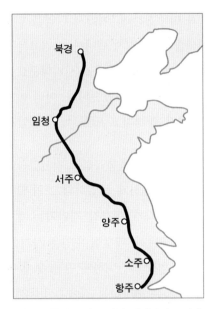

명청대 대운하 노선도. 위에 임청현이 보인다.

애첩이 아닙니까! 자신과 정을 통했던 바로 그 첩 말입니다.

"저 여자 … 어째서 저 배에 있지?"

이상하게 여긴 그는 뱃전으로 다가가서 꼬치꼬치 수소문해보았습니다. 그러고 나서 하남河南 땅 거인擧人인 아무개 댁의 도령이 이름난 창기를 빌려서 서울로 회시會試를 보러 가는 길이라는 사실을 알게 되었지요. 반 부자는 속으로 생각했습니다.

'그때 그 단객의 첩도 결국 기방에 팔아치운 걸까?'

그러면서도 한편으로는

'얼굴이 비슷한 여자겠지, 설마!'

하고 긴가민가하면서 뱃전을 떠나지 않고 왔다 갔다 하면서 하염없이 보고 또 보았습니다. 그런데 갑자기 선창 안에서 한 사람을 불러들이더니 그 사람이 나와서 반 부자에게 묻는 것이었습니다.

"관선 안의 아주머니께서 당신이 송강 분인지 물으십니다."

"바로 송강 사람 맞습니다마는 …"

"반 씨이십니까?"

그러자 반 부자는 깜짝 놀라면서 말했습니다.

"내 성을 어떻게 아시오?"

그러면서 가만 보니 선창 안의 여인이 말했습니다.

"그분을 뱃전으로 불러주세요."

반 부자가 배 쪽으로 다가가자 그녀는 발 너머에서 이렇게 말하는 것이었습니다.

"쇤네는 다른 사람이 아니오라 지난번에 단객이 첩이라고 둘러댔던 바로 그 여인입니다. 사실은 하남 땅의 기생이지요. (…) 지난번에는 남의 부탁을 받아 그자가 시킨 대로 그자를 위해 못된 짓을 벌이는 바람에 결국 선생께 죄를 지을 수밖에 없었습니다. (…) 그건 그렇고, … 선생께서는 어떻게 여기까지 떠돌게 되셨습니까?"

그 말에 반 부자는 대성통곡을 하면서 연달아 사기를 당하는 바람에 이제야 산동에서 돌아오게 된 사연을 자세하게 들려주었지요. 그러자 발 너머의 여인이 말했습니다.

"쉰네가 선생께 무정하게 굴 수는 없지요. (…) 선생께 노잣돈을 드려서 속히 댁으로 돌아가게 하겠습니다! 이 뒤로는 단객 따위를 마주치더라도 절대로 그 소리를 곧이들으시면 안 됩니다! 쉰네 역시 그 일에 끼었던 사람이다 보니 그자들의 사기 행각을 훤하게 잘 알고 있습니다. 선생께서 쉰네 말씀을 들어주신다면 그것도 쉰네가 선생의 몇날 밤 사랑에 보답하는 길이 될 테지요!95)"

그녀는 말을 마치자 사람을 시켜 은자 세 냥이 든 뭉치를 꺼내더니 그에게 전달하는 것이었습니다. 반 부자는 연신 고맙다고 인사를 하면서 그것을 받는 수밖에 없었습니다.

반 부자는 이렇게 해서 지난번 단객이 미인계를 쓸 때 창기를 빌려서 일을 벌인 사실을 뒤늦게 깨달았습니다. 그는 그녀의 노잣돈을 받은 덕분에 무사히 집으로 돌아올 수 있었지요. 그는 그녀의 당부에 느낀 바가 있었던지 다시는 단약에 관한 일 따위는 믿지 않게 되었답니다.96) 물론, 머리칼이 그때까지도 쑥대 꼴이다 보니 지인들 중에서 그 내막을 아는 사람은 웃음거리로 삼지 않는 사람이 없었습니다. 단술에 혹하는 세상 사람들에게 제발 부탁드리니 이 이야기를 본보기로 삼아주시기 바랍니다!

---

95) 【즉공관 미비】妓家情義, 勝丹客多矣。기생의 의리가 단객보다 훨씬 낫군.
96) 【즉공관 측비】遲了。늦었어.

단술 배울 생각이었으면 정욕부터 끊었어야지,　　丹術須先斷情慾,
세속의 인연에 어쩌자고 집착했더란 말이냐!　　塵緣豈許相馳逐。
음행을 탐하면서도 단약이 완성되기 바란다면,　　貪淫若是望丹成,
수챗구멍 속에서 백조 고기 먹으려 드는 격이지.97)　　陰溝洞裡天鵝肉。

----

97) 수챗구멍 속에서 백조 고기를 먹으려 든다[陰溝洞裡天鵝肉]: 명대의 속담.
원래는 "수챗구멍 속에서 백조 고기를 먹을 생각을 한다陰溝洞裡思量喫天
鵝肉". 자신의 분수나 능력에 넘치는 물건을 탐내거나 일을 하려 드는 사람
들을 빗대어 하는 말. 때로는 "두꺼비가 백조 고기를 먹으려 든다癩蛤蟆想
喫天鵝肉" 식으로 표현하기도 하므로, "수챗구멍 속"에 있는 것이 두꺼비임
을 알 수 있다.

제 19 권

이공좌는 꿈속 말을 기막히게 풀이하고
사소아는 기지로 배의 도적들을 사로잡다

李公佐巧解夢中言 謝小娥智擒船上盜

卷之十九
李公佐巧解夢中言 謝小娥智擒船上盜 해제

   이 작품은 여자의 몸으로 일가족의 원수를 갚은 여걸에 관한 이야기
이다. 이야기꾼은 이방李昉 등의 《태평광기太平廣記》에 소개된 예장군
豫章郡 사람 사소아謝小娥의 이야기를 몸 이야기로 들려준다.

   당대 원화元和 연간에 예장군豫章郡에 사謝 씨 성의 부자에게 어린
나이에도 덩치가 사내처럼 큰 '소아小娥'라는 딸이 있었다. 딸을 역양歷
陽의 단거정段居貞이라는 협객에게 주기로 한 사 부자는 사돈 집안과
같이 배로 강남江南과 강서江西를 오가면서 장사를 해서 몇 해가 지나
자 '사 씨네 배'라면 모르는 사람이 없을 정도로 명성이 자자해진다.
소아는 열네 살 때 거정과 부부가 되지만 한 달도 되지 않아서 파양호鄱
陽湖에서 도적떼를 만나는 바람에 사 부자와 거정이 목숨을 잃는다. 도
적을 피하다가 물에 빠진 소아는 어부 부부에게 구조되지만 아버지와
남편이 비명횡사한 일을 떠올리고 통곡한다. 그길로 걸식을 하면서 건
업建業의 상원현上元縣까지 온 소아는 묘과사妙果寺에 몸을 의탁하고
날마다 눈물을 흘리며 복수를 다짐한다. 하루는 꿈에 사 부자가 나타나
'차중후, 문동초車中猴, 門東草'를, 며칠 후에는 남편이 나타나 '화중주,
일일부禾中走, 一日夫'를 각각 남기고 복수를 부탁하면서 사라진다. 그
뜻을 알 수가 없는 소아는 몇 해 동안 만나는 사람마다 찾아가 해석을
부탁하지만 아무도 그 뜻을 알지 못한다. 그러던 어느 날, 우연히 이웃

절을 찾은 홍주洪州 판관判官 이공좌李公佐는 첫 두 마디가 '신란申蘭', 뒷 두 마디가 '신춘申春'이라고 일러준다. 두 이름을 외운 소아는 남장을 하고 '사보謝保'라는 가명으로 뱃사람으로 일하면서 두 원수를 찾아다닌다. 나중에 신란의 집을 찾아낸 소아는 그 집 머슴으로 들어가 신란의 신임을 얻으면서 복수할 기회를 노린다. 두 해가 지난 어느 날 신란의 아우 신춘이 인사를 와서 함께 술판을 벌이자 두 사람을 만취하게 만든 소아는 신란을 죽이고 비몽사몽의 신춘을 관아에 고발한다. 관아의 검거로 도적들이 일망타진된 후, 원화 13년 이공좌는 상경하다가 우연히 비구니가 된 소아를 만나고, 결국 복수에 성공한 그 의지를 기리는 《사소아전》을 짓는다.

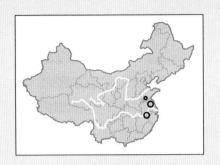

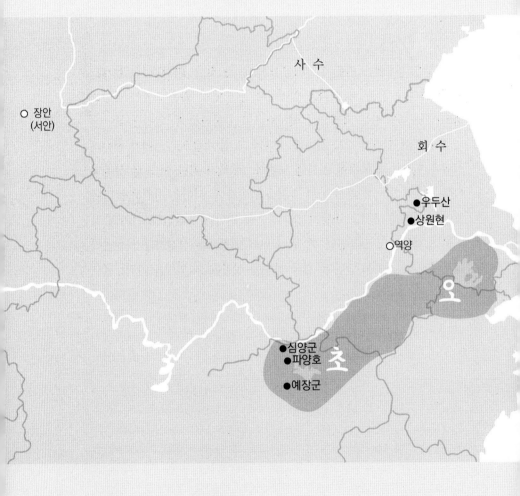

○ 장안
（서안）

사 수

회 수

● 우두산
● 상원현

○ 역양

오

● 심양군
● 파양호
● 예장군

초

이런 예찬시[1]가 있습니다.

사내도 더러 아녀자 두건을 두를 때가 있고,	士或巾幗,
여인도 더러 사나이 모자를 쓸 때가 있다네.	女或弁冕。
발걸음이 문지방을 넘지 않건마는,	行不踰閾,
그 꾀만은 멀리까지 미치는구나!	謨能致遠。
그녀를 보니 늠름하고 늠름하여,	睹彼英英,
부끄럽다 이 내 몸 하찮고도 하찮은 것이!	慚斯謏謏。

이 몇 구절의 시는 뜻을 품은 아녀자가 사내를 능가하는 행적을 남긴 일을 예찬한 것입니다. 글월을 할 줄 아는 여자들을 예로 들면, 반 첩여班婕妤[2] · 조 대가曹大家[3] · 어현기魚玄機[4] · 설 교서薛校書[5] ·

---

1) 예찬시[贊]: '찬贊'은 중국 고대 문체의 일종으로, 주로 시나 산문으로 특정 한 인물이나 사건을 찬양하는 내용으로 구성된다. 경우에 따라서는 여기에 그림이 곁들여지기도 하는데 이를 '도찬圖贊'이라고 한다.

2) 반 첩여班婕妤(BC48~AD2): 전한의 여성 문학가. 누번樓煩 사람으로, 이름 은 알 수 없다. 후한의 역사가 반고班固의 왕고모이다. 어려서부터 재능과 학식이 남달라서 성제成帝 때 입궁하여 황제의 총애를 받았다고 한다. '첩 여婕妤'는 한대에 궁중에서 여성에게 내리던 벼슬 이름이다.

3) 조 대가曹大家: 후한의 여성 문학가인 반소班昭(45?~117?)를 말한다. 반소

이계란李季蘭6) · 이역안李易安7) · 주숙진朱淑眞8) 같은 부류는 위로는

는 반고의 누이로, 조세숙曹世叔에게 출가했으나 얼마 후 남편과 사별했다.
'조 대가'는 반소가 조 씨 집안에 출가한 데다가, 황제의 명령에 따라 여러
번 입궁하여 황후의 교사를 맡아서 '대가大家'로 불렸기 때문이다.
4) 어현기魚玄機(844?~871?): 당대의 여성 시인이자 도사. 자는 유미幼微, 또는
혜란蕙蘭으로, 장안長安 사람이다. 본래는 이억吏億의 첩이다가 장안의 도
교 사원인 함의관咸宜觀의 도사로 출가했는데 나중에 몸종을 죽인 죄로 처
형당했다.
5) 설 교서薛校書: 당대의 여성 시인 설도薛濤(768?~832)를 말한다. 설도는 자
가 홍도洪度로, 장안 사람이다. 본래는 양가집 딸이었으나 부친 사후에 집
안 형편이 가난하여 기생이 되었다. 음악을 다루다 보니 음률에 밝은 데다
가 시가에도 능하여 촉蜀 땅에 주둔하던 위고韋皐가 불러들여 술시중과 함
께 시를 짓게 해서 '교서校書'로 불렸다.
6) 이계란李季蘭(730?~784): 당대의 여성 시인이자 도사. 원래 이름은 이야李
冶이며, 협중峽中 사람이다. 어려서부터 총명하여 대여섯 살 때부터 시를
지을 줄 알았다고 하며, 대종代宗 대력大曆 연간에는 황제의 명령에 따라
입궁하여 각별한 예우를 받았다. 덕종德宗 건중建中 연간에 반란을 일으켜
장안을 점령한 주차朱泚의 강요로 시를 지었다가 덕종이 장안에 귀환한 후
죽임을 당했다고 한다.
7) 이역안李易安: 북송의 여성 가객 이청조李清照(1084~1155?)를 말한다. '역
안易安'은 그녀의 호 '역안거사易安居士'에서 유래했다. 사대부 가정에서 태
어나 어려서부터 여러 장르에서 능했는데 그중에서도 가사에서 특히 탁월
한 재능을 보였다. 서정적이고 섬세한 분위기를 기조로 하면서도 당시의
구어를 과감하게 활용하여 이욱李煜·진관秦觀·주방언周邦彦 등의 이른바
'완약파婉約派'로 분류된다. 북송 말 전란의 와중에 남편과 사별하고 강남
각지를 전전했는데 그 기간 지어진 작품들은 인생의 고독과 불안을 잘 반
영하여 송사宋詞의 걸작으로 평가받는다.
8) 주숙진朱淑眞(1079?~1133?): 남송의 여성 가객. 호는 유서거사幽棲居士로,
전당錢塘(지금의 항주) 사람이다. 그림에 능하고 음률에도 밝았다고 한다.
그러나 관료 집안 출신으로 상인 집안으로 출가한 것을 평생 못마땅하게
여겼고, 작품도 대체로 우울하고 슬픈 내용이 많았다고 한다.

반고班固9)·양웅揚雄10)에 필적하고 아래로는 노조린盧照鄰11)·낙빈
왕駱賓王12)과도 견줄 정도였지요. 또 무예가 뛰어난 여자들을 예로
들면, 부인성夫人城13)·낭자군娘子軍14)·고량高涼의 승洗 씨15)·동해

9) 반고班固(32~92): 후한의 문장가이자 역사가인 반고는 당시에 유명한 사부
辭賦 작가로서, 작품들이 화사한 풍격을 가지고 있어서 "반고는 향기롭다
[班香]"라는 찬사를 받았다고 한다.

10) 양웅揚雄(BC53~AD18): 전한의 문장가. 자는 자운子雲으로, 촉군蜀郡 성도
成都 사람이다. 젊어서부터 재능을 인정받아 성제成帝 때 궁정 문인으로
발탁되었으며, 각종 전적에 해박하고 기이한 글자에도 정통했다. 성제를 수
행하면서 《감천부甘泉賦》·《하동부河東賦》·《우렵부羽獵賦》·《장양부長楊
賦》 등의 노래를 지어 바쳤다. 이 밖에도 당시의 방언들을 집대성한 《방언
方言》·《역경易經》을 모방한 《태현경太玄經》·《논어論語》를 모방한 《법언法
言》 등을 저술하기도 했다.

11) 노조린盧照鄰(636?~680?): 당대의 시인. 자는 승지昇之, 호는 유우자幽憂子
로, 유주幽州 범양范陽 사람이다. 당대 초기에 시로 명성을 날려 '초당 사걸
初唐四傑'로 일컬어졌다.

12) 낙빈왕駱賓王(619?~687?): 당대의 시인. 자는 관광觀光으로, 무주婺州 의오
義烏 사람이다. 일곱 살 때부터 시를 지었으며, 칠언 가행七言歌行은 물론
이고 오언율시五言律詩에도 뛰어나 '초당 사걸'로 일컬어졌다.

13) 부인성夫人城: 양양성襄陽城에 대한 별칭. 동진東晉 초기에 부비苻丕가 양
양을 공격하자 그곳을 지키던 장수 주서朱序의 모친 한韓 씨는 부녀자들을
지휘해 성을 온전히 지키고 부비의 군사까지 무찔렀다고 한다.

14) 낭자군娘子軍: 당나라 개국 황제인 고조高祖 이연李淵(566~635)의 딸 평양
공주平陽公主(?~623)는 '낭자군'이라는 여군을 조직하고 고조를 도왔다고
한다.

15) 고량高涼의 승 씨洗氏(522?~601): 남북조·수나라 초기 남월南越의 여성 지
도자. 이름은 영英으로, 이족俚族 출신이며 지금의 광동廣東 일대인 고량高
涼 사람이다. 어려서부터 총명하고 지략이 뛰어났으며, 수나라를 도와 광동
지역의 토호·이민족들을 평정한 공으로 '초국부인譙國夫人'으로 봉해졌다.
현지 사람들로부터 '영남의 성모嶺南聖母'로 칭송받았으며, 사후인 명대에
도 '고량군 태부인高涼郡太夫人'으로 봉해졌다.

東海의 여모呂母16) 같은 부류는 지략으로는 한신韓信17)·백기白起18)

에 필적하고 명성으로는 관우關羽19)·장비張飛20)와도 어깨를 견줄 정

---

16) 동해東海의 여모呂母: 왕망王莽(BC45~AD23)의 신新나라 때 농민 봉기를
주도한 여성 지도자. 낭야琅琊 해곡海曲 사람으로, 그 아들이 현의 관리에
게 억울하게 죽음을 당하자 천봉天鳳 4년(17) 가산을 털어서 가난한 청년
백여 명을 이끌고 봉기했다. 스스로 '장군'으로 일컬으면서 주변의 성을 공
격하고 관리들을 살해하니 그 무리가 수만 명에 이르렀다고 한다.

17) 한신韓信(BC231~BC196): 한나라의 군사가. 회음淮陰 사람으로, 지략이 뛰
어나서 원래 항우項羽의 휘하에 있었으나 중용되지 못하자 항우의 경쟁자
인 유방劉邦에게 귀순했다. 그 후 유방의 측근 소하蕭何의 천거로 대장大將
에 임명되어 관중關中 점령을 시작으로 각지에서 연전연승하다가 한나라
고조 5년(BC202) 해하垓下에서 항우를 멸망시켰다.

18) 백기白起(?~BC257): 전국시대 진나라의 장수. 성은 공손公孫이며, 진나라
미郿 사람으로, 용병술이 뛰어나 매번 승리를 거두면서 대량조大良造로 중
용되어 병권을 장악하고 무안군武安君에 봉해졌다. 30년 사이에 한韓·조趙
·위魏·초楚와 싸워서 70여 개의 성을 함락하면서 진나라의 국력이 크게
신장했다. 특히 진나라 소왕昭王 47년(BC260) 장평長平에서는 싸움에 패한
조趙나라 군사 40만 명을 모두 생매장하여 그 이름만 들어도 두려움에 떨
게 만들었다.

19) 관우關羽(?~220): 삼국시대 촉한蜀漢의 장수. 자는 운장雲長으로, 하동河東
해解 사람이다. 후한 말기에 탁군涿郡에서 유비劉備·장비張飛와 의형제를
맺고 함께 황건적黃巾賊에 맞섰다. 나중에 조조曹操의 포로가 되었으나 관
도官渡에서 조조의 숙적인 원소袁紹의 명장 안량顔良을 베고 한수정후漢壽
亭侯에 봉해졌다. 싸움마다 연전연승하여 맹장으로 명성이 높았는데, 조조
휘하의 우금于禁이 이끄는 칠군七軍을 대파한 번성樊城 싸움은 특히 중원
에서 그의 명성을 높였다. 나중에는 유비에게 돌아와 전장군前將軍에 임명
되어 형주荊州를 지키다가 손권孫權 휘하의 여몽呂蒙에게 기습을 당하여
패하고 최후를 맞았다. 수염이 아름답다 하여 '미염공美髥公'이라는 애칭을
가졌으며, 사후에는 민간에서 의리와 재물의 수호신인 관성제군關聖帝君으
로 숭배되었다.

20) 장비張飛(165~221): 삼국시대 촉한의 장수. 자는 익덕翼德으로, 탁군涿郡 사

도였습니다. 사람을 알아보는 안목을 가진 여자들도 있어서, 탁문군卓
文君21)·홍불기紅拂妓22)·왕혼王渾의 아내 종鍾 씨23)·위고韋皐의 장
모 묘苗 씨24) 같은 이들은 저마다 남다른 혜안을 가지고 세간의 인재

람이다. 유비·관우와 함께 군사를 일으킨 후로 많은 싸움에서 혁혁한 전공
을 세워 관우와 함께 '만인적萬人敵(만 명을 대적할 수 있는 장수)'으로 일
컬어졌다. 유비가 장판長坂에서 조조에게 패했을 때 이십 기騎의 군사만
이끌고 조조의 대군을 막아냈다. 나중에 거기장군車騎將軍에 임명되고 서
향후西鄉侯에 봉해졌으나 주사가 심해 부하를 학대하다가 결국 장달張達
·범강范强에게 죽임을 당했다.

21) 탁문군卓文君: 전한의 문장가 사마상여司馬相如(BC179~BC117)의 부인. 임
공臨邛의 부자 탁왕손卓王孫의 딸로, 음률에 정통했다. 마침 탁왕손의 초대
를 받아 술을 마시던 사마상여는 거문고로 〈봉구황鳳求凰〉이라는 곡을 연
주하여 문군의 마음을 사로잡아 야반도주했다. 나중에 부부가 재산을 처분
하고 임공 저자거리에 술집을 열자 탁왕손은 그 소식을 듣고 어쩔 수 없이
문군에게 재산을 나누어주고 두 사람의 혼인을 인정했다고 한다.

22) 홍불기紅拂妓: 당나라 전기傳奇 소설 《규염객전虯髥客傳》에 등장하는 가희
로, 평소 손에 붉은 먼지떨이를 들고 있어서 '홍불' 또는 '홍불녀紅拂女'로
불린다. 수隋나라 말기의 군사전략가 이정李靖(571~649)은 무명 시절에 월
국공越國公 양소楊素를 예방했다가 자신이 영웅임을 알아본 그 집 시녀 홍
불과 백년가약을 맺고 함께 야반도주한다. 훗날 이정은 이세민李世民을 도
와 당나라를 세우고 그 공으로 '위국공衛國公'에 봉해진다.

23) 왕혼의 아내 종 씨: 서진西晉 사람. 자는 염琰 또는 염지琰之로, 영천潁川,
하남성 허창 사람이다. 어려서부터 총명했고 자라서는 박학했으며 시가에
능했다. 명문가 출신으로 서진의 장수 왕혼王渾(223~297)에게 출가했는데,
자신보다 집안이 못한 왕혼 아우 왕담王湛의 아내 학 씨郝氏를 무시하지
않고 격의 없이 대하여 당시 '종 씨의 예절, 학 씨의 법도鍾氏之禮, 郝氏之
法'라는 말이 나올 정도였다고 한다.

24) 위고의 장모 묘 씨: 당대의 여장부. 당대의 장수 위고韋皐(746~805)는 십대
시절에 과거시험에서 낙방하고 옷차림도 누추했다. 한번은 장연상張延賞이
사윗감을 고르기 위해 베푼 잔치에 참석했다. 위고의 신분이 낮아 장연상은
그를 무시했지만 그 아내 묘 씨는 위고의 장래가 유망하다고 말하면서 자

들을 찾아냈지요. 원수를 갚아 치욕을 씻은 여자들도 있어서, 손익孫
翊의 아내 서徐 씨25)·동창董昌의 아내 신도申屠 씨26)·방아친龐娥
親27)·추鄒 씨 댁 종의 아내28) 같은 이들은 저마다 담력과 지혜를 지

신의 딸을 출가시켰다고 한다. 그러자 장연상은 아내의 결정을 존중하고
위고도 장모의 기대를 저버리지 않고 열심히 노력하여 벼슬이 검남서천 절
도사劍南西川節度使·검교태위檢校太尉 등에 이르고 나중에는 '남강군왕南
康郡王'에 책봉되기까지 했다.
25) 손익의 아내 서 씨: 후한 말기의 여장부. 동오東吳의 장수 손익孫翊
(184~204)에게 불만을 품은 부하 규람嬀覽은 동료 대원戴員과 함께 손익의
측근이던 변홍邊鴻을 매수해 그를 살해하고 서 씨까지 차지하려 했다. 서
씨는 겉으로는 규람과 혼인을 준비하는 척하면서 몰래 손익의 심복 손고孫
高·부영傅嬰를 매복시켰다가 아무 대비도 하지 않은 규람과 대원을 급습
해 죽임으로써 남편의 원수를 갚았다고 한다.
26) 동창의 아내 신도 씨: 북송의 여장부. 장락長樂 사람으로, 어릴 때부터 총명
하여 책을 읽으면 바로 암송할 수 있을 정도였다. 성장한 후에는 맹광孟光
을 흠모하여 이름을 희광希光으로 정하고, 스무 살 때 그 아비 신도건申屠
虔이 눈여겨보아둔 수재 동창董昌에게 출가했다. 그러나 그 고을의 유지
방육일方六一이 신도 씨에게 흑심을 품고 동창을 무고해 죽이고 그녀를 차
지하려 하자, 기지를 발휘하여 남편의 장례를 치른 다음에 혼례를 치르겠다
고 대답하여 위기를 넘겼다. 남편의 장례가 끝나자 신도 씨는 방육일이 자
기 처소로 들이닥치자 그의 목을 베고 이어서 육일이 죽었다는 급보를 받
고 달려온 그 일족까지 다 죽인 후 육일의 목을 들고 동창의 무덤으로 가서
제사를 지낸 후 스스로 목을 매 자결했다고 한다.
27) 방아친龐娥親: 서진의 문학가 황보밀皇甫謐이 지은 전기소설에 등장하는
여장부. 주천酒泉 사람 방아친은 그 아비가 같은 현의 이수李壽에게 죽임을
당하자 공공연히 아비의 원수를 갚겠다고 다짐했다. 나중에 역병이 퍼져
방아친의 가족이 모두 죽어 이수의 경계심이 해이해진 틈을 타서 마침내
그 목을 베고 관가에 자수했다. 그러자 해당 지역의 관리인 양주자사凉州刺
史·주천태수酒泉太守가 차례로 표를 올려 그녀의 거사를 고하고 그 의로운
행동을 칭송했다고 한다.
28) 추 씨 댁 종의 아내[鄒僕妻]: 오대五代 후량後梁의 여장부. 양주 도군무襄州

니고 불한당들을 척결하느라 애썼답니다. 또 하나 희한하고 기이한
부류로는 남장을 하던 여자들이 있습니다. 화목란花木蘭[29]·남제南齊
동양東陽의 누령婁逞[30]·당나라 정원貞元[31] 연간의 맹 노파[孟嫗][32]

都軍務 추경온鄒景溫의 종이 자신의 용맹스러움을 믿고 아내와 둘이 같이
길을 나섰다가 망탕택芒碭澤에 이르러 대여섯 명의 도적에게 죽임을 당했
다. 그 순간 그 종의 아내는 기지를 발휘하여 '자신이 양갓집 규수로, 불한
당에게 납치당해 끌려가던 중이었는데 구해주어서 고맙다'면서 오히려 도
적들에게 고맙다고 인사를 했다. 그 꾀에 넘어간 도적들이 그녀의 목숨을
살려서 소굴로 데려가는데 웬 마을에 이르렀을 때 그녀가 그 마을 촌장에
게 전후 사정을 알려 도적들을 사로잡는 데에 성공했다. 도적들이 정의의
심판을 받아 사형에 처해진 것을 본 그녀는 그길로 고향으로 가서 머리를
깎고 불가에 귀의했다고 한다.

29) 화목란花木蘭: 남북조南北朝시대 북위北魏의 민요 〈목란사木蘭辭〉에 등장
하는 전설적인 여장부. 목란은 아비를 대신해 남장을 하고 전쟁터에 나간
후로 12년 동안 오랑캐에 맞서 싸우면서 큰 공을 세운다. 전쟁이 끝나고
조정에서 그녀에게 상서랑尙書郞이라는 높은 벼슬을 내리지만 벼슬을 사양
하고 고향으로 돌아와 평범한 여자로 여생을 보낸다. 목란은 북위 이후로
민간에서 널리 회자되면서 다양한 장르에서 대대로 효성과 애국의 상징으
로 묘사되고 칭송되었다. 북위는 중국에서 오랑캐로 간주되던 선비족鮮卑
族이 세운 나라이고 화목란 역시 생활력이 강하고 용맹스러운 북방민족 여
성의 면모를 지니고 있지만, 후대에 오랑캐에 맞서 싸운 한족 영웅의 전형
으로 굳어진 것은 역사적 아이러니이다. 미국에서 제작된 애니메이션 《뮬
란》은 목란의 고사에서 모티브를 얻은 작품이다.
30) 동양東陽의 누령婁逞: 남북조시대 남제南齊의 여걸. 동양東陽(절강성 금화)
사람으로, 남장을 하고 바둑과 문장에 뛰어나 고관대작과 어울리면서 벼슬
이 양주의조종사揚州議曹從事에 이르렀다. 나중에 여자라는 사실이 탄로나
고 당시의 황제 명제明帝가 그녀를 추방하자 고향으로 돌아갔다고 한다.
31) 정원貞元: 당나라 제9대 황제인 덕종德宗 이괄李适(742-805)이 785년부터
805년까지 사용한 연호.
32) 맹 노파[孟嫗]: 당대의 여걸. 스물여섯 살에 장찰張詧에게 출가했는데 남편
과 외모가 비슷했다. 남편은 기운이 세고 무예가 뛰어나 당시의 명장 곽자

·오대五代 임공臨邛의 황숭하黃崇嘏[33] 같은 이들은 저마다 상황에 따라 적절하게 대처하면서 자신들의 목적을 숨기고 권문세가에 잠입하는 것은 물론이고, 남에게 발각되지 않고 자기 몸도 잘 보전했답니다. 이 모두가 사내들도 미처 해내지 못한 일이니, 무척이나 교묘하고 무척이나 어려운 일인 셈이지요!

이제부터는 또 다른 이야기를 새로 들려드리겠습니다.[34] 이 여인은 큰 곤란을 당하자 남장을 하는 등, 온갖 지략을 다 쓰고 온갖 고초를 다 겪으면서도 복수에 성공했지요. 뿐만 아니라 지조까지 지킨 예로부터 무척 기이한 여인이니 참으로 천고에 듣기 드문 경우라고 하겠습니다! 이 일을 증명하는 시가 있습니다.

의郭子儀의 측근으로 신임을 받는다. 남편이 죽고 곽자의가 그 일을 몹시 안타까워하자 남편의 아우라고 속이고 곽자의의 휘하에 들어가 계속 그에게 충성을 다한다. 그로부터 15년이 지나 나이가 일흔둘이 되었을 때에는 겸어사대부兼御史大夫가 되었으나 외로움을 느껴 고을의 반潘 노인에게 출가하여 아들 둘을 낳았다고 한다.

33) 임공臨邛의 황숭하黃崇嘏: 당대의 여류 시인. 임공 사람으로, 서른 살이 다 되도록 출가하지 않고 남장을 즐겼다. 소종昭宗 때 실수로 불을 낸 죄로 하옥되자 직접 시를 써서 자신의 무죄를 호소하면서 향시鄕試 진사進士를 자처했다. 그 시를 보고 그녀를 석방한 유사부사留司府事 주상周庠은 그녀를 섭부사호참군攝府司戶參軍으로 천거하고 이어서 자신의 딸을 주어 혼인시키려 한다. 황숭하는 그제야 자신이 여자임을 밝히고 벼슬을 버리고 고향으로 돌아가 은거했다고 한다.

34) *본권의 몸 이야기는 능몽초 본인도 밝히고 있듯이 이방李昉 등의 《태평광기太平廣記》 권491 〈사소아전謝小娥傳〉에서 소재를 취했다. 나중에는 청대 초기의 학자 왕부지王夫之(1619~1692)가 지은 잡극 희곡 《용주회龍舟會》에 영향을 준 것으로 보인다.

협객의 기개라면 옛날의 검선을 으뜸으로 꼽지,　俠檗惟推古劍仙,
악인 없애고 원한 씻는 건 사내뿐인 줄 알았건만,　除兇雪恨只當煙。
뜻밖에도 상인이 기특한 딸을 두어,　誰知估客生奇女,
한 손으로 두 집안의 원한을 모두 갚았단다!　隻手能翻兩姓冤。

이 이야기는 바로 당나라 원화元和[35] 연간의 일을 다룬 것입니다. 예장군豫章郡[36]에 사謝 씨 성의 부자가 한 사람 살았습니다. 집안에 큰 재산이 있으면서도 이름을 감추고 장사를 하고 있었지요. 슬하에 딸을 하나 두었는데, 이름이 '소아小娥'로 여덟 살 때 어머니가 돌아가셨답니다. 이 소아가 어리기는 했지만 덩치는 건장해서 사내 티가 다 날 정도였지요. 아버지는 그녀를 역양歷陽[37]의 한 협객에게 주기로 한 상태였는데, 성이 단段, 이름이 거정居貞이었습니다. 그 사람은 불의를 참지 못하고 의리를 소중하게 여겨 호걸들과 내왕하는 한편 강호江湖[38]에서는 거상으로 활약하고 있었지요. 사謝 옹은 그의 명성을 흠모

---

35) 원화元和: 당나라 헌종憲宗 이순李純(778~820)이 806년부터 820년까지 사용한 연호.

36) 예장군豫章郡: 중국 고대의 군 이름. 한대에 설치하고 양주揚州에 속했으며 치소는 지금의 강서성江西省 남창시南昌市에 있었다. 수隋나라 때는 현으로 격하되어 홍주洪州에 속했다.

37) 역양歷陽: 중국 고대의 현 이름. 지금의 안휘성安徽省 화현和縣 일대에 해당한다.

38) 강호江湖: 세간, 세속. 이 단어는 《장자莊子》〈대종사大宗师〉의 "샘이 말랐을 때 물고기들이 그 땅에 서로 함께 있으면서 아무리 물기를 서로에게 불어주고 거품을 서로에게 적셔준다고 한들 강과 호수에서 서로 잊고 사는 것만은 못한 법이다泉涸, 魚相與處于陸, 相呴以濕, 相濡以沫, 不如相忘于江湖"에서 유래했다. 그러나 '강호'는 의미상으로 하천이나 호수와는 무관할 뿐 아니라 실제로 존재하는 특정한 장소를 가리키는 것도 아니다. 이 단어

하다 보니 딸이 아직 어린데도 기꺼이 그에게 주기로 했던 겁니다.

두 집은 한 집안이 되어 한 배에 화물을 싣고서 강남와 강서를 오가곤 했습니다. 두 집에는 형제·아들·조카·종복이 얼추 수십 명 있었는데, 모두 배에서 지냈지요. 장사는 순조롭고 물자는 넘쳐났습니다. 그렇게 몇 해를 활동하다 보니 강호에서 다들 사 씨네 배를 알게 되고 그 명성도 널리 전해졌습니다.

이때 소아는 나이가 벌써 열넷이 되어서 드디어 단거정과 정식으로 혼사를 치렀답니다. 그런데 한 달도 되지 않은 어느 날이었습니다. 배가 파양호鄱陽湖[39] 어귀에 이르렀을 때 강과 바다를 휘젓고 다니는 큰 도적들의 배 몇 척과 딱 마주쳤지 뭡니까, 글쎄! 배마다 도적들이 무기를 들고 겹겹이 에워싸는가 싶더니 우두머리 둘이 먼저 몸을 날려 배를 건너와서 사 옹과 단거정부터 차례로 베어 목숨을 빼앗는 것이었습니다. 그러자 도적 떼가 일제히 달려들어 밀어붙였습니다. 용을 써 봤자 한 배 안이니 어디에 숨을 곳이 있겠습니까? 개중에는 허둥지둥 선창 밖으로 뛰어나오는 이도 있었지만 도적들의 배에 있던 자들에게 끌려가 죽임을 당해야 했습니다. 더러 물속에 몸을 던져 시신이라도 온전하게 남기려는 이도 있었습니다만 호수 물이 원체 빠르게 흐르다 보니 도무지 살아날 길이 없었지요.

는 조정이나 공직사회에서 멀리 떨어져 국가의 통제나 법률적 구속으로부터 유리된 민간을 가리키는 말로 사용되는 것이 보통이다. 중국 문학(특히 무협소설)의 영역에서 '강호'는 협객들이 활동하는 세계, 심지어 암흑사회의 대명사로 받아들여지곤 한다.

39) 파양호鄱陽湖: 강서성江西省 북부에 자리 잡은 중국 최대의 담수호. 북쪽으로는 공贛·무撫·신信·요饒·수修의 다섯 하천과 연결되고 남쪽으로는 장강長江으로 연결된다.

사소아는 그나마 민첩하게 움직인 덕분에 도적들이 사람들을 죽이는 틈을 타 서둘러 키 쪽으로 몸을 날렸습니다. 그러나 발을 헛디디는 바람에 물속으로 미끄러져 빠져버렸지 뭡니까! 도적들은 배 안의 재물이며 비단 같은 물건을 싹 쓸다시피 다 챙기더니 시신은 모두 호수 속에 던져 버리고 그 배를 버리고 떠나는 것이었습니다.

소아는 물에 떠내려가다가 의식이 몽롱한 상태에서 천지신명께서 지켜주셨던지 웬 고기잡이배 옆에 이르렀습니다. 어부 내외가 끌어올려서 보니 웬 여인인데 가슴 쪽이 아직 따뜻한 것이었습니다. 부부는 아직 죽지 않은 것을 알고 낡은 옷가지를 몇 점 가져다 젖은 옷 대신 갈아입히고 선창 안에 눕혀 잠을 재웠습니다. 소아는 입에서 맑은 물을 잔뜩 토하고 얼마 지나지 않아 의식을 회복했지요. 그러나 자신이 고기잡이배에 있는 것을 보고 아버지와 남편이 죽임을 당하던 광경을 떠올리면서 목 놓아 통곡을 하는 것이었습니다. 어부 내외가 그 까닭을 묻자 소아는 호수에서 도적을 만나 아버지와 남편 두 집의 식구들이 모두 죽임을 당한 사연을 자세하게 일러주었지요. 그런데 알고 보니 사 옹과 단 협객의 명성은 강호에 자자하게 알려져 있었습니다. 어부 역시 그로부터 작은 도움을 받은 적이 있었지요. 그래서 사연을 다 듣더니 놀라움을 금치 못하면서 당장 잠시 배에 머물게 해주는 것이었습니다.

그렇게 며칠 동안 조리를 하고 나니 소아도 몸이 나아진 것 같았지요. 그러나 그녀는 물정을 아는 사람이었습니다. 고기잡이배의 벌이가 변변치 못한 것을 알고 생각했지요.

'내가 어떻게 이분들한테 폐를 끼칠 수가 있겠어? (…) 차라리 하직 인사를 드리고 나는 혼자 뭍으로 올라가 도중에 걸식을 하면서라도

정착해 살 길을 모색하는 편이 낫겠다!'

소아는 어부 내외와 작별하고 길에서 걸식을 했지요. 그렇게 해서 건업建業의 상원현上元縣[40])에 당도하고 보니 묘과사妙果寺라는 절이 있는데 그곳에는 비구니들만 지내고 있었습니다. '정오净悟'라는 주지는 소아가 하는 말이 조리가 있는 데다가 어려움에 처하게 된 사연을 들려주는 것을 보고 하도 슬프고 딱해서 그 자리에서 바로 절에 머물게 해주었습니다. 내심 그녀를 제자로 삼을 작정으로 말이지요. 소아는 소아대로 출가를 바라던 참이었습니다.

"소녀는 돌아갈 곳이 없습니다. 결국은 불가에 귀의해야 말년을 마무리할 수 있겠지요. 하오나 … 아버지와 서방님이 죽임을 당한 원수를 갚지 못했습니다! 지금 당장 머리를 깎을 수는 없으니 일단 인연을 따라 절에서 지내면서 나중에 결정하도록 기다려주십시오."

소아는 그날부터 바깥에서 탁발을 하고 저녁에는 절로 돌아와 묵었습니다. 그리고 아침저녁으로 정오를 따라 공덕을 쌓고 부처님에게 불공을 드리고 속으로 기도를 하면서 원수를 갚기를 바랐지요. 그런데 가만 보니 어느 밤 아버지 사 옹이 꿈에 나타나 그녀를 보고 말하는 것이었습니다.

"나를 죽인 놈의 이름을 알고 싶으면 수수께끼 두 구절을 일러줄 테니 단단히 기억하거라. '수레 속 원숭이車中猴, 대문 동녘 풀門東草'

---

40) 건업建業의 상원현上元縣: 중국 고대의 지명. 지금의 강소성江蘇省 남경시南京市의 강녕구江寧區에 해당한다. 때로는 '건업建鄴'으로 적기도 하며, 삼국시대에 동오東吳의 도읍이었다.

을 말이다!"

그 말이 끝나고 되물으려 하는데 아버지가 손을 놓더니 사라져버리는 것이 아닙니까. 한바탕 크게 울고 나서 '휘익' 하고 부는 바람에 놀라 잠에서 깨고 말았습니다. 그런데 꿈속에서 들은 말이야 또렷하게 기억이 났습니다만 속뜻은 도무지 알 수가 없었습니다.

며칠이 지나고 나서 이번에는 남편 단거정이 꿈에 나타나더니 그녀를 보고 말하는 것이었지요.

"나를 죽인 놈의 이름 역시 수수께끼 두 마디요. '벼 속을 걷는[禾中走], 하루살이 사내[一日夫]'라오!"

소아는 연달아 꿈을 꾸고 나더니 말했습니다.

"이는 돌아가신 분들의 넋이 사그라지지 않고 꿈에 나타나신 게지. 그러나 … 어째서 진짜 성과 이름을 바로 일러주지 않고 그런 수수께끼를 내신 걸까? (…) 어쩌면 저승에서 천기天機를 함부로 누설할 수가 없어서 그러셨는지도 몰라. 이제 이 열두 글자의 수수께끼를 알았으니 기필코 이것을 풀어야 옳다. 나 스스로는 알 수가 없겠지만 세상에 어디 똑똑한 사람이 없겠나? 염치 불구하고 그런 사람한테 풀이를 해달라고 부탁해보자!"

그래서 주지 정오의 방으로 가서 꿈속에서 들은 말을 들려주었습니다. 그리고 바로 종이를 한 장 가져다 열두 글자를 적어서 몸에 지니더니 정오를 보고 말했습니다.

"제가 밖에 나가 걸식을 하면서 마주치는 사람마다 풀이해달라고 부탁해보겠습니다!"

"이 고을 와관사瓦官寺에 고승이 한 분 계시다. 법명이 '제물齊物'로 학문을 무척 즐겨서 늘 관리며 사대부들과 내왕을 하시지. (…) 이 열 두 글자를 가지고 그분한테 가서 풀어달라고 부탁해보렴. 그분이라면 분명히 풀이해주실 수 있을 게야."

하더니 그 말대로 그길로 와관사로 가서 제공을 뵙기를 청하고 머리를 조아리더니 말했습니다.

"제가 원한을 품고 있다 보니 꿈속에서 열두 글자의 수수께끼를 들었습니다. 이 속에 사람의 성씨와 이름을 감춘 것 같은데 제가 아둔해서 답을 찾지 못하고 있습니다. 스님께서 좀 풀이해주십시요!"

하더니 바로 소맷부리에서 글자를 적은 종이를 꺼내서 두 손으로 제공에게 건네는 것이었습니다. 제공은 그것을 보고 곰곰이 생각에 잠기더니 고개를 가로저으면서 말했습니다.

"못 풀겠구려, 못 풀겠어! 허나 … 내가 있는 이 절은 드나드는 사람이 많으니 여기서 잘 기억하고 있다가 여쭈어보도록 합시다! 혹시 고명한 분이라도 뵈어서 답을 알게 되면 알려드리리다."

그러자 소아는 다시 머리를 조아리면서 말했습니다.

"스님께서 그렇게만 해주신다면 정말 고맙겠습니다!"

이날부터 사소아는 길에서 탁발을 하면서 사람을 마주칠 때마다 그 몇 마디 말의 속뜻을 물어보고 다녔습니다. 제공은 손님이 오기만 하면 바로 이 수수께끼를 거론하면서 함께 답을 따져보았습니다. 소아는 소아대로 수시로 절에 들러 제공 쪽 소식을 물었지요. 그러나 이렇게 몇 해가 흘러도 누구 하나 풀어내는 사람이 없지 뭡니까!

"이야기꾼 양반, 그토록 풀기가 어렵다면 그때 그 두 꿈은 말짱 헛수고라는 소리가 아니오?"

손님, 성급하게 구실 것 없습니다. 매사에는 때와 인연이라는 것이 있기 마련이지요. 이때만 해도 사소아에게는 때와 인연이 닿지 않아서 그랬던 겁니다. 때와 인연이 닿기만 하면 자연히 기막힌 사람을 만나게 되는 법이지요!

어찌 되었든 간에, 원화元和 8년 봄, 홍주洪州[41]의 판관判官[42]으로 이공좌李公佐라는 사람이 강서江西 땅에서 임기를 마치고 쪽배를 타고 동쪽으로 남하하다가 건업에 배를 댄 김에 와관사를 둘러보게 되었답니다. 절의 제공은 전부터 그와 돈독한 사이였지요. 그래서 나와서 그를 안내해 누각으로 올라가 먼 곳을 굽어보면서 고금의 일들을 화제로 삼았습니다. 그렇게 이야기를 나누다가 제공이 말했습니다.

"시주[43]께서는 참 박학하기도 하시지! (…) 지금 수수께끼가 하나

---

41) 홍주洪州: 중국 고대의 지명. 지금의 강서성 남창시南昌市와 하남성 휘현輝
縣 일대에 해당한다.
42) 판관判官: 중국 고대의 관직명. 지방 장관의 막료로서, 정무를 보좌했다. 명
대에는 주州에만 설치되었다.
43) 시주[檀越]: 불교 용어. 산스크리트어 '다나 빠띠daana padi'를 한자로 번역
한 말. 산스크리트어에서 '다나'는 '베풀다, 주다'라는 의미를 나타내는 동

있는데 … 한번 풀어보시지요."

그래서 이공좌가 웃으면서

"스님께서 학문을 즐기시는 거야 잘 압니다마는 웬일로 그런 아이들 놀이까지 다 하십니까?"

했더니 제공이 말하는 것이었습니다.

"놀이를 하자는 것이 아니라 다 그럴 만한 이유가 있습니다. (…) 이 고을 청상과부 사소아가 제게 열두 글자의 수수께끼를 내더니 절에 올 때마다 풀이해달라고 부탁하면서 '이 속에 원수의 성씨와 이름이 숨겨져 있다'고 하더이다. 노승은 알아낼 길이 없어서 드나드는 손님들마다 다 보여드리고 있습니다만 다들 풀지 못하는군요. 그렇게 지낸 지가 몇 해는 되었습니다. 해서 공께도 한번 풀어보시라고 부탁드리는 거지요."

"어떤 열두 글자이길래요? 한번 써보십시오. 제가 맞혀보겠습니다!"

사이며 '빠띠'는 '주인, 물주'라는 의미를 가진 명사이다. '다나 빠띠'는 말하자면 '베푸는 주인' 즉 자선가를 뜻하며 이를 의미대로 한자로 옮긴 것이 '시주施主'이다. '다나 빠띠'는 원래 그 발음대로 한자로 옮긴 음사音寫로 '타나발저陀那鉢底'로 번역되었다. 원래의 산스크리트어 그대로 중국에 수용되었음을 알 수가 있다. 그러나 그 후로는 '단월檀越'로 정착되었는데 「음사+의역」의 복합어라고 할 수 있다. 다만, '단檀'은 '다나'의 음사라고 할 수 있지만 '월越'은 그 의미('넘다')나 발음에서 '빠디'와는 거리가 멀다.《중화불교백과전서中華佛教百科全書》에 따르면, 사람들에게 자선을 베풀면 자연히 윤회에서 벗어날 수 있다[越渡]는 의미에서 '월'자를 사용한 것으로 해석하고 있다. 즉, '단월'은 '(자선을) 베풀다'와 '해탈하다'의 복합어인 셈이다. 국내에서는 '단월'이 그다지 널리 사용되지 않기 때문에 여기서는 편의상 "시주"로 번역했다.

하고 이공좌가 말하길래 제공이 바로 붓을 가져다 열두 글자를 썼습니다. 이공좌는 그것을 보고나서 말했습니다.

"이 정도는 풀 수 있을 겁니다. 아무도 못 풀 리가 있나요!"

그는 열두 글자를 읽고 또 읽고, 점을 찍고 또 찍는가 싶더니 창턱에 기대서 손으로 허공에다 쓰고 또 썼습니다. 그러다가 아무 말 없이 곰곰이 생각을 해보더니 손뼉을 치면서 말하는 것이었습니다.

"됐습니다! (…) 이것이 틀림없습니다."

제공이 답을 가르쳐주기를 재촉하자 이공좌는 대뜸

"비밀을 알려드리기 전에 … 어서 그 과부부터 불러 오십시오. 제가 그분에게 직접 풀어드리겠습니다."

하는 것이 아닙니까. 제공은 그길로 동자를 시켜 묘과사에 가서 사소아를 데려오게 한 다음 그녀를 보고 말했습니다.

"이쪽 나리께 절을 드리시오. 나리께서 수수께끼를 풀 수 있다는구려."

소아가 그 말대로 다가가 절을 하자 이공좌가 입을 열더니 묻는 것이었습니다.

"일단 귀하의 내력부터 말씀해보시오."

그러자 소아는 엉엉 하고 울음을 터뜨리더니 한동안 말을 하지 못하는 것이 아닙니까. 한참이 지나서야 이렇게 말하는 것이었습니다.

"쇤네의 아버지와 지아비는 모두 강과 바다를 휘젓고 다니는 도적 놈들한테 죽임을 당하셨습니다. (…) 나중에 꿈에 아버지께서 나타나시더니 '나를 죽인 놈은 수레 속 원숭이 대문 동녘 풀'이라고 하셨습니다. 그런 다음 지아비도 꿈에 나타나 '나를 죽인 놈은 벼 속을 걷는 하루살이 사내'라고 하더군요. (…) 저는 어리석어서 그 뜻을 알지 못하는지라 주위 사람들에게 두루 여쭈었지만 아무도 알아내는 사람이 없었습니다. 해가 바뀐 지 이미 오래건만 그 이름을 알아내지 못하니 원수를 갚으려 해도 갚을 길이 없어 내내 한만 품고 있습니다!"

그러면서 또 서럽게 울자 이공좌가 웃으면서 말하는 것이었습니다.

"괴로워할 것 없소이다. 귀하가 한 말대로라면 본관이 이미 그 답을 이렇게 다 알아냈으니 말이오."

그러자 소아는 울음을 멈추고 분명히 설명해 달라고 부탁했지요.

"귀하의 부친을 죽인 자는 신란申蘭이고, 귀하 남편을 죽인 자는 신춘申春이요."

이공좌가 이렇게 말하자 소아가 물었습니다.

"나리께서는 무엇을 근거로 그렇게 풀이하셨는지요?"

"'거중후車中猴'의 '수레 거車'에서 위아래 획을 하나씩 없애면 '펼 신申' 자요. '신'에는 원숭이라는 뜻도 있지. 그러니 '거중후', 즉 '수레

이공좌가 꿈속 말을 기막히게 풀이하다.

속 원숭이'라고 한 것이오. (…) '풀 초草' 밑에 '문 문門'이 있고 그 '문 문' 안에 '동녘 동東'이 있는 것은 바로 '난초 난蘭' 자요. 또 '화중주 禾中走'란 밭을 관통해 지난다는 뜻인데 '밭 전田' 위아래로 획이 삐져나온 것 역시 '펼 신申'이오. '일일부一日夫'의 경우, '사내 부夫' 위에 또 한 획이 있고 아래에 '날 일日'이 있는 것은 '봄 춘春' 자요. (…) 그러니 그대의 아버지를 죽인 자는 신란이고, 그대의 지아비를 죽인 자는 신춘임을 충분히 증명할 수 있는 게요. 더 이상 무슨 의심의 여지가 있겠소.”

제공은 옆에서 그 풀이를 다 듣고 나서 손뼉을 치면서 후련해하는 것이었지요.

“몇 해 동안이나 긴가민가했던 것이 하루아침에 속이 다 시원하게 풀렸군요! (…) 세상에서 으뜸가는 공의 통찰력이 아니었더라면 어떻게 수수께끼를 풀 수 있었겠습니까?”

그러자 소아는 더 큰 소리로 울면서

“나리가 아니었더라면 원수의 성씨도 이름도 끝까지 알지 못한 채 저승에 계신 아버지와 지아비의 소망을 저버리고 말았겠지요.”

하더니 거듭 절을 하고 머리를 조아리며 고맙다고 인사를 했습니다. 그러고는 제공에게서 붓을 빌려 '신란·신춘' 네 글자를 안섶의 띠에 적은 다음 속을 뜯고 안팎을 뒤집더니 처음처럼 잘 꿰매는 것이었습니다.

“그건 왜 쓰는 게요?”

하고 이공좌가 묻자 소아가 말했습니다.

"원수의 이름을 알았으니 쇤네 비록 여자이기는 하오나 그곳이 어디든지 간에 맹세코 그 두 놈을 찾아내어 두 분의 원수를 갚겠습니다!"

그러자 이공좌가 제공을 바라보고 한숨을 쉬면서 말했습니다.

"장하구려, 장해! 그러나 … 그 일은 쉽지가 않을 게요."

"'세상에 어려운 일은 없나니 뜻을 가진 사람인지가 걱정일 뿐44)'이라고 했습니다. 이 부인의 남다른 인내심은 몇 년 동안 노승이 퍽 잘 알지요. (…) 저분은 절대로 허튼소리를 하는 분이 아니올시다!"45)

하고 제공이 말하는지라 소아가 제공에게 물었습니다.

"이쪽 나리의 성함과 집안 내력을 일러주시면 절대로 잊지 않겠습니다!"

"이 나리는 강서 땅 홍주의 판관이신 이 씨 댁 이십삼랑二十三郞이십니다."

---

44) 세상에 어려운 일은 없나니~[天下無難事, 只怕有心人]: 명대의 속담. 결연한 의지와 믿음을 가진 사람에게는 세상에 그 어떤 어려움이나 난관도 없다는 뜻이다. 원래는 송대의 진원정陳元靚이 지은 《사림광기事林廣記》의 "세상에는 어려운 일이란 없나니, 사람 마음이 굳지 못해 탈이다世上無難事, 人心自不堅"에서 유래한 말로, 명대의 소설·희곡에서 많이 볼 수 있다.
45) 이 부인[此婦人] … 저분[彼]: 독서를 목적으로 한 소설에서는 독자가 쉽게 포착할 수 없지만 동일한 대상자에 대한 지시대명사가 '이this'에서 '저that'로 바뀌었다는 것은 그 공간에서 제공의 위치에 변동이 있다는 것을 시사한다. 아울러 이를 근거로 이 대목의 장면 묘사가 본질적으로 무대 공연을 목적으로 창작된 희곡을 그 원형으로 삼았음을 충분히 짐작할 수 있다.

소아는 몇 번이나 땅바닥에 머리를 조아려 절을 하면서 이름을 외웠습니다. 그러더니 눈물을 흘리면서 그 자리를 떠나는 것이었습니다. 이공좌는 이공좌대로 누각에서 술을 다 마시자 제공과 작별하고 나서 배를 타고 고향으로 향했지요.

이야기를 다른 쪽으로 돌려보지요. 다시 이야기를 들려드리겠습니다. 소아는 이 판관의 풀이 덕분에 두 도적의 이름을 알자마자 그길로 둘을 찾아 나서기로 결심했습니다. 그녀는 자신이 여자여서 바깥을 다니기가 불편하다고 여겨 꾀를 내어 몇 년 동안 탁발로 얻은 재물로 의복을 사서 남자 모습으로 꾸민 다음 '사보謝保'로 이름을 바꾸었습니다. 그리고 날카로운 칼을 한 자루 사서 옷섶 깊숙한 곳에 감추었지요.

'호수에서 마주치는 도적은 분명히 원래부터 강호를 본거지로 삼은 자들일 테니 놈들의 소식을 알아볼 수 있겠지!'

이렇게 생각한 그녀는 날마다 부두를 지키면서 배에서 일손을 찾기라도 하면 바로 따라가서 일꾼으로 지냈습니다. 배에서 지낼 때에는 부지런하고 빠릿빠릿하게 일하면서 절대로 게을리하는 법이 없었지요. 그래서 사람들은 그녀를 쓰기를 반기는 편이었습니다. 그녀 역시한 배에만 매여 있지 않았습니다. 써주기만 하면 어느 배에라도 달려갔지요. 그러다 보니 장삿배에 오르내리거나 드나드는 사람 중에 모르는 얼굴이 없을 정도로 익숙해졌답니다. 그러나 대소변46)을 볼 때만큼

---

46) 대소변[水火之事]: '수화지사水火之事'는 글자 그대로 풀이하면 '물 및 불과 관련된 일'로 번역되지만 명대 구어에서는 대변과 소변을 뜻하는 말로 사용

은 각별히 조심해서 은밀하게 처리하고 털끝만큼도 빈틈을 보이지 않았지요. 그러면서도 배가 거쳐 가는 곳이라면 어디든지 간에 뭍에 올라가 차례로 찾아다니면서 소식을 알아보곤 했습니다. 그렇게 하기를 한 해 남짓 했습니다마는 도무지 아무 소식도 없는 것이었습니다.

그러다가 하루는 어떤 장삿배를 따라 심양군潯陽郡[47]까지 가서 뭍에 올라가 길을 걷다보니 웬 집 대나무 문짝에 방榜이 한 장 붙었는데, 이런 내용이 적혀 있었습니다.

"사람을 고용해 쓰려 하니 희망자는 지원하기 바람."

雇人使用, 願者來投。

소아는 그 이웃에 사는 사람에게 물었습니다.

"사람을 쓰겠다는 이 집은 뉘 댁입니까?"

"그 집은 신申 씨 댁이오. (…) 가장은 '신란'이라고 하는데 바로 신 씨 댁 큰서방님이지. 늘 강호로 나가 장사를 하는데 집에는 여자들뿐이어서 집을 지킬 믿음직스러운 사내가 하나도 없다오. 그래서 고용해서 부리려는 게지."

소아는 '신란'이라는 이름을 듣는 순간 무언가 가슴에 와닿는 느낌이 들었습니다.

되기도 했다. 여기서는 '수화지사'를 편의상 "대소변"으로 번역했다.

47) 심양군潯陽郡: 중국 고대의 지명. 지금의 강서성 구강시九江市 일대에는 장강의 지류인 심양강潯陽江이 흐르고 군의 치소가 이 강의 북쪽에 있다고 하여 '심양'으로 부르게 되었다고 한다.

'정말 그런 이름이 있었다니! (…) 바로 그 도적놈이 아닐까?'

이런 생각이 들어서 그 이웃에게 말했습니다.

"이 댁에 일손으로 지원하고 싶은데 … 주선을 좀 해주시지요!"

"신 씨 댁에는 급히 쓸 사람이 필요하니까 말만 하면 될 거요. 성사되면 사례로 나한테 밥이나 한번 내슈!"

"그거야 당연하지요!"

하고 소아가 말하니 이웃사람은 소아의 이름과 주소를 확인하고 나서 그녀를 안내해 그길로 신 씨네 집으로 들어갔습니다. 그런데 가만 보니 안에서 웬 사람이 천천히 걸어나오는 것이었습니다. 그 사람이 어떻게 생긴 줄 아십니까? 그 모습을 볼작시면

움푹한 기괴한 얼굴에,	偏兜怪臉,
뾰족한 아래턱,	尖下頦,
누런 수염 몇 가닥만 자랐는데,	生幾莖黃鬚.
우뚝한 높은 광대뼈에,	突兀高顴,
짙은 눈썹,	濃眉毛,
붉은 두 눈을 누르고 있구나.[48]	壓一雙赤眼.
말할 때는 범이 울부짖는 듯,	出言如虎嘯,
소리가 한참이나 울려 비바람까지 서늘해지고,	聲撼半天風雨寒.
걸음 걸을 때는 늑대가 내달리는 듯,	行步似狼奔,

---

48) 붉은 두 눈을 누르고 있구나[壓一雙赤眼]: 여기서 '누를 압壓'은 "짙은 눈썹 濃眉毛"이 "붉은 두 눈一雙赤眼"보다 위에 있는 것을 두고 한 말이다.

그림자 높게 출렁이며 용과 뱀까지 움직이네.	影遼千尺龍蛇動。
멀리서 보면	遠觀
초상난 배 위의 방상49)인데,	是喪船上方相,
가까이서 보니	近覰
절 문 밖의 금강50)이로구나!	乃山門外金剛。

방상씨 《삼재도회》

---

49) 방상方相: 방상씨方相氏를 말한다. 방상씨는 중국 고대의 전설에서 역병을 일으키는 역귀나 산천의 정령精靈들을 쫓아내는 것으로 전해진다. 일반적으로 곰 가죽을 뒤집어쓰고 네 개의 황금 눈을 가졌으며 검은 옷과 붉은 치마를 입고 창과 방패를 든 모습으로 형상화된다. 고대에는 장례를 치를 때 방상씨를 길잡이로 앞장을 세웠다.

50) 금강金剛: 불교 수호신 금강역사金剛力士를 말한다. '금강역사'는 불교용어로, 불교 사찰의 탑 또는 산문山門 양쪽을 지키는 수문신장守門神將을 뜻하며, '인왕역사仁王力士'로 부르기도 한다. 일반적으로 산문 왼쪽에는 금강저金剛杵라는 무기를 들고 부처를 호위하는 야차신夜叉神인 '밀적금강密迹金剛'이, 오른쪽에는 코끼리의 백만 배나 되는 힘을 가졌다는 천상의 역사인 '나라연금강那羅延金剛'이 각각 배치된다.

금강역사(일본)

소아는 그 사람을 보고 깜짝 놀랐습니다.

'이자는 사람을 죽인 바로 그 강도가 아닌가!'

소아는 속으로 생각하면서 촉각을 곤두세우는데 가만 보니 이웃사람이 말하는 것이었지요.

"큰나리께서 사람을 쓰겠다고 하셨지요? (…) 이 사람은 성이 사, 이름이 보인데, 역시 우리 강서 사람이더군요. 이 사람이 큰나리 댁에 일꾼으로 지원하겠답니다요!"

"전에는 어떤 일을 하던 자입니까?"

하고 신란이 묻자 소아가 대답했습니다.

"전에는 배에서 품을 팔고 지냈습니다요. 부두나 배에서는 소인을 아는 분이 많습지요. 큰나리께서 가서 물어보면 아실 겁니다요!"

신란의 집은 부두에서 그다지 멀지 않아서 세 사람은 같이 부두로 가서 배마다 물어보았습니다. 그래서 다들 '사보는 부지런하고 조심스러우며 진실하고 성실하다'면서 이런저런 장점들을 일러주는 것이었지요. 그러자 신란은 아주 기뻐하는 것이었습니다. 소아는 즉시 평소 알고 지내던 부두의 거간꾼 집에서 종이·먹·붓·벼루를 빌려서 직접 고용계약서를 작성하고 아까 그 이웃사람을 소개인으로 세운 다음 신란에게 건네서 보관하게 했습니다. 신란은 그길로 그를 데리고 이웃사람과 같이 집으로 돌아가 술을 가지고 나오더니 소개인을 대접하고 소아에게는 곁에서 시중을 들게 했지요. 소아는 바로 부엌으로 가서 이것을 담네 저것을 차립네 술을 내옵네 안주를 내옵네 하는데 제법 익숙하게 해내지 뭡니까! 그러자 신란은 두 냥의 품삯을 꺼내서 먼저 소아에게 주었습니다. 이어서 두 돈의 은자를 가져다 이웃사람에게 소개비로 주었지요. 소아 역시 스스로 자신의 쌈짓돈[51]에서 저울로 두 돈을 달아 그 이웃사람에게 주었습니다. 이웃사람은 몹시 좋아하면서 고맙다는 인사를 하고 그 자리를 떠났지요. 신란은 이어서 소아를 데리고 아내 인藺 씨에게 가서 인사를 시켰습니다. 이렇게 해서 소아는 신란의 집에서 머슴으로 지내게 되었답니다.

소아가 은밀히 신란의 동정을 살펴보니 좋은 사람이 아닌 것은 분명했습니다. 꿈속에서 들은 이름을 생각해보면 분명히 증거가 있으니 원수가 확실해 보였지요. 그러나 그를 속여 좋아하고 가깝게 지내야만 진실을 확인하고 틈을 봐서 복수를 할 수 있을 것 같았습니다. 그래서 부르면 부르는 족족 바로바로 대답을 하고, 시키면 시키는 족족 싹싹하게 일을 해내면서 조금도 그 뜻을 거스르는 일이 없었습니다. 신란은 신란대로 원업寃業의 당사자여서 그랬는지 소아를 처음 만난 날부터 유난히 그녀를 좋아했습니다. 더욱이 그녀가 쓸 만한 것을 보고 더더욱 살갑게 대하면서 잠시도 그 곁을 떠나지 않는 것이었지요. 사보와 상의하지 않는 말이 없을 정도요, 사보에게 처리하게 하지 않는 일이 없을 정도요, 사보에게 정리하게 하지 않는 것이 없을 정도였습니다. 그렇게 해서 그녀는 이미 신란의 측근 중의 최측근이 되었습니다. 그래서 금은보화 같은 값진 것들은 전부 소아의 손을 거쳐 드나

---

51) 쌈짓돈[梯己]: '제기梯己'는 명대에 개인이 조금씩 모은 비자금을 가리키던 말로, '체기전體己錢'이라고도 쓴다. 여기서는 편의상 "쌈짓돈"으로 번역했다.

들었지요. 그런데 가만 보니 왕년에 배에서 빼앗긴 비단 자수를 놓은 화려한 의복은 물론이고 보물과 골동품 가구 같은 물건까지 전부 신란의 집에 있는 것이 아닙니까! 그야말로

안장을 보면 그 말을 떠올리고,　　　　　　見鞍思馬,
물건을 보면 그 주인을 떠올리는 법!　　　　睹物思人。

한 가지를 발견할 때마다 속으로 한참동안 눈물을 흘리곤 했습니다. 그제야 꿈속에서 들은 말이 다 옳다는 것을 깨닫고 한 순간도 원한을 잊지 않았지요. 물론, 그러면서도 그가 눈치를 챌까 싶어서 더더욱 조심했답니다.

또 그가 하는 말을 듣자니 그에게는 '둘째 나리'로 불리는 사촌 형제가 있는데 강 건너 독수포獨樹浦에 살고 있다는 것이었습니다. 그러자 소아는 속으로 생각했습니다.

"그자가 … 신춘이 아닐까? 아버지 꿈이 맞았으니 서방님 꿈도 틀릴 리가 없으니 … 그렇다고 해서 이름을 캐묻기는 곤란해. 나를 의심할 지도 모르니까! 그자가 오게만 할 수 있다면 금방 확인할 텐데 …"

그런데 소아가 신란의 집에 온 후로 가만 보니 신란이 '둘째 나리' 집에 다녀온다는 말을 할 때마다 한번 가면 달포가 지나야 돌아오는 것이었습니다. 게다가 돌아올 때는 어김없이 엄청난 재물과 비단을 잔뜩 들고 들어오는 것이 아닙니까. 신란은 그때마다 사보에게 그것들을 넘겨주고 정리하도록 분부했지만 '둘째 나리'가 신란의 집에 오

는 경우는 한 번도 없었지요. 또 어떤 때에는 사보에게 같이 가자고 할 때도 있었습니다. 그러나 소아는 강도짓[52]을 하려는 것임을 눈치 채고 '집안일 때문에 꼼짝도 할 수가 없다'고 둘러대기만 했지요. 신란으로서도 집안일을 제쳐놓을 수는 없었습니다. 그래서 사보를 남겨놓고 집을 지키게 하면서 다시는 그 말을 꺼내지 않는 것이었지요. 그러나 외지에 나갈 때에는 소아와 아내 인 씨만 남겨서 한두 명의 어린 여종과 같이 집을 지키게 했고 소아는 혼자 바깥채에서 머물면서 관리하는 식이었습니다. 혹시라도 인 씨가 무슨 심부름 시킬 일이 있으면 그대로 잘 처리하곤 했지요. 그러다 보니 집안사람 모두가 그녀를 만사를 다 맡길 수 있는 믿음직스러운 사람이라며 좋아했답니다.

"이야기꾼 양반, 그건 말이 안 되지요! 소아는 남장을 하고 있었을 것 아니오? 그런데 신란이 어떻게 홀아비인 그녀를 자기 아내하고 한 집에 남겨 놓을 턱이 있소? 그녀가 그렇고 그런 짓이라도 내지나 않을까 의심했을 법도 한데?"

손님, 거기에는 다 그럴 만한 이유가 있습니다! 신란은 강도짓을 하는 자올시다. 재물을 가장 소중하게 여기지 그런 자들 마음속에 규방이나 예법 따위가 있을 리가 있습니까? 더욱이 소아도 계산이 있었지만 신란은 신란대로 평소 몇 번이나[53] 시험해본 결과 '그는 성실한

---

52) 강도짓[私商勾當]: '사상구당私商勾當'은 명대의 은어로, 글자대로 풀면 '(법적으로 허용되지 않은) 사적인 상업 행위' 정도로 해석된다. 당시에는 일반적으로 남의 금품이나 목숨을 빼앗는 강도 행위를 가리키는 말로 사용되었다.
53) 몇 번이나[畢竟]: 현대 중국어에서는 '결국·드디어finally'의 의미로 사용되지만 명대 구어에서는 '지속적으로·끊임없이persistently'의 의미로 사용되

사람으로 늘 신중하게 처신한다'는 것을 확인한 상태였습니다. 그러니 그런 걱정까지 할 필요가 없었습니다. 그래서 안심하고 나간 것은 굳이 새삼 토를 달 필요도 없는 거지요.

계속해서 이야기를 들려드리지요. 소아는 집에 있다 보니 얼마나 한가했겠습니까. 그래서 틈을 타서 주위 사람들과 어울리곤 했지요. 때때로 술도 사고 고기도 사면서 사람들에게 돈을 많이 썼습니다. 사람들은 소아만 보면 반가워하고 정답게 대하지 않는 경우가 없었지요. 그녀는 그녀대로 만약 의협심 있는 사람이나 수완 있고 대단한 사람이라도 눈에 띄면 더더욱 각별한 공을 들여서 내왕했습니다. 때로는 가난한 사람을 돕고 때로는 의형제를 맺으면서 말이지요. 그래 봤자 축나는 것은 신란의 그 의롭지 못한 재물뿐이었거든요. 신란의 재물은 쉽게 생긴 것들인 데다가 그녀를 믿고 맡긴 것들이었습니다. 그러니 어디 그녀가 작성한 장부를 확인이나 하겠습니까? 그래서 소아가 마음껏 인심을 썼던 거지요. 소아는 복수심도 강하다 보니 미리 손을 써서 거기서 그런 동지들[54]과 안면을 튼 상태였습니다. 다만 아직 신춘의 소식을 듣기도 전에 정보가 새서 원수가 도망칠 것이 걱정스러울 뿐이었습니다. 그래서 신란이 집에 있을 때에도 복수할 기회는 몇 번이나 있었습니다마는 그때마다 참고 행동으로 옮기지 않으면서 때가 오기만 기다렸지요.

는 경우가 많다. 여기서는 '필경'을 편의상 "몇 번이나"로 번역했다.

54) 【교정】 동지들[黨與]: 상우당본 원문(제806쪽)에는 '당여黨與'로 되어 있으나 원래는 '당우黨羽'로 써야 옳다. 아마 '우羽'와 '여與'의 명대 발음이 동일하기 때문에 대신 차용한 것으로 보인다.

그렇게 두 해 남짓 지났을 때였습니다. 어느 날 갑자기 누가 와서

"강북江北 둘째 나리께서 오셨습니다!"

하길래 가만 보니 웬 덩치 큰 사내가 우람한 사람들을 한 무리 데리고 들어와서 묻는 것이었습니다.

"형님은 어디 계신가?"

"큰나리는 안에 계십니다. 이 사보가 가서 모셔 나옵지요!"

소아는 이렇게 대답하고 신란에게 가서 알렸습니다. 그러자 신란이 대청 앞으로 나오더니 말하는 것이었지요.

"둘째야, 한동안 보이지 않더니 무슨 바람이 불어서 예까지 왔느냐? 게다가 부하들까지 데리고 말이다. 무슨 할 이야기라도 있느냐?"

"아우인 이 신춘이가 오늘 강에서 스무 근 남짓 나가는 큰 잉어를 잡았습니다. 혼자 먹을 수는 없고 해서 술 한 단지 사서 형님하고 같이 먹으려고 왔지요!"

하고 둘째 나리가 말하자 신란이 말했습니다.

"우리 둘째가 참 고맙기도 하지! (…) 이렇게 큰 잉어는 좀처럼 보기 어렵고말고! 이게 모두 천지신명께서 여러 해 동안 복을 주신 덕분이 아니겠느냐? 이 잉어와 술에다가 닭고기와 과일들까지 더해서 신명께 제사라도 좀 올려서 지켜주신 은혜에 감사를 드려야겠다. 그런 다음에 다 같이 그 복을 나누는 것55)이 옳을 것 같구나. 그러지 않고

한 가지 요리만 가지고는 술맛이 없지. 더욱이 부하들까지 다 왔는데 내가 돈 한푼 쓰지 않고 남의 음식만 얻어먹는 건 도리가 아니다. 둘째 생각은 어떠냐?"

그러자 사람들 모두 손뼉을 치면서 말했습니다.

"일리 있는 말씀이십니다!"

신란은 바로 사보를 불러서 둘째 나리에게 인사를 시켰습니다.

"이쪽은 우리 집 머슴일세. 아주 성실하고 부지런해서 믿음직하다네!"

그러더니 그길로 그녀더러 음식을 사 오게 했습니다. 소아는 명령에 따라 집을 나갔다가 얼마 후에 바로 골고루 사 와서 상을 차렸지요.

"이 친구 정말 일을 잘하는 걸? (…) 어째서 형님이 출타할 때마다 집안일 걱정을 안 하시나 싶어서 의아했는데 이제 보니 여기 이렇게 믿음직한 친구가 있었군요!"

사람들은 돌아가면서 한 번씩 칭찬을 아끼지 않았습니다. 신란은 사보를 시켜 제물들을 어떤 수호신 앞에 차리게 했습니다.

---

55) 복을 나누는 것[散福]: '산복散福'은 명대 강남 지역의 속어로, 신에게 제사를 지낸 후 술과 음식을 사람들에게 나누어 먹는 것을 가리킨다. 국내 제사에서 볼 수 있는 '음복飮福' 역시 그런 행위의 하나라고 할 수 있지만 음식을 나누는 행위를 가리키는 말은 없어서 여기서는 편의상 "복을 나누는 것"으로 번역했다.

"여기 있는 사람들 이름을 다 적어서 복을 빌어야 되는데 ⋯ 우리는 죄다 까막눈이니 복을 빌기는 글렀군!"

신춘이 이렇게 말하자 신란이 말하는 것이었습니다.

"사보가 글자를 잘 쓴단다."

"글자까지 쓸 줄 알아요? 대단하군요, 대단해!"

소아는 바로 가서 종이와 붓을 가져다 차례대로 쓰기 시작했습니다. 신란과 신춘을 필두로 해서 나머지 사람도 저마다 이름을 알려주어서 차례로 써 넣었지요. 소아는 글자를 쓰는 족족 그 이름을 다 외웠습니다. 그리고 그제야 그자의 이름이 정말 '신춘'이라는 것을 알았답니다.

수호신에게 올리는 제사가 끝나자 제물을 거두어서 정리를 좀 하고 다시 상을 차렸습니다. 사람들은 즐겁게 마시고 먹기에만 바쁘지, 소아가 작정을 하고 서둘러 그 나머지 이름을 하나하나 기억해내어 종이에 적은 다음 몰래 숨겨놓을 줄은 상상조차 못 하고 있었지요. 그녀는 은밀히 한숨을 쉬면서 생각했습니다.

'이 판관께서 정말 대단하시구나! 글자 해석이 기막히기도 하지! (⋯) 꿈속에서 들은 말과 이렇게 딱 들어맞을 줄이야! (⋯) 이건 모두 아버지와 서방님의 넋이 사라지지 않고 하늘께서도 그 마음을 열어주신 덕분이다! 오늘 원수들이 다 모였으니 내 뜻을 곧 이루겠구나!'

소아는 서둘러 나와서 시중을 들면서 큰 사발만 골라 가며 틈틈이

신란과 신춘 두 사람에게 술을 따랐습니다. 두 사람은 모두 대단한
술꾼이었습니다. 그렇다 보니 그녀가 이처럼 깍듯이 시중을 드는 것
을 보고 더더욱 신바람이 나서 큰 사발째[56] 마시느라 정신이 없었지
요. 그러니 어디 소아에게 다른 의도가 있다는 것을 눈치 챌 수 있겠
습니까? 날이 곧 저물려고 할 즈음 도적들은 모두 잔뜩 취한지라 각자
헤어지고, 신춘 한 사람만 그 자리에 남아 밤을 새우느라 돌아가지
않는 것이었습니다. 소아는 다시 더운 술을 가득 따라 신춘에게 바치
면서 말했습니다.

---

56) 큰 사발째[大碗價]: 원문의 "대완가大碗價"는 글자 그대로 '큰 사발 값'으로
번역해서는 안 된다. 여기서의 '가價'는 명대 구어에서 관련 용례를 자주
볼 수 있다. 이 용법이 처음으로 확인되는 송·금대 문헌이나 문학작품들에
는 '가價'는 보이지 않고 '가家' 또는 '가假'만 확인되는 것을 보면 원래는
'가家/假'로만 사용되던 것이 나중에 '가價'까지 추가로 사용되었음을 짐작
할 수 있다. 문성재의 〈근대한어의 가/가 연구 –원대잡극을 중심으로〉(《중
국어문논총》제25권, 2003)에 따르면, 서로 다른 세 글자가 동일한 상황에서
사용된 것을 볼 때, 이들 간의 공통점은 특정한 의미가 아닌 발음에 있으며,
그 문법적 역할 역시 "특정 부분에서의 발성상의 휴지 또는 어감의 강조"
를 목적으로 할 뿐이다. 따라서 이 용법에 사용된 '가'는 '~째·~ 그대로'
정도의 어감만 표현할 뿐이어서 문법에서는 이렇게 사용된 '가'들을 '구조
조사[結構助詞]'라고 부른다. 《원간잡극 삼십종元刊雜劇三十種》, 《원곡선元
曲選》 등 원대에 창작된 희곡집에 사용된 '가家/假/價'들을 분석할 때 구조
조사 '가'의 용례들은 지역적으로 강남 대 강북의 비율이 거의 87 대 13
수준이어서 완연한 지역색을 보인다. 그 점에서는 가家'와 가價'도 마찬가
지여서 전자는 금원대에 화북華北(북방), 후자는 원명대에 강남江南(남방)
에서 주로 확인된다. 구조조사 '가家/價'의 두드러진 시대성, 지역성은 원대
의 공연예술인 잡극雜劇의 남하 과정과 대체로 부합하여 북방의 언어현상
이 시간이 흐르면서 점차 강남 각지로 확산된 결과라는 결론을 얻을 수 있
다. 문성재는 우리말의 '~째·~채' 역시 '~가家/假/價'의 명대 발음이 국어에
수용된 결과로 보았다.

"쇤네 사보는 이 댁에서 지낸 지 두 해나 되었지만 두 나리 시중을 동시에 든 적은 없었습니다. '떡 본 김에 제사 지낸다[57]'고 몇 잔 더 올리겠습니다요!"

하더니 소아는 또 한 잔을 따라 신란에게 건네면서 말했습니다.

"큰나리께서도 둘째 나리 시중 좀 같이 드시지요."

"사보가 정말 대단하군요. 말도 잘하고, 술도 잘 권하고!"

신춘이 이렇게 말하자 신란이 말하는 것이었습니다.

"우리 사보의 극진한 정성을 마다하지 말고 술 들어갈 때까지 다 마셔버리자꾸나!"

이렇게 또 신춘에게 사보의 장점들을 칭찬하는지라 소아는 겸손의 말을 한마디 하기가 무섭게 또 한 잔을 바쳤지요. 그야말로 술을 비우지 않으면 절대로 멈추지 않을 기세로 말입니다. 결국 두 사람은 그녀

---

57) 떡 본 김에 제사 지낸다[借花獻佛]: '차화헌불借花獻佛'이란 남에게서 빌린 꽃을 부처에게 바치고 자기 복을 빈다는 뜻의 성어로, 눈앞에 벌어진 상황에 순응해서 겸사겸사 다른 일까지 하는 것을 두고 하는 말이다. 관련 용례는 이미 원대 잡극에서 확인된다. 원대 극작가 소덕상蕭德祥(14세기)의 희곡 《양씨녀살구권부楊氏女殺狗勸夫》에서 "성님한테 술이 있으니 우리는 '떡 본 김에 제사 지낸다'고, 성님 무병장수나 빌어드립지요旣然哥哥有酒, 我们借花獻佛, 與哥哥上壽咱"라고 한 것이 그 대표적인 사례이다. 중국학자나 중국 포털 사이트 백도百度에서는 이를 '남의 물건으로 생색을 내는 것'을 뜻한다고 설명하지만, 관련 용례나 전후 맥락을 자세히 따져보면 그것이 잘못된 해석임을 알 수 있다.

에 의해 술에 잔뜩 취하고 마는 것이었지요. 그런데 알고 보니 강변에는 물이 좋지 않아 좋은 술이 나지 않았습니다. 그래서 도적들도 마시는 술이라봤자 고작 소도자[58]였지요. 이번 술은 그들이 실컷 마시기로 작정하고 산 진짜배기 적화소주滴花燒酒여서 도수가 무척 높았습니다. 더욱이 그렇게 잔뜩 먹었으니 안 취할 재간이 있나요?

소도자

신란은 술에 잔뜩 취해 몸이 달아오른 데다가 걸음조차 제대로 걸을 수 없자 아예 뜰에서 웃통을 벗은 채로 곯아떨어지고 말았습니다. 신춘도 잠이 오기는 했지만 그래도 걸을 수는 있는 상태였지요. 소아는 바로 그를 웬 방으로 부축해 가서 침상에서 잘 재웠습니다. 그러고는 안채로 들어가서 보았더니 알고 보니 인 씨가 부엌에서 술을 정리하다가 콧속으로 스며드는 술 냄새를 맡고 야참을 먹는다는 핑계로 자기도 한 사발을 먹어치웠지 않았겠습니까? 여종 둘도 술을 갖다 주러 나온 김에 각자 몰래 맛을 보는 것이었습니다. 그러나 여자들이 그 독한 술을 어떻게 감당할 수가 있겠습니까? 저마다 기지개를 펴네 꾸벅꾸벅 좁네 하는 꼴이 딱 손오공의 잠벌레[59] 같지 뭡니까. 소아는

---

58) 소도자燒刀子: 명대의 술. 수수를 발효시켜 만든 알콜 도수가 상당히 높은 소주로, 중국요리집에서 취급하는 빼갈白干兒도 그중 하나이다.

59) 손오공의 잠벌레[孫行者磕睡蟲]: 명대의 소설가 오승은吳承恩(1500?~1583) 이 엮은 장편소설 《서유기西遊記》 제5회에는 손오공이 자신의 몸에서 뜯은 털을 잠벌레[磕睡蟲]로 둔갑시켜 그 벌레와 마주친 사람은 모두 잠에 곯아 떨어지게 만든다. '손행자孫行者'는 손오공이 천축국天竺國으로 불경을 구

손오공과 삼장법사 이탁오, 《비평서유기》(명간본)

그 광경을 보고

'지금 손을 쓰지 않으면 언제 쓰겠어?'

하고 생각하면서도 한편으로는

'여자들은 상관없지만 (…) 신춘 이놈은 깊이 잠들지 않았기라도 하면 정말 난리가 날 텐데 …'

하는 생각에 자물쇠를 가지고 신춘이 자는 방의 문을 잠가버렸습니다. 뜰로 나온 그녀는 옷섶 안에서 단도를 뽑아 단칼에 신란의 목을 베어버렸습니다.

하러 간 당나라 삼장법사三藏法師의 행자로 등장하기 때문에 손오공에 대한 별칭으로 사용되었다. 여기서는 '손행자'를 편의상 국내에 널리 알려진 이름 "손오공"으로 번역했다.

이번에는 신춘을 죽일 차례였습니다. 그러나 아무래도 어쩔 수 없는 여자여서 그랬을까요? 신춘이 아까 몸을 가눌 줄 아는 것을 본 탓에 아직 덜 취했을까 겁이 나서 함부로 건드릴 수가 없었습니다. 그래서 서둘러 이웃집들이 있는 곳으로 나와서 외쳤지요.

"여러분! 죄송하지만 제가 도적놈을 붙잡도록 좀 거들어주십시오!"

이웃 사람들은 모두 평소 그녀와 사이좋게 지내던 터였습니다. 그래서 그녀의 목소리를 듣자마자 다들 몰려와서 묻는 것이었습니다.

"도적이 어디 있소? 당신이 잡아가도록 우리가 도와드리리다!"

"예사 도적이 아니라 바로 강과 바다에 출몰하면서 살인을 일삼는 큰 강도입니다! 장물도 다 여기 있고요 오늘 제 손에 잔뜩 취해서 방에 갇혀 있습니다. 여러분께서 도와주셔야 놈들을 붙잡을 수 있어요!"

소아가 평소 알고 지내던 호사가도 사람들 틈에 많이 끼어 있다가 '강도'라는 소리에 다들 주먹을 문지르고 손바닥을 비비면서 말하는 것이었습니다.

"어떤 놈입니까?"

"바로 소인의 주인과 그 아우들입니다! 놈들은 상습적으로 강도짓을 벌였더군요. 집안의 그 엄청난 물건과 재물이 전부 남들한테서 빼앗은 장물입니다!"

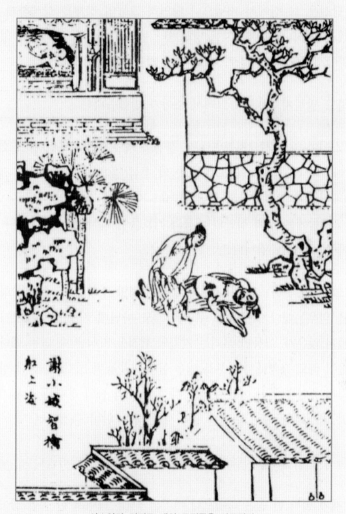

사소아가 기지로 배의 도적들을 사로잡다.

소아가 이렇게 말하자 그 속에서 누군가가

"당신은 그 집에서 지냈으니 당연히 그들의 정체를 상세하게 잘 알겠지요. 허나 … 해코지를 당하거나 물건을 빼앗긴 당사자가 없는 상황에서 우리가 함부로 나설 수는 없지 않소?"

하고 말하지 뭡니까. 그래서 소아가 말했습니다.

"소인이 바로 해코지를 당하고 물건을 빼앗긴 당사자입니다! 소인의 아비와 한 친척, 그리고 두 집안의 수십 명이나 되는 식구가 전부이 패거리에게 살해당하고 말았지요! 지금 이 집에 있는 금은으로된 그릇들에는 저희 집안의 이름과 기호들이 적혀 있어서 누구나 다알아볼 수 있을 겁니다!"

"그 말이 맞아! 저 신 씨네는 행적이 정말 수상했지. 주인이 항상집을 비우는데다가 생계를 꾸리는 것도 아닌데 저렇게 벼락부자가되었지 않은가. 그동안 우리는 저들의 행적을 밝혀낼 수 없는 데다가저들이 하도 흉악해서 함부로 일을 들추지 못했던 게지. 지금 사 형이이렇게 증언을 하신 이상 우리도 사 형을 도와 놈의 형제 둘을 관가로끌고 가서 판관께서 판결을 내리시게 하는 편이 좋겠구려!"

물정에 밝은 한 사람이 이렇게 말하자 소아가 말했습니다.

"제가 벌써 한 놈은 죽였으니 여러분께서는 나머지 한 놈만 잡아주십시오!"

사람들은 그녀가 벌써 한 사람을 죽였다는 소리를 듣고 이 사건은 관가에서 해결할 수밖에 없다는 것을 깨달았습니다. 더욱이 소아와 사이가 좋은 사람이 많은 데다가 신란을 미워하는 사람도 적잖았지요. 이웃 사람들은 일제히 횃불을 붙여 신 씨네 집 대문 안으로 밀고 들어갔습니다. 그런데 가만 보니 신란이 이미 굳은 시체가 되어 피바다 속에 쓰러져 있는 것이 아닙니까! 이어서 방문을 열었더니 신춘은 코를 우레 같이 골면서 아직도 깊은 꿈에 빠져 있는 것이었습니다. 사람들이 밧줄로 그를 단단히 결박하자 신춘은 그래도 버둥거리면서

"형님, (…) 장난치지 마슈!"

하는지라 사람들이

"강도놈!"

하고 욕을 퍼부었지만 그는 당최 깨어날 줄을 모르는 것이었습니다. 신춘을 결박한 사람들은 일제히 안방으로 밀고 들어갔습니다. 인 씨는 술을 많이 마시지 않았기 때문에 깨는 것도 빨랐습니다. 그러나 놀라 일어나서 사람들이 횃불을 든 것을 보고는 강도라도 든 줄 알고 이렇게 중얼거렸습니다.

"맨날 남들한테 강도짓을 하더니 오늘은 거꾸로 남들이 우리 집에 강도짓을 하러 왔네그랴!"

사람들은 그 소리를 듣고는 사보가 한 말이 사실이라고 믿고

"허튼소리! 누가 너희 집에 강도짓을 하러 왔다는 게냐? 너희가 저지른 강도짓이 들통난 게지!"

하고 호통을 치더니 인 씨와 어린 여종 둘을 결박했습니다.

"죄다 우리 서방님하고 도련님이 벌인 일이지 나하고는 아무 상관이 없다구요!"

인 씨가 이렇게 말하자 사람들이 말했습니다.

"그건 알 수 없지. 직접 관아에 대질하러 가자꾸나!"

이때 소아는 남들이 장물을 훔쳐갈까 봐서 평소에 물건을 보관하던 곳을 잘 치우고 자물쇠로 잠가놓았습니다. 그러고는 동이 트자 그 구역의 담당관에게 봉인을 하고 관아에 알려 장물들을 압수하게 했지요.

그렇게 밤새도록 난리를 친 끝에 날이 밝자 신춘 일행을 심양군 관아로 끌고 갔습니다. 심양 태수 장張 공이 재판정에 나타나자 구역 담당관들은 관련 용의자들을 끌고 왔습니다. 소아는 손에 고발장을 들고 신 씨네가 인명을 해치고 강도짓을 자행한 중대 사건을 고발했습니다. 이때 신춘은 숙취에서 깨어나 사태를 파악하고 자신을 고발한 사람을 보니 다름 아닌 사보가 아닙니까! 그는 자기 형이 저지른 평소의 죄상이 그녀 손에 들어간 것은 눈치 챘지만 그 내막은 알지 못한 채 고래고래 소리를 질렀습니다.

"그건 머슴이 주인을 배반하고 억지로 지어낸 이야기입니다요!"

그러자 소아는 장 태수를 마주보고 신춘을 가리키면서 말했습니다.

"저놈의 형제 둘이 주범입니다! 십년 전 예장의 객상인 사 씨와

단 씨 두 집의 식구 수십 명을 저들이 모두 죽였습니다! (…) 그래놓고 어떻게 발뺌을 하려 드느냐!"

이 말을 듣고 태수가 소아에게 말했습니다.

"너는 그의 집에서 머슴살이를 하면서 이 일을 함께 벌인 것이 아니냐? 그런데 이제 너를 홀대하니까 미리 자수한 것이 아니냐 말이다."

"소인이 놈의 집에서 머슴살이를 한 것은 겨우 두 해밖에 되지 않았습니다. 이 일은 십년 전에 놈이 벌인 짓입니다!"

"그렇다면 … 너는 그것을 어떻게 알았느냐? 무슨 증거라도 있느냐?"

"놈이 집에서 소유한 물건 중 상당히 많은 것이 사 씨와 단 씨 양가의 물건들이니, 그것이 바로 증거입니다!"

그래서 태수가

"너는 사 씨와는 어떤 관계냐? 어떻게 그 집안 물건이라고 장담하는 게냐?"

하고 물었더니 소아가

"사 씨는 소인 아비의 집안이고, 단 씨는 소인 지아비의 집안입니다!"

하는지라 태수가 따졌습니다.

"너는 사내인데 … 지아비의 집안이라니?"

그러자 소아가 말하는 것이었습니다.

"나리! 제 말씀 좀 들어주십시오! (…) 소녀, 사실은 계집이지 사내
가 아닙니다! 양가가 모두 두 도적놈에게 살해당하는 바람에 소녀는
물속에 빠졌다가 구조되었지요. 나중에 아비와 지아비가 꿈속에 나타
나 살인자의 이름을 열두 자의 수수께끼로 알려주더군요. 그런데 아
무리 궁리해도 그 속뜻을 알 길이 없어서 학식이 있는 분들께 두루
여쭈어보았습니다만 누구 하나 간파하는 이가 없지 뭡니까. 다행스럽
게도 홍주의 이 판관이라는 분이 '그 이름은 신란과 신춘'이라고 풀이
해주셨습니다. 소녀는 그때부터 남장을 하고 강호를 두루 돌아다니면
서 이 두 놈을 찾아 헤맸습니다. 그러다가 이 군에 이르러 머슴을 구
하는 방이 붙었길래 물어보니 신란의 집이지 뭡니까? 소녀는 작정하
고 놈의 집에 들어갔는데 놈이 드나드는 행적을 보고 거기다 왕년의
그 물건들을 확인하고 나니 놈이 바로 그 큰도적놈이자 아비를 죽인
원수라는 사실을 분명히 깨달을 수 있었습니다! 그러나 신춘은 그때
까지도 보이지 않아서 함부로 손을 쓸 수가 없었지요. 그러던 차에
어제 떼를 지어 몰려와서 술을 마시길래 소녀가 이 손으로 신란을
찔러 죽이고 동네 사람들을 다 불러서 같이 신춘을 붙잡은 것입니
다! 지금까지 고한 말씀은 모두 사실입니다!"

태수는 그 말을 듣고 하도 신기해서 물었습니다.

"그 열두 글자의 수수께끼란 어떤 것이냐?"

그래서 소아가 열두 글자를 순서대로 외웠더니 태수가 묻는 것이었지요.

"이것이 어째서 신란과 신춘이라는 게냐?"

소아는 이공좌가 풀이한 속뜻을 당시 들었던 대로 자세하게 일러주었지요. 태수는 그제야 연신 고개를 끄덕이면서 말했습니다.

"그렇군, 그래, 그렇지! (…) 속이 다 후련하구려, 이 군[60]이시여! 이렇게도 분명하게 깨우쳐주셨구려! (…) 그분은 나와도 교분이 있으니 이 일은 의심할 여지가 없는 사실일 것이다. 헌데, … 너는 여자의 몸으로 남장을 하고서도 하루 이틀도 아니고 어떻게 그동안 남들에게 발각되지 않았더냐?"

"소녀는 원한을 품고 밤낮으로 가슴을 졸이며 지냈습니다. 그런데 어떻게 남들에게 빈틈을 보일 수가 있겠습니까? 만약에 조금이라도 누설되었다면 원수를 어떻게 갚을 수 있었겠습니까?"

소아가 이렇게 말하자 태수는 속으로 탄복하면서

"결기가 있구나, 이 여인은!"

하더니 이번에는 해당 구역 담당관들을 불러 내서 사건의 경위를

---

60) 군君: 중국 고대의 존칭. 우리나라에서는 주로 손아랫사람을 부르는 호칭으로 굳어졌지만, 원래는 '미스터mister'나 '로드lord'의 경우처럼 [공직에 있는] 상대방을 높여 부르는 존칭으로 사용되었다. 여기서도 홍주 판관을 지낸 이공좌에 대한 존칭으로 사용되었다.

물었습니다. 구역 담당관들은 신 씨 형제가 전부터 행적이 수상했던 일, 사보가 두 해 전부터 머슴살이를 한 일, 지난밤 신란을 죽이고 함께 힘을 모아 신춘과 그 가솔들을 붙잡은 일, 오늘 그들을 관아로 끌고 온 일 등을 처음부터 끝까지 자세하게 진술했지요. 그러자 태수가 물었습니다.

"장물은 어디에 있느냐?"

"장물은 그동안 소녀에게 관리를 맡겼었는데 어젯밤 구역 담당관들과 함께 그곳에 잘 봉인해놓았습니다!"

소아가 이렇게 말하자 태수는 즉시 아전에게 명령을 내려 소아를 데리고 가되, 구역 담당관들과 같이 신란의 집에 가서 장물을 확보하게 했습니다. 아 그랬더니 금은보화가 천만 금이 넘지 뭡니까! 소아는 그것들을 일일이 장부에 적어놓았는데 한 푼도 틀림이 없자 즉시 부의 관아로 실어 갔습니다. 관아에 재물과 비단이 가득 찬 것을 본 태수는 신란이 도적질을 한 것이 사실임을 알았습니다. 그래서 신춘에게 모진 고문을 가하고 인 씨에게도 손가락을 조이는 형벌[61]을 가했더니 둘

찰자. 손가락을 사이에 끼우고 조이는 형구이다. 《삼재도회》

---

61) 손가락을 조이는 형벌[拶指]: 중국의 고대 형벌의 일종. 헐겁게 엮은 나무살들을 연결하고 조였다 풀었다 할 수 있는 형구인 '찰자拶子'에 죄인의 손가락들을 끼운 다음 힘을 주어 조임으로써 형벌을 가한다. 이 형벌은 주로 여성에게 가해졌는데 심한 경우에는 손가락이 으스러지기도 했다. 여기서는 찰지拶指'를 편의상 "손가락을 조이는 형벌"로 의역했다.

다 더는 발뺌을 하지 못하고 일일이 모두 실토하는 것이었지요. 태수는 이어서 잔당이 누구인지 추궁했지만 신춘은 그래도 자백을 하지 않았습니다. 그런데 가만 보니 소아가 소맷부리에서 당초 작성해둔 명단을 꺼내 태수에게 바치는 것이었습니다.

"이것이 도적떼의 이름입니다!"

"네가 … 어떻게 그런 정보를 다 아느냐?"

태수가 말하자 소아가 말했습니다.

"어제 소녀에게 천지신명께 제사를 드리는 발원자들의 이름을 적으라고 하더군요. 그래서 소녀가 몰래 그 이름들을 베껴놓았지요. 한 놈도 틀림이 없습니다!"

태수는 그녀의 수완에 더더욱 탄복하면서 즉시 신춘을 소환해 그 잔당의 주소를 추궁했습니다. 그리고 사람마다 이름 아래에 주소를 적고 신춘을 감옥에 가둔 다음 인 씨와 여종들은 관아의 보증을 받아 종으로 팔게 했습니다. 그리고 나서 포졸들을 차출해서 즉각 각지로 달려가 잔당을 체포하게 했지요. 그야말로 '독 안에 든 자라 잡기[62]'처럼 한 사람도 달아나지 못하고 모조리 일망타진하니 저마다 증거 앞에서 아무 말도 못 하는 것이었습니다.

---

62) 독 안에 든 자라 잡기[甕中捉鱉]: 명대의 속담. 송·원대 화본·희곡에서 유래한 말로, 때로는 '독 안에 든 자라 잡기 — 손만 뻗으면 잡을 수 있지甕中捉鱉 — 手到拿來'처럼 헐후어歇後語의 형태로 사용되기도 했다. 우리 속담의 '누워서 떡 먹기'처럼 주로 일이 아주 쉬운 것을 가리키는 데에 사용된다.

태수는 전원에게 중형을 선고하고 신춘과 나란히 사형수 감옥에 가
둔 다음 소아를 보고 말했습니다.

"놈들이 도적질을 한 정황은 이미 사실로 밝혀졌으니 더 이상 말할
것이 없다. 다만 … 너는 관가에 보고하기도 전에 함부로 사람을 죽였
으니 그 죄 또한 죽어 마땅하다!"

"큰 원수는 이미 갚았으니 지금 당장 죽어도 여한이 없사옵니다!"

하고 소아가 말하자 태수가 말했습니다.

"법률로 따지면 그렇다는 것이다. 그러나 … 너는 효성이 지극하고
절개도 가상하니 통례에 따라 처벌해서는 안 되지. (…) 내가 조정에
장계를 올리고 현명하신 처분을 요청하여 네가 죽을죄를 면하게 해주
겠다!"

그러자 소아는 머리를 조아리며 고마워하는 하는 것이었지요. 태수
가 그녀를 데리고 나가 보증인을 세우게 하자 소아가 말했습니다.

"소녀 지금 신상이 이미 드러나 더 이상 사내들과 섞여 지낼 수
없게 되었습니다. 그러니 비구니 암자에 보내시어 처분이 내려질 때
까지 기다리는 편의를 보아주시기를 바랄 뿐입니다!"

"그러고 보니 일리가 있구나!"

태수는 그길로 소아를 부근의 비구니 암자로 데려가게 한 후 그녀
를 관리하면서 한편으로는 어명이 내려질 때까지 기다리게 했습니다.

그런 다음 즉시 이번 사건의 상세한 경위를 황제에게 보고했습니다. 그 내용은 다음과 같았지요.

> "사소아가 뜻을 세워 원수를 갚으려 하니 꿈속에서 신들을 감동시켜 몇 년 만에 소원을 이루었사옵니다. 개인에게는 아비의 원수라지만 국가에게는 도적들이온즉, 소아가 함부로 살인의 죄를 범했으나 그 죄는 사면이 가능하다고 보옵니다. 더욱이 절개를 바꾸지 않은 일은 확인을 거쳐 표창하심이 옳은 줄로 아나이다! …
>
> 원화 12년 4월"

謝小娥立志報仇, 夢寐感通, 歷年乃得。明係父仇, 又屬眞盜。不惟擅殺之條, 原情可免, 又且矢志之事, 核行可旌。…

元和十二年四月

그러자 조정에서는 다음과 같은 황제의 답변이 내려왔습니다.

> "사소아의 절개와 행적은 남다르다 하겠다. 상소한 바를 윤허하노니, 죽을죄를 사면하고 관련 관청에서는 그 집에 표창을 내리도록 하라. 신춘은 즉시 형을 집행하여 참형에 처하도록 하라."

謝小娥節行異人, 准奏免死, 有司旌表其廬。申春即行處斬。

하루가 지나지 않아서[63] 심양군 관아 재판정으로 와서 어명을 낭독

---

63) 하루가 지나지 않아서[不一日]: 송대 화본, 명대 의화본·장회소설의 상투적인 표현. '불일일不一日'을 글자 그대로 풀이하면 '하루가 지나지 않아'로 번역되지만 그 실제 의미가 무엇인가에 대해서는 논란이 있다. 일부 학자는 유명한 무협소설가 김용金鏞이 "승지 등은 북경을 나와 북쪽으로 떠나 며칠 만에 성경에 당도했다承志等出京向北進發, 不一日到了盛京"(《벽혈검碧血劍》) 등과 같이, 자신의 작품 여러 곳에서 사용한 '불일일'의 용례들이 물

하니, 태수는 옥리들에게 명령해 신춘 등의 사형수들을 끌어내 범유패犯由牌[64]를 읽고 저잣거리로 끌고 가 참형에 처하게 했습니다. 소아는 이때 이미 여자로 옷차림을 바꾸어 소복을 입고 형장에서 신춘을 처형하는 광경을 참관하고 나서 관아로 가서 장 공에게 절을 하면서 고맙다고 인사를 했습니다. 그래서 장 공이 화려한 악대에게 그녀를 고향까지 전송하라고 일렀더니 소아가 말하는 것이었습니다.

중국 만화 〈두아원〉의 사형 집행 장면
억울하게 사형당하는 두아의 목 뒤에 꽂힌 범유패에 '여죄인 두아를 참형에 처하라'라고 적혀 있다.

"아비가 돌아가시고 지아비가 죽었습니다. 나리께서 조정에 장계를 올리신 덕택으로 성은을 입었사오나 화려한 악대 같은 배려는 이 과부가 절대로 받들기 어렵사옵니다."

태수는 예법을 잘 아는 그녀를 더욱 존경하면서 관아 일을 보는 한 노파를 골라 그녀를 집까지 배웅해 주도록 일렀습니다. 또 한편으

리적으로 하루 만에 도달할 수 없는 거리(북경에서 심양까지는 직선거리로 1,400리나 됨)임을 근거로 들면서 '며칠이 지나[過了幾天]'의 의미로 해석하기도 한다. 그러나 김용의 사례는 현대 중국어에서 사용되는 '불일일'은 원·명대 백화문학(구어문학) 작품 속에 사용된 관용적인 표현을 차용한 경우이므로 그것을 원·명대의 '불일일'을 '며칠이 지나'로 번역하는 근거로 삼기는 어렵다. 여기서는 편의상 일단 기존의 해법대로 "하루가 지나지 않아"로 번역했다.

64) 범유패犯由牌: 사건의 경위와 형벌을 내리는 사유를 적은 패.

로는 사람을 보내 그녀를 표창하게 했지요.

이때 예장군은 온 고을이 떠들썩해져 있었습니다. 소아의 친가와 시가의 친지들, 그리고 집에 남은 일가친척까지 줄줄이 몰려와서 소아와 인사를 나누고 안부를 묻는 것이었습니다. 그러나 그 까닭을 들려주노라면 슬퍼서 한숨을 쉬거나 놀라고 신기해하지 않는 사람이 없었지요. 고을의 대갓집들은 대갓집들대로 소아의 명성을 흠모하여 중매인을 시켜 혼담을 넣는 일이 거의 매일 일어났습니다. 그러나 소아는

"제가 여러 해 동안 신원을 감추고 남들과 섞여 지낸 것은 마지못해

명대 악대의 모습. 《원곡선》

그렇게 한 것입니다. 만일 지금 남에게 재가한다면 여자로서 고이 지켜 온 정절은 어떻게 되겠습니까? 죽어도 그렇게는 할 수 없습니다!"

하고 절개를 지키면서 재가하려 하지 않았지요. 그러나 어쩌겠습니까.[65] 찾아와서 매달리는 사람은 갈수록 많아지는 것을요! 소아도 설득하다가 지쳤는지 속으로 이렇게 생각했습니다.

'당초에 묘과사에서 지낼 때 비구니가 되기를 바랐었지. 물론, 그때는 원수를 미처 갚지 못해서 머리를 깎을 수가 없었지만. … 이제 내 일은 이루었으니 삼보三寶[66]에 귀의하고 여생을 마무리하는 것이 옳다. 차라리 이 기회에 머리를 깎아 사람들의 생각을 꺾는 것이 낫겠어!'

소아는 마침내 가위로 쪽머리부터 잘랐습니다. 그러고는 면도칼로 남은 머리칼까지 깨끗이 밀고 갈색 승복을 입은 다음 탁발승 차림으로 '일가친척들과 작별하고 출가하여 스승을 찾겠다'면서 뜻밖에도 표연히 고향을 떠나는 것이었습니다. 고을 사람들이 더더욱 탄복하면

---

65) 【교정】어쩌겠습니까[曾奈]: 상우당본 원문(제821쪽)에는 '증내曾奈'로 되어 있지만 원래는 '쟁내爭奈' 또는 '즘내怎奈'여야 옳다. '증曾'은 '쟁爭' 또는 '즘怎'과 발음이 비슷하기 때문에 '쟁'이나 '즘' 대신에 임시로 '증'을 차용한 것으로 보인다.

66) 삼보三寶: 산스크리트어 '트리라트나triratna' 또는 '라트나트라야ratnatraya'에 대한 번역어. 불교에서는 진리를 깨우친 모든 부처를 '불佛, buddha', 모범되고 바른 부처의 가르침을 '법法, dharma', 부처의 가르침을 따라 수행하는 사람을 '승僧, sangha'이라 하는데 이 세 가지를 보배로 여겨 '불보·법보·승보'로 일컬으며 일반적으로 이들을 '삼보'로 통칭한다. 대승불교와 소승불교를 막론하여 불교도들이 정신적인 귀의처로 여긴다. 이 삼보로 돌아가 의지하는 것을 '삼귀의三歸依'라고 한다.

서 그녀를 칭송한 것은 말할 필요도 없습니다.

계속 이야기를 들려드리겠습니다. 원화 13년 6월, 이공좌는 집에 머물던 중 조정의 소환을 받아 장안長安으로 상경하게 되었습니다. 도중에 사수泗水[67] 물가를 거쳐 가게 되었는데 그곳 선의사善義寺에 대덕大德이라는 비구니 스님이 있었지요. 그 스님은 계율에 밝고 엄했는데, 과거에 여러 번 만난 적이 있어서 발길 닿는 대로 인사를 하러 갔습니다. 대덕 스님은 그를 맞이해서 응접실로 안내했는데 가만 보니 새로 들어와 계를 받은[68] 제자 수십 명이 모두 다 파르라니 깎은 머리와 짙은 갈색 승복 차림으로 모습도 부드럽고 점잖게 대덕 스님 좌우에 늘어서 있는 것이었지요. 그런데 그 중에 웬 비구니가 이공좌를 한동안 자세히 바라보더니 사부에게 물었습니다.

"저 나리는 … 홍주 판관이셨던 이 씨 댁 이십삼랑이 아닌지요?"

사부가 고개를 끄덕였습니다.

---

67) 사수泗水: 중국 고대의 강 이름. 지금의 산동성 사수현泗水縣 동쪽 몽산蒙山 남쪽 자락에서 발원하여 서쪽으로 사수泗水·곡부曲阜·연주兗州를 거쳐 남쪽의 제녕濟寧 동남쪽 노교진魯橋鎭으로 들어가서 경항 대운하로 유입되며, 노교진부터는 남쪽으로 경항 대운하를 따라 남양진南陽鎭·남양호南陽湖·소양호昭陽湖를 거쳐 강소성의 패현沛縣·서주徐州를 지나 동북쪽으로 방향을 틀어서 황하黃河를 따라 청강시淸江市 북쪽을 거쳐 회하淮河로 진입했다. 금·원대 이후로는 서주 남쪽 구간에 토사가 퇴적되면서 사용이 불가능해졌다고 한다.
68) 계를 받은[受戒]: '수계受戒'는 불교 용어로, 불제자가 되고자 하는 사람이 불가에서 요구하는 도덕의 기준인 계율[계]을 기꺼이 준수할 것을 서약하는 [수] 의식을 가리킨다. 이 의식을 통과한 신도는 비구나 비구니로 정식으로 인정받는다. 여기서는 편의상 글자의 의미 그대로 "계를 받다"로 의역했다.

"그렇느니라. 네가 어떻게 아느냐?"

그러자 그 비구니는 왈칵 눈물을 흘리면서 말하는 것이었습니다.

"제가 집안의 원수를 갚고 치욕을 씻을 수 있었던 것은 모두 저 판관님 덕택이었습니다!"

그러더니 바로 눈물을 머금고 앞으로 나가 머리를 조아리며 고맙다고 인사를 하는 것이 아닙니까. 이공좌는 미처 알아보지 못하고 당황해서 자리에서 일어나 답례를 하고 말했습니다.

"평소 아는 분이 아닌데 … 제게 고마워할 일이 어디 있다고 그러십니까?"

그러자 그 비구니가 말했습니다.

"저는 이름이 '소아'로, 바로 왕년에 와관사에서 머물던 걸식하던 과부입니다! 나리께서 그때 열두 글자의 수수께끼에서 '신란'과 '신춘' 두 도적의 이름을 일깨워주셨지요. (…) 나리께서는 어째서 그 일을 잊어 버리셨습니까?"

이공좌가 한동안 생각하고 나니 그제야 어렴풋이 기억이 떠오르는 것이었습니다. 그래도 기억이 또렷하지는 않길래 어떤 열두 글자였는지 되물었더니 소아가 다시 한 번 일러주었습니다. 이공좌는 그제야 그 일을 깨닫고 말했습니다.

"그동안 잊고 지냈는데 오늘 그 말씀을 듣고 나니 그때 그 일이 기억나는군요! (…) 그 뒤에 정말 그 둘을 찾아내셨습니까?"

소아는 남장을 하고 신란의 집으로 들어가 신춘과 그 잔당을 사로
잡은 일과 여러 해 동안 온갖 고초를 다 겪은 일을 처음부터 끝까지
상세하게 일러주었습니다. 그러고 나서 말했지요.

"나리의 은덕은 보답할 길이 없사옵니다! 이제는 아침저녁으로 불
경을 외우며 부처님께서 나리를 지켜주십사 빌 수밖에 없군요."

"오늘은 어째서 마침 이곳에서 만나뵙게 된 건가요?"

이공좌가 물었더니 소아가 말하는 것이었습니다.

"복수를 끝내고 그때 바로 머리를 깎은 후 승복을 입었습니다. 그길
로 고승을 찾아 우두산牛頭山69)에 이르렀다가 대사암大士庵의 비구
니 장률將律 스님을 스승으로 모시게 되었지요. 한 해 동안 고행을
한 끝에 금년 사월 사주泗州70)의 개원사開元寺에서 계를 받았답니다.
그래서 이곳에 온 것이지요. 그런데 … 이렇게 은인을 뵙게 되다니
… 정말 하늘의 뜻이 아닌가 싶습니다!"

"계를 받으셨다면 법명은 무엇인지요?"

"근본을 잊을 수는 없길래 옛 이름을 그대로 쓰기로 했습니다."

---

69) 우두산牛頭山: 중국의 산 이름. 강소성 남경에 위치해 있다고 한다.
70) 사주泗州: 중국 고대의 지명. 이름은 인근을 흐르는 사수泗水에서 유래했으
며, 지금의 안휘성 사현泗縣·명광시明光市·천장시天長市·사홍현泗洪縣·
우이현盱眙縣의 일부 지역에 해당한다.

그러자 이공좌는 한숨을 쉬면서 말했습니다.

"세상에 이렇게도 극진한 마음을 가진 여인이 다 있다니! (…) 나는 우연히 두 도적의 이름을 알아냈을 뿐이오. 그런데 이렇듯 세운 뜻을 저버리지 않고 결국 그놈들을 찾아내 원수를 갚으셨구려! 더구나 품팔이로 사내들과 섞여 지냈는데도 아무도 여자인 줄 몰랐다니 세상에 그처럼 힘든 일이 어디 있었겠습니까! 내 반드시 전기를 지어 그 아름다운 뜻을 기리도록 하겠습니다!"

그러자 소아는 감격해 눈물을 흘리더니 이공좌와 작별하고 다시 우두산으로 돌아갔답니다. 그러나 조각배로 회수淮水[71] 일대를 두루 돌고 남쪽 나라 각지를 구름처럼 돌아다녔다고는 합니다마는 마지막에는 어떻게 되었는지 알 길이 없군요. 이공좌는 그녀를 위하여 《사소아전謝小娥傳》을 지

《태평광기》의 〈사소아전〉 대목

었는데 그 이야기가 후세까지 전해져 《태평광기太平廣記》[72]에 수록

---

71) 회수淮水: 중국의 하천 이름. 황하와 장강 사이에 있는 중국 7대 하천의 하나인 회하淮河를 말한다. 전체 길이가 1,000킬로미터로, 하남성河南省 남양南陽에서 발원하여 안휘성安徽省를 거쳐 강소성江蘇省에서 바다(황해)로 진입한다.
72) 《태평광기太平廣記》: 중국의 역대 설화집. 500권. 북송 황제 태종太宗의 칙

되기에 이르렀지요. 이 이야기를 증명하는 시가 있습니다.

비수는 서릿발 같고 그 마음 쇠와 같은데,　　　　匕首如霜鋠73)作心,
그 얼은 만년토록 사그라지지 않누나!　　　　　精靈萬載不銷沉。
서쪽 산의 나무와 돌로 동해를 메웠다더니,74)　　西山木石塡東海,
여자가 품은 원한이 유난히 깊었구나!　　　　　女子啣仇分外深。

이런 시도 있지요.

꿈에서 운명의 단서를 얻을 수 있었으니,　　　　夢寐能通造化機,
하늘께서 박식한 판관이 비밀 풀게 해주셨네.　　天敎達識剖玄微。
이름 알자마자 결국 복수를 해내었으니,　　　　姓名一解終能報,
두 넋이 헛수고하지 않았음을 이제야 믿겠구나!　方信雙魂不浪歸。

명으로 977년에 편찬되었다. 종교 관련 이야기나 야사·소설을 모은 것으로, 당시의 유명한 학자 이방李昉(925~996)을 필두로 열두 명의 학자와 문인이 편집에 참여했다. 475종의 고서에서 골라낸 이야기를 신선·선녀·도사·방술 등, 내용별로 92개 항목으로 나누어 수록했다. 중국의 고대 소설 중에서 송대 이전에 지어진 작품은 원형 그대로 완전하게 전해지는 것이 하나도 없다고 해도 과언이 아니다. 따라서 그처럼 희소한 송대 소설의 일부를 수록하고 있다는 점에서 문학사적으로 대단히 중요한 가치를 가진 책이다.

73) 【교정】 쇠[鋠]: 상우당본 원문(제825쪽)에는 '쇠 철鋠'로 나오는데, '쇠 철鐵'의 이체자이다.

74) 서쪽 산의 나무와 돌로~: 중국의 고대 전설에 등장하는 상상의 동물 정위精衛의 이야기. 《산해경山海經》의 〈북산경北山經〉에 따르면, 염제炎帝의 딸이 동해東海를 노닐다가 바다에 빠져 죽은 후 '정위'로 변했는데 자신이 빠져 죽은 동해에 원한을 품고 날마다 서쪽 산에서 나무와 돌을 물고 가서 동해를 메워 없애려 했다고 한다. 여기서 "동해"는 지금의 중국 하북성 동쪽에 있는 발해渤海를 말한다.

제20권

이극양은 급기야 빈 편지를 보내고
유원보는 귀한 아들을 둘이나 얻다

李克讓竟達空函 劉元普雙生貴子

卷之二十

李克讓竟達空函 劉元普雙生貴子 해제

　이 작품은 우연한 선행으로 대를 이을 아들을 얻은 사람에 관한 이야기이다. 이야기꾼은 홍매洪邁의 《이견병지夷堅丙志》에 소개된 오강吳江 사람 소왕빈蕭王賓의 이야기를 앞 이야기로 들려주고, 이어서 무명씨의 전기傳奇 《공함기空緘記》에 소개된 유원보劉元普의 이야기를 몸 이야기로 들려준다.

　송대 진종眞宗 때 청주靑州의 자사刺史를 지낸 낙양洛陽 사람 유원보劉元普는 대를 이을 자식이 없는 것을 아쉬워하면서 전답과 전당포의 관리를 처조카에게 맡기고 아내 왕王 씨와 함께 선행을 베푸는 데에 전념한다. 그때 전당현錢塘縣의 현윤縣尹이 된 이극양李克讓은 불혹의 나이에 아내 장張 씨와 아들 언청彦靑을 데리고 부임한 지 한 달도 되지 않아 병으로 몸져눕는다. 곧 죽을 목숨임을 직감한 극양은 아내와 언청을 불러 서신 한 통을 건네면서 자신과 의형제를 맺은 '낙양의 유원보'를 찾아가 의탁하라고 이른다. 모자가 낙양으로 가서 서신을 원보에게 전달하자 원보는 서신을 펴보고 잠시 당황하더니 두 말 없이 모자를 집에 거두어준다.

　비슷한 시기에 양양襄陽 자사 배안경裵安卿은 죄수들에게 호의를 베풀었다가 그들이 모두 탈옥하는 바람에 탄핵을 당해 감옥에서 죽는

다. 졸지에 고아 신세가 된 그의 딸 난손蘭孫은 고향으로 돌아갈 노잣돈을 구하기 위해 자신을 종으로 팔기로 하고 거리로 나섰다가 알고 지내던 설薛 노파의 도움으로 원보의 첩이 되고자 노파를 따라가고, 그 사정을 안 원보는 난손을 수양딸로 거두어 이 씨네 춘랑春郎과 짝지어준다. 그러던 어느 날 밤, 원보의 꿈에 나타난 안경과 극양은 그 보답으로 원보의 수명을 삼십 년 늘려주는 한편 후사를 해결해주기로 약속하고, 정말로 일 년 후 부인 왕 씨에게서 장남 천우天佑를, 여종 조운朝雲에게서 차남 천사天賜를 얻는다. 어느덧 장성해 과거에 급제하고 예부상서禮部尙書가 된 언청은 황제에게 은인 원보의 선행을 표창해줄 것을 건의한다. 원보는 황제의 표창을 자축하는 자리에서 '언청의 부친 극양이 사실은 자신과 일면식도 없었으며 서신 역시 백지였음'을 밝히고, 사람들은 생면부지의 이 씨 모자를 거두어준 원보의 선행에 다시 한 번 감격한다.

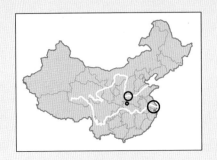

서경(낙양)　동경(개봉)

양양

○장주현(소주)

○전당(항주)

장　강

이런 시가 있습니다.

혼인 약속 지킨 이로는 옛날에는 배 재상[1]을 꼽고,	全婚昔日稱裴相,
장례 도운 이라면 천추동안 범 군[2]을 흠모해왔지.	助殯千秋慕范君。
의로운 기인은 자주 보기 어려우니,	慷慨奇人難屢見,
의로운 선행을 조정 대신에게서는 바라지도 말라!	休將仗義望朝紳。

이 시는 세상에는 '곤경에서 구해주는 이는 드물고 부귀를 늘려주
는 이는 많다[3]'는 것을 시사해 주고 있습니다. 이런 경우를 두고 사리

---

1) 배 재상[裴相]: 당대 후기의 재상 배도裴度(765~839)를 가리킨다. 《태평광기
太平廣記》에 따르면, 여러 차례 재상을 지낸 배도는 당벽唐璧과 황소아黃小
娥의 인연을 맺어주었다고 한다. 풍몽룡馮夢龍(1574~1646)이 엮은 《유세명
언喩世明言》의 제9권 〈배진공이 의리로 조강지처를 돌려보내다裴晉公義還
原配〉에서도 이 고사를 다루고 있다.

2) 범 군范君: 후한대의 의인 범식范式을 가리킨다. 《후한서後漢書》·《수신기
搜神記》에 따르면, 범식은 자가 거경巨卿으로 산양山陽 금향金鄕 사람인데,
과거에 천리 밖에 사는 자신의 벗 장소張劭와 한 약속을 지키기 위해 스스
로 목숨을 끊고 천리 길을 달려가 그와 만나 식사를 했다고 한다. 《유세명
언》의 제16권 〈범거경이 닭과 조밥 차린 생사를 초월한 의리를 지키다范巨
卿鷄黍死生交〉에서도 이 고사를 다루고 있다.

3) 곤경에서 구해주는 이는~[周急者少, 繼富者多]: 《논어論語》〈옹야雍也〉편에

에 밝은 사람은 이렇게 말합니다.

"비단에 꽃을 더하는 경우나 있을 뿐이지,　　　只有錦上添花,
눈 내릴 때 숯 보내주는 경우가 어디 있더냐?"　那得雪中送炭。

이 두 마디 말이야말로 세상 사람들의 인정과 세태를 유감없이 들려주고 있지요. 예를 들어, 한쪽에 재산도 있고 권세도 있다면 재산과 권세를 추구하는 이들은 죄다 무조건 그 한쪽으로만 쏠릴 뿐입니다. 이 경우를 시쳇말로는

"돛단배에 바람 불 듯 한다"　　　　　一帆風

라고 하거나

"집비둘기조차 흥청거리는 쪽에 몰리기 마련.4)"　鵓鴿子旺邊飛。

이라고 하지요. 만약 재물과 이득이 걸려 있는 경우라면 더 말할

따르면, 공자孔子가 어느 제자를 시켜 모친을 모시고 사는 사람에게 심부름을 보내는데 그 제자가 쌀을 좀 주는 것이 어떻겠느냐고 건의하기에 여섯 석을 갖다주라고 했다. 그러자 제자가 조금 더 주면 안 되느냐고 반문해서 열여섯 석을 갖다주게 했는데 그 제자가 무단히 여든 석을 갖다주었다고 한다. 그러자 공자는 과거에 당사자가 말은 살찌고 옷은 잘 차려입은 것을 보았다면서 "내가 듣자니 '군자는 어려운 이를 돕기는 하되 부자가 되게 만들어 주지는 않는다吾聞之也, 君子周急, 不繼富"라면서 제자를 나무랐다고 한다.
4) 집비둘기조차 흥청거리는 쪽에 몰리기 마련[鵓鴿子旺邊飛]: 명대의 속담. 권세가 있는 편에 빌붙는 것을 두고 하는 말이다. 때로는 '까마귀·참새조차 흥청거리는 쪽으로 몰리기 마련老鴉野雀旺處飛' 식으로 사용되기도 했다.

필요도 없습니다. 혼인 같은 인륜대사나 남녀 간 연애의 경우를 말할 것 같으면, 부귀에 목을 매는 자들은 본인이 아무리 왕공이나 국척이라 하더라도 스스로 거지 왕초와 짝이 되는 것마저 달갑게 여깁니다. 또 가난을 꺼리는 자들은 본인이 아무리 권문세족이라 하더라도 갑장甲長5)과는 혼인을 맺는 일이 없지요. 스스로 조금이라도 권세를 지니고 몇 푼이라도 재물이 있다고 여기면 남을 안중에 두지 않는답니다. 하물며 지체가 푸른 하늘의 구름만큼이나 높은 사람들이 진흙탕 속에서 남을 구해 주거나 자기 재물을 많이 내놓으면서까지 자신을 낮추고 혼인을 성사시켜요? 그런 사람은 정말이지 이전에도 보기 드물었고 요즘 세상에서도 듣기 어려운 것이 실정이올시다!

그러나 아무도 알지 못하는 와중에도 하늘님은 물론 똑똑히 살피고 계시지요. 사실 '부부'라는 관계는 대단히 정중한 것으로, 심사숙고해야 마땅하며, 그 응보 역시 너무도 분명합니다. 그러니 세상 사람들은 절대로 장난이면서 그렇지 않은 것처럼 못된 짓을 마구 일삼아서는 안 됩니다. 어떤 경우에는 한마디 말이 인연이 되어 한집의 부부가 되기도 합니다만, 어떤 경우에는 종이에 쓴 몇 글자가 씨가 되어 평생의 인연을 갈라놓기도 하니까요. 알지 못하는 처지에 있다고 하더라도 그 인과응보는 결국에는 어긋나는 법이 없습니다.

일단 이야기를 들려드리지요.6) 남직예南直隸7)의 장주長洲 고을에

---

5) 갑장甲長: 명대의 지방 관직 이름. 명대에는 백 세대마다 이장里長 한 명, 갑장 열 명을 두고 군량과 군비를 징수하는 업무를 처리하게 했다. 때로는 '갑수甲首'라고 부르기도 했다.

6) *본권의 앞 이야기는 남송의 홍매洪邁가 지은 《이견병지夷堅丙志》 권1의 〈신걸렴神乞簾〉에서 소재를 취했다.

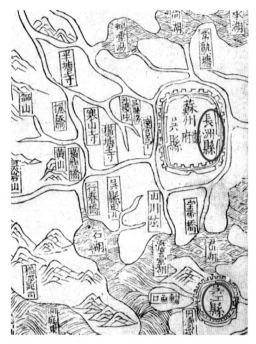

〈소주부경도蘇州府境圖〉속의 장주현.《삼재도회》

어떤 시골 농부가 살았는데, 성이 손孫이고 나이가 쉰 살로, 젊은 후처를 하나 두고 있었지요. 전처는 아들 하나와 며느리 하나를 남겼는데, 어지간히도 효성스러워서 그저 부모님 말씀이라면 좋든 나쁘든 참이든 거짓이든 따지지 않고 한결같이 뼛속까지 굳게 믿고 따랐답니다. 그 아버지와 아들은 날마다 그저 밭이나 매고 땅이나 고르면서 밖에 나가서 돈을 벌어 식구들을 부양하면서 살았지요. 또 시어머니와 며느리 두 사람은 두 사람대로 집 안에서 삼베를 잣고 모시를 짜면서

---

7) 남직예[南直]: 명대의 지역명. 원문의 '남직南直'은 '남직예南直隷'의 줄임말이다. '양경제兩京制'가 시행된 명대에는 황제의 직할지인 직예를 북경 중심의 하북 지역인 '북직예'와 남경 중심의 강소 지역인 '남직예'로 구분했다.

스스로 생계를 꾸리고 있었습니다.

그런데 한 가지 이상한 일이 있었습니다. 사실 그 시어머니는 나이가 서른 넘었는데도 어지간히도 변변치 못했지요. 이런 말이 있습니다.[8]

"여편네 고약한 버릇은 땅에 묻히고 나야 끝난다.[9]" 婦人家入土方休。

그녀는 그 집 아버지가 식구를 부양하고 살림을 하기는 하지만 그런 일에는 그다지 밝지 못했지요. 그래서 한가할 때에도 남들과 칠칠치 못한 일들을 벌이다가 몇 번이나 며느리에게 들키곤 했습니다. 그 며느리는 성실하고 부지런한 데다 오로지 효도를 으뜸으로 여기며 시부모를 극진히 봉양할 뿐이었습니다. 그러니 시어머니 흠을 잡을 마음이 어디 있겠습니까? 그러나 이런 말이 있지요.

"원수는 외나무다리에서 만난다."[10] 無心人對[11]有心人。

----

8) 이런 말이 있습니다[又道是]: '우도시又道是'는 글자 그대로 번역하면 '또 ~라는 말도 있다' 식이 되겠지만 여기서는 편의상 '이런 말이 있습니다'로 번역했다.

9) 여편네 고약한 버릇은~[婦人家入土方休]: 명대의 속담. 여자들의 못된 행위나 고약한 버릇은 죽기 전에는 절대로 고쳐지지 않는다는 뜻으로 주로 사용된다.

10) 원수는 외나무다리에서 만난다[無心人對有心人]: 명대의 속담. 글자 그대로는 "경계심을 품지 않은 사람이 자기에게 나쁜 마음을 품은 자와 마주치다無心人對有心人"로 번역되는데, 우리 속담 "원수는 외나무다리에서 만난다"와 비슷한 경우에 사용되었다.

11) 【교정】 만난다[對]: 중국에서 최근에 출판된 《초각 박안경기》에서는 '만난다' 부분이 모두 '대착對着'으로 되어 있으나 상우당본 원문(제829쪽)에는 '대對'로 나와 있다. '마주치다·만나다·보다'라는 뜻의 동사인 '대'와 그 뒤

그 시어머니는 그런 빌미를 자초해서 며느리에게 번번이 핀잔을 듣자 심장병이 생겨 낙을 잃고 지냈지요. 그러나 무슨 소문이라도 그 집 남편과 아들의 귀에 들어갈까 봐서 거꾸로 남편 앞에서 말다툼을 벌이곤 했답니다. 그러나 이런 말이 있지요.

"베갯머리송사 ─ 말만 하면 다 먹혀든다.[12]" 枕邊告狀 ── 一說便準。

아버지는 시어머니 쪽 말만 곧이듣고 온갖 망신을 다 주면서 아들에게 몇 번이나 험한 욕을 퍼붓는 것이었습니다. 그러나 아들은 효성스러운 사람이었습니다. 그렇다 보니 그런 말을 듣고 나면 하도 터무니가 없어서 부부 둘이 온종일 입을 다물고 마음이 몹시 불편해지곤 했지요.

손님들, 세상에는 한 남편 한 아내로 그대로 백년해로[13]하는 부부

에 결과보어 '-착'이 붙은 '대착'은 의미적으로는 별 차이가 없으나, 여기서는 원본인 상우당본의 예를 따랐다.

12) 베갯머리송사 ─ 말만 하면 다 먹혀든다[枕邊告狀, 一說便準]: '침변고장枕邊告狀'은 명대의 속담으로, 주로 아내가 잠자리에서 남편에게 남의 일을 일러바치는 것을 두고 하는 말이다. 현대 중국어에서는 '침변풍枕邊風·침두풍枕頭風·침두장枕頭狀' 또는 '고침두장告枕頭狀·침변상적화枕邊上的話' 등으로 변용되기도 한다. 여기서는 기존의 속담을 토대로 한 "침변고장"을 주절로 삼고 종속절에 그 답안인 "말만 하면 다 들어준다" 즉 '일설편준一說便準'을 배치하는 일종의 헐후어歇後語의 형식을 취하고 있다. '침변고장'은 우리에게 익숙한 '베갯머리송사'와 구조나 용법이 유사한데, 명대 한문 소설의 유행과 함께 국내에 전래된 것이 아닌가 싶다.

13) 그대로 백년해로[一竹竿到底]: 명대 구어에서 글자 그대로 '대 장대 하나로 끝까지'로 직역되는 '일죽간도저一竹竿到底'는 부부가 백년해로하거나 어떤 일을 끝까지 관철하는 것을 가리킨다. 《수호전전水滸全傳》 등에는 '일죽간

는 그래도 어쨌든 간에 올바른 기질을 좀 가지고 있다 보니 당연히
저 소인배들이나 하는 행태는 따라 하지 않기 마련입니다. 그런데 유
독 가장 악랄하고 가장 교활하고 가장 아둔한 경우가 바로 저 후처라
는 자들입니다. 대개 혼인을 몇 번이나 한 자이거나 가풍이 형편없는
집안의 거저 줘도 데려가지 않을 자[14]나 못된 것을 배워서[15] 남편에
게 버림받은 자 같은 부류는 아주 약은 인간[16]들이어서 사람을 기쁘
게도 할 줄 알고 성나게도 할 줄 아는지라 사람들로 하여금 아주 죽자
사자 그 말을 따르지 않을 수 없게 만들곤 하지요. 그런데 알고 보면
세상의 여자들치고 절개가 아주 대단한 사람 말고는 그런 말을 할라
치면 중요하게 여기지 않는 사람이 없을 겁니다. 남자들은 중년이 되
면 근력이 차츰 쇠약해지는데 후처를 들이는 것은 태반이 중년에 이
루어지는 일이다 보니 매번 남자는 나이가 많고 여자는 나이가 적기
마련입니다. 늙어 백발이 성성한 남자가 물과도 같이 아리땁고 가냘
픈 여인을 하나 집에 들였다고 칩시다. 천 상자 만 궤짝이나 되는 많

타도저一竹竿打到底'로 나와 있다. 여기서는 편의상 "백년해로"로 번역했다.
14) 거저 줘도 데려가지 않을 자[撿剩貨]: 명대의 은어. '검잉화撿剩貨'는 문법적
  으로는 「동사+목적어」 구조여서 '남은 물건을 챙기다' 식으로 푸는 것이
  정상이다. 여기서는 전후 맥락을 볼 때 '검잉화'가 앞의 "형편없는 집안[低
  門小戶]"을 관형어로 삼고 있어서 명사로 해석해야 한다. '검잉화'를 명사로
  볼 경우 그 의미는 '[순위에 있어서 남들이 다 가져가고도] 마지막까지 남
  아 있는 물건' 정도로 해석할 수 있다. 여기서는 그 의미를 살려 "거저 줘도
  데려가지 않을 자"로 번역했다.
15) 못된 것을 배워서[不學好]: '불학호不學好'는 글자 그대로 직역하면 '좋은
  것을 배우지 않다'로 옮겨야 옳지만 여기서는 편의상 "못된 것을 배워서"로
  번역했다.
16) 약은 인간[老喞溜]: '노즉류老喞溜'는 명대 방언으로, 잔꾀를 써서 못된 짓을
  벌이는 자들을 가리킨다.

은 재산을 여자 쪽이 다 누리게 해주면서도 정작 말을 할 때마다 왠지 얼버무리면서 스스로 민망해하기 일쑤이지요.[17] 그러다 보니 여자 쪽이 잘못한 구석이 아무리 많아도 꼼짝 없이 그 말만 듣는 경우가 많습니다. 그러니 그런 집에서는 언제나 여자들이 더 목소리가 커서 매사가 엉망진창이 되기 마련이지요.

이런 객쩍은 소리는 잠시 접어두기로 하고, 이제 앞서 꺼내놓은 이야기를 다시 이어가겠습니다. 오강吳江[18] 쪽 이야기를 들려드리자면, '소왕빈蕭王賓'이라는 수재秀才가 하나 살았답니다. 그는 박학다식한 데다가 글재주까지 비상했지요. 그러나 집안이 가난한 탓에 근처의 남의 집 글방에서 공부를 가르치느라 아침 일찍 나갔다가 저녁 늦게 돌아오곤 했습니다. 주인집 담 너머에는 술집이 하나 있는데 술집 주인은 웅경계熊敬溪라고 부르는 사람이었지요. 술집 앞에는 자그마한 사당이 하나 있는데 오현영관五顯靈官[19]을 모시고 있었습니다. 왕빈은 주인집을 드나들다 보니 웅 점주와도 잘 알고 지냈지요. 그러던 어느 날 밤, 웅 점주가 꿈을 꾸었는데 그 다섯 존신尊神이 현몽하여 그를 보고 말하는 것이었습니다.

"소 장원狀元이 하루 종일 이곳에 드나드는데 우리가 그를 보기만 하면 참 민망하기 짝이 없다네. 낮은 담이라도 하나 쌓아서 사당 앞을

---

17) 【즉공관 미비】極中世人之病。세상 사람들의 병폐를 썩 잘 지적했군!
18) 오강吳江: 명대의 현 이름. 지금의 강소성 오강시로, 명대에는 소주부蘇州府에 속해 있었다.
19) 오현영관五顯靈官: 중국의 고대 전설에 등장하는 신들. 재물을 관장하는 것으로 전해진다.

좀 가려주시게!"

잠에서 깬 옹 점주는 속으로

'그 꿈 참 해괴하구나! 소 장원이라니? 설마 이웃집에서 훈장질하
는 바로 그 소 수재 말인가? … 내가 보기에는 영 꾀죄죄한 샌님[20]일
뿐이던데 장원은 무슨 장원!"

하고 이상하게 여기다가 다시 이렇게 말했습니다.

"그 소 씨 말고 다른 소 씨는 그동안 안면을 트고 지낸 자가 없었는
데 … 사람이란 겉모습만으로는 판단할 수가 없고 바닷물은 됫박으로
는 담아낼 수가 없다[21]고 하지 않는가? 더구나 신령께서 하신 말씀이
니 그렇다고 믿어야지 허튼소리라고 여기면 안 되지!"

이튿날 자리에서 일어나자마자 정말 사당 앞에 낮은 담을 한 줄
쌓아 신상을 가려주었지만 그 일을 마음속에 담아만 두고 있었던 것
은 말 할 필요도 없었지요.
며칠이 지나자 소 수재는 장주長洲[22]에 친척을 만나러 가게 되었습
니다. 어떤 마을의 인가를 지나는데 가만 보니 한데 모인 웬 사람들이

---

20) 샌님[措大]: '조대措大'는 송·원대에 선비를 낮추어 부르던 말이다. 여기서
는 "샌님"으로 번역했다.
21) 사람이란 겉모습만으로는 판단할 수가 없고, 바닷물은 됫박으로는 담아낼
수가 없다凡人不可貌相, 海水不可斗量: 명대의 속담. 사람은 외모만 보고 평
가하면 안 된다는 뜻으로 사용된다.
22) 장주長洲: 명대의 현 이름. 지금의 강소성 소주시 일대로, 명대에는 소주부
에 속해 있었다.

왁자지껄 떠들고 있지 뭡니까. 소 수재가 사람들 틈을 비집고 들어가서 가만 보니 사람들이 자신을 가리키면서 말하는 것이었습니다.

"여기 선비님께서 한 분 나타나셨네! 마침 잘됐군, 이 선비님한테 부탁을 해야겠어. 우리 마을 사람들이 훈장 선생을 찾으러 나서지 않아도 되겠구먼그래!"

사람들은 서둘러 소 수재를 안내해 자리에 앉히더니 종이와 붓을 가져와서 말했습니다.

"선비님, 귀찮으시겠지만 좀 써주시면 꼭 사례하겠습니다요!"

"쓰다니 무엇을요? 무슨 영문인지부터 말씀하셔야지요."

소 수재가 이렇게 말하면서 가만 보니 웬 노인과 젊은이가 다가와서 말하는 것이었습니다.

"선비님, 우리 말씀 좀 들어보십시요! 우리는 이 마을 사람으로, 성은 손孫 가입니다. 아비와 아들 둘하고 마누라 하나, 며느리가 하나 있는데 아 글쎄 며느리가 아주 못된 것만 배워설랑 하루 종일 마누라하고 악다구니를 벌이지 뭡니까요, 글쎄! 우리 둘이야 식구들을 부양하느라 생계를 꾸리는 입장이다 보니 일년 내내 집에서 지내는 날이 얼마 되지 않습니다. 헌데 이런 며느리를 만약에 계속 붙잡아놓는다면 결국에는 시비나 일으키는 천덕꾸러기가 되고 말 것입니다. 해서 오늘 그 아이를 친정집으로 돌려보내 다른 집에 마음대로 재가시키려는 겁니다요. (…) 저 사람들은 모두 이곳 분들인데 이혼장을 쓰려고 했더니 이 마을 사람 중에는 문자를 아는 양반이 하나도 없지 뭡니까.

그런 와중에 선비님께서 지나가시는 것을 보고 '학식이 풍부하시겠거니' 싶어서 좀 써주십사 부탁드리는 겁니다요!"

"그러셨군요. 어려울 게 뭐가 있겠습니까?23)"

소 수재는 즉석에서 자신의 학문을 뽐내며 붓을 들어 일필휘지로 이혼장을 써서 두 사람에게 건넸지요. 두 사람은 그 자리에서 이혼장을 써준 대가로 은자 다섯 전錢을 수재에게 주었습니다.

"그 글 몇 줄이 뭐가 대수라고요. 두 분 돈은 받지 않겠습니다."

수재는 웃으면서 몇 번이나 사양하다가 소매를 떨치고 사람들 틈을 벗어나 바로 그 자리를 떠나는 것이었습니다.

이쪽에서는 그 이혼장을 여인에게 건넸지요. 그 딱한 여인은 '기껏 부지런하고 조심스럽게 서너 해 동안 며느리 노릇을 해왔건만 아무 까닭도 이유도 없이 나를 내치는가' 싶어서 그 원망을 삼키며 남편을 붙잡고 울고 또 울고 하늘을 찾고 땅을 치면서 남편 손을 놓지 않으려 하지 뭡니까!24)

"저는 과거에 절대로 무슨 나쁜 마음을 품고 당신을 저버린 적이 없습니다! 그런데 당신은 한쪽 말만 듣고 저를 버리시다니요? (…) 제가 살아서는 분명하게 하소연할 곳이 없겠지만 귀신이 되어서라도 반드시 이 일을 똑똑히 밝히고 말겠어요! 이번 생에는 당신과 만날 수 없게 되었지만 죽어서는 절대로 당신을 잊지 않으렵니다!"

---

23) 【즉공관 측비】正自不易。딱 보니 쉽지는 않겠구먼.
24) 【즉공관 미비】卽此便見蕭生罪業。여기서 소 선비의 죄업을 엿볼 수가 있군.

이런 말을 하자 곁에 있던 사람들은 저마다 억지로 눈물을 감추는 것이었습니다. 그녀의 남편도 마음이 아팠던지 더는 참지 못하고 울음을 터뜨리지 뭡니까, 글쎄! 그러나 그 시어머니만은 그 모습을 빤히 쳐다보면서 아들이 무슨 심경의 변화라도 일으키지나 않을까 걱정되었던지 부리나케[25] 남편과 합세해서 며느리의 손을 억지로 뿌리치더니 문밖으로 내쫓는 것이었습니다.[26] 그 여인은 여인대로 어쩔 수 없이 눈물을 머금고 떠난 것은 말할 필요도 없었지요.

다시 저 웅 점주 쪽 이야기를 들려드리지요. 웅 점주는 또 꿈을 꾸었는데 이번에도 오현영관이 나타나 그를 보고 말했습니다.

"빨리 앞의 낮은 담을 좀 허물어주시게. 담이 가로막고 있으니 정말 답답하구먼!"

그래서 웅 점주가 꿈속에서 말했지요.

"신령님들께서 지난번 분부하실 때에는 담을 쌓으라고 하시더니 어째서 이번에는 허물라고 하십니까?"

그러자 영관이 말하는 것이었습니다.

"지난번에는 소 수재가 매번 이곳을 드나들었고 그가 훗날 장원이 될 운명이기에 그를 볼 때마다 늘 좌불안석이었네. 그래서 자네에게

---

25) 부리나케[流水]: '유수流水'는 명대의 구어로, '[물이 흐르는 것처럼] 재빨리·신속하게'라는 뜻이다.
26) 【즉공관 미비】狠哉。참 고약하구나!

담을 쌓아 가려달라고 한 것일세. 그런데 그가 아무 달 아무 날에 아무개에게 이혼장을 써주는 바람에 어떤 부부를 생이별하게 만들고 말았지 뭔가! 하늘님께서 그 일을 아시고 그 녀석의 관운을 깎아버리셨네! 이제는 벼슬이 우리보다 낮으니 마주보더라도 꿀릴 것이 없지. 그래서 헐어도 된다는 것일세."

점주가 막 되물으려 하는 찰나 갑자기 놀라 잠에서 깨어났습니다.

"참으로 기이하구나! 정말 그런 일이 있었단 말인가? (…) 정말 이혼장을 써준 일이 있는지 내일 소 수재한테 물어보면 진상을 금방 알 수 있겠지."

다음 날 웅 점주가 정말로 일단 담을 헐고 있는데, 마침 소 수재가 느릿느릿 걸어오는지라 그를 불러 세웠습니다.

"선비님, 드릴 말씀이 있으니 가게로 가서 좀 앉으시지요."

수재가 안으로 들어가 앉아서 차를 마시고 나니 점주가 묻는 것이었습니다.

"선비님, 지난번 아무 달 아무 날에 누구한테 이혼장을 대필해주신 적이 있습니까?"

수재는 생각을 좀 해보더니 말했습니다.

"일전에 써준 적이 있소이다마는 … 그걸 웅 형께서 어떻게 아시오?"

그러자 웅 점주는 두 차례나 꿈에서 오현령관이 현몽한 일을 처음부터 끝까지 낱낱이 들려주었습니다. 그 이야기를 다 들은 수재는 눈을 부릅뜨고 입을 쩍 벌렸지만 뒤늦게 뉘우친들 때는 이미 늦은 상태였습니다. 나중에 정말 효렴孝廉27)에 급제했지만 겨우 지주知州28) 벼슬까지만 지냈지요. 소 수재는 한순간 무심코 실수를 하는 바람에 장원 자리를 허무하게 날려버린 셈입니다! 그러니 세상 사람들은 무슨 일을 할 때마다 점검을 하지 않으면 절대로 안 될 것입니다! 일찍이 이런 경우를 아주 잘 묘사한 시가 있었지요.

사람 살면서 늘 좋은 일 있지만,	人生常好事,
그런 일 하면서도 자신은 알지 못하지.	作者不自知。
생각을 품거나 의미를 둘 적에는,	起念埋根際,
반드시 마무리할 때를 염두에 두어야 할 터.	須思決局時。
행동거지 아무리 작고 하찮다 해도,	動止雖微渺,
서로의 관계는 일찌감치 얽히고설켜 있기 마련.	干連已彌滋。
어리석게도 하늘의 그물29)에 걸리면,	昏昏罹天網,

---

27) 효렴孝廉: 중국 고대의 벼슬 이름. 한나라 무제 때 효자孝와 청백리廉를 발탁하기 위하여 시행했으며, 그 후로 이를 합쳐서 '효렴'으로 부르기 시작했다. 명대에는 거인擧人에 대한 존칭으로 전용되었다.

28) 지주知州: 중국 고대의 관직명. 송대에 조정 대신을 각 주의 수장으로 충원할 때 "권지□군주사權知□軍州事"로 일컬었는데 이를 줄여 '지주'로 부르기도 했다. 여기서 "권지權知"는 '임시로 관장한다'라는 뜻이며, "군軍"은 군대, "주州"는 고을을 가리킨다. 예를 들어 "권지유주사權知幽州事"라면 '유주의 사무를 임시로 관장하는 관리'라는 뜻이 되는 셈이다. 명·청대에는 '지주'가 정식 관직명으로 각 주의 행정장관을 가리켰는데 직예直隸 지역의 지주는 그 지위가 지부知府와 대등한 반면 기타 지역의 지주는 지현知縣에 상당했다고 한다.

그제야 깨닫고 뉘우쳐도 때는 늦으리라!　　　　　方知悔是遲。

　이렇듯 남의 부부 사이를 갈라놓는 사람이 불행을 적잖게 당하는
것을 보면 남의 부부 사이를 이어주는 사람이 복을 많이 받는 이치
도 알 수 있을 것입니다.

　이번에는 전대前代의 한 공경公卿에 관한 이야기를 들려드리도록
하지요. 그는 다른 고을 다른 성씨의 몇 사람을 아주 가까운 가족으로
맞아들이고, 재주 있는 남자와 아름다운 여자가 인연을 맺게 해주었
으며, 고아와 과부를 지켜주는가 하면, 버려진 썩은 뼈와 마른 시신들
을 안장해주기까지 했답니다. 이러한 음덕은 남의 부부 사이를 이어
준 정도에서 그치지 않겠지요? 그래서 나중에는 하늘의 보답을 이만
저만 톡톡하게 받은 것이 아니랍니다!

　이 이야기는 송宋나라 진종眞宗[30] 연간에 나온 것입니다.[31] 서경西

---

29) 하늘의 그물[天網]: 노자老子의 《도덕경道德經》 제75장(백서본 제38장)에
　　나오는 말. 이 부분의 원문은 "하늘에 쳐진 그물은 넓고도 넓어서, 얼핏 구
　　멍이 난 것 같아도 절대로 흘리는 법이 없다天網恢恢, 疏而不失"로, 마구
　　행동하면 언젠가는 천벌을 받게 되므로 항상 자신의 언행을 삼가야 한다는
　　뜻으로 주로 사용된다. 여기서 '하늘의 그물[天網]'은 일반적으로 '도'의 다
　　른 이름으로 해석된다.
30) 진종眞宗: 북송의 제3대 황제인 조항趙恒(968~1022)의 묘호. 태종太宗의 셋
　　째 아들로 한왕韓王·양왕襄王·수왕壽王에 차례로 책봉되었다가 997년에
　　황제로 즉위했다. 998년에서 1022년까지 25년 동안 재위하면서 통치기반을
　　공고하게 다지고 사회·경제적으로도 번영의 토대를 마련했다. 시인으로서
　　의 재능을 발휘하기도 했는데, 비교적 유명한 작품으로 〈권학편勸學篇〉,
　　〈권학시勸學詩〉 등이 있다.
31) ＊본권의 몸 이야기에 관하여 능몽초는 명대에 무명씨가 지은 전기 희곡인

京³²⁾ 낙양현洛陽縣에 어떤 선비가 살았지요. 그 성은 유劉 이름은 홍
경弘敬이며 자字는 원보元普인데, 과거에 청주 자사靑州刺史를 지내
다가 예순 살이 되자 연로한 나이를 이유로 벼슬을 그만두고 낙향한
사람이었습니다. 후처로 들인 부인 왕王 씨는 나이가 아직 마흔도 되
지 않은 상태였지요.³³⁾ 그는 재산은 많아도 자식이 하나도 없어서 논
밭과 전당포 일체를 모두 처조카 왕문용王文用에게 관리하도록 맡기
고, 자신은 그저 집에서 선행이나 두루 베풀고 의롭게 재산을 나누어
주면서 돈을 흙처럼 펑펑 뿌리고 살았답니다. 그렇게 시작한 때부터
나중까지 얼마나 많은 사람을 구제해주었는지 모를 지경이어서 인근
에서는 그의 이름을 모르는 사람이 없었습니다. 다만 슬하에 자식이
하나도 없다 보니 밤낮으로 근심에 싸여 있었지요.

그럴 즈음 청명절淸明節이 되었습니다. 유원보는 왕문용에게 분부
하여 제사에 쓸 가축과 술을 잘 준비해서 성묘하러 선영으로 나섰습
니다. 그와 부인은 각자 작은 가마를 타고 하인들이 그 뒤를 따랐지요.
얼마 지나지 않아 묘소에 이르자 고수레를 마친 원보는 무덤 앞에
엎드려 절하면서 속으로 이렇게 몇 마디를 했습니다.

《공함기空緘記》에서 소재를 취했다고 밝혔다. 그러나 《태평광기》 권117의
〈음덕전유홍경劉弘敬〉 부분도 참고한 것으로 보인다. 《공함기》라는
희곡은 확인되지 않고 있는데 《곡해총목제요曲海總目提要》 권43에 따르면
《척소서尺素書》라는 희곡이 같은 의미의 《공간기空柬記》라는 제목으로 일
컬어지기도 했다고 한다. 본권의 이야기는 나중에 《금고기관》 권18에 〈유원
보쌍생귀자劉元普雙生貴子〉라는 제목으로 수록되었다.

32) 서경西京: 중국 고대의 지명. 지금의 중국 하남성 낙양시洛陽市에 해당한다.
   송대에는 도읍인 변경汴京의 서쪽에 낙양이 있다고 해서 '서경'으로 불렸다.

33) 【즉공관 미비】此亦繼娶也, 而賢不賢別矣。이 사람도 후처로군. 그러나 현명하고
   아니고는 별개의 문제겠지.

가련한34) 이 홍경이가 노년이 다 되었나이다! 堪怜弘敬年垂邁,

불효에 셋이 있으니 무자식이 가장 큰 불효지요. 不孝有三無後大。

일흔 살은 예부터 드물다 했으니, 七十人稱自古稀,

여생 속세에 남는 것도 오래가진 않을 테지요. 殘生不久留塵界。

오늘은 저희 부부가 선영에 절을 올리오나, 今朝夫婦拜墳塋,

훗날은 누가 선영에 절을 올릴지요!35) 他年誰向墳塋拜。

슬하가 쓸쓸한 것이야 슬퍼할 것 없다지만, 膝下蕭條未足悲,

그간의 제사를 어찌 끊을 수가 있겠습니까!36) 從前血食何容艾。

하늘은 높고 소리는 멀어 믿기 어렵다지만, 天高聽遠寔37)難憑,

집안 조상들께서는 불쌍히 여겨주십시오! 一脈宗親須憫愛。

속마음 하소연하느라 눈물이 다 마르려 하건만, 訴罷中心淚欲枯,

영명하신 조상님 넋들 다 어디 계시나이까! 先靈英爽知何在。

여기까지 고한 유원보는 소리 놓아 통곡을 하는 것이었습니다. 곁에 있던 사람들도 모두 다 슬퍼하고 착잡해했지요. 왕 부인은 무척 어질고 덕이 많아서 눈물을 닦고는 유원보에게 다가가 위로했습니다.

---

34) 【교정】 가련한[怜]: 상우당본 원문(제839쪽)에는 '불쌍히 여길 령怜'으로 되어 있는데, '불쌍히 여길 련憐'의 약자로 사용된 것이다.

35) 【즉공관 미비】 可憐。 딱하기도 하지!

36) 제사[血食]: 고대 중국에서는 제물로 올린 가축을 잡아 그 피를 제사에 사용했는데 이것을 '혈식血食'이라고 했다. 때로는 제사를 가리키는 말로 전용되기도 했다.

37) 【교정】 정말[寔]: 상우당본 원문(제839쪽)에는 '정말 식寔'으로 되어 있으나, 중국에서 출판된 《초각 박안경기》들에는 모두 '참으로 실實'로 나와 있다. '식寔'과 '실實'은 발음과 의미 모두 유사해서 차용한 것으로 해석할 수도 있지만 '식'이 '실'과 형태가 비슷해서 '실'로 옮겼을 가능성도 있다.

"서방님, 너무 걱정하지 마십시오! (…) 제 나이는 저물어 갈지언정 기력만큼은 아직도 약해지지 않았습니다. 제 몸이야 서방님을 위해 자식을 낳아드릴 수 없겠지만 그래도 젊은 사람을 하나 들여서 첩으로 삼으신다면 대를 이을 자손을 얻을 희망이 있지요. 그저 이렇게 슬퍼하고 근심만 하시는 것은 아무 보탬도 되지 않습니다!"

그 말을 들은 유원보는 하는 수 없이 억지로 눈물을 거두었습니다. 하인에게 분부하여 부인을 가마에 태워 먼저 집으로 모시게 하고 자신은 시중을 들 동자 하나만 남겨서 한가롭게 거닐면서 울적한 마음을 풀면서 천천히 집으로 돌아갔지요.

그런데 집에 다 왔을 즈음에 웬 전진교 도사[38]와 우연히 마주쳤습

다양한 인물의 얼굴이 그려진 관상가의 초패. 구영, 〈소주 청명상하도〉

---

38) 전진교 도사[全眞先生]: '전진선생全眞先生'은 전진교全眞敎 도사를 가리킨다. 전진교는 금나라의 도사 왕중양王重陽(1113~1170)이 창시한 도교 교파로, 원대에 크게 성행했다. 여기서는 '전진도사'를 편의상 "전진교 도사"로 번역했다.

니다. 도사는 손에 초패招牌[39]를 들었는데 거기에 "풍감통신風鑒通神"이라고 쓰여 있었지요. 유원보가 보니 점쟁이인지라, 대를 이을 자손운을 알아볼 생각으로 즉시 그의 손을 이끌고 자기 집으로 가서 앉혔습니다. 차를 다 마시고 나서 원보는 자세를 고쳐 앉더니 도사에게 관상을 자세히 봐달라고 부탁했지요. 도사는 원보의 관상을 한동안 자세히 보더니 조금도 거리낌 없이 말하는 것이었습니다.

"사군[40]의 상을 보니 후사가 없을 뿐 아니라 … 수명도 오늘내일하시는군요!"

"소생은 나이가 고희에 가까우니 당장 죽는다 해도 요절은 아닙니다만, 후사 문제는 이처럼 인생의 말년에 이르렀건만 '물속에서 달을 건지려고 한 격[41]'이 되었군요! 그러나 소생이 늘 스스로 생각하기에 평생 동안 비록 큰 덕을 쌓은 적은 없어도 늘 가난하고 병든 자들을 구제하고 어려움에 처한 이들을 도왔으니 그쪽으로 마음을 쓴 지가 오래된 셈입니다. 그런데 내가 무슨 죄업을 지었길래 결국 조상님의 제사를 끊는 지경에까지 이르렀는지 모르겠군요!"

원보가 이렇게 말하자 도사는 잔잔히 웃으면서 말했습니다.

---

39) 초패招牌: 명대에 홍보를 목적으로 집 앞에 내걸거나 들고 다니던 광고판.
40) 사군使君: 중국 고대에 주의 행정 수장인 자사刺史, 군의 행정 수장인 태수太守를 높여 부르던 호칭. 여기서는 유원보가 과거에 자사를 지냈기 때문에 "사군"이라고 부르고 있다.
41) 물속에서 달을 건지려고 한 격[水中撈月]: 명대에 강남 지역에 유행한 성어. 달은 하늘에 떠 있는 것인데 물에 비친 허상을 진짜로 알고 건지려 하면 목적을 이룰 수가 없다. 그래서 고생만 하고 아무 성과도 얻지 못하는 것을 두고 하는 말로 사용된다.

"사군께서 틀리셨습니다! 예로부터 '부자는 남의 원망이 집중되는 대상[42]'이라고 했습니다. 사군께서 재산을 많이 가지셨다고는 하나 어떻게 그것들을 일일이 관리하실 수가 있겠습니까? 그 일을 맡은 사람들은 그저 자기 집안을 살찌우기에만 급급하지요. 그래서 공정심을 갖지 않고 큰 말로 받고 작은 되로 파는 등, 갖은 방법을 다 써서 모질게 착취하는 바람에 민초들이 시름과 원망을 품게 만들고 말았습니다. 사군께서 아무리 선행을 베푸신다 해도 기껏해야 공로로 잘못을 갚았을 뿐이니 당연히 복을 받을 수가 없을 테지요.[43] 그 같은 폐단을 전부 막고 더욱 널리 인덕과 자비를 베푸신다면 복을 늘리고 수명을 늘리고 아드님을 늘리는 일은 너무도 쉬울 것입니다!"

그 말을 들은 원보는 아무 소리도 못 하고 수긍할 수밖에 없었지요. 도사는 자리에서 일어나 작별을 고하더니 사례금도 받지 않고 훌쩍 떠나는 것이었습니다. 원보는 그가 범상한 사람이 아님을 알고 그의 말을 굳게 믿고, 마침내 논밭과 전당포를 기재한 장부를 가져다 일일이 맞추어보고 이어서 저잣거리와 시골 마을로 은밀히 찾아가 가는 곳마다 탐문한 끝에 진상을 모두 파악했습니다. 그러고는 마침내 그 일을 담당한 집사들을 일일이 호되게 꾸짖었으며 처조카인 왕문용도 한 바탕 훈계를 했지요. 그가 이로부터 더더욱 선행을 많이 닦은 것은 말할 필요도 없었습니다.

---

42) 부자는 남의 원망이 집중되는 대상[富者, 怨之叢]: 명대의 격언. 부자는 가난한 사람들을 착취해서 부를 축적하기 때문에 남에게 원한을 사는 일이 많다는 뜻이다.

43) 【즉공관 미비】 富貴而好善者察之. 부귀를 누리면서 선행을 좋아하는 이는 그것을 살필 줄 아는 법이지.

계속 이야기를 들려드리지요. 변경汴京44)에 거인擧人으로 이손李遜
이라는 사람이 살았습니다. 자가 극양克讓이고, 나이는 서른여섯 살이
었지요. 아내 장張 씨는 아들 이언청李彦靑을 낳았는데, 어릴 적 이름
이 '춘랑春郎'이고 나이는 열일곱 살이었습니다. 이손은 본래 서월西
粤45) 지방 출신인데, 서울에서 거리가 아득하게 멀어 무척 외지고 가
난한 곳이다 보니, 서울로 과거시험을 보러 가기에 여간 불편한 것이
아니었지요. 그러다가 몇 해 전에 아내와 아들을 데리고 객지인 서울
에 머물던 차에 기쁘게도 그해의 진사進士로 급제하여 전당錢塘 현윤
縣尹46)에 제수되면서 길일을 골라 세 식구가 함께 임지에 와 있었습
니다. 이극양은 전당의 호수와 산이 아름답고 빼어나기가 그야말로
신선경과도 같은 것을 보고 자신도 모르게 마음이 다 후련해졌습니
다. 그러나 뜻밖에도 가난한 선비는 운명이 기구하여 임지에 당도한
지 한 달도 되지 않아 자리에 몸져눕는 중병에 걸리고 말았지 뭡니
까! 그야말로

| "된서리는 뿌리 없는 풀에만 내리고, | 濃霜偏打無根草, |
| 재앙은 복 없는 놈한테만 닥치는 법!" | 禍來只捹47)福輕人。 |

---

44) 변경汴京: 북송의 수도. 지금의 하남성河南省 개봉시開封市에 해당하며, '변
　량汴梁'으로 불리기도 했다.
45) 서월西粤: 중국의 지역 이름. 지금의 광서성廣西省 지역에 해당한다. '월粤'
　은 광동성廣東省 지역의 별칭이다.
46) 전당錢塘: 명대의 지명. 지금의 중국 절강성 항주시杭州市 일대에 해당한다.
　이 일대를 흐르는 전당강錢塘江은 물줄기가 갈 지之 자로 구부러져 흐르기
　때문에 때로는 절강浙江·곡강曲江·지강之江으로 불리기도 했다.
47) 【교정】 닥치다[捹]: 상우당본 원문(제843쪽)에는 '손 휘저을 분捹'으로 되어
　있지만, '달릴 분奔'의 이체자異體字로 사용된 것으로 보인다.

장 씨와 춘랑은 의원을 불러 치료를 했지만 온갖 방법을 다 동원해도 아무 효과가 없어서 머잖아 곧 죽을 목숨 같았지요. 하루는 이극양이 아내와 아들을 침상 앞으로 불러 말했습니다.

"나는 평생 동안 각고면려한 끝에 진사48)로 급제하는 소원을 이루었으니 죽어도 여한이 없소. 그러나 돌아갈 집도 없고 의탁할 혈육도 없이 과부가 될 당신과 고아가 될 아들만 남게 되었으니 어찌해야 옳겠소? 정말 원통하고 정말 불쌍하구려!"

말을 마치자마자 눈물을 비 오듯이 흘리니 장 씨와 춘랑이 곁에서 울지 말라고 달래는 것이지요.

'오래전에 듣자니, 낙양의 유원보라는 이가 의롭게 자신의 재물을 나누어주어 그 명성이 천하에 다 알려졌는데 아는 사람이든 모르는 사람이든 간에 진심으로 부탁하면 들어주지 않는 일이 없다고 하더군. 그 사람이라면 아내와 아들을 부탁할 수 있을 것이다!'

극양은 이렇게 생각하고 바로

"부인, 앉을 테니 부축 좀 해주시오!"

하고 부르더니 이어서 아들 춘랑을 시켜 문방사보文房四寶를 가져오게 했습니다. 그러고는 막 붓을 들려다가 갑자기 멈추더니 속으로

---

48) 진사[黃甲]: '황갑黃甲'은 '누런 종이의 갑과 진사 명단'이라는 뜻으로, 명대에 과거에서 갑과甲科 진사進士로 급제한 급제자 명단을 누런 종이에 작성했기 때문에 이렇게 불렸다. 여기서는 '황갑'을 "진사"로 번역했다.

몹시 망설이면서 생각했습니다.

'나는 그 사람과 지금까지 아무 친분도 없었으니 안부를 묻기가 난처하구나! … 이 서신을 어떻게 써야 좋을꼬?'

그 순간 속에서 퍼뜩 꾀가 하나 떠올랐습니다. 그는 아내와 아들에게 뜨거운 물과 차가운 물을 가져오라고 이르면서 두 사람을 다 내보냈습니다. 뜨거운 물과 차가운 물을 가지고 왔을 때에는 이미 서신을 겹겹으로 단단히 밀봉하고 겉에 다음과 같이 적었지요.

"못난 아우 이손이 낙양의 은인이신 유원보 형께 올리오니 직접 펴보십시오."49)

辱弟李遜書呈洛陽恩兄劉元普親拆。

그는 서신을 아내와 아들에게 잘 간수하라고 건네면서 말했습니다.

"내게는 의형제를 맺은 지인이 한 사람 있느니라. 바로 청주 자사靑州刺史인 유원보로, 본관이 낙양인 분이시다. 그분은 하늘까지 닿을 정도로 의리를 중요하게 여기니 반드시 너희 모자를 구제해주실 게다. (…) 내 서신을 가지고 가서 그분께 의탁한다면 거절하는 일은 없겠지. (…) 백부님께 깍듯이 절을 올리고 내가 생전에 미처 뵙지 못했다고 말씀드려라!"

그러고는 아내 장 씨에게 당부하는 것이었습니다.

---

49) 【즉공관 미비】 此亦奇人也。 이 사람도 기인이로고.

"스무 해 동안 쌓은 사랑이건만 오늘로서 영원히 이별하게 되었구려! (…) 만약에 백부님께서 거두어만 주신다면 매사에 순종하고 지내면서 꼭 아들을 잘 가르쳐 이름을 이루게 해주어 내가 미처 이루지 못한 뜻을 이루도록 해주시오! (…) 부인, … 뱃속의 아이가 벌써 두 달이 되었구려. 만약 아들을 낳으면 그 아이에게 아비의 책으로 글공부를 계속하게 하고, 딸을 낳으면 그를 좋은 사람에게 짝지어 주도록 하시오. 그렇게만 되면 나는 죽어도 눈을 감을 수가 있겠소!"

그러더니 이번에는 아들 춘랑에게 분부했습니다.

"너는 유 씨 댁 백부님을 친아버지처럼 섬기고 백모님을 친어머니처럼 섬겨야 하느니라! 또 반드시 어머니에게 효도하고 공경할 것이며, 학업에 힘써 입신출세를 도모해야 할 것이니라. 그렇게만 해준다면 내가 죽어도 산 것과 진배없을 것이다! 허나, … 만약 내 말을 어기면 구천九泉50)에서도 내 마음이 편치 않을 것이니라!"

두 사람이 눈물을 흘리며 가르침을 받들자 또 이렇게 당부하는 것이었습니다.

"이 몸이 죽고 나면 관을 잠시 부구사浮丘寺에 안치했다가 유 백부님께 몸을 의탁한 후에 천천히 장례를 치르도록 하거라. 땅에 잘 안장하기만 하면 되니 굳이 서월 땅에까지 이장할 필요는 없다!"

---

50) 구천九泉: '구九'는 실제의 숫자 '아홉'을 뜻하는 것이 아니라 정도의 '극한'을 뜻한다. 즉, 지하 가장 깊은 곳을 뜻하는 말로, 나중에는 사람이 죽으면 가는 저승을 가리키는 말로 굳어졌다.

말을 마친 그는 속으로 흐느껴 울다가 큰 소리로 외쳤습니다.

"하늘이여! 하늘이여! 저 이손은 이토록 청빈하게 살았건만 현령 임기를 다 채울 복조차 없단 말씀입니까?51)"

그렇게 갑자기 침상에 쓰러지더니 아무리 부르고 소리를 질러도 깨지 못하는 것이었습니다. 그야말로

성은을 마악 입어 기쁜 일 이어질까 싶었는데,　君恩新荷喜相隨,
하늘이 주신 목숨 끝날 줄 누가 알았으랴?　誰料天年已莫追。
이손 위하여 그의 요절52) 슬퍼하지 마시라,　休爲李君傷夭逝,
네 해를 더 산 걸로도 안회53)보다는 나은 셈이니!　四齡已可傲顔回。

장 씨와 춘랑은 하도 울어서 까무러쳤다 깨어나기를 몇 번이나 거듭했습니다.

"고아와 과부 신세인 우리 둘만 버려두고 가시다니 참으로 기구하구나! 만약 유 씨 댁 나리께서 우리를 거두어주지 않으면 어떻게 한단 말인가!"

---

51) 【즉공관 미비】若不淸貧, 未必不前程遠大. 老天原自勢利。 청빈하지 않았다면 장래가 촉망되지 않든 말든 하늘께서 진작에 권세와 이익을 따졌을 테지.

52) 【교정】요절[夭]: 중국에서 출판된 《초각 박안경기》에는 모두 '어릴 요夭'로 되어 있지만, 상우당본 원문(제846쪽)에는 '일찍 죽을 요夭'로 나와 있다. '요절夭折'은 일찍 죽었다는 뜻이므로 '어릴 요'가 맞지만 상우당본의 '요서 夭逝'는 일찍 죽어서 [세상을] 떠났다는 뜻이므로 원문의 '일찍 죽을 요'를 사용해야 옳다.

53) 안회顔回: 공자의 애제자였던 안회는 서른두 살 되던 해에 요절했다. 이야기꾼은 이손이 안회보다 4년 더 많이 살았다는 뜻에서 이 말을 한 것이다.

그래서 춘랑이 말했지요.

"지금은 어찌할 방도가 없으니 유언대로 따를 수밖에요.[54] (…)
아버지는 사람을 볼 줄 아는 분이었으니 어쩌면 정말 좋은 분일지도
몰라요."

장 씨는 즉시 행낭이며 전대를 다 살폈지만 어디 돈이 몇 푼인들
남아 있어야지요. 사실 이극양은 원래 무척 외롭고 가난했던 데다가
사람 됨됨이 역시 무척 청렴하고 정직했습니다. 게다가 부임한 지 한
달도 되지 않았으니 아무리 돈을 좀 가지고 있었다고 해도 치료비와
약값으로 벌써 다 써버린 상태였지 뭡니까. 그나마 다행히도 동료들
이 부조한 덕에 그 돈으로 관을 사서 입관한 다음 관아에 임시로 안치
할 수가 있었지요. 모자 둘은 아침저녁으로 곡을 하면서 제사를 지냈
고, 사십구재가 끝나자 유언대로 부구사 경내에 영구를 맡겼습니다.
그러고는 작은 짐과 노잣돈을 좀 챙기고 유서를 지닌 채 길을 나서
배고프면 밥을 먹고 목마르면 물을 마시고 밤에는 자고 새벽에는 걸
으면서 낙양현으로 향했답니다.

이제 유원보 쪽 이야기를 들려드리겠습니다. 하루는 서재에서 한가
하게 고전을 감상하고 있는데 가만 보니 문지기가 와서 이렇게 고하
는 것이었습니다.

"바깥에 웬 모자 둘이 있는데, '서월 사람으로 나리와 아주 가까운
친척'이라면서 서신을 가지고 뵙겠다고 합니다요!"

---

54) 【즉공관 미비】自然。당연하지.

'내게 어디 그런 먼 친척이 있을 리가 있나?'

원보는 속으로 의아하게 여기면서도 일단 어서 모자를 데리고 들어오게 했습니다. 그러자 모자는 그의 앞으로 와서 절을 하는 것이었지요.

"내가 모자 분과 … 어디서 뵈었던가요? (…) 정말 기억이 나지 않아서 그러니 자세히 일깨워주시기 바랍니다."

원보가 이렇게 말하자 이춘랑이 웃으면서

"사실 어머니와 조카인 저는 직접 뵌 적이 없지만 선친께서는 절친한 벗이셨지요."

하고 말하는지라 원보가 부친의 이름을 물어보았습니다.

"선친은 성함이 이손, 자가 극양이고 어머니는 장 씨입니다. 저는 이름이 언청이고 자는 춘랑입니다. 본관은 서월인데 선친께서 과거시험 응시차 서울에 머물다가 나중에 급제하시고 전당 현윤에 제수되셨지요. 그러나 부임 한 달 만에 세상을 떠나셨지 뭡니까! 임종하실 적에 저희 모자에게 의지할 곳이 없는 것을 불쌍히 여기고 '낙양에 유씨 댁 백부님이 계신데 어렸을 때 의형제를 맺은 막역한 벗'이라면서 당신께서 돌아가시고 나서 이 친필 서신을 가지고 이곳으로 가서 찾아뵈라고 신신당부를 하셨습니다. 그래서 저희 모자가 댁을 찾아왔습니다만 … 많이 놀라시게 한 건 아닌지요?"

이극양이 급기야 빈 편지를 보내다.

그 말을 들은 원보는 어리둥절한 채 당최 영문을 알지 못했습니다. 춘랑이 바로 서신을 바치기는 했지만 원보는 겉봉의 글귀를 보면서 매우 괴이하게 여겼습니다. 그런데 밀봉한 것을 뜯고 보니 백지만 한 장 덜렁 들어 있지 뭡니까, 글쎄! 깜짝 놀랐으면서도 아무 소리도 못 하고 한동안 이런저런 생각을 하다 보니 불현듯 속으로 감이 잡히는 바가 있었습니다.

"… 그 뜻인 것이 분명하다! (…) 그래도 지금은 밝히면 안 되지. 일단 모자에게 지낼 곳이라도 구해주어야겠다.[55]"

장 씨 모자는 유원보가 주저하는 것을 보고 '받아주지 않으려나 보다' 하고 여겼습니다. 그러나 그가 하늘만큼 큰 호의를 가지고 있을 줄은 몰랐지요. 원보는 서신을 봉투에 넣자마자 두 사람을 보고 말했습니다.

"이 형은 정말 내가 의형제를 맺은 절친한 분이었습니다. 다시 뵐 날만 고대했건만 고인이 되셨을 줄이야! 안됐습니다, 안됐어요. (…) 이제 모자분은 우리 집안의 혈육이니 여기서 지내도록 하시지요."

원보는 그 자리에서 바로 하인을 시켜 왕 부인을 나오게 한 후 모자가 오게 된 경위를 설명하고 동서지간으로 지내도록 일렀습니다. 또 춘랑은 아들이나 조카로 대우하기로 하고 이날 잔치 자리를 마련하고 두 사람을 극진히 대접했지요. 술을 마실 때 이극양의 영구가 임지의 절에 있다는 말을 고하니 원보가 정성껏 장례 일을 처리해주겠다는

---

55)【즉공관 미비】誰肯。누가 반기기라도 한다던가?

것이었습니다. 왕 부인은 왕 부인대로 장 씨와 자세하게 이야기를 나누다가 유복자를 가진 지 두 달이 되었다는 사실을 알게 되었지요.

술자리가 끝나자 원보 내외는 모자를 남쪽 누각으로 보내 편히 쉬게 했습니다. 가구며 그릇은 갖추지 않은 것이 없을 정도였고 거기다 시중을 들 아이 종까지 몇 쌍이나 골라 보내고 날마다 세 끼 밥도 진수성찬이지 뭡니까, 글쎄! 장 씨 모자는 그가 거두어준 것만으로도 기대 이상인데, 뜻밖에도 이렇게 극진하게 대해주자 속으로 감격해 마지않았습니다. 며칠이 지나서, 원보는 장 씨가 성품이 온화하고 양순한 데다가 춘랑은 춘랑대로 재능이 출중한 것은 물론이고 언행도 겸손하고 어른스러운 것을 보고 더욱 예우했습니다. 그리고 한편으로는 사람을 보내 전당으로 가서 영구를 모셔 오게 했지요.

그러던 어느 날이었습니다. 원보가 왕 부인과 한가롭게 앉아 있다가 무심결에 눈물을 흘리는 것이 아닙니까. 당황한 부인이 그 까닭을 물었더니 원보가 말하는 것이었습니다.

"내가 이 씨 댁 아들의 용모와 기개를 보니 훗날 크게 성공할 것이 분명하오! 내가 저런 아들을 얻는다면 정말로 죽어도 여한이 없을 텐데 말이오! (…) 이제는 나이도 벌써 틀렸고 자식도 감감무소식인지라, 그래서 나도 모르게 마음이 상했나 보오!"

그러자 부인이 말했지요.

"제가 서방님께 몇 번이나 첩을 들이라고 설득을 해도 한사코 들으시지 않더니! (…) 지금이라도 서방님께 소실을 한 사람 구해드리면 아들을 보시는 건 식은 죽 먹기일 겁니다."

"부인, 그런 말은 하지도 마시오. 나야 비록 노년이지만 부인은 아직 중년이 아니오? 하늘께서 우리 유 씨 가문의 대를 끊지 않으실 거라면 부인이 자식을 낳지 말라는 법이 어디 있겠소? 만약 전생에 대가 끊길 팔자라면 아무리 첩이 넘쳐난다 해도 아무 쓸모가 없을 게요!56)"

말을 마친 그는 혼자 밖으로 나가버렸습니다. 그러나 부인은 이번만큼은 꼭 남편에게 첩을 들여주기로 작정했지요. 그렇다고 그와 의논을 하면 보나마나 마다할 것이 뻔한지라 몰래 하인을 시켜 중매를 서는 설薛 노파를 불러오게 해서 사정을 설명하고 이렇게 신신당부를 했습니다.

"일이 성공해야 나리께 말씀드릴 수가 있네.57) 꼭 각별히 신경을 써서 덕과 용모를 겸비한 사람을 구해주게. 그래야 나리도 만족하실 듯하니 말일세!"

설 노파는 일일이 그러마고 대답하고 그 자리를 물러갔습니다. 며칠 지나지 않아 설 노파가 몇 사람을 구했다며 데리고 와서 선을 보였지만 부인 마음에 드는 인물은 한 사람도 없었습니다. 그러자 설 노파가 말했습니다.

"이쪽 여자들은 딱 이 정도올습니다. 황제께서 계신 서울 변량이야 원체 천지 사방에서 온갖 사람이 다 모여드는 곳이다 보니 빼어난

---

56) 【즉공관 미비】達甚。세상 이치에 훤하시구면.
57) 【즉공관 미비】誰肯。누가 바란다고!

여자가 있겠지만 말입니다요."

이때 마침 왕문용에게 서울에 갈 일이 생겼지 뭡니까. 부인은 은자 일백 금을 그에게 몰래 건네고 설 노파에게 부탁해서 같이 가서 사람을 찾아보게 했습니다. 설 노파 역시 마침 중매 일이 하나 생겨서 서울에 갈 참이었으므로 일거양득이라고 여기고 바로 길을 떠난 것은 말할 필요도 없었지요.

이제부터는 또 다른 인연을 소개해드리지요. 그럼 이야기를 들려드리도록 하겠습니다. 변경汴京의 개봉부開封府 상부현祥符縣에 진사가 하나 살았습니다. 성이 배裵, 이름이 습習, 자가 안경安卿으로, 나이는 쉰 살이 넘었는데, 부인 정鄭씨는 이미 세상을 떠난 상태였지요. 자녀로는 딸만 하나 두었으며, 이름이 '난손蘭孫'이고 나이는 이제 막 열여섯이 되었는데 절세의 미인이었습니다. 배안경은 낭관郎官[58]을 몇 년 지내고 양양 자사襄陽刺史로 승진했는데 누가 그를 보고

"나리께서는 지금까지 청빈하게 지내셨는데 이번에 이렇게 대단한 벼슬을 얻었으니 이제부터는 부귀영화 누릴 걱정만 하고 가난 걱정은 하시지 않아도 되겠군요!"

하고 말하는 것이었습니다. 그래서 안경이 웃으며 말했답니다.

"부귀가 어디서 온다던가? 탐욕스럽고 가혹한 소인배들을 보면 그

---

58) 낭관郎官: 중국 고대에 중앙 정부의 이부吏部·호부戶部·예부禮部·병부兵部·형부刑部·공부工部의 '육부六部'에 속한 낭중郎中·원외랑員外郎·주사主事 등의 관리를 두루 일컫는 통칭.

저 이득을 챙기는 일에만 급급하면서 임지의 백성들이 아이를 팔고 부녀자를 잡히게 만들면서까지 자기 자루와 전대를 채우기에만 바쁘니 그런 자들은 참으로 이리 같은 심보와 개 같은 행실을 가진 무리가 아니겠나? 천자께서 나더러 백성의 부모가 되라 하셨거늘 어째서 나더러 자식 같은 백성들을 해치라고 부추기는 겐가? (…) 나는 이번에 가더라도 양양59)의 맹물만 마실 작정이야. 가난은 사람에게는 늘 있는 일. 조정의 녹봉을 받는 관리로서 얼고 굶주리지만 않으면 그걸로 충분하거늘 어찌 부귀까지 바라겠는가!"

배안경은 훌륭한 관리가 되기로 뜻을 세우고 길일을 골라 딸을 데리고 길을 떠나 임지로 향한 끝에 얼마 지나지 않아60) 양양에 당도했습니다. 그가 부임한 지 반년 만에 그 고을은 물산이 풍요로워지고

---

59) 양양襄陽: 중국 고대의 지명. 지금의 호북성湖北省 양번襄樊시 일대에 해당한다.

60) 얼마 지나지 않아[不則一日]: '부즉일일不則一日'을 글자 그대로 풀면 '하루가 되지 않아서'로 번역할 수 있다. 그러나 배안경은 이때 낭관을 지낸 개봉부에서 양양으로 부임한 것으로 소개되고 있다. 하남성의 개봉에서 호북성의 양양까지는 터널 건설이라는 변수를 고려한 직선거리만 해도 437킬로미터, 즉 거의 천 리나 된다. 하루에 백 리를 간다고 해도 열흘 이상 걸리는 셈이다. 따라서 여기서의 '부즉일일'은 문법적으로는 '하루가 되지 않아서'이지만 물리적, 지리적으로 따져보면 '열흘 정도 지나서'로 이해해야 한다. 뒤에서 난손이 설 노파를 따라가는 동경─낙양 구간은 사백 리 거리인데 며칠이나 걸렸다고 한 내용이 그 증거이다. 이는 송·원대의 화본소설, 명대의 의화본소설 등 구어체 문학 작품들에서 화자가 거론하는 '부즉일일'이 실제에 근거한 표현이 아니라 이야기꾼의 상투적이고 관용적인 표현으로 굳어졌음을 시사한다. 이 같은 상황은 《박안경기》의 다른 작품들에서도 마찬가지이다. 따라서 여기서는 '부즉일일'을 편의상 "얼마 지나지 않아"로 번역한다.

백성들은 평안해졌으며 업무가 줄고 송사도 드물어졌답니다. 그래서 민간에는 이런 노래가 퍼졌지요.

양양부 관아 앞 거리에,　　　　　　　　襄陽府前一條街,
어느 날 갑자기 배 천대[61])께서 부임하더니,　一朝到了裴天臺.
육방[62])의 관속들은 낮잠을 자고,　　　　　六房吏書去打眠,
문지기며 사령들은 나무를 하러 다닌다네.　門子皂隸去砍柴.

세월은 덧없이 흘러 또 벌써 유월의 뜨거운 날이 왔습니다. 하루는 배안경이 난손과 점심을 먹는데 푹푹 찌는 더위를 도무지 견디기 어렵지 뭡니까. 안경은 하인을 시켜 더위를 식힐 우물물을 길어오게 했습니다. 금방 우물물을 가지고 오자 안경은 두 사발을 마시고 이어서 딸에게도 마시게 했지요.

"아버지, 이런 맹물을 아버지는 어째서 그렇게도 많이 드세요?"

몇 모금 마신 난손이 이렇게 묻자 안경이 말했습니다.

"그런 복 나가는 소리는 하지 마라! 너와 내가 이런 물을 얻어 마실 수 있다는 것만 해도 신선 대접을 받는 셈인데, 맹물이고 자시고 따질 겨를이 어디 있겠느냐?"

---

61) 천대天臺: 명대에 지방 행정 관청의 수장인 태수나 지현을 높여 부르던 존칭.
62) 육방六房: 중국 고대에 지방 행정관청인 주州에서 일상 공무를 처리하던 이방吏房·호방戶房·예방禮房·병방兵房·형방刑房·공방工房을 아울러 일컫는 통칭.

"아버지, 그게 무슨 복 나갈 소리세요? 요즘 같은 철에는 왕족이나 대갓집 도령들마다 흰 연뿌리를 얼음과 섞네 외를 띄우고 오얏을 담네 하면서 난리를 치는 것도 지나친 일이 아닌 걸요. 아버지는 한 고을을 다스리는 원님63)이신데 이런 맹물을 마시면서도 큰 호강을 누리는 거라고 하시니 너무 생뚱맞은 말씀이잖아요?"

하고 난손이 말하자 안경이 말하는 것이었습니다.

"우리 딸이 물정을 잘 모르는 게로구나. 내 말을 좀 들어보렴. 저 왕족이나 대갓집 도령들을 예로 들자꾸나. 그들은 조상의 권세를 믿고 선조가 일군 재산이나 누릴 줄 알지, 농사를 지을 줄도 모르고 그렇다고 무슨 하는 일도 없이 그저 향락이나 도모하면서 호강하기에만 급급하지. 그러나 즐거움이 절정에 이르면 슬픔이 생기고, 언젠가는 자기가 타는 말이 죽고 자기가 쓰는 황금도 바닥날 때가 온다는 것을 모른단다. 그렇지 않다면 그 사람은 전생에서 그 같은 복을 타고난 것일 게다. (…) 네 이 애비는 가난한 집안 출신이고 거기다가 조정과 백성들의 책임까지 짊어졌으니 그런 사람들과는 비교할 수가 없단다. 또 이런 사람들도 있지. 예를 들어, 요즘 같은 날씨에도 변방의 장수는 몸에 무거운 갑옷을 걸치고 손에 창과 방패를 든 채로 밤낮으로 편히 쉬지도 못한단다. 거기다가 생사가 결판나는 것도 오늘이 될지 내일이 될지 알 수가 없지. 농기구를 둘러멘 농부나 장사하는 상인이나 물건을 만드는 장인도 마찬가지다. 그들은 논밭에서 열심히 일하고

---

63) 원님[郡侯]: '군후郡侯'는 중국 고대에 군의 행정 장관인 태수에 대한 존칭. 때로는 주의 행정 장관인 자사刺史에 대한 존칭으로 사용되기도 했다. 여기서는 편의상 "원님"으로 번역했다.

질퍽거리는 땅을 동분서주하느라 땀을 비같이 흘리고 그것으로도 모자라 하늘에서 내려쬐는 땡볕까지 종일 받아야 하지. 그런 사람들과 비교하면 네 애비가 이만하면 신선 대접을 받는 셈이 아니겠느냐?[64] 이들보다 더 형편이 못한 사람들이 또 있단다. 한때의 잘못으로 말미암아 문초를 당해 중죄를 선고받고 감옥에 갇혀 내내 채찍질과 매질을 당하고 거기다가 손에는 쇠고랑을 차고 발에는 족쇄까지 차고 지내는 사람들이지. 요즘 같은 때에도 하늘의 해조차 볼 수 없는 곳에 갇혀 지내면서 시원한 물은 고사하고 흙탕물조차 마음대로 마실 수가 없단다. 살려고 해도 살 수가 없고 죽으려 해도 죽을 수가 없지. 아버지와 어머니의 거죽과 살이니 아프거나 가려운 것도 똑같은 법인데 어찌 유독 그 사람들만 고통에서 아무렇지 않을 수가 있겠느냐? 그러니 그들과 비교하면 네 애비가 신선이 아니고 무엇이겠느냐? (…) 지금 사옥사司獄司[65] 안에는 죄수가 일이백 명이나 있단다. 나는 감옥에 있는 그들[66]의 수갑과 족쇄를 풀어주고 날마다 시원한 물을 한

---

64) 【즉공관 미비】 如此安分之人, 不宜及禍。 이렇게 분수를 아는 사람은 불행을 당하면 안 되는데.

65) 사옥사司獄司: 중국 고대의 관청 이름. 명대에 각 성省의 제형안찰사사提刑按察使司 및 각 부府·청廳 관아에 속해 있었으며, 감옥 관련 업무를 관장했다. 청대에는 명대의 제도를 인습하여 18개 성의 안찰사사에 사옥사를 두고 사옥司獄을 한 명씩 두었다.

66) 그들[他每]: '타매他每'는 원·명대에 지어진 백화소설이나 희곡에 수시로 등장하는 구어로, '그들'이라는 뜻으로 번역할 수 있다. 여기서 '매每'는 그 문법적 성격이나 용법이 현대 중국어의 '-문們'과 같은 것으로, '타매他每·니매你每·아매我每' 등과 같이 일반명사나 고유명사 뒤에 접미사로 붙어서 해당 대상물의 복수를 나타낸다. 원대 말기-명대 초기의 구어를 소개한 조선시대 중국어 교재인《노걸대老乞大》나《박통사朴通事》를 보면 '말들[馬每]' 등과 같이 인물이 아닌 동물이나 사물에 대해서도 복수형인 '-매'를 사

번씩 공급해주다가 가을이 되면 그때 다시 조치할 작정이다!"

"아버지, 아직은 함부로 시행하시면 안 됩니다. 감옥에 갇힌 죄수들은 모두가 불량한 자들이에요. 그들을 관대하게 대하시다가 혹시 뜻밖의 사태라도 벌어진다면 그 죄가 가볍지 않을 겁니다!"

하고 난손이 말하자 안경이 말했습니다.

"내가 좋은 마음으로 남들을 대하는데 그들이 어떻게 나를 저버리겠느냐?[67] 나는 그저 옥졸들에게 분부해서 옥문만 단단히 지키게 하면 그만이니라."

이러니 당연히 사달이 날 수밖에 없지요! 바로 이 일로 말미암아 다음과 같은 사태가 벌어지게 됩니다.[68]

| 죽어야 할 죄수들 모두 법망을 벗어나고, | 應死囚徒俱脫網, |
| 인덕을 베푼 군수만 도리어 화를 당하누나! | 施仁郡守反遭殃。 |

이튿날, 안경은 재판정에 나와 죄수들을 감옥 안에서 수갑과 족쇄를 풀어주고 날마다 시원한 물을 공급하되, 반드시 감시를 게을리하지 말 것을 옥졸들에게 분부했습니다. 그러자 옥졸들은 명령을 받들

용하고 있는 것을 확인할 수가 있다.

67) 【즉공관 측비】 正未必然也. 꼭 그렇다고는 할 수가 없더군.

68) 다음과 같은 일이 벌어지게 됩니다[有分敎]: 명대 (의)화본 및 장회소설에 등장하는 상투어. 제1권 〈팔자 바뀐 사내가 우연히 동정홍을 발견하고 페르시아 사람이 타룡의 등껍질을 알아보다〉에서 보듯이, '분교分敎'는 때로 '분교分交'로 적기도 한다.

어 그날 바로 감옥에 가서 죄수들의 쇠고랑과 족쇄를 풀어주고 시원한 물을 공급했지요. 옥졸들은 처음에는 단단히 감시하여 일을 그르치지 않았습니다만 열흘 정도 지나자 경계심이 해이해졌습니다.

그러다가 어느 사이 또 칠월 초하루가 되었습니다. 이 감옥에서는 과거의 관례에 따라 매월 초하루가 되면 제물을 바쳐야 했습니다. 그날도 지전을 태웠으며 옥졸들은 전부 음복을 하고 제물을 나누어 가졌지요. 그런데 오후부터 마시기 시작해서 땅거미가 질 때까지 계속 마셔대니 저마다 인사불성이 될 정도로 만취하고 말았지 뭡니까. 죄수들은 감옥 안의 감시가 느슨해진 것을 보고 일찌감치 탈옥할 마음을 품었습니다. 그중에서도 제법 안다 하는 자들 몇몇은 은밀히 날카로운 물건을 좀 구해서 몸속에 몰래 숨겨놓고 있다가 이날 옥졸들이 만취한 것을 보고 바로 틈을 노려 행동에 나섰지요. 대략 이경二更[69] 쯤 되었을까요? 감옥에서 한바탕 고함 소리가 들리더니 일이백 명이나 되는 죄수들이 일제히 손을 쓰는 것이 아닙니까! 그들은 먼저 감옥을 맡은 옥졸을 죽이고 옥문을 뛰쳐나가더니 나머지 옥졸들을 차례로 목을 쳐 쓰러뜨리는데 보이는 족족 한 칼에 한 사람씩 해치우는 것이었습니다. 어떤 옥졸이 으슥한 구석에 숨어서 듣는데 가만 들어보니 이런 소리를 외치는 것이었습니다.

"자사 나리께서는 평소에 덕을 베푸셨으니[70] 우리도 그분을 해쳐서는 안 될 것이다!"

---

69) 이경二更: 밤 9시에서 11시 사이.

70) 【즉공관 측비】還有公道。그래도 도리는 아는군그래.

죄수들은 그길로 관아마다 돌아가서 좌이관佐貳官71)을 몇 사람 죽였습니다. 당시는 태평한 시절이다 보니 성문이 그때까지 열려 있었지요. 그래서 사람들은 고함을 지르면서 우르르 달아나 성을 빠져나가버리지 뭡니까. 그야말로

"자라도 일단 낚싯바늘 벗어나면,   鰲魚脫卻金鉤去,
꼬리와 머리 흔들며 다시는 얼씬도 않는 법!72)"   擺尾搖頭再不來。

그때 배안경은 와자지껄 외치는 소리를 듣고 꿈에서 놀라 깨어 서둘러 일어났는데 벌써 누가 보고를 하러 오는 것이었습니다. 배안경은 그 보고를 듣자 정수리로 세 넋이 다 빠져나가고 다리 밑으로 일곱 얼이 다 사라지는 것 같았습니다. 그는 연신 외마디 비명을 지르더니

"난손이의 말을 듣지 않다가 결국 이 지경에 이르고 말았구나! 인덕으로 대했건만 놈들이 배은망덕으로 갚을 줄이야!"

하고 뉘우쳤습니다. 그런 한편으로 민병대를 소집하고 병력을 나누어 체포에 나섰습니다. 그러나 '바다 밑에서 바늘을 찾는 격73)'이니 어디 한 사람인들 찾을 수가 있겠습니까?

---

71) 좌이관佐貳官: 명대에 부윤府尹·지부知府를 보좌하는 부좌관에 대한 별칭. 일반적으로 각 부府의 행정 수장인 지부知府를 보좌한 정5품의 동지同知, 정6품의 통판通判, 정7품의 추관推官을 말했다.

72) 자라도 일단 낚싯바늘 벗어나면~[鰲魚脫卻金鉤去, 擺尾搖頭再不來]: 명대의 헐후어. 재주가 있는 사람은 일단 위기를 벗어나면 제 살 길을 찾아 가버린다는 뜻이다.

73) 바다 밑에서 바늘을 찾는 격[海底撈針]: 명대의 속담. 어떤 물건(인물)을 찾기가 무척 힘들거나 어떤 목적을 이루기가 어려운 것을 뜻한다.

이튿날, 이 일은 벌써 상급 관청에 보고되었으며 황제에게 상소를 올리지 않을 수 없게 돼버렸습니다. 이 소식은 보름도 채 되지 않아 변경汴京까지 전해졌고 상소도 이미 천자에게 전달되어 천자께서 신하들과 이 사건의 해결을 놓고 의논을 하기에 이르렀지요. 만약 배안경이 뇌물을 탐내 가렴주구를 일삼고 아부나 하는 자였다면 조정에서도 그를 좋아하는 자들이 있었을지 모릅니다. 그러나 그는 평소에 심성이 강직한 데다가 권력자에게 아첨한 적이 없었습니다. 더욱이 물만큼이나 청렴해서 녹봉 말고는 터럭만큼도 구차하게 챙기는 법이 없었으니 고관대작에게 빌붙을 돈이 어디 있었겠습니까! 그렇다 보니 그의 억울함을 변호하는 사람은 하나도 없고[74] 모두 이렇게 말하는 것이었지요.

"죄수를 풀어주었다가 탈옥을 하게 만들었으니 놈들의 관리를 맡은 자가 그 책임을 피할 수는 없나이다. 게다가 좌이관은 다 죽었는데 자사만 살아남았으니 이번 사안은 수상하기 짝이 없사온즉 체포해 심문하심이 옳사옵니다!"

천자는 그 상소문에서 건의한 것들을 받아들여 즉시 비준의 글을 내려보내 국법을 관장하는 관청으로 하여금 관리를 파견해 배안경을 서울까지 압송해오게 했습니다. 당시 배안경은 영락없이 부활한 소부召父요 환생한 두모杜母[75]와도 같은 존재였지만, 고개를 숙이고 포박

---

74) 【즉공관 미비】世道如此。세상인심이 다 그렇지.

75) 소부召父, 두모杜母: 한대에 남양태수南陽太守를 지낸 소신신召信臣(?~?)과 두시杜詩(?~38)를 가리킨다. 두 사람 다 백성들을 위하여 덕을 베풀고 농업을 발전시켜서 당시에 "앞에는 소부가 있고 뒤에는 두모가 있다前有召父,

을 당하는 수밖에 없었지요.76) 그러면서도 '나는 평소 치적과 명성이 있어서 소명할 여지가 충분히 있다'고 여기고 난손을 시켜 행장을 챙기게 해서 부녀 두 사람이 압송관과 함께 길에 올랐답니다.

얼마 지나지 않아 동경東京에 도착하니77) 배안경이 왕년에 살던 곳은 벌써 황제의 칙명에 따라 수색을 당하고 전부 몰수당한 상태였습니다. 아이 종이며 노복 몇 사람도 저마다 뿔뿔이 도망치고 흩어져 편히 쉴 곳조차 없지 뭡니까. 그나마 다행스럽게도 정鄭 부인이 생시에 청진관清眞觀78)의 여도사와 내왕한 덕택으로 방 한 칸을 빌려 난손과 머물 수가 있었습니다. 이튿날, 그는 검푸른 옷에 작은 모자 차림으로 압송관과 함께 조정으로 출두하여 황제의 칙명을 기다렸습니다. 칙명을 받드니 '대리옥大理獄79)에 가두고 국문하라'는 명령이 내린지라 그 길로 스스로 감옥으로 향했습니다. 난손은 난손대로 하는 수 없이 돈을 좀 가져다 상부에 뇌물을 쓰고 일선 관리들에게 청탁을 해서 감옥에 가서 기별을 전하고 사식을 넣어줄 것을 부탁했지요. 그런데 알고 보니 배안경은 연로하고 기력이 다 빠진 데다가 이번 일로 크게 놀라고 고초까지 단단히 당하는 바람에 밤낮으로 근심 걱정을 하느라 음식조차 제대로 입에 대지 못하고 있었습니다. 난손이 온갖 방법을

後有杜母"라는 말이 유행했을 정도였다고 한다.
76) 【즉공관 미비】正未可恃。 꼭 그렇게 믿을 만한 것은 아니지.
77) 얼마 지나지 않아 동경에 도착하니: 임지인 양양에서 동경인 개봉까지 압송되었으니 앞의 경우처럼 시간이 열흘 가까이 소요되었을 것이다. 앞의 경우와 마찬가지로, 여기서도 "얼마 지나지 않아"로 번역했다.
78) 청진관清眞觀: 도교 사원의 이름.
79) 대리옥大理獄: 중국 고대에 형법을 관장하던 기관인 대리시大理寺에 설치된 감옥.

다 동원해서 기껏 사식을 넣었건만 공연히 은자만 낭비한 셈이었지요!

하루는 난손이 마침 옥문 앞으로 걸어오는 것을 보고 배안경이 딸을 불러 세워 말했습니다.

"숨이 막혀 참기 어려운 걸 보니 오늘 아무래도 죽을 것이 분명하다. 남들에게 선행을 베풀다가 화를 불러들이고 너한테까지 누를 끼치고 말았구나! 이 죄가 자식에게 연좌되지는 않겠지만 내가 죽고 나면 네가 의탁할 곳이 없으니 하녀나 종이 되는 불행을 면하기 어렵겠구나!"

여기까지 말한 배안경은 마치 화살을 수도 없이 가슴에 맞기라도 한 것처럼 큰 소리로 몇 차례 통곡하더니 숨이 지고 마는 것이었습니다! 그나마 회심會審[80]의 단계까지는 가지 않아 삼목三木과 낭두囊頭[81]의 혹독한 형벌은 면했으니 불행 중의 다행이었지요. 난손은 발을 구르고 가슴을 치면서 울고불고하느라 몇 번이나 까무러쳤지요.[82]

---

80) 회심會審: 명대의 사법제도. 명대에 중요한 사건이나 억울한 사안이 발견될 경우, 3대 사법기관[三法司]인 형부刑部·도찰원都察院·대리시大理寺가 공동으로 사건을 심리하고 판결을 내렸는데 이를 '삼사 회심三司會審'이라고 불렀다. 이때 형부는 중앙 심판기관으로서 심판권을, 대리시는 중앙 사법행정기관으로서 재심권을, 도찰원은 중앙 감찰기관으로서 감찰권을 각각 행사했다고 한다.

81) 삼목三木과 낭두囊頭: 중국 고대의 형벌을 이르는 별칭. '삼목'은 죄인의 목·손·발에 끼워 형벌을 가하는 형구, '낭두'는 죄인의 머리에 헝겊을 씌우고 가하는 형벌을 가리킨다.

82) 몇 번이나 까무러쳤지요[發昏章第十一]: '발혼장 제11發昏章第十一'은 현기증이 난 것[發昏]을 두고 한 말이다. '발혼' 뒤에 '장 제11章第十一'을 붙인

난손이 아버지의 시신을 인수해 가려 해도

"조정의 죄인에게는 편의를 봐줄 수가 없다!"

는 것이었습니다. 이때 난손은 자신이 살든 죽든 득이 되든 해가
되든 따질 겨를도 없이 다짜고짜 대리시大理寺[83] 관아로 뛰어들어
통곡을 하면서 죄수들이 탈옥하게 된 경위를 고했습니다. 그러자 곁
에 있던 사람들까지 그 슬픔에 공감할 정도였지요. 다행스럽게도 대
리시경大理寺卿은 그래도 공정한 사람이어서 그 같은 상황을 보고
는 딱해서 참을 수가 없지 뭡니까. 그래서 즉시 황제께 표表를 올렸
습니다.

"대리시경을 맡은 소신 아무개가 양양자사 배습을 국문한 결과,
백성을 어루만지는 노고는 극진하나 범죄를 대비하고 경계하는 사려
는 부족했습니다. 비록 국법을 수행하는 과정에서 불찰이 많아 본인
이 천벌을 받고 말았사오나 조정에 거역하려 한 정황은 없사오니 신
하로서의 충심은 보여주었다고 할 수 있겠나이다. 이제 이미 옥중에
서 죽었으니 관대하게 처벌함이 마땅하옵니다. 속히 하늘과도 같은

것은 중국에서는 고대에 책을 엮을 때 각 장의 마지막에 "장 제××章第××"
라고 표시하여 장과 장을 구분했기 때문이다. 여기서는 이 전통적인 분장체
제分章體制를 흉내 내어 언어유희를 벌인 경우이므로, 굳이 따로 번역하지
않고 "몇 번이나 까무러쳤다" 식으로 의역했다.

83) 대리시大理寺: 중국 고대의 관청 이름. 주로 형벌과 옥사의 심리를 관장한
관청으로, 지금의 최고법원에 해당한다. 원래 진·한대에는 정위廷尉로 일
컬어졌는데 북제北齊 때 대리시로 부르면서 후대까지 대대로 인습되었으며
그 수장인 대리시경大理寺卿은 '구경九卿'의 반열에 들었다. 명대에는 형부
刑部·도찰원都察院과 함께 '삼법사三法司'로 통칭되었다.

은혜를 내리시어 그 시신을 사면하고 본향으로 운구해 안장84)하게 해주시어 신하들을 우대하는 조정의 마음을 확고히 보여주시기를 엎드려 바라나이다! 소신 아무개 황공하옵게도 말씀을 올리나이다!"

大理寺卿臣某, 勘得襄陽刺史裴習, 撫字心勞, 提防政拙。雖法禁多疎, 自干天譴, 而反情無據, 可表臣心。今已斃圄圄, 宜從寬貸。伏乞速降天恩, 赦其遺屍歸葬, 以彰朝廷優待臣下之心。臣某惶恐上言。

　진종도 따지고 보면 어진 황제였으므로 배습이 이미 죽었다는 보고를 접하자 더 이상 가혹하게 추궁하지 않고 바로 그 표에서 건의한 사항을 비준해주었지요.

　그 소식을 들은 난손은 황련나무 아래에서 거문고를 타는 것 같았습니다. 쓸쓸함 속에서도 기쁨을 얻은 셈이었으니까요.85) 그래서 수

---

84) 안장[歸葬]: 중국에서는 한대는 물론이고 위·진-남북조시대까지 명문대가 출신의 한족들은 거의 모두 누가 객지에서 사망했을 경우 그 시신을 당사자가 태어난 고향까지 운구하여 선산에 매장하는 풍습이 엄격하게 지켜졌는데 이를 '귀장歸葬'이라고 불렀다. 이 이야기에서도 양양자사 배습이 객지의 감옥에서 죽자 대리시경大理寺卿이 황제에게 표를 올려 배습의 시신을 그의 고향으로 운구해 안장하도록 허락해줄 것을 청원하고 있다. 여기서는 편의상 "본향으로 운구해 안장하다"로 의역했다.

85) 황련나무 아래에서~[黃連樹下彈琴 - 苦中取樂]: 명대 헐후어歇後語의 일종. 황련黃連은 한방 약재의 하나로, 맛과 냄새가 무척 쓰며, 전통적으로 불면증·구토·설사의 치료제로 사용되어 왔다. 여기서 "황련나무"는 뒤의 "쓸쓸함"과 대응되고 "거문고를 타다"는 뒤의 "즐거움"과 대응되면서 억울하게 아버지를 잃은 슬픔에 이어 황제의 칙명으로 사면을 받는 즐거움을 차례로 겪는 난순의 복잡한 심경을 잘 나타내고 있다. 헐후어는 수수께끼 풀기와 비슷한 언어유희로, 일반적으로 특정한 상황을 묘사한 주절과 그 상황이 시사하는 속뜻을 나타내는 정답을 담은 종속절의 두 부분으로 구성된다. 여기서는 "황련나무 아래에서 거문고를 타다黃連樹下彈琴" 부분이 전자이며 "쓸쓸함 속

중에 남겨두었던 나머지 은자를 가지고 관을 사고 사람을 고용해 부친의 시신을 메고 나가 입관을 했습니다. 그러고는 청진관 경내에 안치하고 국과 밥을 지어 제사를 지내면서 부처가 환생하듯[86] 몇 번이나 울다 까무러치는 것이었습니다. 배안경이 지녔던 노잣돈은 당초부터 얼마 안 되었는데 이때에 이르자 이미 다 써서 바닥이 나고 말았습니다. 관을 구하기는 했지만 장례를 치를 돈은 전혀 나올 곳이 없었지요. 난손은 이리저리 생각하다가 말했습니다.

"일가친척이라고는 외숙인 정鄭 공뿐이다. 지금 서천 절도사西川節度使[87]가 되어 가족을 데리고 현지에 가 계신데 길까지 험하고 멀어서 절대로 도와주실 수 없는 상황이니 참으로 어쩔 방법이 없구나!"

에서도 기쁨을 맛보다苦中取樂" 부분이 후자에 해당한다. 중국의 전통적인 헐후어에서는 일반적으로 주절은 형식이 자유로운 격언이나 속담을 사용하지만 종속절은 대체로 네 글자로 된 성어를 쓰는 경우가 많다. 여기서는 편의상 주절과 종속절로 구성된 본래의 복문複文을 주절과 종속절 두 개의 개별적인 단문短文으로 각자 분리해 따로 번역했다.

86) 부처가 환생하듯[一佛出世]: 불교의 시조인 고타마 싯다르타Gautama Siddhārtha 는 45년 동안 중부 인도 각지를 편력하면서 설법과 교화를 계속하다가 여든 살 되던 해에 쿠시나가라의 숲에서 열반한 후 모든 괴로움으로부터 완전하고 절대적인 해탈解脫을 이루고 '진리를 깨달아 아는 자'이자 '그 진리를 중생을 위해 널리 펴는 자'인 부처로 환생했다. 여기서 "부처가 환생하듯"이라고 한 것은 난손이 울다가 기진맥진해 까무러쳤다가 다시 의식을 찾은 것을 두고 한 말이다.

87) 절도사節度使: 당·송대의 관직명. 지방 통치 지역인 번진藩鎭의 군사·행정 수장으로, 당나라는 그 강역에서 비약적인 확장이 이루어진 태종太宗 때부터 도호부都護府·기미정책羈縻政策·부병제府兵制·진병鎭兵 등의 행정제도를 가동하여 지방을 통치했다.

일은 닥쳤건만 뜻대로 되지 않자 하는 수 없이 손에 초표草標[88])를 들고 종이를 가져다

"몸을 팔아 선친의 장례를 치르려 합니다." 賣身葬父。

초표의 예시. 《수호전》에서 칼을 팔려고
초표를 꽂고 다니는 양지楊志.

라고 쓰고는 영구 앞으로 가서 네 번 절을 하고 빌었습니다.

"아버지! 넋이 먼 길을 떠나지 않으셨다면 소녀가 돌아가는 동안 좋은 분을 만날 수 있게 지켜주십시오!"

절을 하고 몸을 일으킨 그녀는 눈물을 글썽이며 억울한 한을 품고 수치심을 참으며 거리를 걸으면서 큰 소리로 외쳤습니다.[89)90]) 그러나 불쌍한 배난손도 어쩔 수 없이 규방의 앳된 응석받이 아씨였습니다.

---

88) 초표草標: 명대에 사용된 표식의 일종. 고대 중국에서 '풀[草]'은 천한 것 또는 가치가 없는 것을 뜻하는 대용물이었다. 그래서 개인이 자신이 사용하던 물건을 처분해야 할 경우 들판에 자생하는 풀을 꺾어서 해당 물품에 꽂음으로써 그것이 파는 것임을 알렸다고 한다. 명대의 유명한 장회소설인 《수호전水滸傳》에도 '초표'가 여러 차례 등장하는데, 청면수靑面獸 양지楊志가 자신의 칼을 처분할 때 초표를 칼에 꽂고 다닌 것은 대표적인 예이다 (도판 참고). 여기서도 난손이 초표를 손에 들어 자신의 몸을 판다는 의사를 밝히는 표식으로 사용하고 있다.

89) 큰 소리로 외쳤습니다[喊叫]: 자신을 하녀로 판다는 앞서의 광고 문구를 외치면서 손님을 부르는 것을 두고 한 말이다.

90) 【즉공관 미비】難哉。참 난감하구나!

낯선 사람만 보아도 금세 얼굴이 빨개지고 귀가 달아오르던 사람이 지금 만인이 오가는 거리에서 얼굴을 드러내고 서게 될 줄이야! 아버지가 임종할 때 한 말을 떠올리노라니 자기도 모르게 가슴이 다 찢어지지 뭡니까. 그야말로

하늘의 바람과 구름을 예측할 수 없듯이,　　　　　天有不測風雲,
사람에게도 화와 복은 주야로 바뀌는 법.91)　　　　人有旦夕禍福。
날 때부터 기구한 팔자 야속한 시운을 만났으니,　　生來運蹇時乖,
그저 부끄러움과 굴욕감을 참는 수밖에!　　　　　只得含羞忍辱。
아비는 중죄인 되어 목숨 잃어버리고,　　　　　　父兮桎梏亡身,
딸은 거리를 배회하며 통곡하건만,　　　　　　　女兮街衢痛哭。
아무리 두견이 울다 울다 목에 피가 다 맺혀도,92)　縱交血染鵑紅,
저 하늘께선 이 고아를 딱하게 여기지 않으시누나!　彼蒼不念煢獨。

그래도 이런 말이 있지요.

---

91) 하늘의 바람과 구름을 예측할 수 없듯이~[天有不測風雲, 人有禍福旦夕]: 원·명대의 속담. 변화무쌍한 날씨를 예측할 수 없는 것처럼 인간세상의 불행과 행복도 예측하기 어렵다는 뜻이다.

92) 아무리 두견이 울다 울다~[血染鵑紅]: 중국 고대의 전설에 따르면, 주周나라 말기에 촉蜀 땅의 군주 망제望帝는 이름이 두우杜宇였는데 나중에 나라가 망하자 사후에 그 넋이 새가 되어 늦은 봄 무렵이면 애절하게 울어서 목청에서 피가 다 배어나올 정도였으며, 그 피로 물든 꽃이 진달래[杜鵑花]라고 한다. 이 새 울음소리가 애절해서 사람들의 심금을 울린다고 하여 두견杜鵑 또는 두우로 부르게 되었으며, 그 소리가 '불여귀不如歸(돌아가는 것만 못하다)'처럼 들린다 하여 자규子規로 불리기도 했다. 후세에는 "두견이가 피를 토하도록 운다[杜鵑啼血]"라는 말로 비통한 감정이나 이별의 아픔을 표현하는 경우가 많았다.

"하늘이 무너져도 솟아날 구멍은 있다.[93]" 天無絕人之路。

난손이 거리에서 몸을 팔고 있는데 가만 보니 웬 노파가 그 앞으로 다가와서 몸을 굽혀 인사를 하더니

"아가씨, 무슨 일이길래 몸을 파시우? 얼굴에 수심이 가득하니 이건 또 웬일이고 …"

하고 물으면서 자세히 뜯어보다가 깜짝 놀라서 말하는 것이었습니다.

"아가씨는 배 씨 댁 아씨가 아니에요? 아니, 이 꼴이 대체 어쩐 일이래요!"

알고 보니 그 노파는 바로 낙양의 설 노파였지 뭡니까, 글쎄! 정부인이 살아 있을 때 설 노파는 일을 보러 서울에 오면 늘 배 씨 댁을 드나들었으므로 난손을 금방 알아보았지요. 난손이 고개를 들고 보니 설 노파인지라 그길로 설 노파와 같이 외지고 조용한 데로 가서 눈물이 그렁그렁한 채로 지난 일을 처음부터 끝까지 들려주었습니다. 그 노파는 평소에도 가뜩이나 눈물이 많은 사람이었던지라 슬픈 사연을 듣다 보니 자신도 모르게 소리 내어 울면서 말했습니다.

---

93) 하늘이 무너져도~[天無絕人之路]: '천무절인지로天無絕人之路'는 원·명대의 희곡이나 소설에 자주 등장하는 격언으로, 글자 그대로 '하늘은 사람의 [살]길을 끊는 법이 없다' 정도로 직역할 수 있다. 여기서는 편의상 비슷한 의미를 담으면서 비교적 널리 사용되는 "하늘이 무너져도 솟아날 구멍은 있다"로 의역했다.

"이제 보니 댁의 나리께서 그런 엄청난 어려움을 당하셨군요! (…) 아씨는 관리 집안의 따님인데 어떻게 하인 노릇을 할 수가 있겠어요? 정 몸을 팔 작정이시라면 이렇게 아리따운 모습이니 몸종이나 하녀는 될 수 없다 치더라도 소실 정도는 아무 문제가 없을 거예요!"

"이제 아버지를 위해서라면 이 한 몸 죽는 것조차 마다하지 않을 각오인데 다른 것이야 뭐가 아깝겠어요."

난손이 이렇게 말하자 설 노파가 말하는 것이었습니다.

"정말 그러시다면 … 아씨, 화내지 말고 들어보세요. 낙양현의 유 자사 나리는 연로하신데 아드님이 없어서 부인 왕 씨께서 그분에게 소실을 한 사람 들이려고 하십니다. 지난번에 나한테 부탁하길래 그 고을에서 한참이나 찾고 찾았지만 마님 마음에 드는 사람이 하나도 없지 뭐예요. 지금 나한테 서울의 재상댁에 가서 혼담을 좀 넣어달라고 부탁하셨는데 왕 부인께서 그 참에 친조카 왕문용에게 몸값을 가지고 나하고 같이 두루 물색해보라고 이르셨답니다. 그런데 인연이 닿았는지 마침 아씨를 만났군요! (…) 왕 부인께서는 당초 덕과 용모를 겸비한 사람을 구한다고 하셨는데 지금 아씨의 용모는 세상에서 비할 데가 없을 정도로 아리따우시지요. 게다가 몸을 팔아 선친 장례를 치르시겠다니 이 역시 대단히 효성스러운 일이겠지요! 이번 일도 열에서 아홉까지는 다 이루어진 셈입니다! 그 유 자사께서는 의롭게 재물을 나누어주시고 왕 부인도 무척 어질고 덕이 있는 분입니다. 아씨가 그곳에 가시면 좀 지체가 낮아지기야 하겠지만 평생 즐겁게 지내실 수 있을 거예요. 아씨 뜻은 … 어떠신지 모르겠군요?"

"할멈 말대로 몸을 팔아 남의 첩이 되는 것은 가문을 욕되게 하는 일이에요. 그러니 그 댁에는 절대로 진실을 밝히지 말고 그냥 여염집 여자인 줄로만 여기게 해주세요!"

설 노파는 고개를 끄덕이면서 맞장구를 치더니 그길로 난손 아가씨를 안내해 같이 왕문용의 처소로 향했지요.

설 노파가 왕문용을 만나 상세하게 이야기하자 왕문용은 멀리서 힐끔거리며 그 아가씨를 보더니 그 정도면 경국지색이라고 여기고 말했습니다.

"이렇게 절색을 가진 미인인데 어찌 고모님[94] 마음에 들지 않을 리가 있나."

그야말로

쇠 신발 다 닳도록 헤매고도 찾지 못하다가,	踏破鐵[95]鞋無覓處,
때 되니 아무 수고 없이 금방 구하는구나!	得來全不費工夫。

이때 한쪽은 곤경에 빠진 상황이고 한쪽은 넉넉하고 후한 집안이니 가타부타 왈가왈부할 필요도 없이 어느 사이에 자연스레 조건이 서로

---

94) 고모님[姑娘]: '고랑姑娘'은 현대 중국어에서는 '처녀·색시maiden'의 의미로 사용하지만 원·명대 구어에서는 '고모paternal aunt'의 의미로 사용되었다. '낭娘'이 시간이 흐르면서 '모母'로 대체된 셈이다. 여기서는 '고랑'을 편의상 '고모님'으로 번역했다.

95) **【교정】 쇠[鐵]:** 상우당본 원문(제866쪽)에는 '쇠 철銕'로 나오는데, '쇠 철鐵'의 이체자이다.

딱 맞아떨어지는지라 설화 은자雪花銀
子96) 백 냥을 넉넉하게 쳐서 난손 아가
씨에게 건넸습니다. 그러고는 그녀를
데리고 길을 나서려 하는데 난손이 말
하는 것이었습니다.

설화은자

"저는 애초에 선친의 장례를 위해서 몸을 팔았던 거예요. 그러니
장례를 다 치른 다음 떠나야 되겠어요!"

"아씨! 아씨는 혈혈단신이면서 어떻게 장례를 다 치르시겠다는 거
예요? 차라리 낙양에 가서 혼사를 치른 다음 그때 유 씨 댁 나리께
부탁드려 사람을 보내 안장해드린다면 얼마나 수월하겠어요?"

설 노파가 이렇게 말하니 난손도 그 말을 따를 수밖에 없었지요.97)

왕문용은 신중하고 유능한 사람이었습니다. 고모부에게 들이는 첩
이라는 것을 아는 이상 그녀를 소홀하게 대할 수 없었지요. 그래서
설 노파로 하여금 그녀와 길동무가 되어 동행하게 하고 자신은 늘
앞이나 뒤에서 두 사람을 수행했습니다.

동경에서 낙양까지는 겨우 사백 리 거리인지라 며칠 걸리지도 않아
서 벌써 유 씨 댁에 도착했답니다. 왕문용은 혼자 전당포로 향하고
설 노파만 조용히 난손을 데리고 안으로 들어가 왕 부인에게 머리를

---

96) 설화 은자雪花銀子: 명대에 유통되던 50냥짜리 백은 원보元寶. 거울 표면처
럼 깨끗하고 흠이 없는 고급 은으로, 윗면에 물결무늬가 있다고 해서 '설화
은자'로 불렸다.

97) 【즉공관 미비】然則要此百金何用。 그렇다면 그 백 냥은 무슨 소용이 있나?

조아리고 인사를 올렸습니다. 부인이 고개를 들어 난손을 보니 정말이지

연지나 분도 바르지 않았건만,	脂粉不施,
본래부터 타고난 자태를 갖추었으니,	有天然姿格。
단장을 살짝 하기만 하면,	梳妝98)畧试,
조금도 속된 모습이 없겠구나.	無半點塵紛。
거동할 때에는,	擧止處,
태도도 차분한데,	態度從容,
말을 할 때에는,	語言時,
목소리도 구슬프고 은은하구나.	聲音凄婉。
두 아리따운 눈썹 찡그릴 때는	雙娥顰蹙,
참으로 오나라 들어가던 서시99) 같구나.	渾如西子入吳時,
양 볼이 수줍음을 머금으니,	兩頰含愁,
마치 한나라 떠나던 날의 왕소군100) 같구나.	正似王嬙辭漢日。

----

98)【교정】단장[籹]: 상우당본 원문(제쪽)에는 '중배끼(과자) 여籹'로 되어 있으나 전후 맥락을 따져볼 때 '꾸밀 장妝'이나 '단장할 장粧'의 별자로 사용되었다.

99) 서시[西子]: '서자西子'는 춘추시대 월越나라의 미녀 서시西施를 말한다. 월나라 왕 구천勾踐(?~BC465)이 오吳나라와의 싸움에서 미인계를 써서 그녀를 오나라 왕 부차夫差에게 진상했다. 부차는 서시의 미모와 가무에 빠져 국정은 돌보지 않고 늘 고소대姑蘇臺에서 방탕한 생활을 하다가 결국 구천에게 멸망했다.

100) 왕소군[王嬙]: 중국 고대의 4대 미녀의 한 사람. 남군南郡의 양가집 딸인 왕소군王昭君은 성이 왕王, 이름이 장嬙으로, 한나라 원제元帝의 후궁으로 들어갔다. 그러나 황제의 총애를 받지 못하고 황제의 명령으로 흉노匈奴의 호한야 선우呼韓邪單于(?~BC31)에게 출가하여 왕비인 연지閼氏가 되었으며, 호한야 사후에는 그 아들인 복주루 선우復株累單于에게 재가했다.

자태 곱고 청초한 규방의 여인이 딱하게도,　　　　可憐嫵媚淸閨女,
잠시 관리 댁 모시는 사람 되는가 보다!　　　　　權作追隨宦室人。

이때 왕 부인은 몹시 반가워 이름을 묻고 당장 방 한 칸을 치워 난손이 지내게 하는 한편 여종을 골라 시중을 들게 했습니다. 그리고는 이튿날 바로 유원보를 건너오게 해서 차분하게 말했지요.

"제가 오늘 드릴 말씀이 있사오니 서방님께서는 역정을 내지 마시기 바랍니다."

"부인, 할 말이 있으면 그냥 하지, 굳이 말을 삼갈 필요까지야 있겠소?"

"서방님, '사람이 일흔까지 사는 일은 예로부터 드물다[101]'라는 말

왕소군은 세월이 흐름에 따라 흉노와의 화친정책에 희생된 비극적 여주인공으로 미화되었으나 역사적 사실과는 다소 거리가 있다. 예를 들어, 동진東晉의 갈홍葛洪이 저술한 단편소설집인 《서경잡기西京雜記》에 따르면, 원제의 후궁들은 화공畵工 모연수毛延壽에게 뇌물을 주고 자신들의 초상화를 아름답게 그리게 하여 황제의 총애를 얻으려 애썼지만 왕소군은 자신의 미모를 믿고 뇌물을 바치지 않아 추녀로 그려지는 바람에 호한야에게 간택되고 말았다. 한나라를 떠나는 날, 그녀가 초상화와는 달리 절세의 미인인데다가 자태까지 단아한 것을 본 황제는 크게 노하여 소군을 추녀로 그린 화공의 목을 베었다고 한다. 왕소군의 슬픈 이야기는 이 설화가 민간에 전해진 후로 중국 문학에 다양한 소재를 제공하여, 한대의 악부樂府로부터 역대 문학가들에 의해 그녀를 소재로 한 시가·소설·희곡들이 지어졌다.

101) 사람이 일흔까지 사는 것은~[人生七十古來稀]: 당대 시인 두보杜甫(712~770)의 시 〈곡강曲江〉의 시구에서 유래한 말. 일흔 살을 뜻하는 '고희古稀'도 이 시구에서 비롯되었다. 두보가 〈곡강〉에서 읊은 것처럼, 그 자신 역시

을 들어보셨겠지요? 지금 서방님 연세는 일흔에 가까우니 여생이 얼마나 남았겠어요? 그런데도 자식이 하나도 없으십니다! '병이 없으면 내 몸이 홀가분하고, 대 이을 자식이 있으면 만사가 만족스럽다[102])'라는 속담이 있듯이 오랫동안 서방님께 소실을 들이고 싶었습니다. 그러나 서방님께서 하도 몸가짐이 올바르셔서 함부로 말을 꺼내기 어려웠고, 어울리는 사람을 찾지도 못한지라 잠시 참고 기다릴 수밖에 없었지요. 그러던 차에 이번에 변경에서 배 씨 댁 처자를 받아 들였는데 마침 꽃다운 나이인 데다가 재주와 용모 모두 뛰어나니 … 서방님께서 그녀를 소실로 거두어주시기를 바랍니다. 어떻게 아들이든 딸이든 한둘이라도 생긴다면 우리 유 씨 집안의 대를 이을 후손이 되지 않겠습니까?"

"나는 팔자에 자식운이 없다 싶어서 남의 집 어린 딸의 앞길을 그르치지 않으려 했던 게요.[103]) 그런데 뜻밖에도 부인이 이처럼 마음을 쓰셨구려! 지금 일단 그 여자를 불러 내게 보여주시오."

하고 유원보가 말하자 바로 난손 아가씨가 걸음을 옮겨 방에서 나오더니 무릎을 꿇고 절을 하는 것이었습니다. 그 모습을 본 유원보는 속으로

쉰아홉 나이로 세상을 떠났다.

102) 병이 없으면 내 몸이 홀가분하고~[無病一身輕, 有子萬事足]: 명대의 속담. 사람으로 세상을 살면서 병을 앓지 않는 것과 자손을 두는 것이 가장 값진 일이라는 뜻으로 한 말이다. 여기서 왕 부인은 병이 없는 것보다 자손을 두는 것을 더 값진 일로 여기고 있다.

103) 【즉공관 미비】即此一念, 有後可必。이런 생각을 가졌다면 반드시 후손을 보기 마련이지.

'이 여인의 자태와 거동을 보아하니 절대로 여염집 출신은 아니다!'

하는 생각이 들어서 바로 입을 열었습니다.

"자네는 성이 무엇이고 이름은 어떻게 되는가? 뉘댁 처자이며 어째서 몸을 팔게 된 것인가?"

"소첩은 변경 여염집의 딸로서, 성은 배 씨이고 어릴 때부터 난손이라고 불렸사옵니다. 선친께서 돌아가셨는데 돈이 없어서 몸을 팔아서라도 선친의 장례를 치르려 하는 것입니다!"

난손은 입으로야 이렇게 말했지만 자신도 모르게 살짝 구슬 같은 눈물을 흘리고 마는 것이었지요. 유원보는 그녀의 얼굴을 살피고 또 살피더니 말했습니다.

"자네는 절대로 여염집 딸이 아닐세. 나를 속이려 들지 말게! 얼굴에 수심이 가득한 것을 보아하니 분명히 말 못 할 속사정이 있는 게야. 내게 낱낱이 사실대로 털어놓게. 자네를 위해 책임지고 근심거리를 해결해주면 되지 않겠나?"

난손은 당초 진실을 숨겼지만 유원보가 몇 번이나 캐어물으니 어쩌겠습니까? 아버지가 죄수를 풀어놓았다가 죄를 짓게 된 경위를 처음부터 끝까지 소상하게 털어놓았습니다. 그러다 보니 자신도 모르게 눈물이 터져 샘물처럼 콸콸 쏟아지는 것이었지요. 유원보는 깜짝 놀라 표정이 바뀌는가 싶더니 그 역시 무심결에 눈물을 흘리면서 말했습니다.

"여염집 딸 같지 않다 했더니 부인이 하마터면 나를 망칠 뻔하셨구려! 애석하게도 그처럼 훌륭한 관리가 그 같은 굴욕과 화를 당하다니!"

그러고는 황급히 난손 아가씨를 향해 몇 번이나

"죄를 지었소이다, 죄를 지었어!"

하더니 이어서 말했습니다.

"아가씨 몸을 의탁할 곳이 없다니 우리 집에서 지내도록 하시오. 내가 명당자리를 골라서 춘부장의 장례를 치러드리면 되지 않겠소."

"그렇게 보살펴만 주신다면 그 은혜는 죽어도 잊지 않겠사옵니다!104) 서방님, 먼저 소첩의 절부터 받아주십시오!"

그러자 유원보는 황급하게 그녀를 부축해 일으키더니 여종에게

"배 씨 댁 아씨 시중을 잘 들거라. 조금도 거역하는 일이 있어서는 안 될 것이니라!"

하고 분부하고 그길로 대청에 나와 즉시 사람을 변경으로 보내 배

---

104) 그 은혜 죽어도 잊지 않겠사옵니다[此恩惟天可表]: '유천가표惟天可表'는 글자 그대로 풀면 '오로지 하늘께만 내 마음을 털어놓을 수 있다' 또는 '오로지 하늘만 내 마음을 아신다' 정도로 해석된다. 그러나 앞의 "그 은혜[此恩]"와 하나로 연결하면 전후 맥락과는 연결이 좀 부자연스러우므로 여기서는 편의상 보편적으로 널리 사용되는 "죽어도 잊지 않겠다" 정도로 의역했다.

사군의 영구를 모셔오게 했습니다. 며칠 지나지 않아 영구를 옮겨왔는데 공교롭게도 때마침 전당현 이 현령의 영구와 동시에 도착했지 뭡니까. 유원보는 양가의 영구를 같이 들어서 웬 건물의 대청에 함께 안치하고 제사105)를 두 차례 준비해 절을 올리고 조의를 표했습니다. 이 현령의 부인 장 씨는 아들을 데리고 와서 세상을 떠난 부군에게 절을 하고 원보는 원보대로 난손을 데리고 세상을 떠난 선친에게 절을 하게 했습니다. 이어서 유명한 풍수꾼을 초빙하여 명당자리 두 곳을 찾은 다음 섣달의 길일이 되자 안장해주었지요.

그러던 어느 날이었습니다. 왕 부인이 다시 원보를 보고 말했습니다.

"그 배 씨 댁 처자는 귀한 댁 출신이기는 합니다만 곤경에 처했다가 서방님의 구제를 받은 사람입니다. 만약 다른 곳을 떠돌다가는 자칫 비천한 신세로 전락할지도 모릅니다! (…) 서방님께서는 거기다 못자리까지 골라 선친의 장례를 치러주셨으니 그 은혜는 작다고 할 수 없지요. 그녀는 분명히 서방님의 첩이 되기를 기꺼이 바랄 것입니다. 명문가의 여식이기도 하거니와 혹시라도 행운이 좀 따라서 대를 이을 아들이라도 낳아줄지 모르지요. 그렇게만 된다면 서방님께서는 자식을 얻으실 테고 그녀 또한 평생 의탁할 곳이 생기는 셈이니 안 될 것도 없다고 봅니다. 서방님께서 잘 생각해보시기 바랍니다."

그런데 부인이 그렇게 단언한 것도 아니었건만 그 말을 하고 가만 보니 유원보가 발끈 정색을 하는 것이었습니다.

---

105) 제사[祭筵]: '제연祭筵'은 제사에 참석한 문상객을 접대하는 잔치인 것으로 보이지만 여기서는 편의상 "제사"로 번역했다.

"부인, 무슨 말을 하시는 게요! 이 세상에 아름다운 여인이 얼마나 많소? 내가 첩을 들일 작정이었다면 얼마든지 따로 구할 수가 있었소. 그런데 어떻게 감히 배 사군의 따님을 욕되게 만들 수가 있겠소?[106] 이 유홍경이가 조금이라도 그런 마음을 품었다면 천지신명께서 천벌을 내리셨을 게요!"

부인은 그 말을 듣고 자신이 실언을 했다는 것을 깨닫고 입을 다물고 아무 소리도 하지 못하는 것이었지요. 속이 언짢아진 유원보는 생각을 좀 해보았습니다.

'나도 참 아둔하구나! 내게는 대를 이를 자식이 없으니 이참에 차라리 그녀를 수양딸[107]로 들여서 부인의 그런 생각을 끊어버리면 되지 않은가![108]'

그래서 즉시 여종을 시켜 배 씨 댁 아가씨를 불러내 말했지요.

"나는 춘부장보다 몇 살 나이가 많소. 거기다 똑같이 자사 자리를 지낸 바 있지. 그런데 나이는 이렇게 많으면서도 자식이 하나도 없구

---

106) 【즉공관 미비】仁人君子之言。도덕군자다운 말씀이로군.
107) 수양딸[螟蛉之女]: '명령螟蛉'은 푸른 빛깔을 가진 나방·나비의 애벌레로, 나나니벌이 이 애벌레 몸에 알을 낳는데 그 알이 부화하면 명령을 먹이로 삼는다. 과학 지식이 부족했던 고대 중국 사람들은 나나니벌이 명령의 몸에 알을 낳는 것을 보고 나나니벌이 자기 알을 낳지 않고 명령을 새끼로 들이는 것으로 오해했다. '명령'은 고유명사이지만 명대에는 '수양자녀를 들이다, 입양하다'라는 동사로 전용되기도 했다. 여기서도 원문에는 '명령지녀螟蛉之女'로 되어 있지만 편의상 "수양딸"로 번역했다.
108) 【즉공관 미비】更有見。더더욱 식견이 있구먼.

려! (…) 아가씨가 만약 마다하지 않는다면 아가씨를 수양딸로 들이고 싶은데 의향이 어떻소?"

그러자 난손이 말했습니다.

"소첩을 서방님과 마님께서 거두어주셨으니 종이 되어 아침저녁으로 받들어 모시기만 해도 감지덕지한 일일 것입니다. 그런데 이처럼 자상하게 대해주시니 참으로 몸 둘 바를 모르겠습니다!"

"어찌 그럴 수가 있어! 아가씨는 관리 집안의 따님으로 뜻밖의 어려움을 당한 것인데 어떻게 비천한 일을 시킬 수가 있겠소? (…) 이 늙은이에게 다 생각이 있으니 지나치게 겸양할 것 없소이다!"

유원보가 이렇게 말하니 난손이 말하는 것이었습니다.

"대감님과 마님께서는 바로 제 목숨을 살려주신 큰 은인이십니다! 제 뼈가 으스러지고 몸이 다 부서진다 해도 보답할 길이 없습니다. 미천한 소녀를 마다하지 않으시고 기꺼이 친딸로 받아주신다면 어찌 감히 그 뜻을 거역하겠습니까! 오늘이라도 당장 부모님으로 모시도록 하겠습니다!"

유원보는 너무도 기쁜 나머지 바로 부인을 보고 말했습니다.

"오늘 난손을 딸로 들였으니 우리 딸아이한테 큰절을 받아야겠소!"

난손은 그 자리에서 촛불을 꽂는 것과도 같이 무릎을 꿇더니 연거푸 여덟 번 큰절을 했습니다. 이때부터 유원보와 부인을 아버지와 어머니라고 부르며 각별한 효도와 공경을 다하니 사이가 더더욱 친밀해졌지요. 부인은 이어서 유원보에게 말했습니다.

"서방님, 난손을 이렇게 딸로 거두셨으니 이제는 딸아이에게 사위를 골라주셔야 하겠습니다! 조카 왕문용은 한창나이에 짝을 잃고 여러 해 동안 집안일을 관리해왔지요. 그런데 재간도 있고 영민하니 딸아이에게 부끄럽지 않은 사윗감일 것입니다.[109] 서방님, 이참에 문용이 혼사까지 치러주시는 것이 어떻겠습니까?"

"처조카가 후처를 들이는 일은 내게 맡겨주시오! 오늘 내게 다 생각이 있으니 부인은 혼수나 잘 장만해놓으면 되오."

유원보가 잔잔히 웃으면서 이렇게 말하자 부인도 그의 말을 따르는 것이었지요. 원보는 즉시 혼례를 올릴 길일을 잡았습니다. 그리고 그날이 되자 돼지와 양을 잡아 성대하게 잔치를 마련하고 고을의 사대부와 친지들을 두루 초대하는 한편, 이 씨 댁 모자와 처조카 왕문용까지 경사스러운 피로연 자리에 참석하게 했지요. 그때까지도 사람들은 그저 유공이 소실을 들이는 줄로만 알았고, 왕 부인은 왕 부인대로 조카를 혼인시키는 것으로 여겼습니다.[110] 그야말로

| 만 길이나 되는 광한궁[111] 가기조차 어려우니, | 萬丈廣寒難得到, |
| 항아[112]는 오늘밤 뉘 집에서 머물려나. | 嫦娥今夜落誰家。 |

---

109) 【즉공관 미비】婦人之見。여인네의 생각일 뿐이지.
110) 【즉공관 미비】盡是肉眼愚人。죄다 사람 보는 눈이 없는 바보들이로구나!
111) 광한廣寒: 중국의 고대 전설에서 달에 있다고 전해지는 궁전인 광한궁廣寒宮의 약칭.

어느새 경사스런 의식을 치를 시각이 다 되자 유원보는 사람을 시켜 신랑이 입을 옷과 장신구를 받쳐 들고 나와 대청 안에 펼쳐놓게 했습니다. 유원보는 두 손을 모으고 사람들을 향해 말했지요.

"이 자리에 계신 친척과 지인 여러분, 이 홍경이가 드리는 말씀을 들어주십시오! 저는 '남의 외모로 이득을 취하는 것은 어질지 못하며, 남의 위기를 이용하는 것은 의롭지 못하다[利人之色, 不仁. 乘人之危, 不義]'라고 들었습니다. 양양의 배 사군께서 억울한 일로 감옥에 갇혀 세상을 떠나시고 난손이라는 따님이 있는데 바야흐로 출가할 나이가 되었습니다. 제 내자는 첩으로 받아들이기를 바랐습니다만 이 홍경이로서는 차라리 대를 이을 자식을 얻지 못할지언정 절대로 사군의 청렴한 덕에 누를 끼칠 수는 없었습니다. 처조카 왕문용은 집안일을 총괄하는 재능을 갖추고는 있습니다. 허나 … 지금 관직에 있지 않으니[113] 관리 집안의 규수를 배필로 맞을 수는 없습니다. 오직 제 지인이던 이 현령의 자제 언청이라는 젊은이는 명망 있는 집안 출신인데다가 마침 한창나이이고 외모는 반안潘安[114]과 견줄 만하며 재주는 자건子建[115]을 뛰어넘습니다. 참으로 '요조숙녀는 군자의 좋은 짝[116]'

---

112) 항아嫦娥: 중국의 고대 전설에 등장하는 선녀 이름. 때로는 '항아姮娥'로 쓰기도 한다. 전설에 따르면, 원래는 활을 잘 쏘는 예羿의 아내였는데 예가 서왕모西王母의 처소에서 불로장생의 영약을 구해 오자 그것을 몰래 훔쳐 먹고 승천하여 달로 달아나 버렸다고 한다. 여기서는 난손이 혼례를 치르게 된 것을 두고 한 말이다.

113) 【즉공관 미비】有主意。 원칙이 있군.

114) 반안潘安(247~300): 서진西晉의 문학가. 자는 안인安仁이며, 하남河南 중모中牟 사람으로, '반악潘岳'으로도 불리기도 했다. 어렸을 때부터 아름다운 외모와 재능으로 이름을 떨쳤다.

이라는 말에 걸맞은 인물인 셈이지요. 해서 오늘 특별히 두 사람을 위해 백년가약을 맺어주고자 하는데, 공들께서는 어떻게 생각하시는지요?"

사람들은 이구동성으로 유공의 대단한 덕행을 찬탄해 마지않았습니다. 이춘랑은 뜻밖의 일인지라 사양하려 했습니다만 유원보가 그의 뜻을 따르려 할 리가 없었지요. 유원보는 그 자리에서 바로 자기 손으로 신랑의 옷과 모자를 가져다 춘랑에게 입혀 주었습니다. 이어서 음악과 노랫소리가 떠들썩하게 울리고 등불이 휘황찬란해지면서 저 멀리서 쩔렁쩔렁 옥 드리개 소리를 울리더니 설 노파가 신부 들러리를 서고 여종 몇이 함께 난손 아가씨를 에워싸고 보호하면서 나오는 것이었습니다. 신랑신부는 화려한 양탄자 위에 서서 맞절을 하고 혼례를 치르니 그 화려함과 부귀는 참으로 이루 형용할 수 없을 정도였지

---

115) 자건子建: 삼국시대 위나라의 문학가 조식曹植(192~232)을 말한다. 후한의 정치가이자 문학가인 조조曹操(155~220)의 셋째 아들인 조식은 자가 '자건'으로, 〈낙신부洛神賦〉·〈백마편白馬篇〉·〈칠애시七哀詩〉등의 시를 짓는 등 문재가 뛰어나 '건안문학建安文學'을 대표하는 인물로 꼽는다. 그러나 정치적으로는 경쟁관계에 있던 형 조비曹丕와의 권력투쟁에서 패하여 유명한 '칠보시七步詩'를 지은 후 지방으로 추방되어 조비와 그 아들 조예曹叡의 치세에 이르기까지 몇 번이나 책봉지를 옮겨 다녀야 할 정도로 끊임없이 견제와 감시를 당했다. 41세 때 진왕陳王에 봉해졌으나 울화병으로 병사했다.
116) 요조숙녀는 군자의 좋은 짝[窈窕淑女, 君子好逑]: 고대 중국의 대표적인 고전의 하나인 《시경詩經》〈국풍國風·주남周南〉의 첫 번째 시 "관저關雎" 장에 나오는 말. 정숙한 여자는 점잖은 남자와 짝이 된다는 뜻으로, 고대 중국의 젊은 남녀의 사랑에 대한 갈망을 묘사하고 있다. 여기서는 유원보가 난손과 이언청을 두고 한 말이다.

요. 그 모습을 볼작시면

분 바른 아이들 쌍쌍이 등롱을 들고,	粉孩兒對對挑燈,
일곱 처자는 쌍쌍이 부채를 들었는데,	七娘子雙雙執扇。
지켜보는 풍 맞은 한량과 얼굴 얽은 할미,	觀看的是風檢才麻婆子,
다들 오작교에서 만난 선남선녀가,	誇稱道鵲橋仙,
나란히 작은 봉래산에 납시었다 칭찬하네.	並進小蓬萊。
시중드는 참한 여인 버들같이 파릇한 처자,	伏侍的是好姐姐柳青娘,
다들 신랑에게 축하한다 하면서,	幫襯道賀新郎,
함께 황금빛 휘장 안으로 듭시라 하네.	同入銷金帳。
신랑은 창 갈고 화살 준비했으니,	做嬌客的磨鎗¹¹⁷⁾備箭,
뒤뜰의 꽃이 어디 눈에 들어올 것이며,	豈宜重問後庭花,
신부는 기뻐하다가도 슬퍼하지만,	做新婦的半喜還憂,
이날 밤 분명히 강에서 노를 저으리.	此夜定然川撥棹。
베저고리 벗을 때는 즐거움 끝나지 않고,	脫布衫時歡未艾,
꽃술 움직일 즈음엔 즐거움 남다르리!¹¹⁸⁾	花心動處喜非常。

----

117) 【교정】 창[鎗]: 상우당본 원문(제876쪽)에는 '종소리 쟁鎗'으로 되어 있지만
  전후 문맥으로 볼 때 '창 창槍'의 뜻으로 해석되므로, '쟁'은 '창'의 이체자
  로 사용된 것으로 볼 수 있다.

118) '분 바른 아이들'~: 이 가사는 송·원대 이래로 희곡에 반주나 노래를 더한
  가락, 즉 곡패曲牌의 이름들을 사용해 만든 것이다. '분 바른 아이들'은 원
  래 【분접아粉蝶兒】라는 곡패의 제목이고, '일곱 처자'는 【칠낭자七娘子】,
  '풍 맞은 한량'은 【풍검재風檢才】, '얼굴 얽은 할매'는 【마파자麻婆子】, '오
  작교에서 만난 선남선녀'는 【작교선鵲橋仙】, '작은 봉래산'은 【소봉래小蓬
  萊】, '참한 여인'은 【호저저好姐姐】, '버들 같이 파릇한 처자'는 【유청낭柳
  青娘】, '황금빛 휘장'은 【쇄금장鎖金帳】, '뒷뜰의 꽃'은 【후정화後庭花】, '강
  에서 노를 저으리'는 【천발도川撥棹】, '베저고리 벗을 때'는 【탈포삼脫布
  衫】, '꽃술 움직일 즈음'은 【화심동花心動】 곡패의 제목을 각각 중의重義적

이때 장 씨와 춘랑은 꿈속에서조차 이 같은 경사가 생기리라고는 상상하지 못하던 차에 정말이지 기쁜 일이 하늘에서 뚝 떨어진 격이었지요. 난손 아가씨는 아가씨대로 등불 아래에서 신랑을 엿보니 용모가 범상치 않은지라 속으로 은근히 기뻐하는 것이었습니다. 노인별[119]에게 출가할 줄로만 알았더니 뜻밖에도 수재별[120]에게 출가하게 되었으니 말입니다! 혼례가 끝나자 설 노파 등은 그길로 신부의 시중을 들어 가마에 태웠습니다. 유원보는 직접 남쪽 누각까지 전송하여 신부 신랑이 촛불을 맞대고 합근주를 나누어 마시게 했지요.[121] 그러고는 따로 천금이나 되는 혼수까지 한꺼번에 보내주는 것이었습니다. 유원보는 그길로 피로연 자리로 돌아가 하객들을 접대하고 풍악을 크게 울리면서 오경五更[122] 나절까지 술을 마시고 나서야 헤어졌답니다.

한편, 이쪽 동방洞房의 신혼부부는 그야말로 아름다운 가인佳人이 재능 있는 재자才子를 만난 격이어서, 그날 밤의 즐거움과 금슬은 그

으로 차용한 것이다. 말하자면, 이야기꾼은 이 곡패 이름들을 연쇄적으로 엇섞어 나열하고 그 제목들이 원래 내포한 의미들을 사용한 중의적인 언어유희를 통하여 신혼의 즐거움을 묘사하고 있는 셈이다.

119) 노인별[老人星]: '노인성老人星'은 남극성南極星을 말한다. 중국에서 남극성은 전통적으로 '장수의 별'로 여겨졌기 때문에 '노인성'으로 불리기도 했다. 여기서는 유원보를 두고 한 말로, 편의상 "노인별"로 번역했다.

120) 수재별[文曲星]: '문곡성文曲星'은 문창성文昌星을 말한다. 중국에서는 전통적으로 과거시험에서의 문운文運을 관장하는 별로 여겨져 왔다. 여기서는 이언청을 두고 한 말로, 편의상 "수재별"로 번역했다.

121) 【즉공관 미비】 卽此便見陰德非小。 이를 통하여 음덕이 작지 않다는 것을 알 수 있구나.

122) 오경五更: 인시寅時, 즉 새벽 3시부터 5시까지.

야말로 다정하기가 아교와 옻과도 같고, 물고기와 물과도 같았지요. 두 사람은 베갯맡에서 유공의 큰 덕을 거론하고 감격하면서 그 은혜를 뼛속까지 깊이 새겼답니다.

다음 날, 날이 밝자 신랑 신부는 장 씨에게 인사를 하러 갔고, 장 씨 또한 그 부부를 데리고 유 공을 찾아뵙고 거듭해서 몇 번이나 고맙다고 인사를 했습니다. 이어서 장 씨는 바로 제사음식을 챙겨 영구를 안치한 곳으로 가서 며느리는 시아버지에게 절을 하게 하고 아들은 장인에게 절을 하게 했지요. 장 씨는 관을 어루만지며 울면서 말했습니다.

"서방님께서는 생전에 인품이 정직하셨으니 돌아가신 후에는 분명히 영령英靈이 되셨겠지요! 유 백부께서는 과부인 저와 고아인 아들을 보살펴주셨을 뿐만 아니라 명문가의 귀한 따님까지 며느리로 맞이하게 해주셨습니다. 그 은덕이 하늘과도 같으니, 결코 쉬운 일이 아닐 것입니다! 서방님이 저승에서나마 유 백부께서 하루 속히 귀한 아드님을 얻으시고, 수명이 백 살이 넘으시도록 보우해주시기를 빕니다!"

춘랑 부부 역시 각자 속으로 유 공을 위해 축원을 올렸습니다. 세 사람은 이때부터 위아래가 모두 화목하고, 남편이 말하면 아내는 순종하면서 밤낮으로 향을 사르고 유 공의 내세에서의 행복을 빌었답니다.

어느 사이에 세월은 덧없이 흘러 다시 섣달 중순, 장례를 치를 좋은 때가 되었습니다. 유원보는 직접 목수와 인부를 모아 대청에서 두 집안의 영구를 메게 한 후 묘지까지 운구해 갔습니다. 장 씨와 춘랑 부부도 각자 상복을 입고 영구를 전송했지요. 그 자리에서 관을 안장하고 봉분을 만든 다음 신도비神道碑[123]]를 하나씩 세우고, 하나에는 "송나라의 작고한 양양자사 안경 배 공의 묘宋故襄陽刺史安卿裴公之墓"라고 쓰고 하나에는 "송나라의 작고한 전당현윤 극양 이 공의 묘宋故錢塘縣尹克讓李公之墓"라고 썼습니다. 그런데 가만 보니 소나무와 잣나무가 들쑥날쑥하고 산과 물이 두른 것이 마치 무덤 두 개가 서로 이어져 있는 것 같았지요. 유원보는 세 가지 제물[124]]을 바치는 예의를 갖추고 몸소 죽음을 애도하며 절을 하고 술을 올렸습니다. 장 씨와 신랑 신부 세 사람은 소리 놓아 대성통곡을 했고[125] 그렇게 울고 나서는 다 같이 거친 풀 위에 엎드려 유원보에게 절을 하면서 일어날 줄을 모르는 것이었습니다. 유원보는 황급히 답배를 올리고 자신은 해준 것이 없다며 겸양만 하면서 터럭만치도 자신의 공을 내세우려 하지 않았습니다.[126] 그러고는 바로 돌아와 각자 헤어졌지요.

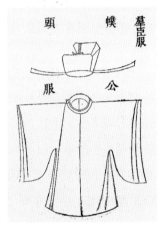

복두와 관복. 《삼재도회》

이날 밤, 유원보가 삼경[127]까지 잠을 잘 때였습니다. 가만 보니 복

---

123) 신도비神道碑: 중국 고대에 망자의 사적을 적어 묘 앞에 세우던 비석.

124) 세 가지 제물[三牲]: '삼생三牲'이란 고대 중국에서 제사를 지낼 때 제물로 올린 소·양·돼지를 말한다. 나중에는 닭·물고기·돼지를 이렇게 부르기도 했다.

125) 【즉공관 미비】哀自何來。그 슬픔은 어디서 비롯된 것일꼬?

126) 【즉공관 미비】更難。더더욱 어려운 처신이로고.

127) 삼경三更: 자시子時, 즉 밤 11시부터 1시까지.

두幞頭를 쓴 웬 사람 둘이 상아 홀을 들고 금띠를 찬 자주색 관복 차림으로 나타나더니 땅바닥에 엎드려 유원보에게 큰절을 하면서

"큰 은인이시여!"

하고 부르는 것이 아닙니까. 깜짝 놀란 유원보는 황급히 일어나 두 사람을 일으켰습니다.

"존귀하신 두 신께서 어인 일로 이렇게 강림하셨습니까? 소인 몸 둘 바를 모르겠나이다!128)"

그러자 왼편에 있던 신이 말했습니다.

"저는 바로 양양자사였던 배습이고 이분은 전당의 현령이셨던 이극양이십니다! 옥황상제께서 청렴하고 충성스러운 우리 두 사람을 불쌍히 여기시어 저는 '천하 도성황天下都城隍'으로 봉하시고 이공께는 '천조부 판관天曹府判官'의 직책을 맡기셨답니다. 제가 옥에 갇혀 죽어 어린 딸이 의탁할 곳이 없었는데, 공께서 큰 은혜로 딸에게 훌륭한 사위를 내리시고 거기다가 근사한 명당까지 내리시어 저희 두 사람이 저승에서 아들과 딸로 사돈이 되게 해주셨군요! 그 은혜가 천지와도

---

128) 몸 둘 바를 모르다[折殺]: '절살折殺'은 송·원·명대 구어에서 자주 보이는 표현으로, '절살折煞'로 적기도 한다. 상대방의 특정한 행동이나 발언이 과분하거나 지나친 것을 두고 하는 말이다. 이때의 '절折'은 형용사로 '송구스럽다·민망스럽다'라는 뜻이며, '살殺/煞'은 정도보어로 극단적인 정도를 나타내는 '매우·몹시'에 해당한다. '절살'은 글자 그대로 '너무도 송구스럽다, 몹시 민망스럽다' 정도로 직역되는데, 여기서는 "몸 둘 바를 모르겠다"로 의역했다.

유원보가 귀한 아들을 둘이나 얻다.

같으니 조금조차 갚기 어려울 지경입니다! 해서 저희 두 사람이 연명으로 표表를 써서 천상의 조정에 올리니 옥황상제께서 공의 훌륭한 인덕을 헤아리시어 특별히 벼슬을 한 품계 더 높여주시고 수명을 삼십 년이나 더해주셨으며 아드님으로 귀한 쌍둥이를 가지게 해주셨습니다. 저승과 이승이 비록 다른 세계라고는 하나 어찌 이 기쁜 일을 알려드리지 않을 수가 있겠습니까?"

그러자 이번에는 오른편에 있던 신이 이어서 말했습니다.

"저는 과거에 공과는 교분이 없었으므로 속마음을 토로하기가 난감했습니다. 그래서 백지 서신으로 제 뜻을 비쳤는데 뜻밖에도 공께서 보자마자 그 뜻을 아시고 흔쾌히 벗으로 거두시어 제 가족을 부양해주시고 제 장례까지 치러주셨으니 그것만으로도 남다른 은혜를 입은 셈입니다! 그런데 요조숙녀로 저희 집안의 대까지 잇게 해주셨으니 그것은 더더욱 예상하지 못한 은덕입니다. 비록 수명을 늘려드리고 대를 이을 아드님을 보태드리기는 했습니다만 그 큰 은혜의 만분의 일조차 갚기 어렵겠지요! (…) 지금 제 유복자인 어린 딸 봉명鳳鳴이 내일 아침이면 세상에 나올 것입니다. 외람되오나 그 딸에게 큰아드님의 내조를 해드리게 하고자129) 합니다. 공께서 제게 며느리를 주

---

129) 내조를 해드리게 하고자~[奉長郞君箕帚]: '기箕'는 나락을 까부는 키, '추帚'는 마당을 쓰는 비를 각각 뜻하는데 중국에서는 이 둘을 나란히 써서 '집안일'을 가리키는 말로 사용해 왔다. 여기서 '봉/기추奉/箕帚'란 글자 그대로 풀면 '[특정인의] 집안일을 대신 해준다'로 직역되는데, 집안일을 여자 또는 아내의 일로 여긴 고대 중국에서는 이를 아내를 맞아들이는 것을 가리키는 말로 사용하기도 했다. 여기서도 '이차녀봉장낭군기추以此女奉長郞君箕帚'는 '이 딸로 큰 아드님의 집안일을 받들게 하다' 정도로 직역된

셨으니 저 역시 공께 며느리를 드림으로써 조금이나마 공의 은혜에
보답해야지요!”

말을 마친 두 사람은 두 손을 모아 절을 하더니 작별인사를 고하는
것이었습니다. 유원보가 허둥지둥 전송하러 나가려는데 두 사람이 사
양하며 손으로 미는 바람에 별안간 놀라 잠에서 깨고 말았지 뭡니까.
그는 마침 침상에서 자고 있던 왕 부인에게 꿈에서 보고 들은 것을
일일이 이야기해주었지요.

“저 역시 서방님의 큰 덕은 고금에 드물다고 흠모할 정도이니 당연
히 받는 복이 적지 않으실 것입니다.[130] 천지신명의 말씀이니 아마
허황된 소리는 아닐 테지요.”

왕 부인이 이렇게 말하자 유원보가 말했습니다.

“배 공과 이 공 두 분은 생전에 바르고 곧은 분이었으니 돌아가신
뒤에 신이 되신 게요. 그분들께서 내가 따님을 출가시키고 아드님을
장가들인 일에 감동하시고 일부러 꿈에까지 나타나신 것은 이치상
충분히 있을 수 있는 일이겠지. 다만 … 내게 ‘수명을 삼십 년 더해주
겠다’ 하셨는데 아무리 정력이 줄지 않았다고 해도 일흔 살에 아들을
낳는다는 건 어려운 일이니 꼭 그렇게 되지는 않을 게요!”

다. 편의상 “그 딸에게 큰 아드님의 내조를 해드리게 하고자 합니다”로
의역했다.

130) 【즉공관 미비】 此時卽宜與夫人種子矣。 이때야말로 부인과 아들을 만들기 안성맞
춤인 때렷다?

이튿날 아침, 유원보는 꿈속에서 들은 말을 떠올리고 의관을 단정하게 차려입고 남쪽 누각으로 그 세 사람에게 알려주러 갔습니다. 그런데 가만 보니 이춘랑 부부가 마중을 나오는 것이 아닙니까.

"어머님께서 여동생을 낳고 지금 몸을 풀고 계십니다. (…) 어젯밤에 저희 모자 세 사람이 각자 기이한 꿈을 꾸어서 그렇지 않아도 백부님 처소로 찾아뵙고 기쁜 소식을 알려드리려던 참이었는데 뜻밖에도 백부님께서 이렇게 먼저 오셨군요!"

유원보는 장 씨가 딸을 낳았다는 말을 듣자 꿈속에서 이 공이 한 말이 매우 영험이 있다고 여겼습니다만 자신은 자식을 둔 적이 없는지라 말을 꺼내기가 민망해서 곧바로 그 자리에서 장 씨는 편안한지 안부를 묻고 나서

"꿈속에서 어떤 것을 보았느냐?"

하고 물었더니 이춘랑이 말하는 것이었습니다.

"꿈에서 선친과 장인어른을 뵈었는데 두 분 다 신이 되셨더군요. 백부님의 크신 덕이 천상의 조정까지 감동시켜 벌써 수명을 늘이고 아들을 점지해드렸다고 하셨습니다."

세 사람이 꿈에서 겪은 일이 모두 똑같았던 것입니다! 유원보는 내심 신기하게 여기면서 곧바로 자신이 꿈속에서 겪은 것을 두 사람에게 일일이 이야기해주었습니다. 그러자 춘랑이 말하는 것이었습니다.

"이 모두가 백부님께서 덕을 쌓으신 결과인 게지요! 하늘의 이치를 따져보더라도 당연한 귀결이지 허황된 일은 아닙니다."

유원보는 그길로 바로 집으로 돌아가 이 사실을 부인에게 들려주었지요. 두 사람은 놀라 감탄하면서 사람을 이 씨 댁으로 보내 축하인사를 했답니다.

얼마 지나지 않아 아기가 태어난 지 한 달이 다 찼습니다. 장 씨가 어린 딸을 안고 백부와 백모에게 인사를 하러 왔길래 원보가 물었지요.

"따님 이름을 무엇으로 지으셨습니까?"

"젖이름을 봉명이라고 지었습니다. 돌아가신 서방님께서 꿈속에서 부탁하셔서요."

하고 장 씨가 말하자 유원보는 자신의 꿈과 일치하는 것을 보고 더더욱 놀라고 기이하게 여기는 것이었습니다.

객쩍은 이야기는 그만하고, 계속 이야기를 들려드리도록 하겠습니다. 왕 부인은 이때 나이가 벌써 마흔이 되었는데 갑자기 짜고 신 음식이 자꾸 당기고 걸핏하면 헛구역질이 나지 뭡니까, 글쎄. 유원보는 '중년이 되니 병이라도 생겼나 보다' 싶어서 의원을 불러 맥을 짚게 했지만 누구 하나 시원하게 설명해주는 사람이 없었지요. 개중에 제법 수완이 있는 이들은

"태기가 있으신 것 같은데 …"

하면서도 유원보의 나이가 벌써 일흔이고 왕 부인도 나이가 이미 마흔인 데다가 지금까지 자식을 낳아 기른 적이 없다는 것을 알고 다들 약을 쓸 엄두조차 내지는 못하고 그저

"부인의 이 병은 약을 드실 필요가 없습니다. 얼마 후에는 저절로 나으실 테니까요."

하고 말할 뿐이었습니다. 유원보 역시 '이런 작은 병 정도야 괜찮겠지' 싶어서 이때부터는 의원을 부르지 않고 마음을 놓고 지냈습니다. 그런데 가만 보니 왕 부인이 좀 더 지나자 정말로 병이 낫는 것이 아닙니까. 그렇기는 한데 허리 부분이 날로 무거워지고 치마끈이 차츰 짧아지면서 눈썹이 밑으로 처지고 눈의 움직임도 느려지더니 급기야 젖이 붙고 배까지 불러간다는 느낌이 들길래 유원보도

"꿈에서 들은 말이 정말 허황된 소리가 아니었던 걸까?"

하면서 반신반의 했습니다.
해와 달은 금방 지나가서 어느 사이에 벌써 산달이 되었습니다. 유원보는 이쯤 되자 임신이야 사실로 믿든 말든 간에 분만에 대비하는 한편, 산파를 불러들이고 이어서 유모까지 한 사람 고용했습니다. 그러던 어느 날 밤이었지요. 부인이 막 잠이 들려는데 기이한 향기와 함께 천상의 음악이 청아하게 들리는가 싶더니 바로 복통이 느껴지는 것이 아닙니까. 그러자 사람들이 모두 몰려와서 분만 시중을 드는데 반 시진도 되지 않아 아이를 하나 쑥 낳았겠다? 향기로

운 더운 물로 목욕을 시키고 가만 보니 눈썹이 빼어나고 눈도 수려하며 코는 곧고 입은 바른 데다가 거기다 몸까지 아주 우람하지 뭡니까. 부부 두 사람은 기쁘기가 한량이 없었지요.

"그 꿈이 이처럼 영험할 줄이야! 만약 배 공과 이 공 두 분의 말씀대로라면 이 모든 것이 하늘께서 내리신 복인 셈이다!"

원보는 부인에게 이렇게 말하면서 그 자리에서 바로 이름을 '유천우劉天佑'로 짓고 자는 '몽정夢禎'이라고 붙였습니다. 이 일은 금방 낙양 고을에 두루 전해져서 새로운 이야깃거리로 사람들 입에 오르내렸고 백성들도 급기야 다음과 같은 네 구절의 구호까지 지어냈답니다.

자사님은 날 때부터 남다른 분이어서,　　　　刺史生來有奇骨,
사람됨이 오로지 음덕 쌓기를 좋아하셨지.　　爲人專好積陰騭。
배 씨 댁 딸 출가시키고 유 씨네 아들 얻으니,　嫁了裴女換劉兒,
첫 아들 본 것이 일흔 줄 들어서란다.　　　　　養得頭生做七十。

눈 깜짝할 사이에 또 달이 차니 탕병회湯餅會[131]가 빠질 수가 없었지요. 고을의 사대부며 친지들이 모두 와서 축하 인사를 하니 그야말로 손님들로 대문 앞이 가득 찰 지경이었습니다. 며칠 동안 잔치를 베풀고 춘랑과 난손도 직접 잔치 자리를 마련해 경사를 축하한 것은

---

131) 탕병회湯餅會: 중국 고대의 민간 풍속. 중국에서는 고대에 아이를 낳으면 사흘·한 달·한 해가 찼을 때 각각 친척과 지인들을 초대해 잔치를 베풀었다고 한다.

말할 필요도 없었지요.

이제부터는 이춘랑 쪽 이야기를 들려드리겠습니다. 이춘랑은 혼사를 치르고 선친의 장례를 마친 후 더더욱 글공부에 전념하면서 공명을 얻어 유원보의 큰 은혜에 보답하려고 애썼습니다. 그리고 그의 도움을 얻어 국자학國子學132)에 입학까지 했답니다. 그래서 마침 서울로 가서 국자학에서 계속 수학하면서 과거 시험까지 기다리는 일을 백부, 백모, 아내와 상의하려고 하는데 가만 보니 변경에서 웬 심부름꾼이 찾아와 말하는 것이었습니다.

'정鄭 추밀부樞密府133)에서 보내시어 배 씨 댁 아가씨 일가를 모셔 가려고 왔습니다!'

알고 보니 난손의 외숙 정 공이 몇 달 전 황제의 소환으로 서천절도사에서 추밀원 부사로 임명되었지 뭡니까. 정 공은 서울로 돌아오던 날 자형이 화를 당해 세상을 떠난 것을 알고 마침내 청진관으로 가서 외조카딸의 소식을 물었더니 팔려서 낙양에 가 있다는 것이었지요. 그래서 다시 사람을 보내 낙양에 가서 탐문하게 한 결과, 유 공이 의리를 중시하여 조카딸의 혼사를 치러주었다는 소식을 전해 듣고 유원보를 칭찬해 마지않았습니다. 그는 외조카딸이 보고 싶어서 시부모와 남편을 맞이하여 같이 서울로 가서 만나기로 했지요. 춘랑이 그 소식

---

132) 국자학國子學: 중국 고대의 교육 관리기관 및 최고 학부. 진晉 무제武帝 함녕咸寧 2년(276)에 처음으로 설치되었고 태학太學과 병립했다.

133) 추밀부樞密府: 송대의 관청 이름. '추밀원樞密院'이라고도 한다. 송대에는 추밀원과 중서성中書省이 각각 군정軍政을 분담했는데, 그 수장으로는 추밀사樞密使와 추밀부사樞密副使를 두었다.

을 알고 보니 피차 좋은 일이지 뭡니까. 난손은 난손대로 외숙이 서울로 돌아온다는 말을 듣고 여간 반가워하는 것이 아니었습니다. 그녀는 당장 유 공 부부에게 그 소식을 고하고 바로 길일을 잡아 장 씨·봉명과 같이 길을 나서기로 했지요. 그날이 되자 유원보는 술을 마련해 송별 잔치를 베풀었습니다. 그러다가 꿈에서 있었던 일을 거론하면서 유원보가 장 씨를 보고 말하는 것이었습니다.

"작년에 꿈에서 댁의 돌아가신 춘부장 어른을 뵈었는데, 따님과 제 아들에게 혼인을 맺을 연분이 있다고 하시더군요. 전에는 제 아들이 태어나기 전이어서 함부로 말씀을 드리기가 난처했습니다마는 (…) 이제 혹시라도 마다하지 않으신다면 사돈을 맺고 싶습니다!"

그러자 장 씨가 허리를 굽히고 인사를 하면서 대답했습니다.

"돌아가신 남편이 꿈에서 말씀하신 일도 있거니와 어르신께서 저희를 거두어주셨음에도 그 큰 은혜를 미처 갚지 못하던 참인데 어떻게 감히 딸을 아까워하겠습니까? 다만, … 저희 모자는 형편이 여전히 외롭고 가난하니 아직은 감히 지체 높은 귀댁과 인척관계를 맺을 지체가 못 되옵니다. 혹시라도 제 못난 아들이 과거에 급제라도 한다면 기꺼이 어린 딸에게 아드님의 내조를 해드리게 하는 것이 옳지요!"

그 자리에서 술자리가 끝나자 유 공은 난손에게 당부했습니다.

"네 낭군은 이제 서울로 가면 앞날이 창창할 것이다. 우리 두 사람은 집에서 편히 잘 지낼 테니, 딸아! 걱정할 것 없느니라."

사람들은 저마다 눈물을 흘리면서 헤어지는 것을 못내 아쉬워했습니다. 떠날 때가 되자 몇 번이나 절을 하면서 유 공 내외가 베풀어준 큰 덕에 감사하더니 눈물을 흘리면서 길에 오르는 것이었습니다. 낙양과 서울은 그다지 먼 편이 아니어서 수시로 소식을 주고받은 것은 말할 필요도 없었지요.

다시 유천우劉天佑 도령 이야기를 해드리지요. 그는 태어난 날로부터 날이 가고 달이 가서 어느덧 한 돌이 지났답니다. 하루는 유모가 도련님을 안고서 여종 조운朝雲과 함께 밖으로 나가 놀았지요. 조운은 나이가 열여덟 살로 꽤나 얼굴이 고왔는데 유모를 따라 나가 잠시 놀고 있자니 유모가 말하는 것이었습니다.

"애, 네가 대신 좀 안고 있으렴. 바람이 센 것 같으니 가서 옷을 가져다가 도련님한테 입혀드려야겠다."

조운이 도령을 넘겨받아 안자 유모가 잠시 들어갔다가 나오는데 도령이 우는 소리가 들리는 것이 아닙니까. 당황한 나머지 두 걸음도 한 발짝에 내달리다시피 해서 달려갔는데, 가만 보니 조운이 한 손은 도령을 안고 한 손은 도령 머리에 뻗어 어루만지고 있는 것이었습니다. 유모가 기겁을 하고 황급히 앞으로 다가가서 보니 도령이 넘어져서 머리에 아주 큰 혹이 하나 생겼지 뭡니까, 글쎄! 유모는 성이 났습니다.

"내가 잠시 등을 돌린 사이에 도련님을 넘어지게 하다니! 도련님이 나리와 마님의 명줄이라는 걸 어찌 모르는 게냐? 두 분이 아시기라도 하면 나까지 엮여서 낭패를 보게 생겼구나! 내 당장 나리와 마님께 가서 일러드릴 테다. 네년이 꾸중과 벌을 피할 수 있을지 어디 보자꾸나!"

유모는 조운을 윽박지르더니 도령을 안고 성이 잔뜩 나서 가버리는 것이었습니다. 조운은 상황이 심상치 않은 것을 보고 순간적으로 화가 치밀어 바로 이렇게 맞받아쳤습니다.

"네 이 늙은 개돼지 같으니라고! 도련님의 권세와 재물을 믿고 사람을 깔보고 나한테 마구 욕을 퍼부어? 영웅이라도 된 듯이 까불지 말라 이거야! 네가 유모가 아니라 도련님이라고 치자. 난 지금까지 일흔 살에 첫 자식을 둔 작자는 본 적이 없어![134] 그 아이가 주워온 아이인지 데려 온 아이인지 알 게 뭐야? 그런데도 한 번 자빠진 걸 가지고 이렇게 나를 능욕해?"

조운은 말로야 이렇게 거세게 대들었지만 아무래도 당황하기는 한지라 바로 안으로 들어갈 엄두를 내지 못하고 있는데 뜻밖에도 유모가 조운이 한 말을 하나에서 열까지 죄다 유원보에게 다 일러바쳤지 뭡니까. 원보는 다 듣고 나서 선뜻 이렇게 말하는 것이었습니다.

"그걸로 그 아이를 탓할 수는 없지. 나이 일흔에 아들을 본 것이 희한한 일인 것은 사실이니라. 조운이가 순간적으로 막말을 한 것인데 추궁할 필요가 어디 있겠느냐?"

이때 유모는 조운과 한바탕 투닥거리고 나면 적어도 매질을 해서 반쯤은 죽여놓을 줄 알았습니다. 아, 그런데 뜻밖에도 원보는 이처럼 너그럽게 용서해주고 그 불같은 성미가 얼음물처럼 차분해져서 도령을 안고 안으로 들어가는 것이었습니다.

---

134) 【즉공관 미비】 此婦人本色。 이것이 여인네의 진면목이겠지.

이제 그럼 유원보 쪽 이야기를 해볼까요? 그날 밤 원보는 부인과 밤참을 먹고 나서 혼자서 서재로 쉬러 가면서 여종에게 분부했습니다.

"조운이를 내 서재로 불러오너라!"

여종들은 낮에 벌어진 일 때문에 조운을 꾸짖으려고 하는 줄 알았습니다. 그래서 자신들에게까지 불똥이 튈까 봐 '매가 제비와 참새를 잡아채듯이' 잽싸게 조운을 끌고 오는 것이었지요. 불쌍한 조운은 속으로 초조해서 벌벌 떨면서 유원보 앞에 서서 그저 벌을 내리기만 기다릴 뿐이었습니다.

"너희는 모두 물러가고 조운이만 여기 남거라."

원보가 이렇게 분부하자 사람들은 명령대로 모두 다 물러가고 한 사람도 남지 않았습니다. 그러자 원보가 대뜸 조운에게 문을 닫게 하는 것이 아닙니까. 조운은 유원보가 도대체 무슨 꿍꿍이속인지 영문을 모르고 있는데 가만 보니 유원보가 다가와서 말하는 것이었지요.

"사람이 자식을 낳지 못하는 것은 합궁할 때 정력이 달려서 들뜨는 바람에 제대로 자리를 잡지 못하기 때문이다. 그래서 씨를 뿌리기가 어려운 것이니라. 만약 정력이 왕성하다면 아무리 늙어도 젊은 사람과 다를 바가 없지. (…) 그런데 너는 늙은 사람은 자식을 낳을 수 없다는 편견을 가지고 난데없이 남의 집 아이를 데려왔느니 다른 씨를 빌렸느니 하는 요망한 소리를 하면서 나를 의심하는구나. 내가 오늘 밤 너만 여기 남게 한 것은 너와 정력을 겨루어 너의 그 의심을 가시게 하려는 뜻이니라!135)"

  사실 유원보는 당초 자신이 자식을 낳을 수 없다고 여기고 젊은 여자를 경솔하게 첩으로 받아들이려 하지 않았던 것입니다. 그런데 이제 첫째 아이를 얻고 나니 무서울 것이 없지 뭡니까. 더욱이 꿈에서 "아직 아들이 하나 더 남았다" 하는 말까지 듣고 나니 순간적으로 자신도 모르게 마음에 여유가 생겼던 거지요. 조운 역시 마찬가지였습니다. 우연히 말실수를 하는 바람에 생각지도 않게 이렇게 되고 나니 함부로 그의 뜻을 거역할 수도 없는지라 꼼짝없이 원보의 시중을 들어 옷을 벗고 같이 잠을 자는 수밖에 없었지요. 그 광경을 볼작시면

한쪽은 팔백 년 된 팽조136) 같은 어르신,	一個似八百年彭祖的長兄,
한쪽은 서른 살 된 안회137) 같은 소녀로다.	一個似三十歲顏回的少女。
엎치락뒤치락 사랑을 나누니,	尤雲殢雨,
복비138)가 낙수를 다 부어서,	宓妃傾洛水,

---

135) 【즉공관 미비】劉公釋疑之慮甚長, 非好色也。유 공에게 의심을 풀어주자는 배려가 아주 깊은 게지, 여색을 밝히려는 것은 아니다.

136) 팽조彭祖: 중국의 고대 전설에 등장하는 인물. 전하는 바에 따르면, 팽조는 성이 전籛, 이름이 갱鏗으로, 요堯 임금이 팽성彭城에 그를 봉했으며 800년을 살았다고 한다.

137) 안회顏回(BC521~BC490): 춘추시대 사상가 공자孔子의 제자. 노魯나라 사람으로, 자가 자연子淵이다. 가난하게 살면서도 낙천적인 성격을 잃지 않아서 공자가 무척 아꼈으나 젊은 나이에 요절했다.

138) 복비宓妃: 중국의 고대 전설에 등장하는 여신. 원래는 복희씨伏羲氏의 딸이었는데 낙수洛水에 빠져 죽고 나서 낙수를 지키는 여신이 되었다고 한다. 여기서는 원보의 시중을 든 몸종 조운을 두고 한 말이다. 이 뒤의 양비楊妃·용녀龍女·선고仙姑·모란꽃·부용꽃·상청옥녀上靑玉女 역시 조운을 가리킨다.

수성[139]의 머리에 뿌리는 격으로,

물인 듯 물고기인 듯 사이도 좋아라,

여망[140]이 낚싯대를 들고,

양비[141]의 혀를 유혹하는 격이로고.

澆著壽星頭。

似水如魚,

呂望持釣竿,

撥動楊妃舌。

139) 수성壽星: 중국의 고대 전설에 등장하는 장수의 신. 남쪽 하늘에 빛나는 별인 노인성老人星은 예로부터 장수의 상징으로 신봉되어 '수성'으로 일컬어졌다. 민간에서는 일반적으로 머리가 벗겨지고 호호백발에 지팡이를 든 노인으로 묘사된다. 여기서는 만년에 아들을 본 유원보를 두고 한 말이다. 이 뒤의 여망呂望·노군老君·고로古老·담쟁이 넝쿨·푸른 이끼 낀 거북·태백금성太白金星 역시 유원보를 가리킨다.

자기 수성상

140) 여망呂望: 주周나라의 정치가 강상姜尙을 가리킨다. 강상은 자가 아牙여서 때로는 강자아姜子牙·강태공姜太公 등으로 불리기도 한다. 그 조상이 우禹 임금의 치수治水에 공을 세워서 여呂 땅에 영지를 하사받았기 때문에 때로는 여 씨로 간주하여 여상呂尙으로 불리기도 했다. 나이 여든이 다 되도록 위수渭水에서 낚시질을 하다가 그곳을 지나던 주나라 문왕文王의 눈에 띄어 그 스승이 되었다. 문왕 사후에는 무왕武王을 도와 목야牧野의 전투에서 은나라 주왕[商紂]의 군사를 물리침으로써 주나라 건국에 큰 공을 세웠다. 그 보상으로 성왕成王 때 제齊 땅에 영지를 하사받으면서 그 후로 천년 동안 이어지는 제나라의 시조가 되었다.

141) 양비楊妃: 중국의 4대 미인의 한 사람인 양귀비楊貴妃(719~756)를 말한다. 양귀비는 아명이 옥환玉環으로, 포주蒲州 영락永樂 사람이다. 당나라 제6대 황제 현종玄宗 이융기李隆基(685~762)의 아들인 수왕壽王의 왕비로 간택되었지만 천보天寶 4년(745)에 현종이 자신의 귀비貴妃로 삼았다. 가무와 음률에 능하여 현종의 마음을 사로잡으면서 그 일족이 부귀영화를 누렸다. 그러나 그 사촌오빠인 양국충楊國忠이 국정을 농단하는 바람에 그와 반목하던 안록산安祿山이 천보 14년에 반란을 일으킨다. 양귀비는 현종과 함께 장안을 벗어나 섬서성陝西省 서쪽의 마외파馬嵬坡까지 피난을 갔다가 병사들의 반발로 죽음을 당했다. 그 후로 백거이白居易 등 역대의

소를 탄 노군[142]이,	乘牛老君,
구슬 쟁반 받쳐 든 용녀를 품은 격이요.	摟住捧珠盤的龍女。
나귀 탄 고로[143]가,	騎驢古[144]老,
조리 든 선고[145]를 지고 있는 격이로다.	搭著執抓籬的仙姑。
담쟁이가 모란꽃을 휘감고 있는 격이요,	胥靡藤纏定牡丹花,

수많은 문학가들이 시가·소설·희곡 등 다양한 장르에서 양귀비와 현종의 사랑을 다루었다.

142) 노군老君: 춘추시대의 사상가이자 도가의 시조인 노자老子를 말한다. 노자는 원래 성이 이 씨로 알려져 있으며, 도교에서는 일반적으로 '태상노군太上老君'으로 신격화되어 신봉되었다.

143) 고로古老: 당대의 유명한 도사인 장과로張果老를 말한다. 무측천武則天 때에 황명에 따라 장안으로 초빙되어 형주邢州의 오봉산五峰山을 하사받는가 하면 현종 때에는 은청광록대부銀靑光祿大夫에 제수되고 '통현선생通玄先生'이라는 도호를 하사받았다. 나중에는 연로하여 병이 많아졌다는 핑계로 중조산中條山에 은둔했다고 한다. 민간 전설에서 '여덟 명의 신선[八仙]' 중 한 사람으로 일컬어진다.

144) 【교정】 고로古老: 상우당본 원문(제891쪽)에는 첫 번째 글자가 '과일 과果'가 아닌 '오랠 고古'로 되어 있는데, '과'와 발음이 비슷한 '고'를 차용한 것으로 보인다.

145) 선고仙姑: 중국의 고대 전설에 등장하는 하선고何仙姑를 말한다. 당나라 개요開耀 2년(682)에 태어났는데, 본명은 하소녀何素女이며 '하이랑何二娘'으로 불리기도 한다. 어려서부터 성정이 조용하고 총명했으나 부모가 나이 차이가 많은 남자에게 출가시키려 하자 혼례를 치르기 직전에 우물에 투신해 죽었다고 한다. 나중에 '여덟 명의 신선' 중 한 사람으로 신격화되어 신봉되었으며, 늘 손에 쌀을 이는 조리를 든 모습으로 형상화된다. 일설에 따르면 세속의 번뇌를 거르고 속된 마음속의 순결함을 취하기 위하여 조리를 지니고 다녔다고 한다. 명대 말기의 극작가 탕현조湯顯祖(1550~1616)가 지은 희곡 《한단기邯鄲記》에서 하선고가 등장하여 "내 조리는 춘정을 흘려 버리기에, 쓸데없는 시름 따위는 뜨지 못한다네我笊籬我漏泄春, 撈不上的閑愁悶"라고 노래 부르는 것을 보면 명대에는 조리를 든 하선고의 모습이 정형화되어 있었던 것으로 보인다.

이끼 낀 거북146)이 부용꽃술 뜯어먹는 격.　　綠毛龜採取芙蕖蕊。

태백금성147)께서 음탕한 본성 치미시니,　　太白金星淫性發,

상청궁 옥녀148)조차 육욕이 동하셨구나!　　上靑玉女慾情來。

태백금성신

---

146) 이끼 낀 거북[綠毛龜]: 중국 고대에는 등껍질에 푸른 이끼가 자라 있는 거
　　북을 상서로운 동물로 여겼다. 명대의 약초학자 이시진李時珍(1518~1593)
　　은 자신이 저술한 《본초강목本草綱目》에서 "녹모귀는 남양의 내륙과 당현
　　에서 났는데 지금은 기주에서만 토산물로 진상한다. 길러서 파는 자들은
　　시냇물에서 그것을 잡아 물항아리에서 기르는데 물고기나 새우를 먹이로
　　준다. 겨울에는 물을 비워 주는데 오래 지나면 털이 나서 너덧 마디까지
　　자란다.綠毛龜, 出南陽之內鄕及唐縣, 今惟蘄州以充方物. 養鬻者取自溪澗, 畜
　　水缸中, 飼以魚蝦. 冬則除水, 久久生毛, 長四五寸"라고 소개한 바 있다. 여
　　기서는 편의상 글자 그대로 "이끼 낀 거북"으로 번역했다.

147) 태백금성太白金星: 도교에서 신봉하는 신선. 소설이나 민간전설에서 주로
　　옥황상제玉皇上帝의 명령을 전하는 사자로 등장하는 등, 도교의 신들 중
　　에서는 지명도가 비교적 높은 편이다.

148) 상청궁 옥녀[上靑玉女]: 도교 전설에 등장하는 선녀. 도교의 신인 태상노군
　　太上老君(노자)이 단약丹藥을 만드는 궁전으로 전해지는 상청궁上淸宮에
　　서 그의 시중을 들었다고 한다.

유원보는 나이가 많기는 해도 정력은 무척 강했습니다. 그래서 조운은 아픔을 참으면서 그를 받아들일 수밖에 없었지요. 얼추 두 시간을 그렇게 어울린 끝에 원보가 사정을 하고 나서야 겨우 멈추는 것이었습니다.

이날 밤, 유원보는 조운과 그대로 같이 잠을 잤으며, 날이 밝자 조운은 혼자 안채로 들어갔습니다. 유원보는 유원보대로 몸을 일으켜 부인을 만나서 이 일을 들려주었더니 부인은 그저 웃기만 할 뿐이었지요.149) 영문을 모르는 여종들과 유모는 다들

"나리께서 여태까지 무척 의젓하시더니 오늘은 어째서 이렇게 기운이 없으실까?"

하고 의아하게 여겼습니다만 유원보와 조운이 이 하룻밤 동침으로 아이를 가질 줄은 상상조차 못 했답니다. 유원보는 유원보대로 조운이 의심을 품지 않게 할 생각으로 순간적으로 자기 정력을 자랑하려 한 것뿐인데 임신이 이렇게 엄청나게 빠를150) 줄은 생각지도 못했지 뭡니까, 글쎄. 부인은 즉시 '침전151)'을 꾸미고 남편에게 조운을 첩으

---

149) 【즉공관 미비】好个夫人。훌륭한 부인이군그래!

150) 엄청스럽게 빠를[快殺]: '쾌살快殺'은 원·명대의 희곡이나 소설에서 주로 사용된 구어로, 문성재(2006)에 따르면, 동사 뒤에서 보어로 사용된 「동사+정도보어」구조나 동사 앞에서 부사로 사용된 「정도부사+동사」구조에서 '살殺'은 글자의 원래 의미인 '죽이다' 또는 '죽다'라는 의미가 아니라 '몹시' 또는 '완전히'라는 어감을 나타내며, 발음도 원래는 '(쾌)살'이 아니라 '(쾌)쇄'로 읽어야 옳다.

151) 침전[下房]: '하방下房'은 명대에 제왕이 자신이 기거하는 궁전을 낮추어 일컫던 말이다. 뒤에 이어지는 '책립冊立' 역시 제왕이 자신의 비빈에게 봉호封號를 내리는 것을 가리키는 말이다. 원래 '하방'과 '책립'은 제왕이

로 ‘책립冊立’하도록 설득했습니다. 유원보는 그렇게 하기로 하고 그 길로 조운에게 비녀를 꽂아주고 소실로 받아들인 다음 수시로 그 처소에 가서 쉬었지요. 조운이 당초 자신의 순간적인 말실수로 이처럼 좋은 지위에 이르게 된 일을 뇌리에 떠올리자 유원보는 조운에게 이렇게 농담을 했습니다.

"도련님이 주워오거나 데려온 아이가 아니라는 것을 … 이제 알았지?152)"

조운은 귓불과 얼굴이 빨개지면서 아무 말도 하지 못하는 것이었습니다.

눈 깜짝할 사이에 또 벌써 열 달이 지났습니다. 하루는 조운이 참기 어려울 정도로 배가 아프고 기이한 향기가 방 안에 가득 차는가 싶더니 아들을 하나 낳았습니다. 해산을 무사히 마쳤을 때 가만히 들어 보니 바깥에서 시끌벅적하게 떠드는 소리가 들리지 뭡니까. 유원보가 방을 나와보니 다름 아닌 이춘랑의 장원급제를 알리는 소리였습니다. 유원보는 의조카가 과거 자기 모자를 거두어들일 때 했던 다짐을 저버리지 않고 과거에 급제한 것을 보고, 거기다가 마침 아들까지 얻고 보니 이 또한 대단한 길조로 여기고 속으로 반갑고 기쁜 마음을 금할 길이 없었지요. 이때 그 낭보를 전한 심부름꾼이 곧바로 이 장원 집에서 보낸 서신을 전달하는지라 유원보가 열어보니 이렇게 적혀 있었습니다.

나 내시들만 사용하는 궁중용어이므로 일반 백성이 사용할 수 없지만 여기서는 이야기꾼이 농담 삼아 사용하고 있다.

152) 【즉공관 미비】 此句要緊。 이 말이 핵심이지.

"고아와 과부 신세이던 조카집 아들과 모친이 가까스로 연명하게 된 것만으로도 족하건만 백부님께서 매사를 보살펴주신 덕택으로 마침내 입신양명했으니 이 모두가 백부님께서 내리신 은덕입니다! 근래에 두 어른께서는 지내시기 분명히 편안하시리라 믿습니다. 본래는 휴가를 얻어 두 어른의 얼굴을 뵈올 요량이었사오나 동궁153)에서 시강154)을 맡게 되어 한시도 궁궐을 벗어날 수 없게 되고 보니 미처 마음대로 실천하지 못했군요. 일단 황제께옵서 내리신 어주 두 병을 부치오니 백부님의 장수를 비는 예물로 삼아주시고 궁화 두 송이는 아드님의 과거 급제를 비는 예물로 삼아주십시오. 바람이 불 때마다 마음만은 댁을 그리건만 제 효성조차 다하지 못하옵니다!"

> 侄子母孤孀, 得延殘息足矣。賴伯父保全終始, 遂得成名, 皆伯父之賜也。邇來二尊人起居, 想當佳勝。本欲給假, 一候尊顏, 緣侍講東宮, 不離朝夕, 未得如心。姑寄御酒二瓶, 爲伯父頤老之資。宮花二朵, 爲賢郎鼎元之兆。臨風神迬155), 不盡鄙忱。

서신을 다 읽은 유원보가 어주御酒와 궁화宮花156)를 받아서 그 소

---

153) 동궁東宮: 중국 고대에 태자太子의 거처를 부르던 이름. 나중에는 태자에 대한 별칭으로 사용되기도 했다.

154) 시강侍講: 중국 고대에 궁중에서 황제나 태자를 대상으로 경전이나 사서들을 강의한 것을 가리킨다. 한대에는 '시강'이 강의를 가리키는 말로만 사용되었지만 당대에 시강학사侍講學士를 두고 송대에는 시강侍講이라는 관직까지 두면서 비로소 관직명으로 사용되기 시작했다. 원·명·청대에는 한림원翰林院에 시강학사와 시강을 두었다. 여기서 "동궁에서 시강을 맡았다"고 한 것은 이 장원이 동궁시강東宮侍講이 되어 태자를 대상으로 강의를 맡게 된 일을 두고 한 말이다.

155) 【교정】 그리건만[迬]: 상우당본 원문(제893쪽)에는 '갈 왕迬'으로 되어 있는데 '갈 왕往'의 이체자이다.

156) 어주御酒와 궁화宮花: 명대에 과거시험에서 장원狀元(일등), 방안榜眼(이

식을 부인에게 알리려고 안으로 막 들어가려 할 때였습니다. 가만 보
니 맏이 천우가 걸어오는 것이 아닙니까. 유원보는 천우를 불러 세워
그에게 궁화를 건네주면서 말했습니다.

"형님이 서울에서 급제하고 특별히
너에게 궁화를 부쳐주었구나. 우리 아들
도 훗날 천자께서 내리는 잔치 자리에
꼭 꽂기 바란다. 지금의 형님처럼 말이
다."

천우 도령은 그것을 기꺼이 받아서 머
리에 되는 대로 꽂더니 아버지와 어머니
를 보면서 두 번 넙죽 배꼽인사를 해서

궁화를 꽂고 금의환향하는 급제자

두 노부모를 한량없이 기쁘게 하는 것이었습니다. 유원보는 곧바로
서신을 써서 경사를 축하하면서 겸사겸사 둘째 아들이 태어난 일을
전했습니다. 그는 서울서 온 심부름꾼을 돌려보내자마자 황제가 하사
한 어주로 제사상을 차려 배 공과 이 공에게 바치고, 이어서 자신도
부인과 함께 마셨답니다. 이리하여 둘째 아들 이름을 '천사天賜'로 짓
고 자는 '몽부夢符'라고 붙였지요.

유 씨 형제는 자랄수록 무척 영리해졌습니다. 유원보는 훈장을 초
빙하여 두 아들을 가르치면서 장성하기를 기다리는 한편, 하늘의 보
우에 감사하면서 다리를 짓고 길을 닦는 등 음덕을 널리 베풀었습니

등), 탐화探花(삼등)로 급제한 이들을 축하하려고 황제가 특별히 하사한
술과, 금으로 만든 꽃을 말한다. 궁화의 경우, 우리나라에서는 조선시대에
'어사화御賜花'라고 불렀다.

다. 배 공과 이 공의 묘소 또한 해마다 봄가을 두 차례 성묘를 다닌 것은 말할 필요도 없었지요.

다시 서울에 머물고 있던 이 장원 이야기를 들려드리겠습니다. 정 추밀원의 부인 위魏 씨는 딸만 하나 두었는데, 이름이 '소연素娟'으로 아직 포대기에 싸여 있었습니다. 정 추밀원은 누이와 자형이 일찍 세상을 떠난 것을 안타깝게 여겨 외조카딸을 무척 애지중지했으므로 이 씨네 집안도 그 댁에서 무척 원만하게 지냈지요. 이 장원은 과거에 급제한 후로 동궁 시강東宮侍講157) 자리에 임명되어 황태자의 마음을 깊이 얻었습니다. 그로부터 십 년 남짓 지나 진종 황제가 붕어하고 인종仁宗 황제가 등극하더니 스승을 각별히 예우하여 즉시 이언청을 예부 상서禮部尚書158)로 파격적으로 발탁하고 한 품계를 높여주었답니다.

유원보가 의롭게 선행을 베푼 사적은 인종이 태자로 있을 때부터 이미 스스로 여러 차례 상소를 올린 바 있었습니다. 그날도 이언청은 상소를 올려 고향으로 돌아가 선친의 묘소에 성묘할 수 있도록 성은을 베풀어줄 것을 간청하는 한편 선친에게 표창을 내려주기를 부탁하니 인종이 다음과 같은 조서를 내렸습니다.

---

157) 동궁 시강東宮侍講: 명대의 관직명. 태자의 교육을 담당했다.

158) 예부 상서禮部尚書: 명대의 관직명. 예부의 수장. 육부六部는 명대의 대표적인 중앙정부기관인 이부吏部·호부戶部·예부禮部·병부兵部·형부刑部·공부工部를 아울러 부르는 말이다. 명나라 태조太祖 때에 설치된 육부는 처음에는 중서성中書省에 예속되었다가 중서성의 철폐와 함께 황제에 직속되었다. 각 부에는 관련 업무를 주재하는 상서尚書와 그를 보좌하는 좌·우 두 명의 시랑侍郎을 중심으로 하되 그 아래에 낭중郎中·원외랑員外郎·주사主事 등의 관리를 두었다.

"전당 현윤 이손에게는 예부상서를 추증하고, 양양자사 배습에게는 원래의 관직을 회복시킬 것이며, 각자에게 어제일연[159]을 하사하라. 청주 자사 유홍경에게는 원래의 관직에서 세 품계를 높여주도록 하라. 예부 상서 이언청에게는 반년의 휴가를 내리되 곧 조정으로 돌아와 복직하게 하라."

錢塘縣尹李遜追贈禮部尚書, 襄陽刺史裴習追復原官, 各賜御祭一筵。青州刺史劉弘敬, 以原官加陞三級。禮部尚書李彦青給假半年, 還朝復職。

이 상서는 황제의 조서를 받자 곧바로 장 씨 노마님, 배 씨 부인, 어린 여동생 봉명과 함께 정 추밀원에게 고마움을 표하는 한편 작별 인사를 하고 역참의 말을 달려 낙양으로 돌아갔습니다. 오는 길에서는 수레와 말, 깃발이 몇 리에 걸쳐 화려한 행렬을 이루었고 지나는 고을마다 관원들이 성문 밖까지 나와 영접을 하곤 했습니다. 이 상서는 서울로 떠날 때 약관弱冠의 나이였는데 돌아올 때에는 이미 조정의 대신이 되었다고는 해도 나이가 겨우 서른 살밖에 되지 않았지요. 낙양 현지에서는 그의 행렬을 구경하러 나온 사람들로 길이 다 막힐 정도였습니다. 그래서 다들

"유 공은 큰 덕이 있을 뿐만 아니라 훌륭한 사람을 알아볼 줄 안다!"

하면서 칭찬해 마지않는 것이었습니다. 이때 이 상서의 가족은 먼저 유 씨 댁에 이르러 말을 내렸습니다. 유원보 부부는 그 소식을 듣

---

159) 어제일연御祭一筵: 명대에 황제의 명령에 따라 조정에서 거행한 제사와 연회.

고 서둘러 향안香案160)을 준비해 황제의 조서를 맞이하고 만세 삼
창161)을 했으며, 장 씨 노마님·이 상서·배 부인은 모두 저마다 붉은
두루마기에 옥띠 차림으로 봉명 아가씨를 데리고 다 같이 땅바닥에
엎드려 절하면서 황제의 성은을 고맙게 여겼답니다. 유원보는 이 상
서를 부축해 일으키고 왕 노마님은 배 부인과 봉명 아가씨를 부축해
일으키더니 곧바로 두 도령을 불러 숙모와 형수에게 인사를 하게 했
습니다. 그들이 유 씨 형제를 보니 체구가 우람한 데다가 유원보의
모습을 아주 빼다 박은 듯이 닮은지라 반가워하지 않는 사람이 없었
지요. 그들은 모두

　"큰 은인께서 이런 옥동자를 둘이나 두신 것은 그동안 덕을 쌓으신
덕택이 아니겠습니까!"

　하면서 칭찬해 마지않는 것이었지요. 유원보는 이어서 황제가 하사
한 어제御祭를 준비해 배 공과 이 공의 묘소에 가서 누런 지전을 태우
고 술로 고수레를 했습니다. 장 씨를 비롯한 네 사람은 저마다 한바탕
통곡을 한 후 제사를 마치고 돌아왔지요.

---

160) 향안香案: 명대에 사용한 장방형의 탁자. 일반적으로 불교 사찰이나 도교
　　사원에서 신을 모시거나 가정에서 신령이나 조상에게 제사를 지낼 때에
　　신위를 모시거나 향로·촛불·제물을 올리는 데에 사용했지만 이 장면을
　　통하여 명대에는 황제의 조서를 영접할 때에도 사용했음을 알 수 있다.
161) 만세 삼창[山呼]: 한나라 무제武帝가 원봉元封 원년(BC110) 봄에 숭산嵩山
　　에 올랐을 때 아전과 병졸들이 '만세'를 외치면서 환호하는 소리를 세 번
　　들었다고 한다. 이때부터 중국에서는 신하들이 황제의 만수무강을 축원하
　　는 뜻에서 머리를 조아리며 세 번 '만세萬歲'를 외치곤 했는데, 이를 '산호山
　　呼'라고 불렀다. 때로는 이 같은 환호를 외친 장소가 숭산임을 감안하여 '숭
　　호嵩呼'라고 부르기도 했다. 여기서는 편의상 "만세 삼창"으로 번역했다.

이어서 유원보는 잔치를 열고 경사를 축하하면서 음식을 세 상[162]이나 내놓았고 술도 몇 순배나 돌렸습니다. 그리고나서 몸을 일으킨 유원보는 이 상서 모자를 보고 말했습니다.

"제가 여러분께 드릴 말씀이 있습니다. 속내에 간직만 한 지가 어언 십여 년이나 되었군요! 그러나, … 외람되지만 오늘만큼은 말씀드리지 않을 수가 없습니다. (…) 돌아가신 이공께서는 저와는 사실 과거에 일면식도 없는 분이었습니다![163] 모자께서 제게 의탁하러 오셨을 때, 저는 얼이 나간 채 도무지 영문을 알 수가 없었지요. 그 서신을 펼쳐 보았지만 종이에는 한 글자도 적혀 있지 않았으니까요. 처음에는 그 영문을 몰랐는데 이제 가만히 생각해보건대 분명히 저의 헛된 명성을 들으시고[164] 부인과 아드님을 부탁하려 하셨던 것 같습니다! (…) 아무리 그래도 생면부지인 사이이고 보니 속내 사정을 말씀드리기 곤란하여 백지 서신을 간직하면서 그 비밀을 숨기고 있었습니다. 저는 그날 없는 일을 마치 있었던 일인 양 꾸미면서 내자 앞에서조차 함부로 진실을 털어 놓지 못했지요. (…) 의형제를 맺었다고 한 것도 모두 사실무근입니다. 오늘 조카님이 그동안 공부에 전념한 공을 이

---

162) 세 상[三套]: 중국어에서 '투套'는 우리말로는 '벌set'로 번역된다. 따라서 '삼투三套'라면 상을 세 번 차릴 정도로 많은 음식을 가리킨다. 지금은 이 경우를 '콩글리쉬'로는 '코스course'라고 표현하지만 사실은 '라운드round'라고 해야 옳다. 우리 식문화에서는 모든 음식을 한 상에 다 차려내므로 이런 경우에 걸맞은 표현이 없다. 그렇다고 해서 가장 가까운 '코스'로 번역하는 것은 명대를 시대 배경으로 한 이야기에서는 어울리지 않으므로 편의상 "세 상"으로 번역했다.

163) 【즉공관 미비】可以爲難。 그래서 난감해한 게지.

164) 【즉공관 미비】非虛名。 헛된 명성이 아니라오.

루어 입신양명하여 마침내 조상들을 빛내고 자랑스럽게 해주었으니 참으로 뿌듯하기 그지없습니다! 제가 만약 그 진실을 오늘도 밝히지 않는다면 돌아가신 이 공께서 쏟으신 그 노력은 영영 묻히고 말겠지요."

말을 마친 유원보는 곧바로 당초의 서신을 가져다 이 상서 모자에게 건네 펼쳐보게 했습니다. 그러자 이상서 모자는 소리 놓아 통곡을 하면서 고마워하지 뭡니까. 사람들도 이날이 되어서야 유원보가 백지 서신을 받고도 모자를 거두어준 사실을 알고 칭찬하고 감탄해 마지않는 것이었습니다. 그야말로

오랜 벗이 고아 부탁한 일은 세상에 많지만,　　故舊托孤天下有,
남을 의붓아들 들인 일은 예로부터 없었다네.　　虛空認義古來無。
세상 사람들 모두 유원보를 본보기로 삼을지니,　　世人盡效劉元普,
교분이 굳이 처음부터 있을 필요 있겠나165)?　　何必相交在始初。

그 자리에서 유원보는 이어서 큰아들을 사위로 받아줄 것을 부탁하니166) 장 노마님도 흔쾌히 허락하는 것이었지요. 그러자 배 부인이

---

165) 교분이 굳이 처음부터~[何必相交在始初]: 유원보와 이손의 인연을 두고 한 말이다. 이손은 생전에 유원보와 교분을 나눈 적이 없지만 유원보는 그런 전후 사정은 아랑곳하지 않고 이손의 아내와 아들이 자립할 수 있도록 적극적으로 도와주었다.

166) 큰아들을 사위로 받아줄 것을 부탁하니[說起長公子求親之事]: 원문에는 '설기장공자구친지사說起長公子求親之事'로 나와 있어서 "큰아들이 아내를 구하는 일을 거론하니"로 직역되지만 이해에 혼동이 발생할 우려가 있어서 여기서는 편의상 "큰아들을 사위로 받아줄 것을 부탁하니"로 의역했다.

몸을 일으키더니 말했습니다.

"소녀가 아버님의 두터운 은혜를 입었건만 여태껏 만 가지 중 하나도 보답하지 못했습니다. 지금 외숙이신 정 추밀원께서 외사촌 누이를 낳고 '소연'이라는 이름을 지으셨는데 마침 둘째 동생과 동갑이지요. 소녀가 중매를 서서 두 사람이 부부의 인연을 맺도록 해주고 싶습니다!"

그러자 유원보는 몹시 고마워하는 것이었습니다. 이날은 따로 들려드릴 이야기가 없군요.[167]

유원보는 이어서 곧바로 천우를 위해 정혼 예물을 전하고 이봉명 아가씨를 며느리로 줄 것을 정식으로 부탁했습니다. 이 상서는 표表를 작성해 조정에 전달해 백지 서신만 믿고 자기 모자를 거두어준

---

167) 이날은 따로 들려드릴 이야기가 없군요[當日無話]: 바로 앞에 "유원보는 고맙다고 말했답니다劉元普稱謝了"가 나와 있어서 자칫 이 두 구문을 하나로 연결해서 "유원보는 고맙다고 말하면서도 그날은 아무 대답도 하지 않았습니다" 식으로 번역하기 쉽다. 그러나 여기서 '당일무화當日無話'는 이야기꾼이 청중에게 하는 말로 이 이야기 속에 등장하는 유원보와는 무관한 내용이다. "유원보는 고맙다고 말했답니다"와 그 뒤의 "유원보는 이어서 곧바로 천우를 위해 예물을 전하고 이봉명 아가씨를 며느리로 줄 것을 정식으로 부탁했답니다" 사이에 '당일무화'가 끼어 있는 것이 그 증거이다. 그 앞과 뒤의 맥락과 줄거리를 자세히 따져볼 때 이 말이 유원보와 배 부인과는 무관하게 사용된 것임을 확인할 수 있는 것이다. 이야기가 한창 진행되는 도중에 이야기꾼이 청중에게 하는 말이 갑작스러워서 다소 어색한 느낌을 준다. 그러나 이를 통하여 능몽초 당시 저잣거리의 이야기꾼은 이 대목에서 당일의 이야기를 마무리했을 것임을 짐작할 수 있다. 여기서는 편의상 "이날은 따로 들려드릴 이야기가 없군요." 정도로 번역했다.

안휘성 흡현에 서 있는 명대의 패방들

유원보의 선행을 황제에게 알리는 한편, 서신을 써서 정 공을 위해
중매를 섰답니다. 얼마 지나지 않아, 표를 읽은 인종은 몹시 기뻐하면
서도 유홍경의 대단한 인덕에 놀라 감탄한 나머지 다시 조서를 내려
패방牌坊168)을 세워주고 현판을 내리는 한편 특별히 이언청의 관직을
그에게 봉함으로써 그 남다른 은덕을 표창했지요. 정 공 쪽이야 그동
안 유공의 높은 의리를 흠모하던 터였으니 유 공이 넣은 혼담을 마다
할 이유가 없었습니다. 이렇게 해서 이 상서는 천우에게는 외삼촌169)
이 되면서 천사에게는 또 사촌 동서가 되어 그야말로 겹사돈 사이로
무척 아름답고 원만하게 지냈답니다. 나중에 천우는 장원으로 급제하

---

168) 패방牌坊: 중국 고대에 기념으로 세우던 건축물의 일종으로, '패루牌樓'라
고도 한다. 주로 과거급제자·청백리·충신·효자·열녀·의인의 공덕을 표
창하려는 목적에서 조정에서 세워주었다. 후대에는 패방을 하사 받고 가
문의 명성을 드높이기 위하여 과부에게 강제로 수절하게 하거나 자기 살
을 베어 부모에게 효도하게 하는 등의 변태적인 기행을 조장하는 폐단을
낳는 경우가 많았다.
169) 외숙[舅舅]: 천우의 자녀의 입장에서 부른 호칭이다.

고 천사는 진사가 되는 등, 형제 두 사람이 젊은 나이에 나란히 과거에 급제했지요.

유원보는 두 아들이 혼인하여 각자 아들을 낳는 경사까지 보았습니다. 그러고 나서 갑자기 어느 날 밤 배 사군170)이 꿈에 나타나 절을 하더니 이렇게 말하는 것이었습니다.

"제가 맡았던 도성황都城隍의 임기171)가 다 끝났으니 공께서는 어서 인수인계를 하러 가시지요. 옥황상제께서 벌써 하명하셨습니다!"

바로 그 다음 날, 유원보는 아무 병도 없이 삶을 마치니 그날이 딱 백 살 되는 날이었습니다. 왕 부인은 홀몸으로 팔순까지 살았지요. 이 상서 내외는 평소보다 유난히 크게 통곡을 하면서 두 사람을 친부모처럼 여기고 여섯 해 동안 마음으로나마 상을 치렀습니다.172) 그리고 비록 유 씨 집안에 자손들이 있음에도 불구하고 이 상서는 해마다 그 댁 제사를 지냈답니다. 이 경우를 두고 이렇게 말하지요.

'남에게서 입은 은혜를 알고 그 은혜를 갚는다.'　知恩報恩。

---

170) 사군使君: 중국 고대에 주의 자사刺史, 군의 태수太守를 높여 부르던 존칭.
171) 인수인계[瓜期]: 춘추시대에 제나라의 양공襄公은 연칭連稱과 관지보管至父를 보내 규구葵丘를 지키게 했는데 마침 외[瓜]가 익을 때여서 두 사람에게 내년 외를 먹을 때 교대시켜 주겠다고 약속했다. 나중에는 관리의 임기가 차거나 여자가 출가할 나이가 된 것을 일컬을 때에도 '과기瓜期'라고 쓰기 시작했다. 여기서는 편의상 "인수인계"로 번역했다.
172) 마음으로나마 상을 치르다[心喪]: 고대 중국 사람들은 스승이 세상을 떠나면 상복을 입지 않고 마음속으로 애도의 뜻을 표했는데, 이를 '심상心喪'이라고 한다. 여기서는 이언청 부부가 유원보 부부를 부모처럼 여기며 상복은 입지 않았지만 탈상할 때까지 6년 동안 애도의 뜻을 표한 것을 가리킨다.

위의 사람들 중에서 유독 배 공 쪽만 후손이 없었습니다만, 마찬가지로 이 씨 댁 자손들이 대대로 성묘를 하고 제사를 지냈고, 이때부터 대대로 낙양에 살고 그 묘소를 보살피면서 서월로 돌아가지 않았답니다. 배 부인은 아들을 낳았는데 나중에 마찬가지로 벼슬길에 나가 지체가 고귀해지고 대단한 벼슬을 지냈지요. 유천우는 동평장사同平章事[173)]까지 지내고 유천사는 어사대부御史大夫[174)]까지 지냈답니다. 유원보는 이렇듯 여러 차례 표창과 책봉을 받고 그 자손도 번창하여 끊어지지 않았으니 이는 그가 쌓은 음덕에 하늘이 내린 보답이었던 셈입니다. 이 이야기는 《공함기空緘記》[175)]에 나오는 것으로, 오늘 그동안 전해져온 내용을 토대로 새로 한 편의 이야기로 엮고 이것으로 세상 사람들에게 선행을 베풀기를 호소하는 바입니다. 이 이야기를

---

173) 동평장사同平章事: 중국 고대의 관직명. 재상에 해당하며, 황제와 국정을 의논했다.

174) 어사대부御史大夫: 중국 고대의 관직명. 황제를 대표하여 문무 백관文武百官의 상소를 받고 나라의 중요한 도서·전적들을 관리하며 조정을 대신하여 칙서·명령·공문 등의 문안을 작성하는 업무를 전담했다. 진秦나라 때 설치되었지만 한대에도 그대로 인습되었으며 승상丞相·태위太尉와 함께 '삼공三公'으로 일컬어졌다. 성제成帝 수화綏和 원년(BC8)에는 (어사)대부를 '대사공大司空'으로 개칭하고 후한대에는 '사공司空'으로 개칭했으며, 서진西晉 이후로는 어사대부를 두지 않는 경우가 많았다. 당대에 이르러 다시 설치되었으나 그 업무가 백관의 법 집행 상황을 감찰하는 데에 편중되었다. 송대에는 대부를 폐지하지 않고 중승中丞을 어사대御史臺의 수장으로 삼았다. 어사대부 제도는 명대까지 인습되었으나 연왕燕王 주체朱棣가 남경南京을 함락시키고 어사부御史府를 도찰원都察院으로 개칭하면서 완전히 폐지되었다.

175) 《공함기空緘記》: 명대의 소설. 글자 그대로 '백지 서신 이야기'라는 뜻이다. 제목을 따져볼 때 그 줄거리는 이 제20권의 이야기와 비슷한 것이었을 것으로 여겨진다.

증명하는 시가 있습니다.

음과 양도 따지고 보면 같은 이치이니,　　　陰陽摠[176]一理,
화와 복도 자신에게서 찾는 수밖에.　　　　禍福唯自求。
하늘님 멀리 계시다며 한탄만 하지 말고　　莫道天公遠,
자사 지낸 유 사군의 경우를 잘들 보시오!　須看刺史劉。

----

176) 【교정】따지고보면[摠]: 상우당본 원문(제901쪽)에는 '모두 摠'으로 되어
　　있는데, '거느릴 總'의 이체자이다.

| 저자 소개 |

능몽초凌濛初(1580~1644)

명대의 소설가·극작가이자 출판가. 절강浙江 오정현烏程縣 사람으로, 자는 현방玄房이며, 호로는 초성初成·능파凌波·현관玄觀·즉공관주인卽空觀主人 등을 사용하였다. 문예를 중시한 가정환경과 당시 번창하던 강남 출판업의 영향을 받아 어려서부터 남다른 재능을 발휘하였다. 그러나 과거와는 인연이 없어서 매번 뜻을 이루지 못 하자 그 열정을 가업(출판업)에 쏟아 부어 각종 도서의 창작·출판에 매진하였다. 생전에 시문·경학·역사 등 다방면에서 다양한 저술·창작을 남겼으며, 가장 두각을 나타낸 분야는 소설·희곡·가요집·문예이론 등의 통속문학이었다. 대표작으로 꼽히는 의화본소설집《박안경기拍案驚奇》와 후속작《이각 박안경기二刻拍案驚奇》는 나중에 '이박二拍'으로 일컬어지면서 강남의 독서시장에서 큰 인기와 반향을 불러 일으켰다. 55살 때에 상해현승上海縣丞으로 기용된 것을 계기로 출판업을 접고 서주통판徐州通判·초중감군첨사楚中監軍僉事를 거치며 선정을 베푸는 등 유가의 정통파 경륜가로서도 큰 족적을 남겼다.

| 역자 소개 |

문성재文盛哉

우리역사연구재단 책임연구원, 국제PEN 한국본부 번역원 중국어권 번역위원장. 고려대학교 중어중문학과를 졸업하고 남경대학교(중국)와 서울대학교에서 문학과 어학으로 각각 박사 학위를 받았다. 그동안 옮기거나 지은 책으로는《중국고전희곡 10선》·《고우영 일지매》(4권, 중역)·《도화선》(2권)·《진시황은 몽골어를 하는 여진족이었다》·《조선사연구》(2권)·《경본통속소설》·《한국의 전통연희》(중역)·《처음부터 새로 읽는 노자 도덕경》·《루쉰의 사람들》·《한사군은 중국에 있었다》·《한국고대사와 한중일의 역사왜곡》·《정역 중국정사 조선·동이전》(1~3) 등이 있다. 2012년에는 케이블 T채널이 기획한 고대사 다큐멘터리《북방대기행》(5부작)에 학술자문으로 출연했으며, 2014년에는 현대어로 쉽게 풀이한 정인보《조선사연구》가 대한민국학술원 '2014년 우수학술도서'(한국학 부문 1위), 2017년에는《루쉰의 사람들》이 한국출판문화산업진흥원 '2017년 세종도서'(교양 부문), 2019년에는《한국고대사와 한중일의 역사왜곡》이 롯데장학재단의 '2019년도 롯데출판문화대상'(일반출판 부문 본상)을 각각 수상하였다. 현재는 한국연구재단의 지원으로 번역을 마친 후속작《이각 박안경기》(6권)과 함께《금관총의 주인공 이사지왕은 누구인가》의 출판을 앞두고 있다.

한국연구재단
학술명저번역총서
[동양편] 625

박안경기 ❸
拍案驚奇

초판 인쇄 2023년 2월 15일
초판 발행 2023년 2월 28일

저   자 l 능몽초
역   자 l 문성재
펴 낸 이 l 하운근
펴 낸 곳 l 學古房

주   소 l 경기도 고양시 덕양구 통일로 140 삼송테크노밸리 A동 B224
전   화 l (02)353-9908 편집부(02)356-9903
팩   스 l (02)6959-8234
홈페이지 l www.hakgobang.co.kr
전자우편 l hakgobang@naver.com, hakgobang@chol.com
등록번호 l 제311-1994-000001호

ISBN   979-11-6995-353-5 93820
       978-89-6071-287-4 (세트)

값 : 38,000원

이 책은 2016년도 정부재원(교육부)으로 한국연구재단의 지원을 받아 연구되었음
(NRF-2016S1A5A7022115).
This work was supported by National Research Foundation of Korea Grant funded
by the Korean Government(NRF-2016S1A5A7022115).